梅子黄时雨 著

美好不过食光

花城出版社
中国·广州

图书在版编目（CIP）数据

美好不过食光 / 梅子黄时雨著. -- 广州 ：花城出版社, 2025. 6. -- ISBN 978-7-5749-0460-6

Ⅰ．I247.5

中国国家版本馆CIP数据核字第202532S541号

美好不过食光
MEIHAO BUGUO SHIGUANG

梅子黄时雨/著

出 版 人	张 懿
责任编辑	夏显夫
责任校对	卢凯婷
技术编辑	凌春梅
封面设计	拙棘设计
出版发行	花城出版社
经　　销	全国新华书店
印　　刷	广东新华印刷有限公司南海分公司
开　　本	880 毫米 × 1230 毫米　32 开
印　　张	12.75　　1 插页
字　　数	290,000 字
版　　次	2025 年 6 月第 1 版　2025 年 6 月第 1 次印刷
定　　价	59.80 元

版权所有·侵权必究。如发现印装质量问题，请与出版社联系。

购书热线： 020-37604658　37602954

目 录

第一章	初见	001
第二章	再遇	014
第三章	偶遇	029
第四章	所谓同事	043
第五章	那种关系	056
第六章	唐家糕点铺	080
第七章	选择	100
第八章	第十三代传人	125
第九章	毕业大餐	153
第十章	心跳加速病	186
第十一章	单身狗	205
第十二章	生病	249
第十三章	一失足成千古恨	277

第十四章　客似云来　　330

第十五章　有人欢喜有人爱　　355

番外一　甜蜜小花絮　　387

番外二　狗屎运　　390

番外三　嫁祸于人　　394

番外四　得罪老婆的后果是很严重的　　397

梅子的话　　398

第一章 初见

午后,"唯一"咖啡店里颇为空闲。

杨伊致在吧台里头有条不紊地打奶泡、做咖啡。

唐小甜见不用帮忙,就近在吧台附近找了一个空位,从包里取出了刚拿到的兼职工资,一张张地数了起来。数得那叫一个眉开眼笑,那叫一个馋涎欲滴,那叫一个嘚瑟!

她一边数一边还在感慨:让老板给她发钞票的这个决定太正确了。这世界上还会有比数自己的钞票更快乐的事吗?!

这时,有个剪了蘑菇头的小男生跑了过来:"姐姐,你在等人吗?"

唐小甜点了点头。

这小蘑菇头长得很可爱,白白嫩嫩的脸,大大圆圆的眼,萌哒哒的,令唐小甜有一种想薅他头发的冲动。

小蘑菇头又问:"姐姐,你是在等一个姓俞的男生吗?"

唐小甜:"不是。我等的人是女生。"

小蘑菇头闻言似大松了一口气,转过身朝门口处的一个墨镜男子招手喊道:"大哥,你放心地过来吧!这整家店就数她长得最难看。但我确认过了,你的相亲对象不是她!"

店里寥寥数桌客人的目光顿时都凝结在了唐小甜身上。

唐小甜额头闪过无数条黑线:"……"

真是人在店中坐，锅从天上来。

她好好坐着，招谁惹谁了?!

墨镜男面无表情地捂着小弟的嘴，向唐小甜扔下了一句"不好意思"，在隔壁桌坐下。

不久后，一个皮衣男子搂着一个画了浓浓烟熏妆的女子走进来。

皮衣男子拿着手机往店里头打量了一圈，锁定了墨镜男这一桌后，将皮衣一脱，露出了内搭的黑色短袖T恤和一双左青龙右白虎的精壮手臂。

他气势汹汹地走向墨镜男："喂，你就是和梁书欣相亲的那个姓俞的？"

这句话问得铿锵有力、霸气侧漏，整个咖啡店为之侧目。

唐小甜的第一反应是：哎哟喂，两男争一女。精彩好戏即将开场。

墨镜男点了点头："对！我就是。"

"找的就是你！姓俞的！你给我听清楚了：梁书欣是我女朋友。你他妈的敢打她主意，是不是不想活了?!小心我打断你的狗腿！"

这大哥的气势够足，口水喷得也够远。她惹不起，躲得起！唐小甜默默地端起了咖啡，移到了离他们最远的空闲位置上，保持安全距离继续观看这出免费大戏。

墨镜男双手抱胸，不说话。

一旁鼓着腮帮子吸着饮料的小蘑菇头点了点头："明白了！"

左青龙右白虎冷哼一声："小蘑菇头，你倒是给我说说看，你明白了什么？"

小蘑菇头清清脆脆地道："梁书欣是你女朋友。我大哥不能打她主意的。这位大哥哥,你放心,我可以向你保证:我大哥对梁书欣完全没有半点意思。我大哥和她这也是第一次见面。其实我大哥也根本不想来的,是被长辈硬逼着来相亲的。他也很痛不欲生。"

切!就这么服软了!完全没戏可看啊!唐小甜好失望。

左青龙右白虎大约也没料到这件事情可以解决得这么容易,不禁愣了一愣,数秒后,扔下了一句"你们识相就好",搂着梁书欣就往外走。

小蘑菇头开口叫住了他:"大哥哥,你等一下。"

"你还有什么事情?!"

"大哥哥,你左边手臂上的文身糊了。"说完,小蘑菇头吸了口饮料,"咕咚"喝完后,才说,"大哥哥,受人钱财,替人消灾。记得要有职业精神哦。下次要花多一点钱,买防水不褪色染料的贴纸哦。"

左青龙右白虎低头一看,骂道:"靠!居然褪色了!淘宝的客服明明说了就算在水里浸泡一天都不会褪色……这质量太差了!我要给他差评!"

唐小甜一个没忍住,扑哧一声笑了出来。

左青龙右白虎脸上一阵红一阵白。

墨镜男侧过头,看了唐小甜一眼。

一旁的小蘑菇头吸着饮料,上上下下地将唐小甜打量了一番。

梁书欣双手抱胸上前一步,对墨镜男道:"喂!姓俞的。既然咱们两个都不对盘,那就好办。咱们回去各自跟家里人说,咱们性格不合适,也看不对眼。"

墨镜男:"好。"

以为是一场锣鼓喧天的大戏,结果雷声很大,雨却等了半天没下来。唐小甜失望至极。

杨伊致是咖啡店老板,只有得空了才能跟她说话。李李和周诺要等下班才能来咖啡店聚餐。看来,接下来的时间她只能刷手机消磨时光了。

这时,小蘑菇头从椅子上下来,跑到她面前:"姐姐,你叫什么名字?"

反正无聊,闲着也是闲着,唐小甜决定好好地逗逗他:"为什么姐姐我要告诉你名字?我跟你又不熟悉。哦。我想起来了,刚刚是谁说的,整个店就数我长得最丑!哼!我告诉你,姐姐我可是最记仇的!"

"好啦。姐姐。我跟你说对不起啦。刚刚是我眼花看错了。其实你很可爱哦。"

这小蘑菇头可真是个见风转舵的高手啊!这杠杠的认错态度!这承上启下,转得行云流水,毫无半分尴尬。

唐小甜瞠目结舌之余,又觉着太有趣了:"那……你具体展开来说说看姐姐我哪里可爱了?"

小蘑菇头表现出了极强的"求生欲":"姐姐哪里都好看!哪里都可爱!"

这话哄得唐小甜心花怒放,也就大人不记小人过了:"好吧。那姐姐我原谅你吧。"

"姐姐,我叫俞子江。你呢?"

"唐小甜。"

"咱们来加一个微信呗。"

唐小甜从头到脚地打量着这个叫俞子江的小蘑菇头,笑眯眯地伸手拧了拧他的白嫩脸蛋:"鱼子酱小朋友,姐姐我太老了,不适合你。而且姐姐我对养成系也根本不感兴趣。因为姐姐又穷又抠,养不起你。"

小蘑菇头一副无语模样:"姐姐,你想太多了!"

唐小甜继续逗他:"那你要加我微信干吗?!"

"我想给你介绍一条财路哦。"

闻言,唐小甜这个财迷顿时眼睛一亮:"财路?!"

"那边那个戴着眼镜的帅哥是我大哥。他呢,快被我家长辈安排的相亲逼疯了。所以我就想给他找个女生假扮女朋友——你懂的!"小蘑菇头丢了一个"大家都是明白人"的眼色给她。

唐小甜:"你这个小家伙,你才几岁啊?脑子里哪来的这些乱七八糟的东西啊?"

小蘑菇头:"电视电影不都这么演的吗?! 有钱没钱,租个女友回家过年。所以,我想了这么一个大计划:就是我大哥被我家长辈逼着相亲的时候,我们就找你负责救场。每救场一次,我们就付你一次费用。"

这也行?! 唐小甜被小蘑菇头的早熟惊到了:"……"

"你看我大哥,这颜值,这身材,这大长腿……走到哪里也是颜值担当吧。放心吧,就你的姿色,你绝对吃不了亏!"

等等! 什么叫她的姿色?!

小蘑菇头拿出了手机:"你电话是13多少来着?"

唐小甜脱口而出:"13××××××××××。"

"OK 了! 我存通信录了,现在申请加你做微信好友了。你快通过。"

唐小甜在他的催促下,通过了他的申请。

"好了。小甜甜,我们现在已经是好友了。有需要我会随时联系你的哦。"

唐小甜愣住了。她人生头一回被一个男生用这么亲密的口吻叫小甜甜。可这个男生最多不过六七岁的样子。

"喂,鱼子酱……我又没同意!"

"你会同意的。我们下次见哦。"

小蘑菇头朝她挥了挥手,潇洒地和他大哥扬长而去。

墨镜男问弟弟道:"你怎么知道她到时候会愿意扮我的女朋友?"

小蘑菇头:"看她数钱的财迷样就知道了。啧啧啧……口水都快流一地了。"

店里的唐小甜骤然间连打了两个喷嚏。

唐小甜无聊地刷了许久的手机,突然间闻到了一股诱人的香味,她用力深吸了两口:"好香啊。是海蟹的味道。伊致,你们在开发什么新品?"

杨伊致从后厨探出了头来:"小甜,你的鼻子真是神啊。居然一闻就知道是海蟹。我们的大厨这几天研究出了一个什锦海鲜蒸米饭。想做给你尝尝,让你帮我们品鉴品鉴。你的舌头可是我们四姐妹公认的金舌头,一尝就知道好坏。通常你觉得好吃的,我店里都会卖得很好。"

唐小甜得意扬扬,一副"说她胖,丫就给喘上了"的模样,道:"那是自然。我可是我爷爷从小用我们的江南美食喂大的。我老家小镇那可是有很多很多好吃的。"

杨伊致:"好啦好啦。我们都知道你有个疼你、会给你做各种糕点的爷爷。当年我们在宿舍的时候,唐爷爷大包小包地往我们宿舍寄糕点……以至于我们宿舍成了整栋宿舍楼里公认的点心铺子,谁饿了馋了就都往我们宿舍跑……唐爷爷做的绿豆糕、荷花酥、小月饼,那可都是公认的好吃……特别是你有一回人肉带回来的荷花酥,造型绝美,入口即化……"

说起爷爷,唐小甜对他的想念顿时开始泛滥成灾了:"我爷爷现做的荷花酥更美、更好吃。下回,我一定要带你们回我老家,保管你们爱不释手……

"我爷爷做糕点的手艺是祖传下来的,那可是一绝。前几年他还被我们浙江省评定为非物质文化遗产代表性项目'新塍传统糕点加工技艺'代表性传承人呢。听我爷爷说,当年我们唐家可是有个祖训的呢,规定这门手艺只传男不传女呢。就怕女儿们学会了手艺嫁出去后,也开了糕点铺子,跟娘家抢生意……"说到这里,唐小甜顿了顿,道,"不过现在啊,不流行这些点心了。我爷爷常常感慨说现在的年轻人啊,个个都喜欢吃面包蛋糕……可以前啊,我们嘉兴的这些糕点是非常出名的,当年大江南北的糕点铺子,都会在门口挑起一个布帘,在上面写上'官礼茶食,嘉湖细点'几个字。嘉湖糕点就是指出自我老家嘉兴以及杭嘉湖这一带制作的这些点心。

"哎呀,别下回了。要不今年找个时间我带你们三个去看我爷爷,然后吃遍我们老家新塍小镇上的所有美食?我们镇上的馄饨、烧卖、汤圆、大饼、羊肉面、老鸭面什么的可都是一绝。你们到时候必须得给我腾出时间来。"

杨伊致一口应下:"好。到时候我一定去。"

唐小甜:"李李这个职场冷血狂魔律师和周诺这个加班狂……我看是有点麻烦的。不过李李自主性强,抽出几天时间还是没有问题的。可周诺吧,她简直跟签了卖身契似的,二十四小时待命,平时连个正常的周休都没有……反正我不管,我难得带你们回去,周诺没空也得给我腾出空来!"

"到时候让周诺休个年假。她工作这几年从来没有休过年假。"

"对。这个可以有!"

唐小甜和杨伊致、李李、周诺四个人曾经是一个大学寝室的室友。她们不是同班,也不是同系,却阴错阳差住在了一起,虽然只是短短一年,但性格不同的四个人也因此成了姐妹。

四个人中,按年龄排位,李李是最大的,周诺次之,杨伊致排第三,唐小甜是老幺。所以如今其他三人都已经毕业工作了,唐小甜却还在念大四。

"哎呀。说起爷爷,我就想他了。我现在就给爷爷打个视频电话。"唐小甜拨了两个视频通话,但是爷爷都没接。

杨伊致:"可能唐爷爷也在忙吧。"

说话间,咖啡店的大厨端上了一份热气腾腾的"什锦海鲜蒸米饭"。

精致的白盘上是一个金黄的蟹壳,里面加入了香菇丁、腊肠和蟹肉的白色米饭,几颗碧绿的葱花点缀,一看就叫人食指大动。

"哇,看着就很好吃。"唐小甜用勺子盛了满满一勺米饭送进了嘴里,闭眼细品,连连点头,"米饭里头加入了糯米,口感绵软有嚼劲。米饭里沾了螃蟹的鲜,螃蟹里也融进了米香,更有层次丰富的腊肉和香菇丁,相互交融,碰撞出了无与伦比的美味。一个字:绝!"

大厨被夸得喜笑颜开,与杨伊致商定后,决定第二天便开始在咖啡店的餐单里推出这道主食。

傍晚七点多,身着一套职业西装、美艳干练的职场冷血狂魔——女律师李李风风火火地跨进了店里。

又等了近一个小时,加班狂周诺总算是赶到了:"不好意思。今天和客户开了一天的会。有什么好吃的?我好饿。"

周诺长发中分,肤白貌美,气质极佳,普普通通的白衬衫和黑色半裙都穿出了叫人眼前一亮的效果。

她这一进来,立时收割了咖啡店内所有的目光。

当然,一波是惊艳眼神,另一波则是嫉妒眼刀。

事实上,四闺密中,一头短发的李李也是个大美人。但李李的美属于美艳凌厉的那种,自带着一种生人勿近的气场。男生哪怕对李李感兴趣,在接近李李前,总会免不了掂量掂量自己的分量。这一掂量,很多人就自动打退堂鼓了。

杨伊致端上了一大盘番茄意大利面。

"哇,我喜欢的。"唐小甜拿起叉子便开始朝盘里进攻。

"我也喜欢……"周诺平时吃东西十分斯文,可与她们在一起却也是放飞自我,大快朵颐。

李李:"说得好像我不是一样。"

杨伊致见状道:"别急别急,还有份西班牙海鲜饭,马上就好了。"

"我们抢着吃才好吃。"

平时,杨伊致作为咖啡店老板是非常忙碌的。但只要是她们四个人的聚会,她就会尽量放下店里的事情,陪她们一起吃饭聊天、一起快乐。

周诺吃了数口,顶头上司徐劲渊的连环电话 call 就一个接一个地过来了。她只好拿起手机去咖啡店外头接电话。

李李眼疾手快,抱走了盘子,护住了最后两口意大利面:"唐小甜,你不是说要减肥吗?你都在伊致店里吃了一个下午了。"

现在还跟我们这两只上班狗抢着吃,你良心不会痛吗?"

唐小甜:"完全不会。减肥嘛,不都得吃饱了才有力气减啊!李李,你和周诺两个是大美人,千万不能这么放纵自己,你们要保持住你们的美貌和魔鬼身材。快,把剩下的给我,让我来替你们胖,让我来替你们放纵!"

事实上,李李对自己,无论在职场还是在个人的身材管理方面的标准都很严苛,花钱方面也十分精打细算,可在美食方面却是个从来不客气的人。

她的口头禅素来有这么几条:"我努力工作,我努力运动,我努力健身,我这么辛苦还不是为了可以尽情地吃吃吃、喝喝喝。"

"人生太苦了,我要在吃喝方面对自己好点。"

所以,此时的李李护着盘子,坚决不肯让出最后两口面:"不,唐小甜,你已经够胖了。还有,你天天嚷嚷着减肥。难道你的减肥就是你嘴上说说的,是吧?"

唐小甜:"哪有!我当然是认真的啊。我还认真地发了朋友圈!伊致和周诺都可以给我做证的啊!"

周诺接电话回来,乍然听到自己的名字,一脸蒙圈:"……"

杨伊致在后厨探了出来:"谁喊我?!"

唐小甜傲娇着道:"我唐小甜向来自律不凡,既然说了要减肥,当然要一直说下去啊。"

李李:"……"

幸好杨伊致及时地端出了一盆西班牙海鲜饭,让两人结束了争食,避免了"塑料姐妹花当场友尽"的局面。

……

唐小甜的手机响起了微信视频的通话声。

她拿起一看，微笑道："是我爷爷。"

一接通，唐爷爷慈祥可亲的笑脸便出现在了手机里："小甜，你打过爷爷电话？"

"是啊。我想爷爷了。爷爷，我和伊致、李李，还有周诺在一起呢……"唐小甜把手机镜头一一扫过三个人。

杨伊致三人跟唐爷爷挥手打了招呼问好。

唐小甜："爷爷，我刚还跟伊致她们说，今年找个大家都空的时间……我带她们三个到咱们老家……"

"哎呀，那可是太欢迎了。到时候，爷爷每天给你们做好吃的。"

三人齐声道谢："谢谢唐爷爷。"

"那就这么说定了。你们可一定要来啊！唐爷爷等着你们啊！"

"好。"

唐小甜又与爷爷聊了片刻，叮嘱他要好好照顾自己，注意身体，不能太劳累，方才结束了通话。

四个人继续吃吃喝喝聊天。

中途，周诺又接了一个电话，折返回来后，对三人道："我要回家了。刚刚我们经理通知我，我们部门明天要临时加开个早会。我要回去整理资料，今晚还要做一份方案。"

"周诺，你这是卖身给你们经理了吗？！每天起得比鸡早、睡得比狗晚……"李李说到这里，盯着周诺看了几眼，忽地双眼微眯，似有所悟地道，"不对头啊！周诺，你有问题！"

唐小甜和杨伊致齐刷刷地转头："周诺有什么问题？"

李李："你们看看她……回家加班居然还这么高兴的样子。

这年头,哪有打工人会加班加得这么开心兴奋的?!有道是事出反常必有妖。肯定不对劲!"

唐小甜想了想,深表赞同:"李李说得好像很有道理的样子!"

李李:"周诺,说!你是不是跟你们那个姓徐的经理有情况?你们两个有一腿?!"

周诺面红耳赤地否认:"没有。绝对没有这样的事情!"

李李了然地点点头:"那就是你暗恋他!"

周诺脸更红了:"没有。我怎么可能暗恋他!"

李李一副"你少来糊弄老娘"的表情:"没有?!那他怎么天天把你呼来喝去,你还高兴地围着他转来转去,从来没有半句怨言?这不只,还简直是违反人性的行为!"

李李挑着眉毛,对着杨伊致和唐小甜道:"来,你们两个给我来说说看。这世上,会有人喜欢加班吗?!"

唐小甜和杨伊致齐刷刷地摇头:"没有人!"

周诺忙再三解释道:"我们徐经理对我们部门所有人都很好。我们整个部门的人都对他忠心耿耿,很团结也很拼。所以最近我们这个部门的业绩又是公司第一名……我的加班是会给我带来升职加薪的。李李,是你想得太多了。"

"升职加薪!周诺,你还好意思在我们三个穷鬼面前说'加薪'这两个字。我们四个人,就属你不差钱,完全可以躺平水上漂的那种!"

"家里有钱是我家里的事情,又不是我挣的。我周诺就是要用职场价值证明我自己。我要升职加薪给我父母看看!"

李李回复了她"呵呵"两个字,淋漓尽致地表达了"你就狡辩吧。老娘我信你个鬼"的意思。

唐小甜举起了小爪子，道："我也要回了。我明天要去 T. T. 实习面试。都快来预祝我成功吧。想到以后要跟我崇拜的男神 Thomas 谭天天在一起工作……我的心就小鹿乱撞……"

李李："切……不就一服装设计师吗?!"

唐小甜："Thomas 谭是服装设计师没错。但他是服装设计大师，是服装界的设计天才……我要早点回家睡美容觉了。明天容光焕发地去面试，闪瞎招聘人员的眼……"

李李："然后让他们瞎眼聘用你，是吧?! 这主意不错。"

唐小甜："……"

杨伊致："行吧。那小甜你就回家好好休息。周诺就回家好好做方案。你们有空随时过来，我们随时聚。"

周诺实在是招架不住李李的毒舌，拎起公事包就逃似的往外走："不说了。我赶着回去做方案。"

李李："唐小甜，像我们这样的美人睡觉那才叫美容觉。就你的包子脸，那就叫回笼觉。"

唐小甜"大怒"："李李，我们再也不能做塑料姐妹花了。友尽！再见！"

李李："好走，不送！"

第二章　再遇

一出T.T.的大楼，唐小甜垂头丧气地掏出电话，跟张女士报备今日的面试情况："老妈，我刚面试完了。"

张女士刻意装出了漫不经心的口吻："感觉怎么样？有没有被录取的可能性？"

自己这个宝贝女儿，五官也算甜美可爱，但总是单纯呆萌到几乎让张女士想把她给装回肚子里。

张女士有时候实在是有些弄不明白：自己明明很精明能干，无论是家里还是在工作方面，可都是一把好手。可为什么偏偏就生出这么一个呆头呆脑的、有点拎不清的小东西呢？！

曾经一度，她以为是在医院抱错了孩子。可后来吧，唐小甜越长越像她了，搞得她想不认账都不行了。

自己教了这么多年的学生，在语文教学这一块是出了名的特级教师。就算现在退休了，还经常有家长千方百计地托人介绍过来，想让她辅导教学，提高成绩。可偏偏自己的女儿，文化课成绩却怎么也提不上去。最后，也实在没办法，只好让她学习绘画，走了美术生路线。

好在傻人有傻福，高考的时候居然吊车尾考上了广东工业大学服装和服饰设计专业。

张女士好不容易放心了三年多。可如今要毕业实习了，投了不少简历,也陆陆续续地面试好几次,结果没一个有回音的。她又开始各种操心了。

张女士倒不是介意女儿找不到实习工作,横竖家里也不等着她的那份薪水买米下锅。可要是连份实习工作也找不到,她实在是没有脸出去面对亲朋好友啊。

毕竟,这年头是个面子社会嘛。

唐小甜:"老妈,你放心啦!百分之九十九……是不会被录取的!"

明明写了招三个设计师助理而已,来应聘的人员却一大堆,密密麻麻地在过道上排了一条长龙,几乎望不到头。且那些个应聘的女生,一个个都精心打扮,美若天仙。平平无奇的她挤在那堆美女里头,简直比壁花还壁花。换作她是面试官,也肯定选美女啊。再怎么说,每天看着一道道行走的风景线,多赏心悦目啊。

唐小甜跟张女士汇报了一通,忽然想起一事:"对了,老妈,我跟你说个好笑的事情,让你乐一乐。刚刚我听到一个名字,叫俞仁杰……四月一号愚人节耶。你说好不好笑?"

她自己说着都忍不住嘻嘻直笑。

张女士身为老师,这么多年教学下来,学生的名字什么稀奇古怪的都有。在名字的谐音梗这方面那是身经百战,早就见怪不怪了。所以张女士一点也不觉得愚人节这个名字有什么特别精彩之处。

面试单位的大楼前面有一个公交站,有个墨镜男在接电话,听到"愚人节"三个字,忽然转过头看了她一眼。

唐小甜没有察觉到,径直跟张女士通话:"老妈,我想去伊致的咖啡店,跟她吐槽一下我今天的面试经过。"

唐母答应了。

唐小甜挂了电话,听见身旁的墨镜男说:"不用大老远地过来接我。我自己过去就行了。"

唐小甜打量了他一眼,不觉愣了愣:咦!这不是昨天在咖啡店遇见的那个相亲男——小蘑菇头的哥哥吗?!竟然这么巧!在这里居然也能遇上。

公交车里的人很多,有点挤。

到了某站,又有一波人拥了上来,唐小甜感觉都无法呼吸了。

幸好有个好心人用手臂抵在车厢上,围出了个小空间给她。唐小甜向来记恩,感激涕零地抬头。这一看,才发现居然是方才一起上车的墨镜男。

唐小甜对他说了一句"谢谢"。

墨镜男并不说话,但嘴角的表情似乎……有些古怪和不耐烦。

最后,墨镜男还跟她在同一站下了车。

唐小甜正好趁此机会再一次表达感谢之情。道谢后,她说:"对了,我昨天在唯一咖啡店也见过你……还有你弟弟小蘑菇头——鱼子酱,长得很可爱的那个……"

墨镜男表情淡淡,转身离开的时候,他扔下了一句话:"你下次最好还是打车。"

唐小甜一进咖啡店,看见李李正惬意地刷着手机,喝着鲜榨橙汁。

"咦,李李,你失业了?!怎么会这个点在伊致的店里?"

李李傲娇道："失业?！像我这种十场官司能打赢九场、打着灯笼也难找的律师，律所主任怎么会让我失业呢?！再说了，就算我失业了，那肯定也是我把我们律所主任炒掉的。"

　　唐小甜："啧啧啧。做人可不能太张狂啊！有道是天狂有雨、人狂有祸啊！"

　　李李："事实呢，是我上午在法院成功地打赢了一个案子。所以，下午我就自己放自己假，就当犒劳一下自己。"

　　唐小甜捂住耳朵："打住！快打住！我不听。我不听。"

　　这时，杨伊致端来了一杯橙汁和一份蛋糕："小甜，上午的面试怎么样？"

　　李李哼笑："一看就知道结果的事情，你还用问吗！"

　　唐小甜唉声叹气，萎靡不振："伊致，说多了都是泪，你知道不知道我有多凄惨?！"

　　李李"兴致盎然"："怎么惨法？快说来让我们高兴高兴。像我这种做什么都很顺的人，就喜欢听你这种不顺的人讲你们的悲惨遭遇了。"

　　唐小甜"怒"道："李李，我们马上要友尽了啊！"

　　杨伊致："好了。李李，你别刺激她了。小甜，喝点橙汁，吃点蛋糕。"

　　唐小甜："呜呜呜。还是伊致对我最好，最爱我。"

　　杨伊致："小甜，别垂头丧气。你不是常说，这世上没有一顿美食解决不来的事情吗？一顿不行，我们就来两顿。"

　　李李："对啊。唐小甜，把胸挺起来，别垂头丧气的。本来胸就不大，这样更显得一点胸也没有了！"

　　唐小甜："……"

　　之后，唐小甜对着李李和杨伊致两个像对着树洞一样，把今日的面试经过一一说给了她们："唉，你们是真不知道，只招三个设计师助理。三个啊！来了一大群不说，还个个都是美女……你说，还让不让人活了……"

杨伊致安慰她："你别这样想，说不定 T. T. 就录取你了呢。这不才刚面试完，过几天才会通知大家嘛。"

李李秉持一贯的毒舌："她凭什么会被 T. T. 录取？凭她脾气好?! 凭她脸圆吗?!"

唐小甜磨着后牙槽："李！彩！霞！你不说实话咱们还是可以做塑料姐妹花的！"

见唐小甜都爆她土圆肥的本名了，李李便适可而止，见好就收了："这年头，实话都不能实说了……有道是良药苦口利于病、忠言逆耳利于行……"

唐小甜："我不要什么良药，也不要忠言。我只想要做 Thomas 谭的设计师助理。我心心念念的偶像——Thomas 谭啊……伊致，你是知道的，我有多崇拜他！"

李李"切"了一声："不就一服装设计师吗？至于每天偶像偶像地喊吗？你说你这样，跟追偶像明星那些脑残粉有什么区别?!"

唐小甜义正词严地道："当然不一样。我就喜欢我们家 Thomas 谭。你看我们家 Thomas 谭多棒多出色啊。身为中国人，在国际上拿了多少服装设计类的大奖项，在各大时装周上都有秀的……前年跟恒茂昌的跨行合作，跟国产品牌彩妆的合作，一出就大火，带动了一大波国货潮……"

但凡说起 Thomas 谭，唐小甜那就是开了闸的水，滔滔不绝。

杨伊致："是啊。我特别喜欢你送我的那个口红，颜色又正又滋润。外观设计又特别中国风。大气、精致，又好用。完全不输于任何国际大牌的口红。"

唐小甜："是吧?!我没推荐错吧?!那个系列的每个色号都很赞。我跟你们说:牛的人无论到哪里,做什么都是牛的。我们家 Thomas 谭就是如此!"

李李："唐小甜,我觉得你需要一盆冷水清醒清醒。你看你们家这个叫 Thomas 谭的,连顶级的时装周上都不肯露面,不是长得太矬就是别的地方有问题,比如满脸麻子、身高太矮、体形很胖等,否则怎么可能从来不露面呢?!要知道,各大设计师最喜欢的就是在顶级服装周上牵着压轴模特的手,带领着一众模特儿出来谢场……那可是设计师们最高光的时刻!"

"我们家 Thomas 谭喜欢走神秘路线。我们家 Thomas 谭就是如此地与众不同。他的境界他的高度岂是我们这种凡人能体会得了的!"但凡说起 Thomas 谭,唐小甜的眼睛就亮若繁星,充满了无限崇拜。

"唐小甜,我敢跟你打赌:你们家这个 Thomas 谭多半长得丑毙了。"

听到李李一再抹黑她的偶像,唐小甜一忍再忍,忍了又忍,终于忍无可忍了,拍桌而起:"李彩霞,到此为止!如果你再继续侮辱我们家 Thomas 谭的话,我就跟你绝交!"

李李:"哎哟喂。生气啦?小脾气上头了啊?"

唐小甜重重地"哼"了一声,以示自己非常生气。

李李道:"好了。好了。你们家从不露真容的 Thomas 谭是每个角度都好看的神仙颜值……拥有教科书级别的美貌……是人类美学史上的奇迹……世上根本就没有比 Thomas 谭更好看更棒更赞的人了!"

唐小甜给了她一记"算你识相"的眼刀,总算是满意地

"阴转晴"："对嘛。这样子我们还是可以继续做塑料姐妹花的嘛！"

李李："……"

唐小甜："对了，我跟你们说我刚在面试那里听到了一个很搞笑的名字——愚人节。"

李李："这有什么好笑的。真是小孩子，没见过世面。我以前有个中学同学叫苍樱。你们知道初中三年她的绰号叫什么吗？"

唐小甜："叫什么？"

李李一字一顿地吐出三个字："屎上飞！"

唐小甜顿时笑得捂住了肚子。

杨伊致望着相爱相杀的两人，淡淡微笑，侧脸温柔。

渐渐到了最热闹的午市，客人络绎不绝地进来。

唐小甜和李李戴上了印有咖啡店 logo 的鸭舌帽和围裙，帮忙点单送菜。名义上她们说的是：毕竟总是在这里蹭吃蹭喝，怎么也得要帮着干点活出点力。实际上嘛，当然是心疼杨伊致这个闺密，不想她太累太辛苦，所以在能力范围内帮忙分担一二。

"小甜，帮我做一杯拿铁和一杯卡布端去给 12 桌的两位美女。"

"好嘞。"

送完咖啡回来，唐小甜对两人嘀咕道："这年头啊，美女们真的是看不出年龄了。两个长得相像的美女在一起，是母女还是姐妹越来越难认出来了。你们说说看，这 12 桌的两个美女到底是母女还是姐妹？"

12 桌那两个长发飘飘的精致美女，杨伊致看了又看，看了再看，迟疑着道："姐妹？"

李李笑:"说得好像这年头两个男的进咖啡店,是兄弟还是情人就很好认一样?!你看门口进来的这两个,又帅又登对……你们倒是说说看是兄弟,还是那个什么?"

唐小甜和杨伊致随着李李的视线望去,果然发现了一对很赏心悦目的男子,一个雅痞风流,一个则年轻俊俏。

唐小甜脑补了数个画面后,忽然觉得年轻的那位越看越觉得眼熟。她定睛仔细一瞧,蓦地震惊了:这不是小蘑菇头的大哥墨镜男吗?摘下墨镜,居然长得这么可以!也怪不得他弟弟小蘑菇头大言不惭地对她说什么就她的这点姿色不吃亏。好吧,她现在不怒了,承认小蘑菇头说的都是事实!

李李:"难得有这等亲近美男的大好机会,看在姐妹情深的分上,我就让给你们了。你们俩谁负责去招呼他们?"

杨伊致:"小甜去。我每天在店里都可以见到不同类型的美男,机会多多。"

李李将搁了柠檬水的托盘递给了唐小甜,款款叮嘱道:"唐小甜,你记得给我控制住脸部的表情。要是笑得太荡漾了,会把客人吓走的。到时候万一有人在网上发帖说唯一咖啡店有个丧心病狂的花痴就麻烦了。"

唐小甜"怒视"她:"友情提醒:李李你离挨打只差这么一点距离了!"

……

"两位好。"唐小甜送上了柠檬水后,自来熟地对着取下墨镜的墨镜男道,"哈喽,你好,又见面了……刚刚我们一起坐公交车的。你不会是不记得我了吧?"

墨镜男不说话。

"想吃什么?你们随便点,我给你们打个折。"

雅痞男客气微笑:"谢谢。我们先扫码看一下菜单再点单。"

"好的。"

雅痞男看着唐小甜离开的背影,微笑道:"这女生不错,很单纯可爱嘛。想不到你难得坐一次公交车居然遇到了这么可爱的女生。搞得我等会儿也想去搭公交车了。"

墨镜男滑着手机上的菜单,接口道:"行。等下吃好饭,你就坐公交车回家吧。记得把你爱车的钥匙留给我。"

雅痞男把钥匙扔给了他:"既然你喜欢,我就把这辆车送你了。就当是你今年的生日礼物。"

"我很穷吗?我缺这辆车吗?!"

"你这臭小子。到底要不要?"

"我没车吗?我为什么要?"

"最后一次问你:要还是不要?"

"说了不要……就是不要!"

两人在唇枪舌剑中点好了餐。

……

唐小甜很快为他们送上了咖啡和吃食:"两位请慢用。"

雅痞男目送唐小甜离开,顿了顿,道:"你真不觉得这个女孩子很可爱吗?!圆圆的脸蛋,圆圆的眼睛,看着又萌又单纯的样子……"

墨镜男一副"莫名其妙"的惊悚表情:"这跟我有什么关系?!我只是前面凑巧跟她搭了同一班公交车而已。这个人蠢萌蠢萌的。公交车上有个猥琐男一直往她身上靠,想吃她豆腐,她都没察觉。"

雅痞男挑了挑眉,饶有兴趣地道:"于是……你就出手护花了吗?"

"我就当日行一善了！"

"你可是从来不喜欢多管闲事的啊！"

墨镜男："我只是脑子一热，一时冲动而已。好了，这话题到此为止。打住！"

结账的时候，唐小甜给他们打了最低折扣，寒暄了两句后，她问墨镜男："你今天去 T.T. 集团，也是去应聘设计师助理的吗？"

雅痞男倏地抬眼望向了墨镜男："你……去 T.T. 应聘设计师助理？"

墨镜男："……"

雅痞男饶有兴致地问唐小甜："你是学服装设计专业的吗？为什么想去 T.T.？"

唐小甜实诚地回答道："因为我想在我的偶像 Thomas 谭手下工作。"

墨镜男表情一愣。

雅痞男似笑非笑地看了他一眼，饶有兴致地追问："是吗？这个叫 Thomas 谭的人是干什么的？听起来好像很不错的样子。"

"不是不错。是超赞、爆赞哦。Thomas 谭在我们整个服装设计行业里是神一样级别的存在，无人不知无人不晓啊。他是我们整个服装设计系的集体偶像……T.T. 品牌的婚纱和高定礼服，特别是他们家的中式婚礼服装……多少一线明星结婚都是穿这个中式礼服的……在目前国内的这个行业内，他要是称第二，谁敢称第一……你看 Thomas 谭前年跨行跟国产品牌恒茂昌合作潮牌口红，一出来就卖断了货呢……我买了好久都没收集全部的七款唇色……" 唐小甜绕口令般地说了好大一通，充分表达了对 Thomas 谭滔滔不绝的景仰之情。

墨镜男听得瞠目结舌:"这个叫Thomas谭的……真有你说的这么出色吗?其实我觉得他只是换个形式搬砖而已啊。"

"Thomas谭比我说的更为出色,好不好?!"唐小甜不满地反驳,而后气鼓鼓地道,"你不也是去T.T.应聘的吗?你居然连Thomas谭这么出色都不知道吗?那你去应聘干吗?!"

墨镜男被问住了。

雅痞男很少见他如此哑口无言的样子,忍不住扑哧一声笑了。他把目光移向了唐小甜,很认真地道:"看来你是真心喜欢Thomas谭和T.T.出品的设计啊!"

"当然啊。我觉得这些美好的设计会给人带来自信和快乐……我特别喜欢T.T.的晚礼服和婚纱系列,给人梦想成真的感觉……就是那种丑小鸭变天鹅,让一个很平凡的女孩子穿了之后会瞬间变成公主的感觉……"

墨镜男双手抱胸:"比如你?!"

唐小甜:"……"

雅痞男意味深长地道:"看来T.T.不录取你,绝对是T.T.的一大损失。"

唐小甜仿佛是遇到了知音,深表认同地重重点头:"对!我也这样觉得!"

墨镜男不禁又是一呆,大约是被唐小甜这种"给她点阳光,她就灿烂"的劲头给镇住了。

雅痞男大笑了起来,显然心情十分愉悦。

两人买单离开。

雅痞男对唐小甜大赞不已:"这女孩子,性格比长相更可爱嘛……不错,很不错!"

墨镜男冷哼一声:"跟我有关系吗?"

雅痞男语重心长地道:"这种分分钟让人觉得快乐的女生是很少见的。遇到了,就要好好珍惜。"

墨镜男:"你喜欢你上!"

雅痞男:"……"

李李送完餐回到吧台,不经意扫到了唐小甜的账单,失声惊呼:"五折?!唐小甜,你这个见色忘友的家伙,居然给他们打五折。伊致这家店开业时候的最低折扣才六折。你太丧心病狂了!你是认识他们,还是你真被他们的美色给诱惑了?!"

杨伊致:"没事。五折就五折。"

唐小甜:"我还真认识。喏,刚出去的戴墨镜的这个人,我昨天也在伊致店里遇到,今天在T.T.面试大厦的门口遇到,公交车上遇到,到了这里又遇到……两天里面我遇到了他四次……"

"两天见了四次。这频率可有点高啊!唐小甜,莫非你这是开始走桃花运了啊?!"说罢,李李转头对杨伊致道,"前阵子我们四个不是一起去寺庙里拜了菩萨吗……这菩萨好灵验啊。这一拜完,唐小甜就开始走桃花运了。你最近怎么样啊?"

杨伊致低头忙手上的活儿,闻言一顿:"你也看到了。我一直都这样。每天家里、咖啡店,两点一线。"

李李不觉叹道:"这年头,怎么连菩萨都这么偏心眼呢!"

唐小甜:"菩萨怎么偏心眼了?!"

李李不解道:"其实我一直觉得很奇怪。伊致她长得很好看,性格也好,白白嫩嫩温温柔柔的,宜家又宜室。要是我是男生的话,我肯定追伊致做老婆。可为什么伊致她这些年总是没桃花,也从来没谈过恋爱?"

杨伊致:"你说得好像唐小甜有谈过一样?!她也一直是母胎单身啊。"

李李:"唐小甜至少有暗恋过男神——齐北学长啊。"

唐小甜羞涩地捂住了脸:"啊啊啊。为什么说着说着就把话题转移到我身上了呢?为什么不说周诺?趁她人不在,我们作为塑料姐妹花不是应该集体讨伐她的吗?!"

李李:"周诺至少交过一个男朋友,虽然是个劈腿渣。唐小甜暗恋过学长……可是就伊致你从来没有谈过恋爱,也没偷偷喜欢过谁……"

杨伊致:"我这不是太忙了嘛。"

李李点了点头:"这倒也是。你一进大学,你大哥就开了这家咖啡店,你又要忙学业又要兼顾着打理咖啡店,确实是没空闲。"

这时,墨镜男折返进了店里,来到点餐吧台,对着唐小甜就劈头盖脸地道:"把手机拿出来。"

唐小甜愣了一愣:"干吗?"

"扫一下微信。"

唐小甜机械式地拿出了手机,给他扫码。

"快通过!"

"好了。"

墨镜男点了点头,高冷地转身走了,与来的时候一样突兀。

唐小甜很是莫名其妙。

李李挤眉弄眼道:"啧啧啧。唐小甜,你怎么能这么肤浅呢!看人家长得帅、颜值高,要加微信就给加微信啊。"

唐小甜:"对。我就是这么肤浅的人!颜值即正义嘛。要是你加我,我就拒绝。毕竟丑拒嘛!"

李李:"……"

唐小甜的手机传来熟悉的微信提醒声,上面写着:"我就是那个俞仁杰(愚人节)!记住了!"

唐小甜瞠目结舌地站在了原地,足足一分钟没有动弹。

后来,她一直记得这天,春风温柔,阳光正好。

而俞仁杰亦是,一直记得那天阳光明媚,万里无云。

那个拥有着一头浓密的微蓬卷短发、圆圆眼睛的女孩,在公司门口清清脆脆地一遍又一遍地喊他的名字:俞仁杰,愚人节!

她根本没有注意到他这个本尊就在身畔。

从幼儿园起,俞仁杰的绰号就是愚人节。俞仁杰不喜欢,但也不会为了这点小事跟人干架。可只有这一次,他竟然觉得自己的名字朗朗上口,颇为好听。

外表这样可爱的女孩子,却是一个十足的迷糊蛋。一直没有意识到公交车上有个男乘客,趁着车上人流推挤,想吃她豆腐。他在一旁冷眼旁观,到最后实在看不下去了。从来不多管闲事的他,居然挤上了前去,用杀人的眼刀逼退那个人,并用手臂给她圈出了一个安全空间。

李李道:"唐小甜,有道是过了这村就没这店了……不要年少不知天地高、中年方知行路难……人啊,要懂得珍惜……"

唐小甜:"打住!打住!李彩霞,请你说人话!"

李李:"说人话就是刚刚这个墨镜帅哥真不错。唐小甜,别犹豫!扑倒他!"

唐小甜震惊道:"请收回你这个大胆的想法!我才认识他两天啊!"

李李:"哪对情侣不是从认识才开始的。再说了,你说两天见了四次!这么高的见面频率,说明你跟他之间肯定会有一段孽缘。所以,别犹豫!扑倒他!"

唐小甜用双手抱住自己,做"瑟瑟发抖"状:"真的是世风日下,道德沦丧。李彩霞,你太可怕了。"

第三章　偶遇

傍晚时分，唐小甜陪老妈张女士去散步，在小区后面的公园偶遇了正带着自家的金毛遛圈的丁阿姨。

唐小甜向来怕狗，但盯着毛发油亮顺滑的金毛，却总想摸一把过过手瘾。

今日亦然。

她在"摸"与"不摸"之间挣扎不已。

张女士瞧出了她的小心思："去吧！它不会咬你的。想摸就大胆地上前摸吧。"

唐小甜有点心动，一步三回头地道："老妈，你确定它真的不会咬我吗？"

张女士胸有成竹地说："我百分百地确定，以及肯定！"

见老妈这般有信心，唐小甜半信半疑地伸手，小心翼翼地去碰了碰金毛，并做好了随时逃跑的准备。

先是蜻蜓点水般地点一下。金毛没反应。

再点两下，金毛依然没反应。

她又揉一下。咦！没咬她！

二下！没咬她！

三下！四下！真的不咬她耶。

用力乱揉！还是没咬她。

相反，金毛还嘟哝了一声，讨好地伸出舌头想舔她的手。唐小甜乐了，嘻嘻一笑："老妈，你真是铁齿铜牙的神算子！它真的没咬我。"

张女士瞅了她一眼，道："它是单身狗，你也是单身狗，而且还是连实习工作都找不到的单身狗，都是同类，而且是比它还惨的同类，有什么好咬的！"

唐小甜："……"

丁阿姨拉着张女士在椅子上坐下，道："小甜的实习单位找得怎么样了啊？"

张女士："唉。今天上午去面试了一个，一出来就跟我说没戏。"

丁阿姨："先别急，这要到七月份才毕业呢。慢慢落实就可以了。实在不成的话，让你家老唐出面找一个呗。"

不远处，唐小甜与金毛玩得正欢，笑得见牙不见眼，一副没心没肺的模样。

张女士瞧了一眼她，十分"忧伤"："就怕落实了，以她那个不长心眼只长个的性格也做不长啊。这年头，能在单位混得好的，都是能察言观色、嘴甜会来事的。"

丁阿姨宽慰她："你啊，也别发愁。所谓儿孙自有儿孙福。我看你们小甜就是个有福气的孩子。再说了，她那个专业是技术活，凭本事吃饭。"

张女士苦笑道："这么多年了，福气我也没怎么见着。傻里傻气的事情倒是见了一大堆。"

丁阿姨："得了吧你！你们家小甜要是没福气，还哪个孩子有福气呢？！那个时候你担心她的学业，成天愁眉苦脸唉声叹气的。结果呢，一考就考上了广东工业大学的服装设计专业。"

"她说她自己也不知怎么考上的,说踩着狗屎运了。"

"所以说啊,小甜福气好着的。"

"借你吉言,希望接下来找工作顺顺利利的。"

"养儿一百岁,常忧九十九……唉,说到底啊,我们这都是个操心的命……"

张女士:"可不是。你看看我们家老唐,那真是一门心思就扑在工作上,其他方面就是一个撒手掌柜,什么都不管。"

丁阿姨:"那还不是因为你贤惠能干,里里外外的一把能手,把家给管好了,你们家老唐才能专心致志地做学问。他的军功章里啊,有你的一半。对了,你们家老唐最近在英国怎么样?"

"他天天给我视频,说在英国天天吃汉堡炸鱼薯条,已经到闻到味道就想吐的地步了……"

丁阿姨笑了:"这不就是想让你过去陪他的意思吗?"

"可我这不是放心不下小甜嘛……要是我去了英国陪老唐,她就一个人了……"

丁阿姨猛地一拍大腿:"说到这里,我想起来了!上次你不是一直让我留意身边有没有合适的男孩子吗?可巧这两天给我留意到了一个。是我家儿子的同学。我打听清楚了,研究生毕业,父母工作也好,他自己在××单位工作,收入不错,长得也白白净净,去年就在咱们小区对面的新楼盘买了房子。"

张女士一听,顿时来劲了:"这孩子多大了啊?"

丁阿姨:"29岁。"

"这么好的条件,怎么会到现在还没女朋友?"

"据说工作忙。三天两头地加班出差。"

张女士一听沉吟了:"老是加班出差的话,只怕以后顾不了家啊?"

丁阿姨:"男孩子就应该要有吃苦耐劳的精神,要对家庭有责任感,认真工作。那种窝在家里整天打游戏刷抖音混过日子的,你也瞧不上,我也不敢介绍啊。"

"你说得对。是这个理。"

丁阿姨热心道:"要不我们先安排两个人见个面再说?这种事情是讲缘分的。要是有缘啊,看一眼就对上了。"

张女士努了努嘴:"这丫头的脾气犟着呢。我要是说给她安排相亲啊,她肯定不愿去。"

丁阿姨:"年轻人懂什么。在这种人生的关键时刻,我们做父母的必须帮她们年轻人好好地牢牢地把关。可千万心软不得,必须按着头让她吃草。不肯,也得拉她去。"

张女士心领神会,一副"我懂,我明白"的样子:对,执子之手,拉着她走。她要是不走,拖也得拖走。

不远处,牵着金毛溜圈的唐小甜忽然觉得一阵阴风瑟瑟吹过,她背脊发凉,连打了三个喷嚏。

洗好澡,唐小甜趴在床上刷手机。

一个陌生没有备注的微信来电打了进来。

"喂,是唐小甜吗?"对方的声音稚声稚气的,说话口气却是很霸道总裁。

唐小甜想了一圈就是想不起来此人是谁:"你是?"

"上次在咖啡店我加了你,说要给你介绍一条生财之道的……"

唐小甜顿时记起来了,乐了:"哎呀!是你呀。小蘑菇头!"

"怎么说话的你!不许叫我小蘑菇头哦。我叫俞子江。你可以叫我俞先生、子江少爷、俞子江。只有我阿姨、两个哥哥他们才能叫我江江。"

子江少爷！他是古装剧看多了，脑袋秀逗了吧。

唐小甜听他说话这么有趣，存心逗他："是，鱼子酱少爷。请问您有何吩咐？"

"我大哥明天晚上又要相亲了。所以我想让你扮演他女朋友砸场子。"

小蘑菇头的大哥居然这么凄惨。上一场才刚脱身，立刻就被人安排了下一场。这强度属于车轮战级别的啊！

"回鱼子酱少爷的话：奴婢明天晚上没空。奴婢约了人。"

小蘑菇头在那头急道："江湖救急啊。一次救急付你一千。你可以考虑一下，再回答我有没有空。"

"不用考虑……我！没！空！"唐小甜想也没想，直接拒绝。可下一秒，她目瞪口呆地反应了过来，不敢置信地确认道，"什么？救场一次一千块钱？！"

天哪！她兼职工资才那么一丢丢。去搞场破坏就有一千块钱。这也太好赚了吧？！

"对，一千块。你去不去？"

身为财迷的唐小甜一时抓耳挠腮，实在说不出"不去"这两个字。

"我先微信转你两百，算是定金。事成之后，再付你八百。"

这么好赚？！唐小甜想起了张女士经常说的那句口头禅：做人不能贪心。很多的事情就出在一个"贪"字上。骗子为什么每每能得手，就是利用了人性贪婪的这个弱点。凡是馅饼，都是陷阱。

唐小甜戒备地揪住自己的衣领："莫非……需要我牺牲色相不成？！"

小蘑菇头在电话那头哈哈大笑:"就你的这点姿色……"

唐小甜磨着牙道:"小蘑菇头,你!再!说!一!遍!信不信我把你大卸八块!"

小蘑菇头:"哎呀!你实在太会想象了!完全不用你作任何牺牲。你只要负责各种搞破坏……想怎么破坏就怎么破坏……只要让我大哥相亲失败就成了。无论你怎么操作,我们只要最后结果:把相亲搞砸!"

听着好像很简单的样子。唐小甜犹豫了数秒,决定试一试:"好吧,我勉为其难地答应你一次吧!把时间地点发给我。"

那她就只好放李李她们一次鸽子了。

唐小甜在"富婆俱乐部"的四人群里发了一条消息,说自己明天晚上有个兼职工作,聚不了。

过了一会儿,周诺也出来冒了个泡:"我也去不了。我们经理明天出差,刚把我叫进办公室,安排了一大堆活给我。"

李李:"既然如此,那就改天聚吧。"

按照小蘑菇头给的时间和地点,唐小甜到了相亲餐厅。

小蘑菇头的大哥——俞仁杰跟相亲对象已经入座了。

唐小甜仔仔细细地端详了俞子江大哥的相亲对象,大眼睛樱桃嘴,很清新漂亮的一个美女。不错嘛!看着跟俞子江大哥很相配啊。

所谓"宁拆十座庙,莫毁一门亲",这样真的好吗?!

可想着那十张粉红色的毛爷爷,唐小甜还是毫不犹豫地上前了。

"俞仁杰,你怎么在这里?"

"俞仁杰,她是谁?!"

"俞仁杰,你竟敢背着我偷吃?!"

这几嗓门吼出来,整个餐厅的目光都齐刷刷地聚了过来。

俞仁杰脑门前飞过一群乌鸦:她是不是有点太入戏了?!

相亲对象:"俞大哥,这位是?"

俞仁杰介绍道:"潘小姐,这是我女朋友——唐小甜。"

相亲对象:"俞大哥,你……你有女朋友了?可阿姨明明说你一直都是单身……"

俞仁杰:"不好意思。潘小姐。我姨妈并不知道我有女友的事情。"

唐小甜太入戏了,觉得不过瘾,自己给自己加戏:"俞仁杰,想不到我们在一起这么久了,你竟然一直在相亲……你给我说说看,我们在一起这段时间你到底偷偷摸摸地相过几次亲?!除了她,还有谁?"

"没有了。"

"俞仁杰,下次要是你敢再背着我相亲,我……我……"唐小甜一时词穷。

俞仁杰双手抱胸,好整以暇地问:"你怎么样?"

"我……我就给你戴绿帽!"

"算你狠!"

这两句对话一说完,两个人四目相对,你看我,我看你,面面相觑了起来。

相亲对象不明就里,还以为两人感情极好,看着彼此都是一眼万年。她拎着包,起身就走了。

在整个餐厅的众目睽睽之下,唐小甜顺利地完成了第一次的任务。

唐小甜美滋滋地跟小蘑菇头联系,在微信上收了尾款。

离开前,她还不忘对俞仁杰说:"合作愉快。下次记得再找我。"

出了餐厅,唐小甜站在马路边,看着微信里的零钱金额,简直不可置信:"这钱也太好赚了吧。简直是大风刮来的!"

而另一头,小蘑菇头也在微信上跟大哥聊天:"不错吧。我就说了,她肯定能搞定。"

俞仁杰嘴角微勾:"确实!很不要脸,很能豁得出去!"

这一天,唐小甜还在蒙头睡大觉的时候被铃声吵醒了。她迷迷糊糊地在枕边摸了半天,才找到电话,口齿不清地"喂"了一声。

"你好,请问是唐小甜唐小姐吗?"

她点了点头,半晌后才发觉人家在电话那边是看不见的。

唐小甜忙道:"我是。请问你是哪里?"

"我们这边是T.T.集团人事部。我们来电是通知你,你已经通过我们T.T.集团设计师助理的面试了,请你明天上午九点准时来我们人事部报到。"

唐小甜不敢置信,想从床上站起来,但纠缠的被单裹住了她的腿,下一秒,她"咕咚"一下在地板上摔了个狗吃屎。

唐小甜龇牙咧嘴地爬起来,犹未相信,跟对方再次确认:"你是说我被录用了,明天就可以去T.T.上班了?"

那女声十分程式化,但听在唐小甜耳中简直如同烟花噼啪盛放:"是的。唐小姐你已经被我们录取了。请你明天上午九点准时来我们人事部报到。"

唐小甜顿时点头如捣蒜:"好的好的。谢谢谢谢。"

她就说嘛,自己是人见人爱、花见花开的小仙女。怎么会有人不录取她呢?前面那几家面试的公司简直是……有眼无珠,太不识货了,居然错失了她这样的人才!

唐小甜立刻在"富婆俱乐部"姐妹群里汇报了这个好消息。

毕竟这么大的事情,不显摆一下,很容易会憋出内伤的。

"我终于要见到我的偶像——Thomas 谭了。天哪,天哪!我已经捏了好多次脸了。真的是疼的!"

李李:"捏脸的痛感太低,做不得准!打自己几个巴掌试试!要是疼的话,那确定百分百是真的。"

唐小甜:"李彩霞,你给我 G-U-N……滚!"

与此同时,她再次表达了对以前不录取她的那些公司的鄙视:"简直就是有眼不识金镶玉……我唐小甜那可是金子,是十足十的赤金,知道不?!迟早会发出万丈光芒的。到时候,我要闪瞎他们的狗眼!"

唐小甜马上跟爷爷唐寿山打视频电话,报告了这个好消息。

唐爷爷在视频里头笑得一脸褶子都开花了:"我就说嘛,我们家小甜是最棒的。"

唐爷爷问:"爷爷昨天快递的核桃酥和小月饼收到了没有?你收到后,拿去分给李李她们三个,就说是爷爷特地给她们做的。"

唐小甜:"我一收到就拿去给她们。谢谢爷爷。爷爷,我最爱你了。"

这一高兴,唐小甜就拖了老妈张女士去逛街吃饭。

在商场的珠宝柜台,唐小甜"豪气干云"地道:"老妈,你生日快到了。前几天不是说丁阿姨新买的金手链不错?我也给你买一条。"

张女士见她有如此孝心，心里自然高兴极了，就让柜姐把唐小甜挑中的几条拿出来一一试戴。

见张女士把某条手链戴了又戴，看了又看，端详再三，唐小甜就知道老妈看中了，便对柜姐说要买这条。

她还一再坚持自己付钱："老妈，说了我给你买嘛。就当是我今年送给你的生日礼物。老妈，你放心，我买得起。我平时有攒钱。而且啊，我这个月底就会有实习工资了哦。"

那小样！看得张女士直说她一副奴隶翻身当主人的嘚瑟样。

张女士心里其实欢得很，但她面上不显，借此机会对唐小甜耳提面命了一番，说去上班了可不能这样。要学会察言观色，做事要勤快，还要处处谨言慎行，不然三个月的实习期都可能过不了。

唐小甜嘟着嘴抗议道："老妈，我有你说的那么不靠谱吗？"

然而万万没想到，张女士竟然开始现场翻旧账，开始细数她过往的种种不靠谱的糗事。

唐小甜只好求饶："好啦好啦。我知道啦。你放心吧！我一定会过试用期！"

唐小甜气鼓鼓转身，结果撞到了一面肉墙。

唐小甜捂着额头，赶忙道歉："不好意思。"

对方不说话。

唐小甜抬头一瞅，愣住了：竟然是俞仁杰。

"愚人节，你怎么在这里？"她自来熟地跟俞仁杰打了招呼，而后又跟张女士介绍，"老妈，他就是我面试那天跟你打电话的时候说起过的那个愚人节。"

俞仁杰欠了欠身，礼貌周到地跟张女士打招呼："阿姨好！"

眼前的这个男生，剑眉星目，礼节周到。很不错嘛！张女士一边仔细打量，一边含笑应下。

俞仁杰身旁的一个女子开口问道："小杰，这两位是？"

俞仁杰做了介绍："姨妈，这是唐小甜，这是……"

"我妈姓张。"

"姨妈，这是张阿姨。"

唐小甜这时才注意到说话的女子，脱口而出："愚人节，你骗人！这明明是你姐吧！这么年轻漂亮，怎么可能是你阿姨呢?！"

俞家姨妈一听，眉角眼梢都乐开了花。

这世上，但凡是个女人，就没有不喜欢听别人说自己年轻漂亮的。

且眼前这个卷发女孩子长得像个洋娃娃，说这话的时候，瞪着圆圆的眼，一副"你别蒙我！我绝对不相信！"的可爱表情。

俞家姨妈阅人无数，见惯了场面，自然能在第一时间分辨出这个女孩子是真心的还是假意的。

张女士则被自己这个"说话没有礼貌，没大没小"的女儿气到了内伤。因此时碍于有人不能用口表达，只好在心里连连哀叹：她上辈子肯定是作孽无数，才生出了这么一个口无遮拦的小傻蛋啊。

俞家姨妈笑吟吟地替外甥证明："我是他妈妈的亲姐姐。你说，他是不是应该叫我一声姨妈？"

这个时候，唐小甜像是忽然开窍了似的，忙鞠躬问好："阿姨，你好。阿姨，你长得这么年轻，又这么好看，真的一点不像他姨妈。像他姐姐，真的！"

俞家姨妈再度笑成了一朵花。

"愚人节，我上午接到T.T.集团的通知。我被录用了，明天就去报到上班。你呢?"

俞家姨妈一愣,扫了一眼唐小甜,又侧头瞄了瞄俞仁杰,一副若有所思之态。

张女士见这情形,忙说了一句"我们还有事,先走了,下次再见"的客套场面话,拖着女儿离开了。

一转过弯,张女士就赏了女儿一记"栗子",耳提面命,谆谆教导:"唐小甜,你知不知道说话的分寸和技巧啊?你自己只是找到了一份实习工作而已,还不一定能做满三个月的实习期呢,就这么显摆。你这不当众给人难堪吗?!这种事情最好别问。就算要问,也必须得在私下里问。知不知道?!"

"好啦。老妈,这个确实是我不对。我真的只是随口一问而已。但我知道错了,下次不会啦。"唐小甜其实已经意识到了自己的错误,所以弱弱地道了歉。

"做人要谦虚要低调。知道吗?!不然,你以后在职场怎么'死'的都不知道。"

唐小甜摸着发痛的额头,悻悻地朝母亲做了个鬼脸:"我哪有嘚瑟?!我就随口一问而已。你自己都说了,T.T.这个单位是走了眼才聘请我的。"

张女士被抓了个现行,准备装傻充愣,企图"顽抗到底":"啊!我……我说了吗?我什么时候说了?"

"你说了!你在厨房里一边择菜一边跟老爸打视频电话的时候说的。以为我没听到!哼!"

张女士哑声了,反驳不得。

她当时跟唐父通话,确实忍不住说了一句"这用人单位的招聘人员是不是被人蒙住了眼?你说,会不会实习几天,就把她辞退了",可内心还不是担心自己的这个小迷糊吗?!

"还有，老爸还在视频里头跟你商量，说让你去英国陪他一段时间……呜呜呜，你们两个准备不要我这个小可爱了，准备抛下我去过你们的两人世界了……我果然不是你们亲生的！"

张女士："我说了很多次了，你是充话费送的。你老妈我天天都想着退货呢！这回相信了？！"

"臭老妈！坏老妈！"唐小甜虽然是这么说，但却是八爪鱼似的搂抱着张女士的手臂不肯放，亲热得不得了。

"你老爸要在那边的大学交流两年，一个人孤零零的，天天吃汉堡薯条，饮食很不习惯……他确实很想我过去陪他。可是因为你的工作没落实好，所以我也没一直同意。"

"那我现在找到实习工作了。你是不是就要去英国陪我老爸了？"

张女士不答反问："你想老妈去英国陪你老爸吗？"

唐小甜顿了一会儿，忽地开口道："老妈，你去吧。去英国吧。"

张女士见她的表情不像是开玩笑，不禁一愣，认真地问道："小甜，你真同意老妈去英国陪你爸啊？"

唐小甜重重地点了点头："老妈，我知道你是为了我，所以才没有和老爸一起去英国的。老妈，我现在已经长大了，可以照顾我自己了。虽然我不会做饭，但在点外卖这方面，我可是一个小能手啊。还有，就算我平时有些小迷糊，可这不还有伊致、李李和周诺她们三个嘛？！你放心，她们会照顾我的。而且，现在交通这么发达，回来也不过是打个飞的的事情。

"再说了，我迟早是要学会独立、自立的。

"老妈，你去吧。你就让我这只小鸟自己扑腾着翅膀自己学着飞吧。"

张女士还有另外一重忧心顾虑:"可你爷爷年纪也大了,一个人在老家……我要是不在国内,万一你爷爷身体有个什么不好……"

"老妈,你放心地去吧。这不还有我吗?!再说了,这几年,爷爷每年都享受咱们老家政府一年一度的免费体检项目,爷爷每年的体检报告除了一些小毛病外,一直都很好……以爷爷这个年龄来说,他的身体在同龄人中算是很棒的啦……

"老妈,老爸可就去英国交流两年,这都已经快一年了……你要是再犹豫不决,老爸他可就要回来了啊……"

第四章　所谓同事

上班的第一天，唐小甜起了个大早，吃了张女士做的爱心早餐，精神抖擞地来到了 T.T. 集团。

她对着公司光洁铮亮的大门整了整衣衫，而后"雄赳赳气昂昂"地抬步跨进公司大门。

一进大厅，就看到电梯里的某道熟悉身影。

唐小甜简直跟见了亲人一样高兴，又惊喜又激动地朝他大力挥手："喂，愚人节。等我一下。"

电梯里的几个人不约而同地抬起头看她。

愚人节亦是，不过他依然是没什么表情的一张脸。

自打第一次见面开始，愚人节就是这副面瘫模样，白白浪费了一张几乎可以媲美男明星的好看脸蛋。唐小甜早已经习以为常，见惯不怪了。

"愚人节，你也被录取了啊！怎么不早说?！昨天还害得我被我老妈骂了一顿。你这个人真是太不够朋友了！"

"帮我按一下 9 楼。谢谢了啊。"

俞仁杰不说话，但依言按下了 9 的按键。

"愚人节，以后咱们就是同事了。真是太好了。我就说嘛，这家公司的面试人员火眼金睛，绝对不会错失像你这样的大好人才的！"

整个电梯里静得落针可闻，唐小甜清脆欢快的声音回荡在整个空间里。

俞仁杰很想自己可以隐身。

电梯速度极快，话音刚落便到了要去报到的楼层，唐小甜跨出电梯，朝他握拳做了一个"加油"的动作："愚人节，我们一起 fighting 哦！"

电梯里所有人的目光再度齐刷刷地落在了唐小甜身上。

俞仁杰此时已经想遁土了。

唐小甜应聘的岗位是设计师助理，被分配去了服装设计部一中心，跟着一个叫杰瑞的设计师。

昨晚张女士耳提面命，再三叮嘱，所以唐小甜恭恭敬敬地鞠了一躬："杰瑞老师，您好。我是新来的实习助理唐小甜。以后请您多多关照。"

杰瑞正忙着核对面料商寄过来的面料，头也不抬地往角落一指："你的办公桌在那里。"

之后，杰瑞就去开早会了。

唐小甜也不知道自己做什么。张女士说要嘴巴甜一点、勤快一点。她看到杰瑞的桌面乱得就跟车祸现场一般惨不忍睹，就好心地帮杰瑞整理了桌面。

两个小时后，杰瑞开会回来一看，立刻大吼道："谁？谁帮我整理的桌面？"

整个办公室瞬间安静了下来，落针可闻。大家在各自工位上，你看我我看你。

唐小甜弱弱地举着手站了起来："是我。我看您的桌面太乱了……"

"我的桌面乱……关你什么事！这是我的桌面！又不是你

的!"杰瑞头大如斗,一边翻找资料,一边骂,"天啊,我的尺寸表?客人的修改意见呢?!我要给客人确认的面辅料呢?你你你,叫什么?"

"我叫唐小甜。"

"以后别乱动我的桌面。听到了没有?!唐!小!甜!"

……

听说T.T.集团用餐中心的大厨都是高薪聘请来的,菜色丰富,十分美味。唐小甜慕名已久。可因着上班第一天就被杰瑞大训了一通,饶是唐小甜再开朗再没心没肺,也难免有些情绪低落,食欲不振。

唐小甜去得晚,用餐中心几乎已经没人了。她选好了饭菜,准备找位置入座,一抬头,大老远地就看到了俞仁杰一个人孤零零地坐在角落里。

看来初来乍到,跟同事们都不熟,跟她一样。同是天涯沦落人啊。

唐小甜端着托盘走了过去:"愚人节。"

俞仁杰抬头,见了是她,便默默地把想赶人的话吞咽了回去。

毕竟,对于唐小甜这个自来熟来说,他说了也等于没说。

唐小甜一边吃一边跟他吐槽:"我老妈出门前耳提面命,说要多看多观察,要尊敬前辈,要抢着做事。可是办公室里都在各忙各的,根本没有人搭理我。"

俞仁杰见她萎靡不振,完全不同于一早的斗志昂扬,估摸着是受了打击,终于开了口:"你是职场新人,肯定要从打杂做起,熟悉自己部门的工作流程、工作范围、最新的工作重点等。"

"我知道啊。可是都没有人安排我。"

"你这么一个大活人,用得着人安排活吗?一个职场新人,要眼里有活,自己主动找活做,比如帮忙泡个咖啡、跑个腿,慢慢地你跟的设计师就会吩咐你做事的。"

唐小甜弱弱地道:"我找活了。我看杰瑞老师的桌面很乱,就帮他整理桌面,还招来了一顿骂……"

怪不得一副无精打采的小样。原来是刚来就被骂了!

俞仁杰道:"不要随便去碰别人的办公桌。有的人是乱中有序。旁人看着乱,但什么资料放在哪里他们自己心里有数。你要事先征询他们的意见。如果你想要帮忙,平时就注意着,就从帮忙泡杯咖啡、倒杯水、复印、找资料、做跑腿开始……

"刚开始工作可以不会,不会就问,可以慢慢学,但不可以粗心大意。所有上司交代过的事情,你必须认真完成,认真检查后,再汇报或者交给他。

"还有,被骂了也不要往心里去。职场新人嘛,扛骂抗打压是第一要素。这年头大家都忙,肯骂肯指点你,反而是真心在教你的……没有一份工作是不委屈的,任何打工人的薪水里都有一份是委屈费。强者遇见问题,处理问题。弱者则是抱怨问题。"

在备忘录一一记完,唐小甜才回过神来:"愚人节,你不也是新人吗?为什么你懂这么多!"

俞仁杰意味深长地道:"新人也是有聪明和笨的区分的。"

唐小甜:"……"

"还有,上班的时候,你没事就少说话多做事……"

"为什么要少说话?"

"你一说话就全暴露了。"

"暴露了啥?"

俞仁杰默默地把"你的单纯幼稚和无知"几个字咽下,道:

"新人之道：少说，多做，多观察。"

"是。"唐小甜感激涕零地朝他敬了一个礼，"真的太谢谢你了，愚人节。"

唐小甜食欲大开，埋头苦干。

唐小甜吃饭的时候，两个腮帮子鼓着两个小包包，俞仁杰莫名地觉得好熟悉。

他想了好一会儿，才想了起来：唐小甜这模样像极了弟弟俞子江曾经养的那只每天在笼子里不停地吃吃吃、跑跑跑的小仓鼠。小仓鼠吃东西的时候，腮帮子也是这样一鼓一鼓的。

俞仁杰不由得微微一笑，心情愉快。

趁着中午休息，唐小甜在"富婆俱乐部"把情况说了一遍，李李和周诺给出了跟俞仁杰类似的建议。

下午的时候，刚到点上班，唐小甜就去茶水间，泡了一杯咖啡，恭恭敬敬地端到杰瑞办公桌上："杰瑞老师，我今天第一天来上班，什么都不懂。我刚才不是故意的，只是想给您整理一下桌面。是我好心办坏事了，真是对不起。下次不会了。

"杰瑞老师，如果您有什么事情的话，可以随时吩咐我。"

杰瑞端起了咖啡杯，喝了一口咖啡后，这才拿正眼看她："你叫唐小甜？"

"是。"

"哪几个字？"

"唐小甜。唐朝的唐，大小的大，甜蜜蜜的甜。"

杰瑞缓缓道："钉珠这种手工活总会吧？平时我这边如果没事找你的话，你就去辅料装饰办公室。最近那边天天嚷嚷人手不够。你有空去那里帮忙做点活。"

第四章 所谓同事 | 047

"好的。"

于是,唐小甜有空就去了辅料装饰办公室帮忙。

在这里,她认识了和她一起被招进来的二部的设计师助理刘夏。

她们和辅料装饰办公室的工作人员一起给高定礼服钉水钻、钉珠片等。

这个活没有难度,需要的是细心静心和耐心。常常一坐下来,一钉珠片就钉一个下午,钉珠片钉得头昏眼花,坐得腰酸背痛。

有些毕业生心高气傲,觉得自己能力了得,分配做这些细碎烦琐的事情往往很心不甘情不愿。辅料装饰办公室的师傅们都心知肚明,所以越发喜欢给她们分配一些难做的活,以此来考验她们。

刘夏虽然对此也颇有微词,但在唐小甜的帮助下,也总是能把活做完。

而唐小甜则是发自内心地喜欢这些 Bling Bling 的很细节的东西,看着这些 Bling Bling 的东西一颗一颗地被自己钉在礼服和婚纱上,最后和衣服融为一体,呈现出一片光华璀璨的时候,她就觉得很开心很快乐。

这可比待在办公室开心多了。在办公室她总是会遇到很多杂七杂八的事情。

比如这日,唐小甜就很苦恼地发了信息给俞仁杰:"愚人节,我上午被杰瑞骂了一顿。昨天我有个同事让我帮她向杰瑞请个假,说家里有事要早点回去。结果她跟男朋友约会,被杰瑞抓了个现行……"

一分钟不到,俞仁杰用微信语音回复了她,语气冷硬,毫无半点波澜起伏:"你是怎么帮她请假的?"

唐小甜:"我就跟杰瑞说,陈佳佳家里有事先回了。"

俞仁杰冷哼了一声:"人家自己不会请假吗?!这么热心肠干什么?!同事之间要有界限。你看,现在出事了,你就背锅被骂。现在通信这么发达,她要请假,可以打电话发消息,用得找你帮忙请假吗?"

唐小甜不觉支吾了起来:"可是……可是她说找了好久找不到杰瑞。手机又正好没电了。"

俞仁杰:"人家进公司比你早多了,同事之间也比你熟多了。为什么不找别的同事要找你?你自己好好想想!"

唐小甜沉默了下来.

"反正啊,人笨就以后少插手别人的事情。办公室里面的水都深着呢。一不小心,就成了炮灰。"

唐小甜委屈巴巴:"我没有想到这么多!"

毕竟唐小甜的脑回路太简单了,属于宫斗剧里活不过第一集的那种。俞仁杰轻叹了口气:"你给我听好了,以后要是万不得已再碰到类似的这种情况,你必须在你的上司跟前加上一个'她说'。比如这次让你请假这个人叫什么?"

"陈佳佳。"

"那就这样跟上司说:陈佳佳她说,她家里有事要请假,因为她手机没电,让我转告您一声。一定要加上'她说'两个字。这样万一出现问题,你的责任也会减少很多。听到了没有?背锅侠!"

唐小甜认真受教,乖乖道好。

在闺密们的聚会上唐小甜把陈佳佳的事情说了。

李李举双手赞成俞仁杰的说法:"唐小甜,你是职场小白,做好你的事情就可以的,不要随便帮同事。帮之前要问清楚,具体帮她做什么,范围、时间等。有的人啊,但凡你一帮忙,就把这个活全扔给你。做对了,功劳都是她的。出错了,错全是你的。还有的人啊,你帮了她一次,她就觉得理所应该。下次你不帮她,你还得罪她了。职场小白切记,小心谨慎为上。"

周诺:"李李说的我全部赞同。防人之心不可无。"

唐小甜道:"我以前听你们说什么职场刀光剑影,只是听听而已,听过就忘了。现在真的工作了,才知道什么是杀人于无形。"

李李: "唐小甜你啊,就慢慢修炼吧。路漫漫其修远兮着呢!"

谁也没料到,李李的话会一语成谶。

张女士的英国签证已经下来,这两天正跟唐父商量买机票的事情。等买了机票,整理一下物品就可以出国了。

但在出发之前,她还有一件重要的事情要做。

这日下午,唐小甜在工作中接到了张女士的电话:"小甜,你等下下班后,直接到这家时光咖啡店。我在那里等你。"

唐小甜:"老妈,你这是准备庆祝我实习到现在还没有被辞退,要请我吃大餐吗?!"

张女士:"我把定位发你微信里头了。记住了!给我七点准时到!"

"哎哟喂,要去英国见自己的老情人了,对我越来越不好了。你说,我还是不是你的小宝贝了?!"

"不!是!都说了是充话费送的。记住了七点。别迟到啊。要是迟到的话,小心你的狗腿。"

唐小甜挂了电话，摸了摸自己凉飕飕的小腿。

下班后，唐小甜准点来到了老妈指定的时光咖啡店。

咖啡店是一座具有百多年历史的老别墅改建的。临街的一侧，大片通透的落地玻璃，可见里头舒适可人的装饰。

唐小甜突然瞧见了老妈和丁阿姨，还有……一个男生，三人有说有笑，气氛不错的样子。

这阵仗——左看右看，怎么看也像是相亲啊?!

她忙拍了个照片发到了"富婆俱乐部"微信群里，把观察所得告知了李李等三人："怎么办?"

杨伊致则一贯温和："相亲就相亲嘛。先见一下，说不定合眼缘呢?!"

周诺："忙。要准备开会了。先预祝你成功脱单。"

李李："朋友一生一起走，谁有对象谁是狗。这句话一直以来都是谁在念叨的。"

母胎单身的唐小甜每次用这句话怼李李。所以，此时竟有些无力反驳："……"

杨伊致："小甜，你先进去看看情况再说。也不一定是相亲?!"

唐小甜："这要不是相亲的话，还哪个是相亲哦。我妈这个糟老太婆坏得很，都要去英国了，还诓我来相亲。"

杨伊致道："阿姨的签证办下来了，走之前还在操心你的终身大事。可见她有多爱你，多放不下你。这就是最伟大的母爱啊。"

杨伊致从小被杨家收养，父母是她一生的伤疤。唐小甜怕触动她的伤心事，忙在群里@李李，转移话题："李李，你心里还有没有我这个小宝贝了?! 快给我出个主意!"

李李想了想:"你看看周围有杂货铺吗?我曾经看到过一个相亲笑话。我觉得你完全可以照模照样来一遍!"

李李发语音把大致内容说了一遍。

杨伊致听完,发了一条消息:"我看这个可以。李李不愧是我们中间的女诸葛。"

李李:"先把东西备着。万一你看得上,就用不着出这招了。但要是不满意,就使用我这个绝招。如果这样还没把这个男的吓退的话,说明他骨骼清奇,是人间极品……再说了,就凭你那姿色,人家也不一定看得上啊。放心大胆地上吧!"

唐小甜:"……"

唐小甜沿着马路走了很长一段路,终于在三岔路口看到有个小杂货店,遂按李李说的步骤进行操作,买了香烟和打火机。

张女士一看到她,微笑招手:"小甜,这里。"

唐小甜一见张女士那"温柔可亲"的笑容就背脊发麻,但也只得硬着头皮上前。

果不其然,短短的几句开场白后,丁阿姨很识趣地拉着张女士起身:"你不是说要买东西吗?!走,我陪你去逛逛。小任啊,你和小甜两个人好好聊聊。"

这个叫小任的男生长相白净斯文,跟"难看"两个字是完全搭不上半点边的。

小任:"听说你是服装设计毕业的,阿姨今天穿的衣服都是你自己做的。确实很不错。到时候你给我妈做两件,我妈肯定喜欢。她一喜欢啊,就什么都好说。"

唐小甜大惊:这才起个头,都已经说到要去"拜访父母"了吗?!她忙讪讪摆手:"做得不好。这不,先前一直没找到实习工作,趁闲着就给我妈妈做了几件。"

"听阿姨说你在本市的T.T.集团的设计部工作？T.T.集团不错啊，是本市数得上的大集团。"

"只是实习而已。我们公司要实习三个月才能够签合同成为正式员工。我现在每天的工作就是跑腿打杂，给衣服钉珠子……手指都不知道被扎破了多少针……你看……"唐小甜大倒苦水，希望可以用唠叨这一招把他吓跑。

小任皱眉："你不是做时装设计师助理吗？"

唐小甜继续喋喋不休："是啊。时装设计师助理，听着高大上吧。你都不知道我现在每天干的都是打杂的活，就跟从前的学徒工类似。什么苦活累活都是我们实习生干。至于自己独立设计吧，起码要几年之后……我大学学的就是这个专业，总想做专业对口的工作，学以致用……服装设计师听着是一门听着高大上的工作吧?！事实上啊，我们设计的衣服，客户也不一定欣赏……虽然说是各花入各眼，搞不好就会曲高和寡，你觉得自己的设计里面有艺术，人家还觉得你傻帽……"

小任转了话题："听阿姨说，你喜欢美食，也会做菜。"

唐小甜："哎呀，你可千万别相信丁阿姨和我妈说的。这年头介绍人说的话，除了性别一项外，其余都不能相信。我这个人是很真诚直爽的，所以，我跟你实话实说吧。事实上，我只会一道西红柿炒鸡蛋。"

小任明显一怔："是吗?！"

"这年头，谁不会做西红柿炒鸡蛋啊？把两个放一起炒一下，熟了不就行了吗?！"

"听丁阿姨说你很会打扫卫生，整理房间？"

"切！你看我的样子像会做这种事情的吗？我可是我爸妈的小宝贝，在家从来不做这些家务活。"

"那你会不会……"

"不会!"

"那你会不会……"

"也不会!"

……

"那你会什么?"

唐小甜慢腾腾地从包里取出了一盒烟,抽出了一根递给他:"抽不?我们学艺术学设计的普遍压力大,经常需要各种灵感……没灵感的时候,只有抽上几根找找感觉……"

小任摇了摇头,大皱着眉头,十分地不认同:"我是一个很保守的人。我自己不抽烟,也不喜欢自己的女朋友吸烟,更不喜欢自己的老婆吸烟。希望你可以戒掉它。"

女朋友?!老婆?!唐小甜差点被自己的口水给呛着了。

她拨了拨头发,"抛"了个媚眼,用"极其妖娆"的姿势点了一根烟:"你这么坦诚,我也就跟你说实话吧。我这个人吧,平时喜欢抽点烟喝点酒,偶尔约约网友。所以,我觉得我们两个不合适。"

唐小甜说到这里还对小任做了个"嘘"的姿势:"我把你当朋友才坦诚相待的。你可千万别跟我妈和丁阿姨她们说。谁能没有一点秘密呢,对吧?这年头,我们年轻人都'压力山大'。大家都不容易。"

小任看着她的举动,缓缓道:"你这是跟网上学的吧?我看到过类似相亲笑话。"

唐小甜顿时倒吸了一口。

这一口吸岔了气,把烟吸进了气管,她剧烈咳嗽了起来。

小任道:"其实在答应见面之前,我和我爸妈看过你的照片,觉得你额头饱满,鼻子高,鼻头又有肉,下巴兜兜,一脸的旺夫相……笑起来甜甜的,可可爱爱,对你的印象很好。而且我妈说我们两个的生肖又是六合,很相配……现在见了面也还是觉得很好。我们先交往一年,明年这个时候就可以结婚了……"

明年!结婚!唐小甜的咳嗽更剧烈了,简直有天崩地裂之势。

身后有人发出了扑哧一声笑。

第五章　那种关系

唐小甜咳嗽着转头,愕然看到了双手抱拳、似笑非笑的俞仁杰和一脸狡黠看戏的小蘑菇头俞子江。

"愚人节,鱼子酱,你们……怎么在这里?"

俞仁杰早已经对唐小甜所处的境况了如指掌了。他也就日行一善,帮她一把。

俞仁杰将自己的手机递了过去,取过唐小甜搁在桌上的手机:"不是要换手机吗?!谁让你今天早上从床上起来的时候,赶着上班,走得太匆忙,错拿了我的手机……"

闻言,小任瞠目结舌地看着两人:"你……你们……"

俞仁杰点头:"是,对,没错。我们就是你以为的那种关系!"

唐小甜:"小任先生,你可千万别跟我妈、丁阿姨提这事啊。这年头,大家都不容易。我可是把你当自己人才说的啊……"

小任的身影很快消失在了咖啡店的门口。

大功告成!唐小甜忍不住"耶"了一声,朝小蘑菇头俞子江比出了一个胜利的剪刀手!

唐小甜转身拍了拍俞仁杰的肩膀,哥们似的热乎:"大恩不言谢啊!下次你们相亲要是还有需要我的地方,我一定全力以赴,还给你们打八折。虽然我唐小甜很穷很抠门,可是我是一个很讲义气很够朋友的人。"

俞子江拿出了自己手机:"小甜甜,请你把刚才的话再说一遍,我要录音。万一你下次忘记了,不给我们打折了呢?!"

唐小甜:"鱼子酱,姐姐我有这么不讲信用吗?!"

俞子江:"以防万一嘛!"

唐小甜转头看了一眼远去的小任,道:"唉,他其实长得也还算可以……可惜性格太奇葩了。才见面就说要见双方父母,还说明年结婚……太可怕了……"

俞子江听了,顿时一个大写的不服:"就他那模样……也算可以?!那我和我大哥不就是天神下凡人间吗?!"

唐小甜:"啧啧啧,这年头见过会吹的,没见过像你鱼子酱这么会吹的?!"

俞子江仰着四十五度下巴,傲娇不已地道:"我才没吹牛呢。我们班可是有好多好多女生都说长大了要嫁给我呢!"

小小年纪居然行情这么好。长大了肯定是个海王!

唐小甜:"鱼子酱,你听没听过一件事情:就是小时候好看的人,长大了多半会长残。很多童星就是真实的、血淋淋的例子。所以,现在很有可能是你颜值最后的高光时刻。"

俞子江:"……"

他憋了半天,蹦出了一句:"那也肯定比刚刚你相亲的这个人好看!"

"那可不一定?!谁知道你长大了会是什么样子!"唐小甜继续补刀,"我跟你说,在相亲里头的男生像他这种长相的真心算不差了。这年头,长得像火山喷发、车祸现场的,多了去了。"

俞仁杰斜睨了她一眼,不咸不淡地道:"说得好像很有经验嘛!你相过很多次吗?"

这是她第一次相亲。但输人不能输阵！唐小甜抬头挺胸："那是当然！"

俞仁杰："哦。那说来听听，都遇到过什么极品人物？"

唐小甜故作"深沉"地摆了摆手："算了，不说了，说多了都是泪！"

俞仁杰双手抱胸，在她对面坐下，一双无处安放的大长腿交叠了起来，慵懒闲适："没事。说来听听啊？我正好有空。"

俞子江也双手抱胸，挨着大哥俞仁杰跟着一起坐下："我也有空。"

见这阵仗，唐小甜只好随口胡诌："我啊……我一般相亲，是属于见人就说人话、见鬼就说鬼话的那种类型。"

俞子江："什么意思？"

"就是看见大帅哥，就说今天天气真不错，要不要出去逛逛之类的……"

俞子江："那要是男的不好看呢？"

"比如像你这种颜值的，我一般就聊钟馗和黑白无常之类的……"

这是在骂他丑！俞仁杰反应了过来，嘴角冷冷一勾："不错哦。今天居然一下子变聪明了嘛！"

唐小甜难得可以小胜一局，扬起小下巴："愚人节，你怎么说话的呢？！还能不能愉快地做朋友了？！"

俞子江："喂，小甜甜。看在我们帮你赶走相亲对象的分上，怎么也得请我们吃顿晚饭吧？！"

自己帮忙破坏一场相亲收他们一千块。今天他们出手相助，没收她一分钱。自己要是拒绝了，那也太不够朋友了。

唐小甜："好吧。"

俞子江扫码点单，毫不客气地点了店里两个最贵的菜。

唐小甜一看价格，顿时气息虚弱："鱼子酱，我还在实习期。这个月的实习工资要到月底才会发下来。请你们这一顿，就已经使得本不富裕的我更加雪上加霜了……"

俞子江："哦，这样啊。反正已经没钱了，那么我们再多点两个菜，让你接下来过更没有钱的生活吧。"

唐小甜："鱼子酱少爷，这……是不是有点太没有人性了?!不！我坚决不相信你是这样的鱼子酱少爷！"

"放心。小甜甜，以后会长残的我，今天会用事实证明给你看的。"俞子江转头就对服务生说，"再帮我加这一道菜。"

小小年纪居然这么记仇。真是要不得！

唐小甜求生欲爆发了，立刻改口："不不不。鱼子酱少爷，你是绝对绝对不会长残的！鱼子酱少爷，您心地善良，和蔼可亲，英俊潇洒，玉树临风，风度翩翩……"

"真的吗?! 你确定？"

"我确定已经肯定！春日樱花，夏日蝉鸣，秋日暖意，冬日初雪，都不及你鱼子酱少爷美貌的万分之一……比今天的你更好看的只有明天的你……"

"小甜甜，你再说什么也没有用。反正我决定了，我要趁长残之前好好享受我的美食时光。"

……

唐小甜把手机捂在胸口，看着一道一道精致的菜肴被端上来，心就像拔了塞子似的，不停地淌血。

俞子江还一个劲地招呼她："小甜甜，趁热吃，凉了就不好吃了。多吃点。"

又说："大哥，你说就这几道菜够不够啊？不够我们再加点。"

唐小甜觉得自己的血槽即将清空。

俞仁杰大约是见唐小甜精神太过萎靡不振了，终于忍不住道："吃吧。我请客！"

唐小甜以为自己听错了，倏地抬头："真的吗？愚人节，你不是开玩笑吧？你大声地说一遍！"

"不开玩笑。这顿我请！"

俞子江："傻小甜甜，笨小甜甜，我们本来就是跟你开玩笑的。我和我大哥是那种会让女生请客的男人吗？！"

唐小甜："不是！绝对不是！"

于是，接下来的时间里，唐小甜大快朵颐，像只掉进米缸的小老鼠，吃得那一个叫眉飞色舞、心满意足。

俞子江看得目瞪口呆，一而再地从"虎口"夺食后，实在是忍不住了，说："小甜甜，你可是女生。女生不都是吃一小口就说自己饱了的吗？然后吃一点点就要减肥的那种吗？你怎么能吃这么多呢？！"

唐小甜咽下口中食物，才得空回他："所谓人生苦短，所以要再来一碗嘛！再说了，花那么多钱吃的美食，又要花那么多的时间和力气减下去……太亏了不是？！我唐小甜从来不干这种亏本的买卖！"

俞子江哑口无言："……"

一顿饭下来，俞仁杰看着唇枪舌剑、你来我往的两个人，嘴角一直上扬着。

弟弟俞子江从小失去父母，家里人虽然疼爱他，但他总是有所缺失，平时很少会这般主动接近外人，更别说如此亲近地斗嘴要贫了。

唐小甜可谓是第一人！

一进家门，唐小甜就气呼呼地找张女士算账："老妈，你居然学坏了，还诓我去相亲。我要到七月份才大学毕业，你这么着急干吗?!"

张女士已经从丁阿姨那里得知了相亲失败的消息："小甜，现在这年头可不比我们当年啊……现在女孩子不仅要跟女孩子竞争，还跟男孩子竞争……"

说完，张女士话锋一转："对了，小任跟丁阿姨说有个男人跟着你去了相亲现场，还说你们关系不一般……到底怎么回事?!这男人是谁？速速给我从实招来！我们唐家的政策你是知道的：坦白从宽，抗拒从严！"

"没有啊。老妈。只是凑巧在那里遇到了一个认识的男性朋友……"

张女士根本不信："就这么巧?!"

因为是事实。所以唐小甜脸不红心不跳气不喘地与张女士坦然对视："老妈，真的就是这么巧！"

张女士向来火眼金睛，看唐小甜这小模样，就知她真没说谎。而且她也没相中那个小任。无奈之下，也只能放过了她。

可惜这"一击"不中，唐小甜再没有上当。

一个星期后，张女士在挫败中，依依不舍地登上了远去英国的飞机。

老妈张女士跟老爸唐先生两个人去过他们的两人世界了。

唐小甜虽然不舍得，但很快就接受并适应了。

但工作方面却是一言难尽。

唐小甜肯干也肯吃苦，但在某方面却少一根筋。用李李的话说:"她单纯没有心机不会害人,就以为世界上所有的人都跟她那样。属于标准的宫斗活不过第一集的那种。"

职场如战场,唐小甜从前只是听听而已,过耳就忘了。可她真正步入了职场就知道了什么是职场丛林,一步一陷阱,什么是杀人不见血。

这一天,她因为尺寸表上的一个数字错误,导致了一件高定礼服出现了问题。

杰瑞气急败坏,指着她的鼻子破口大骂:"这么简单的错误你也会犯?!你不会检查一下吗?!"

唐小甜:"这个成品尺寸表是徐娜在移交资料的时候给我的。可是我没想到这个尺寸表是错误的……"

徐娜自然不会承认,第一时间推卸责任:"杰瑞,我只是按照你的要求,把这件礼服的所有资料移交给了唐小甜。至于她怎么跟客户的资料核对的,有没有核对,跟我无关!我已经按照你所有的吩咐做了。现在礼服出了问题来找我。我不是背锅侠,这个锅我背不动,也是绝对不背的!"

自打陈佳佳被杰瑞抓包后,便开始记恨起了唐小甜,不停在她背后各种造谣生事、挑拨离间。徐娜被挑拨成功,与陈佳佳两个人抱团,一直在排挤她。所以这个事情,无论是栽赃陷害还是真凑巧,反正都是她唐小甜的错。

至于她的顶头上司杰瑞,自打第一天来,就打发她去做各种琐碎的小事,没教她任何实质性的东西。

李李说:"教会徒弟逼死师父。他当然不会教你什么东西。而且他也知道徐娜和陈佳佳两个在抱团针对你,他看破也不会说破。手下人不和,才有利于他这个上司多方制衡!"

唐小甜:"唉!办公室真的好复杂。明枪易躲,暗箭难防!

怪不得我老妈以前说,按我的个性,在单位怎么死的都不知道。我以前是一个大写的不服。我总觉得真心真诚地待人,别人也会真心真诚地对我。现在我经历过了,对我老妈的先见之明,是不服也不行了。"

周诺:"有人的地方就有斗争。职场就是江湖。每个公司、每个单位都一样!我们公司也一样复杂。"

李李:"按我李李的个性,与其千日防贼,不如先发制人,一击绝杀。但按你单纯的性格,让你先发制人是肯定不行的。你只能在公司谨慎小心一些,别跟任何人走得太近,别轻易相信任何人,对人掏心掏肺的……"

李李平时虽然天天怼她,但姐妹间的感情确实不掺一分假的,关键时刻,该支招就支招,该护她就护她。

唐小甜心里暖暖的,虚心受教了:"我会尽量小心的。不让她们再给我使小绊子了。"

李李:"她们针对你,不给你使绊子,不给你穿小鞋,那是不可能的!有什么事情也只能见招拆招了!"

杨伊致没经历过职场,对此没什么发言权,只好温言软语地安慰唐小甜,让她来店里,让大厨给她做各种好吃的。

果然如李李所说的,之后的工作,唐小甜又遇到各种层出不穷的事情。

好在有李李、周诺和俞仁杰三人的各种主意和建议,唐小甜兵来将挡水来土掩。

但刘夏把责任推到她身上的这件事情,却让唐小甜十分伤心。

进入T.T.集团后,她自认为唯一交到的朋友就是刘夏。(至于俞仁杰嘛,两人是在进入T.T.之前就认识的,所以不算。)

这日，正好一部和二部各自有一件高定礼服要钉珠子和水晶等辅料。辅料装饰办公室的负责人就直接分配给唐小甜和刘夏："一人一件。你们就各自负责自己部门的礼服。"

干活途中，刘夏接了一个电话后，慌慌张张地起身，说她母亲不舒服进了医院，把礼服的事情拜托给唐小甜帮忙。

唐小甜："我手头的这件礼服也必须在今天完成，我们头儿杰瑞明天也要交给客户的。我实在来不及完成两件礼服……"

刘夏双手合十，可怜巴巴地再三拜托："小甜，你就帮帮忙。拜托拜托……我急着要赶去医院……"

"刘夏，我不是不肯帮，我是实在帮不了……"

"小甜，反正拜托你了……我要赶去医院了……"刘夏不容分说地把礼服塞给了她，转身就走。

"刘夏……"唐小甜抱着一团云似的礼服，眼睁睁地看着刘夏跑着离开了。

当晚，唐小甜在公司熬夜加班，完成了自己的那件晚礼服的时候已是凌晨一点了，困得眼皮直打架。她素来心善心软，看了一眼刘夏的礼服，叹了口气，还是选择了帮忙。

她用冷水洗了把脸，喝了一大杯黑咖啡，帮刘夏的礼服钉水晶，整整熬了一个通宵总算是完成了。

然而没想到的是，二部的沈经理在检查这款礼服的时候，发现有一处撕裂了。

刘夏被她们部门的沈经理问责，把唐小甜帮着钉水晶一事说了出来："这件礼服除了我们二部的人外，还有……一部的唐小甜经手了。"

沈经理当即抱着礼服怒气冲冲地推开了一部的办公室门，把礼服"啪"的一声重重地拍在了杰瑞的办公桌上："杰瑞，你是什么意思？明的竞争不过我，就来阴的搞我，是吗?!

"这件礼服是大明星林娜找我定做的，是要去参加法国戛纳的影展走红毯的……这款礼服的面料因为工艺特殊，我辛辛苦苦找了工厂定做，从打面料小样开始到最后做成品，花了整整一个半月的时间……我千辛万苦地设计、制版，找各种辅料，好不容易完成这件礼服，却在最后关头毁在你们一部手上……杰瑞，你真是太恶毒了……你竞争不过我，就用这种下三烂的手段来破坏我的礼服，让我无法如期交给林娜，以此毁了我在行业里的名声……"

杰瑞真是人在办公室坐，锅从天上来。

T.T. 两个设计部门间素来你争我斗，钩心斗角惯了。他与二部的沈经理本来就是王不见王、后不见后，杰瑞自然不会平白无故吃下这个闷亏。

"沈静，你真的在发神经！你哪只眼睛看到是我们一部破坏你们二部的礼服了?! 你把证据拿出来！"

两人大吵了一架，闹到了老总那里。

杰瑞大声喊冤："谭总，我们一部没有做这种事情。请你一定要查清楚，还我们一部一个清白。"

沈经理："不是你们一部做的，是谁做的？杰瑞，你敢不敢把你们一部的那个叫唐小甜的叫来?! 当着谭总的面，我要好好质问她！这件礼服是她经手的，问题肯定出在她身上！"

谭总谭卫聪一听唐小甜的名字，眸光微微一闪。

杰瑞反唇相讥："我一部的人，我为什么给你叫来?! 你说问题出在她身上。你把证据拿出来！所谓有图有真相！"

"你不叫就是心虚?!"

"神经病！自己无法给客户交代，就想把责任推到我们一部!"

事已至此,老总要的当然不是问责,而是要第一时间解决好这个问题,让大明星林娜那边满意,哪怕以后不能继续合作,至少也不能影响到 T.T. 声誉。

谭总一锤定音:"解决好林娜的礼服,然后再讨论怎么处理这件事情。"

这件礼服唐小甜交给刘夏之前是完全没有任何问题的。但为什么礼服会被撕破了呢?唐小甜是不知的。

"杰瑞,我只是帮忙钉水晶而已……我交给二部刘夏的时候,这件礼服是好的。"唐小甜虽然百口莫辩,但还是极力为自己解释。

"唐小甜,你是在我们一部太空了,吃饱了撑了,是吧?去帮二部门干活?!我一部的庙太小,留不住你这尊大佛……既然你这么想去二部,就申请调去二部。我杰瑞肯定第一时间成全你!"

"杰瑞,我没有想去二部。是刘夏的妈妈进了医院,说实在来不及了,拜托我帮忙,我才……"

最后的结果自然是唐小甜被杰瑞指着鼻子在办公室里大骂了一个下午。

这其实已经是最轻的结果了。

二部因为这件礼服失去了林娜这个重要的明星客户,且连老总这回都偏向一部,说就算一部帮忙了,二部也应该在交接工作的时候检查清楚是否有任何问题。既然没有检查,如今出了事情,责任自然要算二部的。

杰瑞大感痛快,所以轻拿轻放,只骂了她一通做做样子就了事了。

事后，刘夏也跟她道歉了："小甜，对不起。我情急之下一不小心就说漏了嘴，说你帮忙了……"

虽然是道歉了，可刘夏的举动却让唐小甜伤足了心。

她熬了一个通宵，尽心尽力地帮了朋友的忙，却得到了这样的结果。

到底是无心的还是有意的，如今再追究也毫无意义了。

俞仁杰知道后，直接回了个微信语音过来："说了同事的事情，让你不要随便帮忙……"

大约是对她无语了，最后只说："现在撞了墙，知道疼了吧?!"

唐小甜难得地半句反驳也没有，有气无力地道："嗯，疼的。很疼。"

李李得知后，气不打一处来："唐小甜，你的心也真够大的。大家都是实习生，一个单位的实习生最后能留下来的人数都是有比例的，并非人人都能转正的。这件事情蹊跷得很。你以后尽量给我离这个刘夏远一点。"

周诺见她伤心难过，安慰道："职场上哪来什么真朋友。下回别轻易相信同事，随随便便跟人做朋友。有道是防人之心不可无。"

被轮流训了一通，唐小甜像是打了霜的茄子，萎靡不振："唉。真想辞职算了!"

李李当即泼上了冷水："有人的地方就是江湖!东山老虎吃人，西山老虎一样吃人!你去哪里都一样!"

俞仁杰则问她："离开T.T.，你想去哪里工作？你先回答我这个问题再说。"

唐小甜想了半天，无言以对。

俞仁杰:"既然没地方去,就给我在T.T.好好待着!"

在这种战战兢兢、小心翼翼中,唐小甜度过了三个月的实习期,并转正成为T.T.集团的一名正式员工。

可在这三个月中,她一直没见到她景仰的男神——Thomas谭。

有次无意中说起这事,辅料办公室的同事们告诉她,Thomas谭神龙见首不见尾,她们都没见过。

唐小甜大吃了一惊:"什么?连你们都没见过吗?!"

"是啊。Thomas谭所有事情都让他的助理出面,自己隐身在幕后。所以就算我们在T.T.很久了,都没见过他。"

"这么神秘?!"

"怎么?你想见他?"

唐小甜点头如捣蒜:"嗯嗯嗯。我就是为了Thomas谭才来T.T.的。"

同事们送给了她一副"请节哀顺变"的表情。

唐小甜顿觉生无可恋。

不过,好在她心大,下了班就不去多想公司的事情。受了委屈,一两顿美食就抚慰了。工作之外,天天跟姐妹们在"富婆俱乐部"的群里闲聊,三不五时地跟姐妹们见面,顺便接接小蘑菇头俞子江的"破坏相亲"订单赚赚外快,日子还是过得颇为快乐。

这一日,唐小甜接到了俞子江的电话:"小甜甜,江湖救急,晚上有单。"

"×××餐厅××包厢,晚上八点。可千万别放我哥鸽子啊。"

也不等唐小甜回答，俞子江便挂了电话。

唐小甜到达餐厅的时候，男女主角已经端坐在包厢了。

唐小甜故作惊愕伤心，用颤抖的手指着俞仁杰质问："愚人节，她是谁？"

数次下来，俞仁杰见招拆招，无论唐小甜怎么表演，他都能接得住，甚至把自己的演技磨炼得越来越自然了："小甜……你听我解释……这都是长辈们安排的，我是没办法……"

唐小甜咬着唇，含着泪，拔腿就走，成功演绎了一个被伤害的女生角色。

俞仁杰对那相亲女主道："不好意思啊。我跟她因为长辈们不同意，所以一直地下情。她没什么安全感，我……"

那女子寒着一张俏脸，高傲地仰起头，拎起包就走，连句再见都欠奉。

唐小甜再一次成功地帮俞仁杰破坏了一次相亲。

"愚人节，Give me five！"

见俞仁杰不动，唐小甜硬拖着他的手，击了一掌。

这时，在餐厅另一桌的俞子江跑了过来："俞仁杰，我就说吧，小甜甜可是个百里挑一的人才！"

人生第一次被人称作"人才"。虽然是从俞子江这个小孩子的嘴巴里说出来的，唐小甜还是十分高兴的。

她捏了一把俞子江QQ弹弹的脸，夸赞道："小伙子真有眼光，以后前途无量。"

俞子江："唐小甜，不许拧我。把我拧丑了怎么办？你这么老，又不能以身相许。我不是太亏了？！"

唐小甜气呼呼地加重了手上的力："居然敢说我老。我哪里老了？"

俞子江:"反正比我老!难道你不承认?"

"……"唐小甜无法反驳,只好薅了一把他头发泄愤,"付钱,快付钱。我拿钱走人。"

俞子江龇牙咧嘴地一边揉脸,一边转钱给她。

唐小甜满意地收下,见俞仁杰在一旁打电话,便偷偷地问出了心中一直存在的疑惑:"你大哥为什么老是相亲?按他的姿色也用不着相亲啊!"

俞子江唉声叹气地道:"还不是我们姨妈安排的,她想着我大哥可以早日成家。"

唐小甜:"要是你大哥不想的话,可以直接拒绝啊。为什么不拒绝?!"

"拒绝有用的话,还用得着花钱雇你吗?!"说着,俞子江小声说,"你都不知道,我姨妈招数可多了。坑蒙拐骗,她什么招数都用过了。现在索性连骗都不骗了,连装都懒得装了,直接就一个电话打过来,让我大哥去相亲。"

"我个人建议吧,你大哥还是跟你们姨妈好好地深入地交流一下。"

俞子江鼻子都皱起来了:"没用的。"

"为什么没用?"

"这件事情说来话长。我就简短扼要地拣重点说吧。就是在我刚出生不久,我爸妈就因为车祸去世了。那个时候我哥在国外念书,我姨妈就把我接过去,含辛茹苦地把我养大。"

唐小甜一愣:没想到俞子江竟然还有这等凄惨的身世。

可他如今性格开朗、活泼可爱,可见他们姨妈给了他满满的爱。按此推理,他们姨妈对俞仁杰肯定也是如此。

怪不得他们姨妈这么美,原来是真正的人美心善。唐小甜对商场遇到过的那个气质高雅的阿姨印象越发地好了。

"姨妈说她作为我们唯一的长辈，为我们兄弟两个人熬白了头发，操碎了心……说我大哥如果一直不成家的话，她就对不起我那死去的老爸老妈……所以她就一直帮我大哥介绍各种相亲对象。这些女生的父母都是我姨妈认识的。要是直接拒绝，我大哥说姨妈肯定会不开心，而且也会让姨妈得罪这些女生和她们的父母。但是有了你就不同了，我大哥就没这么得罪人啊。至于你，反正也不认识她们，也不怕得罪。"

所以出钱雇她做恶人，让她破坏各种相亲。

唐小甜："其实你大哥不如跟你们姨妈开诚布公地好好聊聊，就说自己不想相亲、不想结婚不就得了……"

"唉。家家有本难念的经。你不懂的啦。"

唐小甜想到了她被老妈诓骗的那次相亲经历，顿有"同是天涯沦落人"之感。她心一软，便义薄云天地道："看来你们也有难处。要不这样吧，以后帮你们破坏相亲，我一律打个七折。"

俞子江眼睛一亮："小甜甜，我没看错。你这人虽然有时候傻兮兮的，但是够义气。我们就这么愉快地决定了。"

傻兮兮，这是好话?! 唐小甜："……"

俞子江："小甜甜，你刚又赚了这么多钱，请我们哥俩吃饭吧。"

唐小甜打量了一圈这家餐厅的低调奢华的装饰，捂着手机，戒备地道："你想吃什么？"

俞子江："你想请什么我们就吃什么！"

唐小甜指了指前面的路口："那边有家炸鸡店很不错，隔壁糖水店的杨枝甘露和手打柠檬茶也很赞……我每回来这附近都会买……"

俞子江垂涎欲滴:"好啊好啊。我都想吃……"

俞仁杰结束通话,插话进来:"不行。炸鸡柠檬茶这些都是垃圾食品。"

俞子江拉着他的袖子撒娇:"俞仁杰,我想吃嘛。"

"不行!"

俞子江:"俞仁杰,我很想很想吃。"

俞仁杰:"绝对不行!没营养。吃多了,以后跟她一样傻白甜。"

唐小甜"怒"了:"喂。愚!人!节!怎么说话呢?你!"

俞仁杰不说话。

俞子江的视线在两人之间来来回回,识相地捂着了嘴巴。

数秒后,俞仁杰先开了口:"走吧,换家餐厅。我请你们去吃饭。"

请她,她就要去啊?!她唐小甜未免也太掉价了吧!唐小甜"铁骨铮铮"地拒绝了:"不吃。我回家了。"

街上华灯初上,车来车往。家家店铺都灯火通明,人流络绎不绝。正是广州城最热闹的光景。

唐小甜在公交车站处等车。

小蘑菇头俞子江追了上来,塞给了她一个大纸袋:"小甜甜,别生气了。是我哥买的。"

唐小甜第一时间就闻到炸鸡和薯条的诱人香味。她的肚子不争气地打起了鼓来,口水也飞速地在口腔凝聚。

哼!请她吃,她就吃吗?!唐小甜很想有"骨气"地扔掉。内心纠结挣扎了许久,最后还是按捺不住一颗想吃炸鸡的心。

她转头问俞子江:"一起吃?!"

俞子江兴奋地连连点头:"必须的啊。难不成你想一个人吃独食吗？！"

唐小甜："不会。咱们是兄弟嘛！有福同享，有肉你长。嘿嘿嘿。"

俞子江："好吧好吧。肉都归我长。反正大人们都说我现在正是长身体的时候。"

于是，唐小甜在街边找了一把长椅子，和俞子江两个人坐了下来，把一旁的俞仁杰当作隐形人，一口炸鸡薯条一口手打柠檬茶地大块朵颐了起来。

俞仁杰则一脸嫌弃地坐在长椅的另一端，看着他们鼓着圆圆的腮帮子，吃得津津有味，心中腹诽不已："不过是个炸鸡，有这么好吃吗？！"

吃完，唐小甜像只猫咪似的满足地眯起眼，舔了舔嘴唇："喂，愚人节，你的衣服今天洗吗？"

俞仁杰看着她的笑眼弯弯，眼里似有星辰坠落其中，也不知怎么地，心头猛地跳漏了一个节拍。

他莫名觉得不对劲：这唐小甜无端端地为什么对他笑得这么甜？！

他感觉肯定有猫腻。但一时半会儿的也想不出到底是哪里不对劲。于是，他慢腾腾地回了一个"洗"字。

话音刚落，唐小甜已欺身上前，两只油腻腻的爪子往他白衬衫上蹭了蹭。

这变故来得太快，以至于俞仁杰根本来不及反应，他的白衬衫就惨遭唐小甜的两只魔掌蹂躏。

"愚人节，看在炸鸡和手打柠檬茶的分上，我就原谅你了！"

俞仁杰简直无语了："唐！小！甜！"

俞子江第一次看到大哥如此吃瘪的模样，也顾不得"兄弟情深",在一旁哈哈大笑,乐不可支。

唐小甜欢乐地跟他们挥手告别,跳上了回家的公交车:"两位兄弟,感谢你们今天的毛爷爷。我们下次相亲见啊。"

这日下午,唐小甜接到了一个陌生来电,传来的却是小蘑菇头俞子江的熟悉声音:"喂,唐小甜,在哪儿呢?"

"现在这个点……我当然在可怜地为资本家打工啊。鱼子酱,你打我电话,是不是晚上又准备发我毛爷爷了?!"

"不是。"

"那你找我干吗?哦,对了,你这是换新手机号码了吗?"

俞子江:"小甜甜,我现在好饿啊。你过来请我吃炸鸡。"

"可我现在在工作……"

俞子江闷闷地打断了她的话:"我跟俞仁杰这个大坏蛋吵架了……我离家出走了,没带手机,也没钱吃午饭……打你电话的这个手机是我跟店家借来的……"

闻言,唐小甜瞠目结舌:"什么?!你离家出走了?!为什么离家要出走?"

"过来请我吃炸鸡我就告诉你。还有,你不许告诉俞仁杰这个大坏蛋我在哪里哦。不然的话,就算这次我被他找回去了,过两天我还是会离家出走的。"

他的话成功地打消了唐小甜想偷偷联系俞仁杰的念头。

唐小甜在炸鸡店里找到了背着双肩包离家出走的小蘑菇头俞子江。

唐小甜买了炸鸡、薯条和隔壁糖水铺的手打柠檬茶给他。小蘑菇头看来是真饿了,吃得可香了。不过,看得出平日里家教很严,哪怕此刻饿极了,吃相也很斯文好看。

"说吧。好好的为什么要搞得离家出走这么隆重?"

"你觉得我为什么会离家出走呢?"

唐小甜瞎猜:"莫非……你早恋了?"

俞子江惊呼道:"怎么可能?!虽然我们班是有很多女生暗恋我,但我俞子江可不是随便的人!"

唐小甜哈哈大笑:"都说了是暗恋了,你怎么可能知道?"

俞子江傲娇地抬起小下巴:"我经常收到情书和礼物哦。"

唐小甜:"哇噢!小海王!"

"那是。你也不看看我有多帅!"

唐小甜大笑:"谁给你的勇气?是梁静茹吗?这么大言不惭!"

俞子江:"……"

唐小甜:"快说说,到底什么事要搞得离家出走这么隆重啊?!"

俞子江气呼呼地道:"还不是俞仁杰这个大坏蛋?!他居然要把我送私立的寄宿学校!"

"哪个私立学校?"

"爱莎文华。"

"哇噢!这个学校超棒的。听说是广州最好的私立小学,一号难求。多少人排着队想进都进不去。"

"就算全球第一,我也不想去。我不想住校,我想每天回家,想每天都能看到俞仁杰这个大坏蛋。"

"那你可以把你的想法告诉他。"

俞子江:"我说了,我都说了好多次。可是俞仁杰他不听,还一直坚持要送我去那个学校。还说是为了我好。"

唐小甜:"你大哥那么爱你疼你。他的出发点肯定是好的。

但他可能没有很好地考虑到你的感受。就比如我老妈,也这样啊,有的时候也一点不考虑我的感受。"

俞子江好奇道:"你展开来具体说说!"

"我老妈是个老师,从小到大,管我管得可严了,不许我这样不许我那样,更不用说早恋了。结果,我一直没恋爱。进入大学后也没谈恋爱,特别是现在都毕业找工作了,她又开始急了,怕好男人被人抢光了,急着让我去找男朋友,还骗我去相亲。你说男朋友这东西,是糖水?随便买一份就好了吗?"

俞子江饶有兴致地偏离了话题:"那你到底有没有早恋过?"

唐小甜说起这个就好生气:"没有啦!所以一直觉得自己好亏。感觉自己的青春被狗吃了。"

俞子江"哈哈哈"大笑:"为什么你这么惨,而我竟然觉得好开心。"

唐小甜:"没办法愉快地做朋友了。我先走了。你继续离家出走吧。"

俞子江:"……"

俞仁杰接到唐小甜电话,赶到"唯一"咖啡店的时候,看到弟弟俞子江正歪歪斜斜地躺在她腿上睡觉。而唐小甜也睡得正香甜。

室外的阳光融融地照进来,打在两人身上,背后是白墙绿植,仿若电影场景,十分清新美好。当然,刨除唐小甜流口水这一点外。

俞仁杰整个人放松了下来,坐在对面等他们醒来。

杨伊致送上了一杯咖啡,轻声道:"请你喝。我是唐小甜的朋友——杨伊致。"

"你好。我是俞仁杰。"

杨伊致:"估计一时半会儿的,他们两个都不会醒过来。你喝杯咖啡,慢慢等。"

"谢谢。"

俞仁杰慢条斯理地喝了几口咖啡,在手机上翻看了一些最新的流行资讯。

咖啡香醇诱人,音乐舒缓悦耳。俞仁杰突然生出了一种"把手机关机"的冲动。

他选择了顺从心意。

时间过得非常缓慢,一秒一秒地过去,安静得仿佛能听见秒钟每一秒的"嘀嗒"走动。

俞仁杰向来最注重效率了,从来不做任何浪费时间之事,也从来不会多管闲事。

而唐小甜则是一个跟他完全相反的人,跟谁都自来熟,热情可爱又多事。

但不知道为何,遇到了唐小甜之后,他似乎做了不少违反此原则的事情。比如此时此刻的他竟然一点也不觉得虚度时间,反而觉得一整颗心安安静静、稳稳当当的,十分满足。

这是一种从未有过的感觉。

很奇怪。却一点不叫他觉得讨厌。

也不知过了多久,唐小甜揉着眼睛打着哈欠醒了过来:"愚人节,你来了啊?"

俞仁杰指着她的嘴角:"这里。"

唐小甜这才意识到自己流口水了,抬手擦了擦嘴角和下巴。

俞仁杰俯身抱起了弟弟:"今天谢谢你啦。"

唐小甜摆了摆手:"都是兄弟。不客气啦。"

"愚人节,鱼子酱说他不想去私立学校,也不想在学校住宿。他说他想每天都可以看到你。

"他很在乎你这个大哥,也很爱你。你跟他好好沟通一下,别硬逼着他去。他不喜欢,在里面也不会开心,更不会好好学习。

"鱼子酱他虽然小,但很有自己主见的。

"不是说最好的爱莫过于陪伴嘛。鱼子酱可能更喜欢有你的陪伴。"

俞仁杰心头温柔牵动,低头凝视着怀里的弟弟:"我知道了。"

夜晚时分,俞家客厅安静得落针可闻。

俞子江从作业本里抬头:"俞仁杰,小甜甜虽然长得不是大美女的类型,但人真的很不错哦。"

俞仁杰不言不语地看他。

俞子江:"要是你娶的人是她的话,我不反对的。"

"我为什么要娶她?"

"反正你早晚也是要娶老婆的。娶一个我喜欢的不是更好。"

"这……到底是我娶老婆还是你娶老婆?"

俞子江:"我这不是还小了吗?!不然我娶就我娶啊……你想想小甜甜她每天都乐呵呵的……虽然不知道乐些什么……但看着让人觉得高兴……"

俞仁杰:"……"

在广州城某个角落的唐家浴室里,正在洗澡的唐小甜忽然觉得鼻子痒,一连打了几个喷嚏。

她在淅淅沥沥的花洒声和轰隆隆的排水声中听到了自己的手机铃声。

因为头发上都是泡沫，实在没法出去接电话，于是只好听之任之了，想着等下给对方回电话过去就好。

床头柜上的手机一直响着。屏幕上一直跳跃着"爷爷"两个字。

唐小甜将头冲干净，用毛巾包住了湿淋淋的头发从浴室打开门出来。

她一看手机显示"爷爷"两个字，心头顿时一慌。

爷爷在老家小镇上习惯了"日出而作，日落而息"的生活，往常这个时间点早就已经睡下了。

手机接通后，她才唤了一句"爷爷"，那边传来了一道陌生的男子声音："是小甜吗？我是你爷爷的邻居李天明……"

第六章　唐家糕点铺

唐小甜赶到老家医院的时候,已经是第二天的下午了。

推开病房门,她一眼便看见了一头花白头发的爷爷躺在病床上,脸色苍白浮肿,比上一回见面的时候衰老憔悴了许多。

唐小甜小心翼翼地伸手摸着爷爷腿上的固定架,眼眶泛红:"爷爷,疼吗?"

唐爷爷摇头表示不疼。

"爷爷骗人,怎么可能不疼呢?!"

唐爷爷见到自己许久未见的乖孙女唐小甜,又是开心又是心疼。他迭声问孙女坐飞机累不累、吃过午饭了没有。

唐小甜忙说不累,又说自己已经吃过了。

唐爷爷这才拉着孙女的手,把病床旁的一个年轻男子介绍给她:"小甜,这是你天明哥,就是爷爷经常跟你提起的那个画农民画的李爷爷的孙子……小时候你在老家住了一年半,经常跟他一起玩呢?!还记得吗?"

李天明是一位浓眉大眼高鼻的年轻男子,皮肤微黑,看着十分憨厚可靠。

是他送爷爷到医院,又打电话通知她,还一直留在医院照看爷爷。但对于小时候和他一起玩的事情,唐小甜却是模模糊糊的,不大想得起来了。

唐小甜很是感激，忙向李天明道谢了一番。

李天明爽朗微笑："都是邻里邻居的，应该的。不用客气。"

李天明跟唐小甜说明了一下唐爷爷的情况，说急诊医生帮唐爷爷做了几项检查，给唐爷爷骨折处做了固定。

"医生说要等家属到后，再择期进行手术。"

"天明哥，实在是麻烦你了。你回去休息吧。我在这里陪着我爷爷就可以了。"

李天明点了点头："好。那我就回去了。明天我再过来。"

临走前，李天明加了唐小甜的微信，说有什么事情就尽管找他。

唐小甜找了爷爷的主治医生做了一番详细的咨询。

主治医生根据唐爷爷的情况，建议尽快手术。唐小甜了解了所有情况后，便与老爸老妈通了个视频电话。

张女士一听，急了，说要买机票回来。

唐小甜劝住她："老妈，你先别急，骨折这种都是小手术……我跟公司请了几天假，另外再在医院请一个男护工，可以一起照顾爷爷。"

唐父也是这个意思，劝道："堂堂三甲医院难道还会被这个小手术难倒不成?!"

唐父又与唐爷爷视频了一番，再三叮嘱父亲要听医嘱，配合医生好好治疗。

挂断了视频后，张女士忧心忡忡地对唐父道："虽然说是小手术，可有道是伤筋动骨一百天，手术后怎么也得要好好养一段时间，才能下地走动。如今就小甜一个人在国内照顾爸，我不放心，还是回去一趟。"

唐父却是很支持唐小甜的建议，决定暂时先这样安排。

"就算你回去了，也是要请个人帮忙照顾爸的。我看啊，先让小甜安排爸爸进行手术。她不小了，也应该要经历一些事情，历练历练了。"

"可她一直迷迷糊糊的，哪里能照顾人啊……"

"这还不是平时你里里外外地都给她打理好了嘛……她什么都不用操心。小甜也不小了，总是要长大的。我们也总是要放手的，总不能照顾她一辈子吧！我看啊，这次是一个很好的机会。让小甜学习着长大，学习着照顾人……学习着担起责任来……我们先静观一阵子。要是实在不行，你再回去。"

唐父说得也在理。张女士不觉犹豫了起来。

唐父拍了拍张女士的手，示意她放宽心："我对小甜还是很有信心的。我觉得我们家小甜在关键时刻是能挑重担、扛重任的。你看着吧。我们家小甜是不会让我们失望的。"

唐爷爷的手术很顺利，在医院住了数日后出院回家了。

唐家在新塍镇的老街上，是祖传下来的房子。前面是店铺，后面两层小楼居住，中间是一个院子的格局。

前街后河，白墙黛瓦，屋檐马头墙，明朗又素雅。

院子里东西两侧的白色院墙边都是爷爷种的花花草草，最角落里还有两盆葱、两棵辣椒和一口井。

东边院墙上爬满了各色的月季，一些悄悄地探出了墙，跑到了隔壁邻居秦奶奶家的院子里。

西边墙角的一排阴凉处种了一大丛的绣球，正是盛放时节，姹紫嫣红，热热闹闹地点缀在一片郁郁葱葱的叶片上。

廊下，靠墙摆着一个木桌子和三把椅子。另外，还有一把竹制大躺椅。色泽呈酱色，可见都是用了经年的老物件了。

唐小甜在秦奶奶的帮助下提前将屋子和小院打扫了一番，又在李天明的帮忙下将爷爷从医院接了回来。

这些天来，李天明不知帮了他们多少忙，唐小甜数也数不过来。

最初的时候，唐小甜每每都是跟他道谢的。

李天明一直让她不要客气、不要见外，说自己从小是吃着唐爷爷的糕点长大的。还说，小时候家里没人的时候，家里人便把他寄放在唐爷爷的铺子里，一待就是一整天，渴了饿了，都是唐爷爷照顾他。如今唐爷爷有事，他不过是帮点举手之劳的小忙而已，是他应该做的。

后来，唐小甜发觉道谢也道谢不完，索性也不跟李天明客气了。

安顿好了爷爷，唐小甜请秦奶奶帮忙照看一下，她跟着李天明一起去小镇上的菜市场。

菜市场的那条长街，有很多的店铺和村民摆的地摊。

很多村民摘了自家地里新鲜的时令果蔬来卖。

红彤彤的辣椒和番茄，鲜嫩碧绿的黄瓜、丝瓜、苋菜、豆角，紫澄澄的茄子，还有甜瓜、香瓜等时令水果摆在地摊上，任君采购。

"咯咯""呱呱"乱叫的土鸡、土鸭、土鹅是村民自家养的。

养在大塑料盆里，用氧气泵充着氧的活蹦乱跳的各种野生鱼、虾、鳖、黄鳝等则是村民捕钓的。

"这些都是野生的，营养丰富，给唐爷爷补身体是最好的……"

李天明一边走，一边给唐小甜介绍："这是王奶奶……这是方老板。"

猪肉店里，方老板正在"砰砰砰"剁排骨，剁完了最后一刀，把刀一搁，利落将排骨装进透明的塑料袋里，递给了一旁的顾客。

"天明，这就是唐爷爷的孙女吧？"

唐小甜忙打招呼问好："方老板，你好，我是唐小甜。"

方老板："哎。小甜，唐爷爷出院了？"

"是啊。刚到家。"

方老板拿起了两根大筒骨，手起刀落，"砰砰砰"地剁了几刀，装袋递给了唐小甜："小甜，你拿着。回去给唐爷爷炖汤。这骨折的病人，喝骨头汤是最补身体的。"

出院的时候，医生就叮嘱唐小甜要多给病患喝骨头汤，补充钙质，促进骨骼愈合。所以，唐小甜特地过来买猪骨。

唐小甜接过，问多少钱，准备用手机扫码支付。

方老板摆手道："什么钱不钱的。你只管拿去给唐爷爷炖汤就好。以后，我每天把最好的筒骨给你留着。"

"方老板，这不行。我不能白拿你的东西，你必须收钱。"

"拿去拿去。这些个猪骨头又不值钱。"

唐小甜不肯受，方老板则坚决不肯收钱。

于是，两个人在店铺门口你推我让，打了好一阵子"太极拳"，最后也没有分出个胜负。

李天明只得出面做了和事佬，跟方老板商量，说只这次不付钱，但从明天开始，只要唐小甜来买，他必须收钱。否则唐小甜肯定是不好意思再上门的。

方老板这才勉为其难地同意了。

一路买下来，几乎都是半买半送。

大伙知道唐小甜是唐家糕点铺唐寿山的孙女，特地从大城市赶回来照顾手术的爷爷,都对她交口称赞,夸她孝顺。

等唐小甜买好菜,她和李天明手里各提了两大袋子的东西,一袋是新鲜的猪骨,一袋是现杀的白水鱼,另外满满两袋子是水果和蔬菜。

从菜场拐弯出来,经过一排店面房,唐小甜老远就闻到了一阵鲜香诱人的羊肉香味,心道:这家店的生意肯定很红火。

果然,经过店门口的时候,哪怕还没到饭点,店里已经有不少人在吃面了。

有个戴着白色厨师帽和白色围裙的胖墩墩的男子手脚灵活地从店铺里头出来,唤住了他们:"天明,这是小甜吧?"

得到了李天明的答复后,那人说让他们等一下。他折返回了店铺里头,再出来的时候手里多了一个装满羊肉的盒子。

这时,铺子里有个清秀质朴的女子追了出来:"袋子,你忘记袋子了。没袋子不好提。"

她把那男子手里的盒子接了过去,细心地装进了袋子里,并打好了结。

李天明在一旁介绍说:"小甜,这是我们小镇最出名的羊肉面店老板——朱泉。这是阿青姐。你一看朱老板的身形就知道他腰缠万贯了吧。所以我平时都叫他土老财。"

朱泉把袋子递给了唐小甜:"小甜,你拿着。尝尝我们小镇的羊肉。"

唐小甜向他们问了好。至于羊肉,她自然是不好意思拿。

朱泉:"小甜,不用跟我客气。这都是今天一大早现宰的羊肉,在大锅里烧了一上午,可入味了呢!"

李天明:"小甜,你真别跟这个土老财客气,尽管拿着。以后来他店里吃面,也不用付钱。你知道我为什么叫他土老财吗?

你别看他这羊肉面店也不大,只有小小一个店面,生意可红火了,一年下来最少能赚我三四年的工资呢。"

朱泉只是呵呵地笑:"没有的事!不过小甜来吃羊肉面啊,吃一辈子都免费。"

李天明:"行。那小甜就天天过来吃。一天吃三顿!"

朱泉:"好。"

两人斗好嘴。朱泉道:"小甜,你拿着。等下我把中午这摊忙完,就去看唐爷爷。"

李天明也不客气,一把从朱老板手里接过了羊肉,对唐小甜说:"走吧。"

唐小甜忙向朱泉和阿青姐道谢。

李天明:"不用跟土老财客气的。他爷爷、我爷爷还有你爷爷三个是从小一起长大的,穿开裆裤的交情。"

唐家的厨房有砖砌的、画了各式灶画的传统土灶头,也有燃气灶。

以前,唐小甜和父母回来过春节的时候,爷爷都会用传统土灶烧菜。小小的唐小甜也会被分配到任务,就是给爷爷看顾灶膛里的火。

爷爷跟她说:"小甜,你可别小看了这个任务。灶头里火势的旺盛程度是十分重要的。火烧得太旺,很快会把菜烧煳。火太小呢,食物煮很久也煮不熟。这任务是看着容易,实际上是很艰巨的呢。"

唐小甜听了后,便乖乖地坐在灶膛前的小板凳上,认认真真地给爷爷看火。

火柴烧得"噼啪"响,一屋子暖意融融。

在土灶上熬炖鸡汤，做红烧猪蹄、笋干烧肉等大菜，那可是一绝。

爷爷每次做好的时候，都会第一时间掰个大鸡腿，盛一碗金黄的鸡汤给她。美曰其名：帮爷爷尝尝看，味道怎么样？

熬了几小时的鸡汤，鲜香味美，只加盐，便好喝得叫人吞掉舌头。

至于红烧肉，则色泽诱人、肥瘦相间、鲜香软烂。

爷爷还会在土灶头里的木柴灰烬里煨番薯。

寒冬腊月、滴水成冰的季节里，把热气腾腾的番薯最外头那一层的干黑焦皮去掉，露出煨熟了的内里，番薯特有的香气便扑鼻而来。咬一口，软糯香甜，回味无穷。

至今想起，都叫人觉得唇齿留香。

秦奶奶得知唐小甜不会做菜，便留下来帮忙，手把手地教唐小甜做菜。

"切姜片的大小不均匀无所谓，但要当心切到手。

"炖骨头汤的时候，先把骨头焯水，把浮沫洗掉，加姜片加料酒用大砂锅熬煮。先开大火煮沸，再调小火。"

骨头汤开始沸腾，"咕咚咕咚"地冒泡。

秦奶奶："这样就可以调小火熬煮了。"

唐小甜刚调好了小火，一旁的手机响了起来。她拿起一看，是小蘑菇头俞子江打来的。

"小甜甜，这几天你都在干吗呢？！"

"唉，别说了，说多了都是泪。你找我干吗？快说！"

俞子江道："还能有什么事呢？！我找你不就是要给你发钱吗。明天我哥又要相亲了。就等着你出马呢！"

愚人节又要相亲？！他姨妈已经快到拉郎配的地步了。

唐小甜:"我这回是有心无力,想赚也赚不到啊。"

"为什么啊?"

"我现在在老家呢。"

俞子江炮珠似的连连发问:"你老家在哪里?你好好的,回老家干吗?"

唐小甜一一地说了。

"那……你什么时候回来?"

"我跟公司请了一个星期假……马上到了,不过肯定回不去,我还得继续再请假……"

"那你回来的时候提前告诉我哦。我请你吃大餐。"

"哎哟喂,鱼子酱,我第一次发现你这人不错。很够意思嘛。"

俞子江不满地哼哼:"现在才发现啊。小甜甜,你真是没良心!"

唐小甜:"你才没良心呢。你们全家都没良心。"

俞子江道:"我家就我跟我大哥两个人!你等着,我马上跟我大哥告状!我就问你怕不怕!"

唐小甜:"哎哟喂,我好怕怕啊。"

"切。那么假。可不可以演得逼真一点?!"

"你跟你大哥和好了?不离家出走了?"

"嗯。我大哥说我以后想在哪里念书就在哪里念书,不会逼我了。"

"哇噢。太棒了。"

"小甜甜,这件事情……谢谢你啦。"

"哎哟喂,鱼子酱,你这样客气……我好不习惯啊。"

"行。那我以后就不跟你客气了。"

唐小甜跟他又聊了几句，道："先不说了。我要蒸鱼了。"

俞子江吃惊不已："小甜甜，你……居然还会做菜?!"

唐小甜："做菜很难吗?!"

俞子江："你看着就不像会做菜的样子啊！"

唐小甜摸了摸鼻子，脸不红气不喘地道："我这是真人不露相嘛！一般绝世高手都这样！"

俞子江笑眯眯地挂了电话，对站在落地窗前的俞仁杰说："大哥，唐小甜说她回老家了。什么时候回来说还没定……"

俞仁杰双手抱胸，淡淡地"哦"了一声。

长而宽的工作台上，有数张礼服手绘稿散乱地放着。有的已画完成稿了，有的没画完。但唯一相同的是都被人用笔涂花，已然作废了。

大哥俞仁杰这样子的状态已经持续快两年。

这两年多来，大哥画了很多设计图稿，又涂废了所有的图稿。脾气也日渐阴郁暴躁了。

虽然对他这个弟弟还是如常和煦宠溺，可俞子江不止一次见过大哥在工作室失控发脾气摔东西的样子，好可怕。

表哥谭卫聪说大哥俞仁杰这是处在了事业的一个瓶颈期。

俞子江偷偷地查了度娘，了解过情况。按度娘的说法，跨过它，大哥就能更上一层楼。如果跨不过，就会一直停滞不前。

俞子江不知道要怎么帮助大哥。

大哥的事业怎么样？设计的婚纱和礼服有多受欢迎？他不懂，也无所谓。因为无论大哥怎么样，在他眼里都是全世界最棒的。

他只想要大哥的脸上每天都有笑容，每天都过得开开心心的。

厨房里,唐小甜和秦奶奶洗菜择叶,清理食材。

正忙乎间,李天明端着一碗油爆河虾,说是他奶奶多做了一些,让他送过来。

唐小甜知道这是李奶奶担心自己不会做菜,所以特意给自己和爷爷做的,心里很是感激,道谢接过。

秦奶奶道:"天明奶奶的这道油爆河虾啊,在我们邻居里头可是一绝啊。"

爆炒后的河虾壳红亮透明、油光润滑。

唐小甜直接用手拿了一只虾送了嘴里,外脆里嫩,甘甜鲜美。

作为吃货的唐小甜瞬间被征服了,连连夸赞,说:"下饭太棒了。天明哥,你替我好好谢谢李奶奶。"

李天明看了桌上的菜,亦夸赞道:"哎呀,没想到啊,小甜做菜很棒啊。唐爷爷真是有口福。"

唐小甜:"这两个菜都是秦奶奶帮我做的。我只是打了一个下手而已。"

唐小甜邀请秦奶奶和李天明留下来一起吃饭。可两人都说家里有饭菜,怎么也不肯留下来。

唐爷爷看着孙女里里外外地忙碌了一个上午,忙得满头大汗,心疼不已:"小甜,这几天辛苦你了。你明天就回广州吧。爷爷没事,很快就可以恢复了。"

"爷爷,说了我不辛苦啦。我是爷爷的小宝贝,爷爷也是我的大宝贝哦。能够照顾爷爷,我觉得很开心哦。"

唐爷爷听了这话,心里仿佛被熨斗熨烫过一般,又暖又软,无处不熨帖。

"可你那份工作刚过了实习期,才转正……一直请假也不好……"

唐爷爷怕自己拖累孙女唐小甜,怕她耽误工作。小甜好不容易通过实习成为正式员工,如今为了他的手术都已经请了一个多星期的假,要是再耽搁下去,只怕唐小甜的工作不保。

"没事的,爷爷,你别担心。公司既然准我的假,就说明没问题。"

"可也不好一直请假下去啊……"

唐小甜给爷爷盛了一碗骨头汤:"爷爷,先不说这个了。你尝尝这个汤,味道怎么样?"

唐爷爷尝了一口,直夸好吃:"哎呀。想不到我们小甜第一次做菜就这么棒。这汤真鲜甜。"

"都是秦奶奶做的。我只是打了个下手,洗了菜而已。"

唐爷爷:"秦奶奶教得好。我们小甜也学得棒。"

唐小甜大大方方地接受爷爷的夸奖:"那是。"

那副傲娇神情,若是张女士在,肯定会念叨唐小甜:"给你立根杆子,你还真往上爬了啊!"

"谁让我是爷爷的孙女呢?!这么能干的本事啊,肯定是随了爷爷的。"

唐爷爷被唐小甜哄得眉开眼笑,多吃了半碗饭。

打了井水刷好碗,收拾干净厨房,唐小甜掩上了大门,上二楼自己的房间午休了。

午后的院子,安安静静的,唯有鸟雀清脆婉转的鸣叫之声。

唐小甜睡了甜甜沉沉的一觉,等醒来的时候,纱窗外已经是红霞漫天的时候了。

爷爷的房间门大开着，有说话声传来。

"老唐啊，你都七十有三了。我都劝你多少回了，糕点铺子太辛苦了，每天起早贪黑的，又赚不到什么钱，就不要再做了。现在的年轻人啊，都喜欢吃什么千层蛋糕，什么提拉米苏，什么泡芙的……不喜欢你这糕点铺子的传统糕点了……如今你这一摔啊，我看，就是天意。是老天爷不让你再继续辛苦了，想让你退休，好好休息了……"

朱泉："是啊。唐爷爷，我觉得李爷爷和我爷爷说得在理。您都辛苦一辈子了。如今松年叔叔这么能干有出息，小甜又这么孝顺懂事，您也应该退休享享清福了……不如趁此机会就把糕点铺给关了吧。天明，你说是吧?!"

李天明一边帮唐爷爷按摩患肢，放松局部肌肉，一边回道："是。爷爷，朱爷爷，土老财你们三个说得都有道理。可唐爷爷做了这么多年的糕点，对糕点有感情。一时半会儿的……舍不得！"

唐爷爷："天明这话啊，说到我心坎里了。这手艺是祖上传下来的！再说了，铺子也是自家的，也不用租金，只有食材的成本……反正我这把老骨头啊，闲着也是闲着……要是不动的话，那可真成了废人喽……"

李爷爷："我看你啊……就是舍不得你自己这个唐家糕点铺十二代传人和省里评定的非物质文化遗产代表性项目'新塍传统糕点加工技艺'代表性传承人这两个名号……"

唐爷爷也不否认："是啊，我确实是舍不得。特别是省里评定的非遗传承人这个名号，这对我来说既是鼓励，也是肯定。所以我真的想再多干两年。"

"你就算继续做,做到你做不动为止……但你们家松年如今可是985大学的教授了……你说他会回咱们小镇继承你的糕点铺子吗?"说到这里,李爷爷顿了顿,"反正也没有人继承你的手艺,你这糕点铺迟早是要关门大吉的。这早关也是关,晚关也是关。我和老朱的想法是一样的,不如趁这回你腿伤了,就关了吧。你好好休息,把腿给养好了。咱们都老了,儿孙再孝顺、钱再多,也不如自己身体健康来得实在。"

朱爷爷连连附和:"是啊,老唐啊,是这个理。咱们这三把老骨头啊,只要不生病,不拖累孩子们,就是在给孩子们赚钱了!"

唐爷爷叹了口气,道:"可我每次一想到关铺子不做了……我这心里啊,就空荡荡的,不舒坦……这不跟老李一样,我让你搁了画笔,别画农民画了,你肯吗?你还不是经常晚上熬夜画,说什么夜深人静心也静,有灵感……"

李爷爷被噎了噎,一时无法反驳。

唐小甜敲了敲门,进屋问好。

李爷爷抬头看了是唐小甜,顿时眉开眼笑:"小甜,你来得正好。你快来劝劝你爷爷这个老顽固。我和你爸这几年一直劝你爷爷别再做糕点了,可他就是怎么也不肯听……"

唐小甜也曾几次听爸妈说起过这事情,说爷爷年岁已高,糕点铺子里的事情又多又杂,每天忙里忙外的,太操劳了。他们劝爷爷把店铺关了,来广州一起生活。可无论爸妈怎么劝,爷爷总是不同意。

这回,爷爷骨折了,爸妈又旧事重提了,让爷爷把铺子关了。

唐爷爷一听李爷爷说他老顽固,大觉不服:"说我是老顽固。

你才老顽固呢。上一回下象棋,我说了你走这一步就输了,你还跟我犟,非要走那一步……还有那次,我让你少吃半个粽子,糯米积食,对胃不好,你非要吃,结果闹胃病了不是?!"

"唐寿山,你还有没有良心啊!我劝你别开铺子了,可是为你好。你这都一把岁数了,还里里外外地折腾,再这样下去,早晚有你好果子吃呢!"

"李大河!你这个糟老头子还好意思说我一把岁数啊。你还比我大一岁呢!"

"唐寿山!你才是糟老头子呢!"

话题就此跑偏了。

一旁的朱爷爷忙打圆场。可两个怒气上头的人,他怎么也劝不住。

劝到后来,朱爷爷无心说了一句:"好了,好了。你们两个各打五十大板,都是老顽固,都是糟老头子!"

这句话一说完,李爷爷和唐爷爷不觉同仇敌忾了起来,开始调转枪口,一致攻击朱爷爷了:"这话说得,好像你朱富贵不是老顽固,不是糟老头子一样?!你要是不顽固的话,怎么不同意你们家朱泉娶阿青啊?!"

朱爷爷本就劝得口干舌燥,一听他们说孙子的婚事,戳到了他的痛处,不觉也怒了起来:"我孙子娶老婆传宗接代这件事情的重要性,跟你们两个的事情能比吗?!"

"怎么不能比了?!我画了一辈子的农民画了。这农民画啊,可是我的命呢!"

"可不是?我也一样。做了一辈子的糕点,糕点也是我的命根子。"

于是,三人进入口舌混战。

唐小甜见状，蒙圈了，也不知道怎么劝架。

李天明和朱泉则对视了一眼，示意唐小甜跟他们一起出去。

三人出了房间，李天明还不忘体贴地给他们掩上门，把三个七十多岁的老头留在屋子里，让他们继续战斗。

唐小甜手足无措，忐忑不安："天明哥，朱大哥，这……可怎么办啊？我们不劝劝他们吗?!"

李天明浑然不当一回事，一屁股在廊下的椅上坐下，闲闲地提起茶壶倒了三杯茶水："来，咱们喝茶。让他们三个吵！很快就会分出胜负。再说了，他们三个是长辈，我们做晚辈的也不好插手。就让他们吵，就让他们打！"

朱老板："放心，小甜。我和天明这么多年，早就被他们三个锻炼出来，见怪不怪了。"

不多时，李爷爷负着手，怒气冲冲从屋子里出来："天明，走了。回家。"

唐小甜看得目瞪口呆，张嘴想说几句话劝架。

朱爷爷也随之跟着出来，带着朱泉走了。

李爷爷走了几步，见孙子李天明没跟上，遂在门口大喊道："天明，你还不给我出来?!"

"来了来了。"李天明压低了声音对唐小甜道，"小甜，别担心，也别理他们。他们天天这样子，一言不合就开吵。下棋会吵，喝老酒会吵……每次最多过半天，他们就会和好了。老小孩！老小孩！说的就是他们！"

半天就会和好?!看着两位爷爷一副"我与他唐寿山割袍断义。从此大路朝天，各走一边"的决然而去的态度。唐小甜将信将疑。

唐家院子前后的廊檐下装了六个壁灯,虽然样式古朴,但亮度却极高,照得入夜后的唐家小院一片亮堂堂,犹如白昼。

在唐家的所有设施里头,唐父最为关注的就是家里的灯具。

他担心父亲老眼昏花,会绊倒摔跤,所以购买的灯泡都是最亮的等级。每年回到老家,唐父都会第一时间将这些灯亲自检查一番,如有损坏,立刻更换。

晚饭后,唐小甜和李李等姐妹开了视频聊天。

李李三人都很关心唐爷爷的病情,得知唐爷爷今日出院回家,向唐爷爷视频问候了一番。

之后,唐小甜便捧着手机,在院子里跟三人天南地北地瞎聊。

李爷爷抱了一个甜瓜进了院子:"小甜,在忙什么呢?"

"李爷爷,我和闺密们在聊天。"

"哦,那你聊。我去切甜瓜。"

李爷爷抱进了厨房切瓜的时候,朱爷爷提了个竹篮子也过来了:"小甜,来,吃枇杷。是朱爷爷家里自己种的,可甜了。这些都已经洗过了,你快尝尝。"

"谢谢朱爷爷。"

李爷爷把切成小块的瓜,一份端给了唐小甜,一份则和朱爷爷端进了唐爷爷的房间。

"糟老头子,来,吃瓜。"

"糟老头子,来,吃枇杷。"

唐爷爷:"你们两个才是糟老头子呢!"

"行了,行了。我们都一把年纪了,三个都是糟老头子了。"

三人从小一起长大,彼此间知根知底。唐爷爷知道这是兄弟们给他的台阶,他必须得下了。于是,他悻悻地拿着牙签,把一块瓜送进嘴里，泄愤一般地大力咬下。

李爷爷笑："你多吃点。天明说了，医生关照你要多吃水果和蔬菜，补充体内维生素。"

"哦。"

……

这就和好了。果然才半天啊！

躲在屋外偷听的唐小甜觉得好气又好笑的同时，也放心了，于是回到了院子里继续跟姐妹们聊天互怼。

李李："话说，唐小甜，你和你那位愚人节最近进展怎么样？你回了老家，他联系得勤吗？"

唐小甜："什么我那位？！我和愚人节是兄弟好吗？纯洁得都可以一起去厕所那种。"

李李："切！那你倒是下次和他一起去男厕所给我们瞧瞧啊。"

唐小甜："李彩霞，你又开始丧心病狂了啊！"

李李："我李李火眼金睛，绝对不会看错的。你和你那位纯洁得可以一起上厕所的兄弟，一定会发生一段不可描述的孽缘。"

唐小甜："信你我就有鬼了！我们根本没任何联系。我跟他弟弟俞子江倒是经常在微信上聊聊天。"虽然每回两个人都是在斗嘴！

李李转移了话题，@周诺："你和你上司怎么样了？"

周诺："啊，李李，你说什么？我这里信号不好……随时会下线！"

李李："周诺的演技越来越好了，有望拿奥斯卡。对了，伊致呢？"

杨伊致："我？我一切照旧！每天咖啡店和家里，两点一线的生活。"

李李:"反正我一直觉得伊致你很不对劲。"

李李问询了一圈后,忽然宣布说要跟大家说个事情。

另外三人异口同声:"快说!"

李李:"我们上次去寺庙拜的菩萨好像真的灵验的……"

"啊!什么意思?!李李,请你说人话。"

三个人里头只有周诺反应了过来:"哦!李李!你有情况!"

经周诺这一提点,唐小甜也明白了,顿时像打了鸡血一样亢奋:"李李,你不是有新男友了吧?!回头是岸,悬崖勒马,坦白从宽!"

一时间,连素来人淡如菊的杨伊致也是燃起了熊熊的八卦欲。

李李:"我们律所前几天新来了一个实习生,长得又高又帅又阳光……整个人简直就是一部行走的发电机……害得最近这几天我们律所的女生都没办法专心工作。他正好是我平时最喜欢的那种类型……为了避免他祸害我们律所的女生,所以我在考虑要不要收了他。"

唐小甜发了一个惊恐表情到群里:"李李,你真的好丧心病狂啊。你放这个小弟弟一条生路吧。"

周诺一本正经地道:"不,我支持李李收了他。因为这样你们两个正好可以彼此祸害。"

李李:"你们两个都给我 G—U—N!滚!远点!"

杨伊致:"能让李李这么夸赞的一个男生……我对他可太好奇了。"

唐小甜:"我也是。李李,快把小鲜肉的照片发上来。"

周诺举手:"我也想看。"

李李:"公司群里有小迷妹偷拍了几张,发在朋友圈了,我找出来发群里……"

唐小甜三人齐刷刷把照片放大再放大,评头论足了一番后,最后发表了一致意见:"哎哟喂,确实不错哦。李李,我们一致支持你收了他!"

……

第七章　选择

清晨，淡而明亮的阳光静悄悄地洒满了整个院子。

东边，是一整墙的爬藤月季。西边院墙下的各色绣球，花团锦簇地开满了一墙角。一眼望去便是如画一般的美景。

唐小甜呼吸着早晨特有的清新舒爽空气，伸了一个大大的懒腰。

她去厨房烧了一壶新鲜热开水，给爷爷泡了一杯茶。尔后，提着竹篮子出门，准备去买菜、买早点。

糕点铺的大门口处站了两个中年妇女，正在看贴着的红纸告示。

那两人一见唐小甜开门，问道："你们最近怎么不营业?! 我婆婆想吃你们家的绿豆糕，特地叮嘱我买一份回去。"

唐小甜跟她们说明情况，解释了一番："不好意思。我爷爷的腿骨折了，最近都不能下地。这段时间没办法做糕点。"

"哦。原来是唐爷爷的腿受伤了。怪不得最近一直关门歇业。"

"那你们准备什么时候重新开铺子卖糕点？"

"要等我爷爷的腿恢复好了才能开店。具体时间也说不上来。不过，有任何消息我们都会写在红纸贴在店铺门上通知大家的。"

"好。那我们过些天再来看看吧。"两人怏怏而去。

"好的。谢谢你们。"

唐小甜与她们挥手道别后，去早点铺子买好了早点，又按照昨天和秦奶奶商量好的菜式，去买了一只土鸡，买了茄子和番茄等蔬菜。

卖菜的农民老奶奶又是半卖半送，强行塞了她几根葱和一把辣椒，说都是自家地里种的，一早摘下的，新鲜着呢。

唐小甜提着满满一篮子的菜回了家。

到家时，看见有个奶奶带了个骑小自行车的孙子在自家糕点铺子的门口处等候着。

那奶奶见了唐小甜，问候了一下唐爷爷的伤势，又问了铺子什么时候会卖糕点。

唐小甜把爷爷的病情说了。

那奶奶只得哄着小孙子离去。

小孙子奶声奶气地对唐小甜道："那你让唐爷爷快点好起来哦。小鱼儿想唐爷爷做的荷花酥了。唐爷爷做的荷花酥又漂亮又好吃。"

唐小甜："好的。我回去跟爷爷说，说小鱼儿想吃唐爷爷的荷花酥。让他快快好起来，做给小鱼儿吃。"

"好的。谢谢姐姐。"

小鱼儿蹬了几下小自行车的踏板后，突然扭着小屁股下了车。

他迈开肉嘟嘟的小腿，蹦蹦跳跳地跑到了唐小甜面前，从兜里掏出了某物塞给了唐小甜："姐姐，小鱼儿请你吃。"

说完，小鱼儿蹦蹦跳跳着和推着小自行车的奶奶一起走了。

"谢谢小鱼儿。"

唐小甜低头一看，是根没拆封的棒棒糖，不觉莞尔。

唐小甜陪爷爷吃早饭的时候，把有人想买绿豆糕以及小鱼儿想吃荷花酥的事情都告诉了爷爷。

唐爷爷听后，默然了半晌，方才叹道："爷爷一想到这些老主顾，就舍不得关铺子。"

唐小甜："爷爷也别多想了。一切等你腿好了再说。"

用完早饭，唐小甜看着爷爷吃了医生开的药后，又陪着爷爷做了适当的屈伸活动训练。

她打扫了一下房子和庭院，给花花草草们浇水，剪了几朵月季插在土陶罐里，搁在了廊下的桌上。

蔚然盛开的红色月季配着粗犷的土陶罐，别有一番美感。

不多时，秦奶奶来了，给她端来了一碗香喷喷的刚出锅的蛋饺。

蛋饺金灿灿的，犹如金元宝似的，一个个整整齐齐地叠在碗里。

唐小甜捻了一个蛋饺吃了。鸡蛋的香，肉馅的鲜，完美地融合在了一起。她吮着手指，忍不住又吃了一个："秦奶奶，这蛋饺可太好吃了。你到时候一定要教教我怎么做这道菜。"

秦奶奶露出了慈祥温柔的开心笑容："好。你要是想学，秦奶奶就改日教你。这个蛋饺啊，现在会做的年轻人越来越少了。不像我们这个岁数的人，个个都会做。"

"想想想。我可太想了。"

秦奶奶和唐小甜一起洗菜做饭。她教唐小甜怎么炖鸡汤、怎么做红烧茄子，说到红烧："我们嘉兴菜啊，讲究的是浓油赤酱。用酱油红烧的菜里头都是要放糖的。"

两个小时后，秦奶奶盛了一碗金黄浓郁、鲜香扑鼻的土鸡汤："小甜，尝一下味道？"

"哎呀。秦奶奶,这鸡汤鲜得掉眉毛啊。"

"是小甜买的土鸡好。食材好,所以这汤只加了点盐调味,味道就这么好了。"

"这都是秦奶奶手艺好。"

唐小甜把菜拍了照片发到了姐妹四人的"富婆俱乐部"群里,又引来了一阵钦羡。

特别是周诺,连发了数张"捂脸"的照片:"我不活了。唐小甜每天都是这么好的菜。对比之下,我觉得我现在吃的外卖就是猪食。"

刚从法院出来的李李,连发了数个流口水的表情到群里:"我刚结束庭审,现在好饿啊。我只想喝一碗鸡汤,吃两个蛋饺就好。"

杨伊致:"我也是。"

唐小甜傲娇不已,在群里发出了勾引的手势表情包:"来来来。新塍小镇欢迎你们的到来!"

每天晚上,用过晚饭后,李爷爷和朱爷爷两人便会过来陪唐爷爷聊聊天、下下棋。

就如李天明所说的,三人像老小孩一样,经常话不投机就拌嘴。也会为了一步棋,把棋盘都掀翻了。

唐小甜如今已经深得李天明教导的精髓:就算他们三个互殴,你也当作没看到。反正,他们最多半天就和好了。

秦奶奶天天过来教唐小甜做菜。美其名曰是教做菜,实际上都是秦奶奶做的。唐小甜只是帮着择择洗洗,然后在边上蹭吃蹭喝。

唐小甜很不好意思,想付给秦奶奶一些做饭的费用。

秦奶奶怎么也不肯收。

唐小甜很是苦恼,觉得不能让秦奶奶一直这样白帮忙,就把这件事情对李天明说了,让他出个主意。

李天明说秦奶奶的女儿从前是个导游,在带团的时候认识了个老外,谈了两年异国恋后就嫁去了国外,几年都难得回来一趟。秦奶奶有积蓄有退休金,女儿女婿又逢年过节地给她发大红包,钱是不缺,就是一个人孤单得很。

李天明还说秦奶奶最近帮着她做饭,有个忙活,人精神头都好了几分。

"小甜,大家都是邻居。你别这么见外。"

唐小甜:"可总这样一直麻烦秦奶奶,我觉得很不好意思。我想表达一点心意。"

"那我们慢慢想,也别急着这一时半会的。秦奶奶又不会搬走。"

"也是。"

……

与此同时,唐小甜时不时就会收到邻居们的各种吃食和时令蔬菜。

有时候,邻居直接就搁门口或挂在门上,连招呼也不打一个。唐小甜一开门才知道自己和爷爷今天又被投喂了。但是到底是哪家邻居投喂的,她经常都破不了案。

秦奶奶说小镇不大,前后左右都是些住了几十年的老邻居,谁家有了好吃的,经常会送给要好的朋友邻居,跟大家一起分享美食。

还说:"你爷爷也经常送糕点给邻居们。"

还有那个可爱的小鱼儿小朋友,每次遇到她,总是会塞给她一颗棒棒糖:"姐姐,小鱼儿请你吃棒棒糖。"

这个世界,别人对你不好是常态,对你好,是情分。

这些质朴纯真的情意让唐小甜觉得分外温暖。

一日又一日,在小镇的每一天,唐小甜半点也不觉得无聊无趣。

没有办公室那些钩心斗角、尔虞我诈,她反而觉得简简单单快快乐乐。甚至改掉了晚上刷手机的习惯,每天早睡早起。

经过一些天的休息和复健,爷爷开始可以拄着拐杖在院子里行走了,也可以在廊下用餐了。

这日中午,唐小甜洗好碗,见爷爷没在卧室,便四处找了找。

最后,她在糕点的制作间找到了拄着拐杖、拖着一条石膏腿的爷爷。

爷爷低头抚摸着制作糕点的机器和器具,怔怔出神。

唐小甜知道爷爷还是不舍得放下糕点铺。

爷爷曾对她说过他生下来吸的第一口气就是渗了香甜糕点味道的空气,会走后就绕着货架上的糕点走,七岁开始就跟着太爷爷学做糕点,十八岁正式继承唐家糕点铺子。后来,太爷爷太奶奶去世,父亲唐松年出外求学,在外成家立业,奶奶也去世了……他一个人孤零零的,只剩下这糕点了。

"爷爷啊,从小就围绕着这些糕点打转……一眨眼,就一辈子喽。"

糕点是爷爷仅剩的全部,也是他的全世界。

唐小甜是懂得爷爷的,知道他的不舍,也理解他的不舍。

可爷爷年岁这么大了,就算不舍得,又还能坚持几年呢?

唐小甜不由得想起幼年时爷爷手把手教她怎么制作糕点的

场景。

爷爷见小小的她学得像模像样的，就会一个劲地夸她："小甜真不愧是我们唐家糕点铺子的第十四代传人。骨子里就流着做糕点的血……所以，一学就会……"

唐小甜奶声奶气地问道："那爷爷是第几代传人？"

"你算算看？"

唐小甜掰着手指，数道："我是第十四代。那爸爸是第十三代。爷爷是第十二代哦……"

"我们家小甜真聪明！"爷爷一把抱起了她，慈祥又骄傲地微笑，"爷爷我唐寿山啊，正是我们唐家糕点铺子的第十二代传人！"

时隔多年，唐小甜依然记得爷爷充满骄傲的这句话。

如今，唐小甜看着满头白发的爷爷抚摸糕点器具出神的这一幕，心里头觉得酸酸涨涨的，怅然不已。

这一个中午，唐小甜翻来覆去，怎么也睡不着。

她已经请假两个多星期了，端午节后必须回T.T去上班了。实在不能再继续请假下去了。

父母也是这样的意思。说她去上班后，在小镇上找个保姆每日照顾爷爷的饮食起居就好。

然而，这还未离开，唐小甜便舍不得。

这日，唐小甜买菜途中又遇到了想吃荷花酥的小鱼儿，就跟爷爷说自己也被小鱼儿说得都有些馋了。

这无意说的一句话，唐爷爷却是放在了心上，便说要教唐小甜做荷花酥，还说要多做一些，让她拿去给小鱼儿，再分一些给邻居们。

"爷爷，你现在的腿伤着呢……不能乱动……"

"没事，爷爷不累。爷爷躺得都快生锈了。爷爷答应你，累了就休息。"

唐小甜怎么劝也没用，只能按照爷爷要求去准备好各种食材，跟着爷爷学做荷花酥，并分担了所有的重活。

"这荷花酥的历史源自南宋临安，因为形似荷花而得名。在古代啊，那可是只有皇帝才能享用的糕点呢！"

做荷花酥，有榨汁、和面、包酥、擀皮等好几道工序。

唐小甜在撑着拐杖的爷爷指导下，先用心里美萝卜和胡萝卜分别榨汁，而后分别加入适量面粉和猪油和面，制作粉色和黄色的水油皮面团。

爷爷说糕点制作的每一道工序都很重要，都不能有丝毫马虎。其中包酥这道程序是最困难的，也是最为重要的。

爷爷一边说一边给她示范了做法：用水油皮包入油酥，用擀面杖将其压叠，经过不断擀卷，形成层层相叠的酥皮面团。

"要这样不停地重复擀卷，才能酥层均匀层次多。这样的酥皮做好后，做任何糕点，皮面光滑，不容易破裂。吃到嘴里，就会层层叠叠的，酥软松脆。"

唐小甜试了试，唐爷爷便夸赞道："很好。就这样用力压紧……"

黄色和粉色酥皮面团做好后，唐爷爷分别将其擀成厚度适宜的片状后，用工具割成圆片。

唐爷爷用粉色酥皮包住黄色酥皮，然后在酥皮片上刷上蛋清，包裹住适量的玫瑰豆沙慢慢收成球状，最后在其顶部划个米字。

"馅儿有很多种类，我们今天做玫瑰豆沙馅儿的。划米字的时候，露出里面的馅儿即可，不要切太深，否则在油炸时会垮掉。"

唐小甜依葫芦画瓢，依样做了一个。

唐爷爷眉开眼笑地不停夸赞："哎哟，我们家小甜做得可真棒啊。这可是头一回做啊。这十根手指，真是灵巧。"

"那可不，都是随了爷爷的。"

……

爷孙两人将做成的荷花酥放入二至三成热的油锅里。

一朵朵的荷花在油锅里依次盛开，完美绽放。

唐小甜吃过好多回爷爷做的荷花酥，这却是自己第一次亲手制作荷花酥，也是亲眼看见荷花酥在油锅里炸出来，花瓣层层舒展、露出花蕊（玫瑰豆沙馅儿）的整个过程，惊讶极了，也觉得惊艳极了。

她不敢置信，一再问道："爷爷，这真的是我做的吗?!"

唐爷爷用一种从未有过的又骄傲又快活又欣慰的眼神看着她："小甜，这的的确确是你亲手做的。"

兴奋高兴之后，唐小甜拿自己制作的荷花酥和爷爷制作的进行了一番对比，发现了很多的问题。

"可是我划的米字不均匀，导致花瓣大小不一……你看，这个划得太深的，花瓣垮了，做坏了……跟爷爷做的完全不能比……爷爷做的荷花酥，每一个都美得像艺术品。可是我做的，都像是缺胳膊断腿的残次品……"

"小甜，你这是第一次做。能做到这样子，比爷爷当年可棒太多了。"

"真的吗？"

唐爷爷不答反问："小甜，你知道池塘里的荷花是怎么开满一池塘的吗？"

唐小甜摇头。

"在自然界，这池塘里的荷花啊，有它们独一无二的盛开方式。第一天，整个池塘的荷花只会开放一小部分。第二天，它们会以第一天的两倍速度开放。第三天，以第二天的两倍速度开放……一直等到第三十天，荷花才会开满整个池塘。而且最叫人惊讶的是，在第二十九天的时候，荷花仅仅开满荷花池的一半，直到最后一天才会完全绽放。"

唐小甜第一次听到这样的盛开方式，不觉惊讶万分。

"还有，你每年夏天的时候都听到过蝉鸣吧？！"

唐小甜点头。

唐爷爷："你知不知道？其实这看似简简单单、普普通通的蝉鸣啊，它可是一点也不简单，一点也不普通。

"那是蝉在暗无天日的地底下生活了长达三年甚至十七年之久后才发出来的声音。在漫长的黑暗里，蝉耐住了寂寞，守住了内心，在经历了各种风吹雨打，在经历了无数个日夜寒暑的磨炼，然后在夏季的某个夜晚，从地底下钻出来，一点点地爬上树梢，一夜之间蜕变成了知了。第二天，在太阳升起的那一刻，蝉振翅飞向了天空，迎来了它生命的顶峰。在之后的炎炎夏日里，它迎接最耀眼炫灿的阳光不知疲倦地鸣叫，发出自己这么多年来蓄积的声音。

"在我们生活中的好东西啊，大多是顺应时节、细水长流、慢慢来的。比如禾苗是稻谷一点点发芽、拔苗、抽穗，结籽，最后成长为谷穗的。瓜果蔬菜都是从种子慢慢成长，最后才瓜熟蒂落的。而生活中那些在突然间发生的，往往大多数都是灾难。比如火山喷发、山洪、泥石流、地震、海啸、雪崩等。

"你看我们中国人多么聪明多么会造字啊。慢这个字，它是竖心旁的。说明慢这件事情啊，首先啊，要来自我们的心。我们无论做什么事情，最重要的是让心慢下来，这样才能成功。"

听了爷爷的话，唐小甜在对这些不完美瞬间释然的同时，也懂得了爷爷在教导她，让她静下心，不要急，慢慢来。

……

那个微热又宁静的午后，唐小甜按照爷爷教她的所有步骤，凝神专注地做好手上的每一个荷花酥。

做完要炸的下一锅后，唐小甜唤了两声爷爷，没听见爷爷回应，便转过了头寻找爷爷。

只见爷爷坐在一旁的轮椅上，望着天空怔怔出神，也不知在想些什么。

"爷爷，我要炸下一锅啦，你继续教我。"

唐爷爷回了神，应下了。

这一锅出来的荷花酥就比前面一锅成功多了，没有做坏的荷花酥，花瓣也均匀了许多。

唐小甜尝了一个自己做的荷花酥，一口咬下，酥软松脆，甜蜜入心。她顿时满足地眯起了眼："呜呜呜，好吃！爷爷，我这也太棒了吧。简直不敢置信！"

"我家小甜是真的棒！第一次做就做得这么好。比爷爷当年可棒太多了。"

唐小甜知道爷爷是"瘌痢头的儿子——总是自己的好"这个心态，所以总是一个劲地夸赞她。

"爷爷，你可不能再夸我啦。你要是再继续夸我的话，我可就要膨胀了啊。"

"没事，那就膨胀吧！"

爷孙两人对视一眼，乐得哈哈大笑。

"对了，爷爷，这些是你之前放在一旁说等下要用的酥皮和玫瑰豆沙，你要做什么吗？"

唐爷爷让她做了一个大荷花酥。

唐小甜觉得奇怪："爷爷，你做这么大的一个荷花酥做什么？"

唐爷爷顿了顿，才说："明天啊……是你秦奶奶的农历生日。我们做一个大荷花酥送给她。"

"啊，明天是秦奶奶生日啊。"唐小甜惊讶过后，有了一个想法，"爷爷，那明天我多买些菜，晚上请李爷爷、李奶奶、天明哥、朱爷爷、朱大哥他们一起来给秦奶奶过生日吧？秦奶奶这些天来一直帮我做菜，我都不知道怎么感谢她呢。正好趁这个机会大家一起热闹热闹。不然秦奶奶一个人过生日，多孤单多可怜啊！"

唐爷爷连连点头："好好好。还是我们小甜想得周到。"

"爷爷，我们先不要告诉秦奶奶哦。我等下再去订个寿桃蛋糕，到时候给秦奶奶一个惊喜，怎么样？"

唐爷爷微笑："好，都听我们小甜的。就这么办！"

"对了，爷爷，你知道秦奶奶今年几岁吗？"

"她今年66喽！"

……

大门口处传来了李天明的声音："哇，真香啊……唐爷爷，你和小甜在做什么好吃的？"

唐爷爷笑眯眯道："天明，下班回来了啊？你真是太有口福了。来来来，快来尝尝新鲜出炉的荷花酥……"

李天明也不客气，直接取了一个荷花酥送进了嘴里，咬了一

第七章 选择 | 111

大口,一边喊着烫,一边又竖着大拇指,夸赞好吃。下一瞬,便将剩下的小半个送进了嘴里。

一个小巧的荷花酥被他两口就解决掉了。

调色用的两色萝卜汁是唐小甜榨的,皮也是唐小甜擀的,荷花酥也是她亲手做的。

此时此刻,见李天明说好吃,唐小甜还是有些难以置信。她忐忑地开口:"天明哥,这荷花酥……真的好吃吗?!"

"好吃啊!我一停车就闻到了香气,被勾出了满肚子的馋虫……"说罢,李天明又拿了一个荷花酥送进嘴里头,三下两下又吃完了,"酥松可口,又香又甜!而且还做得这么好看。"

唐爷爷对着唐小甜道:"我说了你还不信?!"

李天明不明就里:"不信什么?"

"这些荷花酥啊,都是小甜亲手做的。我说她做得很好。她还不信,觉得自己做得太差了呢。"

李天明呆了呆:"什么?!这些,这些,还有那些……不是唐爷爷做的?都是小甜做的?!"

唐爷爷:"是啊。都是小甜做的。这可是她头一回做荷花酥。"

李天明震惊了:"小甜,你也太厉害了吧!"

唐小甜:"每道程序都是爷爷手把手教我的……但是我做的这几个荷花酥,花瓣都有大有小……不像爷爷,每个都很均匀很好看……"

"虽然如此!可小甜你第一回做,就能做得这么好,实在也是太厉害啊。"说完,李天明又补了一句,"小甜,你不愧是唐家糕点铺子的传人!真的有天赋哦!"

闻言,唐小甜不觉一愣。

唐小甜与父母视频，炫了自己亲手做的荷花酥后，又把美图分别发到了四姐妹的微信群、小蘑菇头的微信和朋友圈，一炫再炫。

毕竟这么大的事情，不好好炫耀一番的话，可真要活活憋出内伤啊。

唐小甜傲娇不已："邻居们都夸我做得好看又好吃。说我有天分呢！"

三姐妹见了那小巧精致的荷花酥也是一眼惊艳。

这回，连毒辣如李李都被惊住了："What？唐小甜，真是你做的？"

唐小甜："比珍珠还真！来吧，都快来夸我吧。本宫搬了小板凳正等着迎接你们的一番吹捧呢！"

杨伊致连发了数个"真棒"的图片："我一直都觉得小甜有一天会成为美食评论家。想不到自己动手也一样棒。"

周诺："给我们的宝藏女孩唐小甜点赞。"

李李头一回心服口服："唐小甜，请收下我的膝盖！"

至于小蘑菇头俞子江这边，唐小甜也是收获了一波夸张的惊讶惊叹。

挂电话前，俞子江照例问她什么时候回去。最后，还不忘一再叮嘱她："小甜甜，你快点回广州赚我大哥的毛爷爷吧。"

唐小甜逗他："怎么？莫非鱼子酱你想我啦？"

俞子江支支吾吾地承认了："有一点啦。"

还不忘强调说明："就一点点哦。不是亿万富翁的亿，而是一二三四的一哦。"

唐小甜知道俞子江说的是反话，觉得欢喜高兴。她停顿了一会儿，开口道："鱼子酱，我可能……或许……说不定会辞职，留在老家了……"

俞子江大吃一惊："啊！为什么呀？你不是一直说想做 Thomas 谭的助理吗?!"

"其实我在 T.T. 一直工作得不开心。要不是为了想见我的偶像 Thomas 谭，我早就不想做了。而我在老家小镇的每天都过得很轻松愉快。所以我这两天一直在考虑，要不要留在老家，跟着爷爷学做糕点，经营糕点铺子，然后照顾爷爷……"

自打撞见爷爷满眼不舍地抚摸做糕点的器具的那一天起，唐小甜就一直在思考这件事情。今天跟着爷爷做了荷花酥之后，她更是不停在脑中考虑这个可能性。

挂了电话，俞子江便把唐小甜说留在老家的事情告诉了大哥俞仁杰。

他愁眉苦脸地问道："俞仁杰，你觉得小甜甜真的会留在老家不回来了吗？"

俞仁杰沉默了一会儿，摸了摸他的头顶："我不是唐小甜，所以无法回答你这个问题。"

"她不是说要做 Thomas 谭的助理？要不你告诉她你就是 Thomas 谭，让她来做你的助理？这样她就肯定不会留在老家了。"

"公是公，私是私，以她的工作能力是无法胜任我的助理一职的。而且一旦她做了我的助理，你和她之间，我和她之间，就再也不能像以前那样轻松地相处了。你想要这样子吗？"

俞子江立刻摇头："不想！"

俞仁杰话虽然这么说，可是一想到他以后可能会看不到叽叽喳喳自来熟的唐小甜了，他心口的地方就涌起了一种很奇怪的感觉。

那是一种空空的、很不舒服的感觉。

睡前，姐妹四个人照例开了视频瞎聊。
唐小甜忽然道："富婆们，我想跟你们说个事情。"
李李："快说！快说！你有什么不开心的事情，别憋在心里，一定要说出来，这样才能让我们大家开心入睡，做个美梦。"
唐小甜："李李，你心里还有没有我这个小宝贝？！"
李李："就你那点姿色！我肯定是没有的！"
唐小甜："李李，你好无情！绝交！再见！"
李李："快！说！到底什么事情？！"
唐小甜说出了想留在老家，跟爷爷学做糕点，照顾爷爷的想法。
闺密三人听后，都惊呆了。
周诺："唐小甜，你好不容易才进入了一直想去的 T.T. 集团，成为你偶像 Thomas 谭的同事……你就这么放弃了吗？！"
杨伊致："小甜既然都跟我们说了，她肯定是已经好好考虑过了。喜欢偶像 Thomas 谭是一回事，工作又是一回事。反正她在 T.T. 做得也不大开心，不做就不做了。我支持小甜的决定。"
在最要好的三个闺密这里，唐小甜说出了自己的心里话："放弃 T.T. 的工作是有点遗憾和不舍得的。毕竟我一进大学，一接触服装造型设计就开始喜欢 Thomas 谭了。可是，我在老家看到日渐年迈、行动不便、孤零零地留在老家没有人照顾的爷爷，感觉更舍不得……人生有那么多的遗憾，很多时候我们都无能为力。如果我能在老家学做糕点，把爷爷的糕点铺子经营下去，陪着爷爷一天天地老去，让爷爷有个安详幸福的晚年，我觉得我的人生会少一种很大的遗憾……

"最重要的是今天跟着爷爷学做荷花酥的时候,我突然发现自己很喜欢做糕点……我今天和面、起酥,当看到漂亮的荷花酥做出来的时候,闻着一屋子的香气,吃着亲手做的好吃的荷花酥的时候,我觉得很快乐很满足很有成就感……"

听到这里,周诺叹道:"看来你已经做好决定了!"

李李则一针见血地点出了问题关键所在:"唐小甜,你就想想吧。你要留在老家,你妈第一个不会答应!"

李李说得很对。唐小甜知道自己最大的难关便是自己的老妈——张女士。

Thomas 谭工作室。

从天花板垂下的几盏吊灯将又宽又长的工作台照得比白昼还清亮数分。

俞仁杰"啪"的一声重重地扔了笔。

今晚的他比往日更加烦躁不已。

俞仁杰手臂撑着书桌,盯着一张又一张作废的设计稿,觉得压抑至极。

他抬手猛地一扫,手绘设计稿便如雪花般飘落在了地上。

怎么会这样?!已经休息这么久了,为什么他还是无法设计出令自己满意的作品呢?!还会一直这样下去吗?!莫非他真的已经江郎才尽了吗?!

俞仁杰用手捂眼,瘫坐在了沙发上。

也不知过了多久,手机响了起来。屏幕上显示着"姨妈"两个字。

若是旁人,俞仁杰肯定不接。但姨妈于他而言,是第二个母亲,在他心里分量极重。再者,明天是姨妈的生日,所以这个电话肯定是关于明天家庭聚餐之事。

"小杰,是不是还在工作?"

"嗯。"

姨妈与他闲聊了几句家常后,开始进入本次通话的重点:"看在明天是姨妈生日的分上,你骗个女孩子一起回家给姨妈过生日吧?"

"姨妈,这个难度太高了。现在的女孩子都太聪明了,很难骗的!"

姨妈没好气地道:"那你被女孩子骗去也行!"

俞仁杰:"……"

姨妈:"上回在商场碰到的那个叫唐小甜的女孩子很不错哦。长得很可爱,人也很可爱……姨妈我很喜欢她。要不,你把她骗来?!或者你被她骗去,都行!这样一来啊,省得我以后帮你安排相亲了。你知不知道?为了你们,我快把我的朋友圈都得罪光了。"

俞仁杰乖乖地听着姨妈的训话,不吭声不反驳。

大约是见他态度良好,姨妈训了几句后,总算是放过了他:"明天早点过来。"

"好。"

姨妈又款款叮嘱了一番:"这都快 11 点了,别忙了,早点休息。身体最重要。"

挂断电话后,俞仁杰打开了微信,手指习惯性地(是今天的第五回了)点开了唐小甜的朋友圈,看到了唐小甜发的九宫格,配着属于她风格的文字:"这是本宫亲手做的荷花酥。快快快,本宫等着你们的赞美和吹捧!"

也不知她的朋友们留了什么言夸奖她了,她"脸不红气不喘心不跳"地接受她们的赞美,留言了一条:"不错。本宫就喜欢你们这种一本正经、实话实说的样子。"

俞仁杰不知不觉地弯了眼角,只觉烦躁感退去了些许,心情舒展不少。

他与过往的每一次一样,把一张张配图放大了,仔仔细细地看了又看,看了再看,像考试做题目一样仔细!

但他也和过往的每一次一样,从来不给唐小甜点赞评论。

俞仁杰与往年一样,带了一件自己亲手设计和缝制的晚礼服,在傍晚时分带着弟弟俞子江上门给姨妈庆祝生日。

姨妈家对于两兄弟而言,是第二个家。

这里至今都保留着两人的房间。特别是俞子江,他从小是姨妈带大的,一直到俞仁杰毕业工作后被俞仁杰接回家,此后就两头住。平时,只要俞仁杰有事忙碌,俞子江便会来这里小住。

一进屋,姨妈就一把抱起俞子江,在他柔嫩的小脸蛋上亲了又亲,亲了再亲:"江江,姨妈的心肝宝贝。姨妈都三天没见你了,你想不想姨妈?"

俞子江亲亲热热地搂着她的脖子:"想。每天都想姨妈。一天想好多次哦。"

"真是姨妈的小心肝!"

对着俞子江轻言软语的俞家姨妈,一回头,看着儿子谭卫聪和俞仁杰这两个牛高马大的大光棍,越看越扎眼。

"都养了这么多年了,就算是养头猪,也知道去拱白菜了!就你们两个,到现在还单身。

"你们两个倒是给我个时间表,准备什么时候结束单身?!你!谭卫聪!什么时候给我找个媳妇回来?!

"还有，你俞仁杰，我的外甥媳妇呢?!"

雅痞男谭卫聪嬉皮笑脸地道："谭女士，说得你好像脱单了一样?! 这还不是你队伍没带好，把我们都带歪了!"

"我能跟你们一样吗！我多少岁数，你们多少岁数?! 你们再拖下去，江江都要有女朋友了！"

谭卫聪："什么说不定，江江已经有小女朋友了！上回我去接他下课，到得早，看到他们班好几个女孩子围着他转呢！有一个还偷亲他呢！"

谭女士满脸笑容，兴奋不已："真的吗？江江。"

俞子江一本正经地说："班级里是有好多女生喜欢我，可是我一个都不喜欢哦。"

三人大笑了起来。

谭女士逗他："那我们江江喜欢什么样的?"

俞子江脱口而出："我喜欢小甜甜这样子的。眼睛大大的，皮肤白白的，又可爱又好玩，最重要的是心地善良还爱吃！"

说完，他立刻意识到不对，赶紧捂住了嘴巴。

毕竟唐小甜一直在帮他们破坏相亲，可千万不能让姨妈知道。

其余三人闻言，都同时愣了愣。

谭女士精神为之一振："唐？小？甜？"

谭卫聪也转头看向了俞仁杰，挑着眉毛问道："就是我们在咖啡店遇到，后来被我们 T.T. 录取了……分分钟让人快乐那个唐小甜？"

这回轮到俞子江愣住了，睁大了眼睛："咦！姨妈，表哥，你们怎么都认识小甜甜的啊？"

谭卫聪："江江，你怎么知道她善良？这人善不善良又不是写在脸上的。就算写了,我们也不能信哪!对不对?"

俞子江反驳他:"小甜甜会把她喜欢的好吃的分我一半。她嘴上说不行不行,可每次都把最大份的分给我哦……还有……反正小甜甜最善良最好了,我就喜欢小甜甜。"

谭卫聪简直不可思议,转头对俞仁杰挤眉弄眼:"哎哟喂!进展不错啊,兄弟。今年家里脱单的 KPI 靠你完成了。"

俞仁杰:"什么进展?真的只是朋友!江江比我更熟,他们有空就在微信聊天斗嘴。"

谭女士一听,顿时泄气了。

"哎呀,你们说我容易嘛!我一把屎一把尿地把你们三个拉扯大。如今一把年纪了,就想含饴弄孙,抱抱孙子和侄孙子,为什么就这么难啊……老天爷啊,我谭香梅实在是太命苦了……"

熟知亲妈各种套路的谭卫聪:"打住!打住!谭女士!你演得太假了,眼泪挤半天都挤不出来,去话剧团跑三年龙套再来演!"

谭女士抬手打他:"你这个臭小子!"

……

谭女士对谭卫聪和俞仁杰下达最后通牒:"你!还有你!无论如何,今年过年都给我骗个女孩子回家!要是还是两只单身狗的话,我不准你们进屋。你们年三十晚上都给我喝西北风去吧!"

谭卫聪和俞仁杰这对难兄难弟对视一眼,在数秒内靠眼神完成"兄弟,这任务只能靠你完成了""不不不,靠你了!""你上!""长幼有序!你先上!"等一番交流。

吹生日蜡烛前,谭女士默默地许下了这几年来的同一个愿望:"让家里的这两头猪早日拱到白菜!让家里的这两头猪早日拱到白菜!让家里的这两头猪早日拱到白菜!"

重要的事情必须说三遍!

饭后,俞仁杰、俞子江来到了表哥谭卫聪家的三楼露台。

俞子江戴了耳机窝在沙发上打游戏。谭卫聪开了一瓶红酒,递了一杯给俞仁杰。

三个人各顾各的,露台上静极了。

俞仁杰饮了一口,无意中扫到了台面上的一块蛋糕,上面缀了几朵盛放的粉色玫瑰,瞬间便想起了唐小甜和她亲手做的荷花酥。他看着图片就觉得很好吃的样子。

俞仁杰回过神,忽然觉得异样了起来:无端端地,他怎么会又一次想起唐小甜了呢?!见鬼了!

他手一抬,一口气饮尽了杯中之酒。

俞子江打完了一局,道:"大哥,我们打个电话给小甜甜吧。顺便问问她下个星期到底回不回来。我有点想她了。"

按照平时,俞仁杰肯定是一口拒绝的。但此时也不知是否月亮太圆太亮了的缘故,他被下蛊了似的,答应了下来,鬼使神差地拨出了语音通话。

同一天晚上,唐小甜打着聚餐的名义,邀请秦奶奶来家里吃饭。

秦奶奶毫不知情,和李天明奶奶在唐小甜的帮助下,一起做了满满一桌子的菜。

唐小甜搬出了爷爷酿的米酒,招呼众人。

大家吃菜喝酒,讲一些邻居间的闲闻趣事,不知不觉便酒过半巡了。

唐小甜从冰箱里取出了提前订的寿桃蛋糕,点燃了蜡烛捧到了秦奶奶面前,和李天明方老板等人合唱:"恭祝你福寿与天齐,庆贺你生辰快乐。年年都有今日,岁岁都有今朝。"

"秦奶奶,祝您生日快乐。福如东海,寿比南山。"

秦奶奶先是错愕了几秒,随之便惊喜交集,感动得眼眶湿润。她赶忙擦了擦眼角:"哎呀,你们怎么也不跟我说一声?我一点准备都没有。"

唐小甜:"说了就不是惊喜了嘛!"

"来。秦奶奶,快来吹蜡烛!"

……

吃完寿桃蛋糕,李天明和朱泉两人去了厨房切水果,说吃点水果好解一下油腻。

秦奶奶的手机收到了一条微信。

秦奶奶打开一看,顿时喜笑颜开,乐得合不拢嘴:"哎呀,是我们家鹃鹃给我发的生日祝福短信呢。她给我发了888元的转账红包呢。我给你们看哦。"

李奶奶等人齐齐地发出了一阵羡慕声。

厨房里,李天明拿着手机,看着院子里开心快活的众人,怔了一会儿,收回了视线,和朱泉对视了一眼:"土老财,你说我们这么做对吗?"

朱泉拍了拍他的肩膀:"天明,看着这一幕,我就觉得我们做得很对。"

唐小甜把脏盘子端了进来,环顾了一圈:"你们两个真是磨蹭。说好的水果大拼盘呢?快点。爷爷奶奶们都等着你们的水果呢。"

"好嘞。马上就来。"

一顿晚饭下来，在招呼众人中，唐小甜喝了一口又一口甘甜好喝实则后劲十足的米酒，到最后自己把自己给灌醉了。

俞仁杰打电话过来的时候，她正晕晕乎乎地躺在床上，听见电话响起，胡乱地伸手摸索了一阵，触碰到了手机的接通键。

电话明明是接通了，但那头许久都是悄无声息，俞仁杰开口喊了一声："喂，唐小甜？"

唐小甜在酒醉的晕晕乎乎中，倒是听出来是俞仁杰。

她醉了，又因为彼此现在已经处成了哥们，便大着舌头跟他开玩笑："愚人节，你想干吗？你……是不是对爷有什么想法？莫非想对爷意图不轨？是不是？快说！"

俞仁杰脑门闪过了三条黑线："……"

俞子江捂着嘴，在一旁偷笑，乐不可支。

唐小甜："没话……说了吧！果然！我要离你远一点！我是不会让你得到我的！"

俞仁杰："唐！小！甜！"

唐小甜："你看，你看。得不到我就恼羞成怒了！别愁眉苦脸的。得不到我的男生又不止你一个！我要睡了。拜拜……晚安……"

俞仁杰："……"

露台上，俞子江和谭卫聪听着两人开了免提的对话，笑得前俯后仰，根本无法控制自己。

谭卫聪："哎哟喂，世界上怎么会有唐小甜这么可爱的人啊！我这一整个月的快乐都是她给的！俞仁杰，我这个做表哥的支持你，快去追唐小甜！"

俞子江大声道："大哥，我这个做弟弟的也支持你，快去追唐小甜！"

俞仁杰冷哼一声:"搞笑!我为什么要去追她?!"

俞子江道:"因为大哥你跟小甜甜在一起的时候,每次都笑得很开心哦。"

谭卫聪吃了一惊:"江江,真的假的?!你确定你没看错?!你哥这张面具脸也会笑?而且笑得很开心的那种?!"

俞子江用力点头:"真的。我大哥每次跟小甜甜在一起的时候,都很开心。谈恋爱不就是要找一个自己喜欢的人,和她每天开开心心在一起吗?!既然是这样的话,大哥为什么不和小甜甜在一起呢?!而且,我也很喜欢小甜甜哦!我想让她做我的大嫂!"

闻言,谭卫聪不知想到了什么,整个人蓦地发怔了起来。

片刻后,他回过神,探手大力地揉了揉俞子江的头顶:"我们家江江说得太对了,谈恋爱就是找一个自己喜欢也喜欢自己的人,每天和她开开心心地在一起。我们家江江长大了。一句道破了我们这些笨蛋大人一直被迷惑的事情呢!"

俞仁杰却是怔住了!

第八章　第十三代传人

唐小甜接到小蘑菇头俞子江的电话,听到俞子江说他和大哥现在她老家,惊住了:"什么?你和你大哥现在在我们的小镇上?不可能啊。你不上课了吗?"

"学校放假……"

"五一假期没开始啊?"

"学校里有人得手口足病了,怕传染,所以我们班提前放假了……而且因为连着端午,所以我有九天假期呢。"

唐小甜依然将信将疑:"你们真的来我们小镇了?"

俞子江:"真的啊。我大哥导航到了新塍镇的唐爷爷糕点铺。我们现在就在糕点铺子的大门口。不过铺子是关着的……"

整个小镇就他们一家唐爷爷糕点铺。但唐小甜第一反应还是俞子江在骗她:"鱼子酱,我现在就出来开门哦。你要是敢骗我的话,我就把你卖去青楼接客!"

唐小甜打开木门,只见身着同款鸭舌帽、格子衬衫和牛仔裤的俞仁杰兄弟两人正英俊帅气地杵在自家的大门口,不觉瞠目结舌。

俞子江露出了一个大而灿烂的笑容,朝她飞扑了过来:"小甜甜,说了没骗你!现在我不用被卖去青楼了吧?!"

唐小甜犹自不敢相信:"你们怎么来了?"

俞子江:"都这么多天没见你了,我想你了啦。所以就拖着我大哥开车过来了。意不意外?惊不惊喜?"

唐小甜有种莫名的感动:"意外,也惊喜。"

唐小甜缓缓抬头,看向了俞仁杰。

俞仁杰摘下了鼻梁上的雷朋墨镜,露出了一双黑亮眼眸,与她四目相对,脸上依旧是那一副淡淡表情。

然而,没有人知道,他在骤然见到穿着白T恤、宽大牛仔背带裤的唐小甜的时候,心头处响起的细微的龟裂之声。

"欢迎你们来到唐小甜的地盘!"

俞子江一踏进白墙黑瓦、开满鲜花的小院,便脱口而出:"哇,小甜甜,你家好美呀。"

唐小甜:"来来来,展开来好好说说。我家小院怎么个美法?我有的是时间。"

俞子江嘴甜如蜜:"最主要住在这里的人美,所以小院才会这么好看。"

唐小甜薅了一把他的头发:"鱼子酱,你这人净说大实话。我喜欢!"

唐小甜很开心他们的到来,一见到他们就立刻恢复了逗趣可爱的本性。

在一旁静静地看着两人斗嘴打闹的俞仁杰,瞬间就觉得自己被治愈了。

他所有烦躁焦虑仿佛一下子消散了,心也如这幽静小院一般,清清静静的,一片安宁美好。

唐爷爷得知俞仁杰两兄弟特地从广州开车来小镇找孙女唐小甜,又见俞仁杰一个俊小伙,跟孙女唐小甜站在一起金童玉女似的好相配,脑中就有个克制不住的想法:这个俊小伙是不是在追我们家小甜，追来了小镇？！

他一边想又一边偷偷地打量俞仁杰给他带来的一大堆水果礼品，然后暗暗嘀咕：这么多东西，看着就像是毛脚孙女婿上门嘛！

小镇上的人淳朴良善，唐爷爷本就以热情好客出了名的，然后在"俞仁杰就是自己的毛脚孙女婿"这种想法的强烈驱使下，对俞家兄弟热络到了极点。

他极力邀请俞家兄弟在家里住下，说让唐小甜带他们在小镇上好好玩玩。

唐小甜本以为俞仁杰应该会拒绝的。因为俞仁杰这个人给人的感觉一直都是冷冷淡淡、生人勿近的，所以唐小甜觉得他应该是边界感很强，不喜欢打扰别人，也不喜欢被人打扰的那种类型。

但叫她诧异的是，俞仁杰竟然一口应下了："谢谢唐爷爷。那我们就恭敬不如从命了！"

唐爷爷一个人冷清惯了，最是喜欢热闹，见俞仁杰一口应下，越发觉得印证了自己的想法，顿时高兴得合不拢嘴："不打扰，一点都不打扰。"

他转头就嘱咐着唐小甜把二楼空着的房间打扫了一番，又把被褥拿出来翻晒，招待两人住下。

唐家的后面是二层小楼，楼上楼下各三间小屋子。楼下是厨房、唐爷爷的卧室和糕点制作间。楼上三间房间，是唐小甜父母的卧室、唐小甜的卧室和一间储物间。

唐爷爷出院前，唐小甜在秦奶奶的帮助下打扫过整个屋子了，所以眼下只要拖地除尘，晒一下被褥即可入住。

俞子江很久没见唐小甜了，黏她黏得紧，寸步不离她左右，拿着抹布和她一起擦灰尘。

在他们干活之际,俞仁杰上楼帮忙,见唐小甜在搬被褥:"我来。"

唐小甜:"这不重。我 OK 的。"

俞仁杰不容拒绝地从她手里抱过被褥,扔在了晾衣绳上:"那好,那我去陪唐爷爷。"

他把带来的水果洗净了装盘,又烧水泡了茶,与唐爷爷一起喝茶下棋。

唐小甜在二楼阳台翻晒被褥,看着院子里下棋说话的两人,心里头纳闷得紧:愚人节什么时候这么自来熟了呢?!

清风吹拂而来,土陶花瓶里盛放的绣球花微微颤颤。

傍晚时分,唐小甜带着两人去了菜市场买菜,顺带逛逛夕阳下的小镇。

小镇上的人们喜爱花草树木,门前屋后街角河边桥畔,遍种着各式的蔷薇、月季、凌霄花、铁线莲、牵牛花、吊兰、青萝等各色花草,将小镇点缀得姹紫嫣红、一步一景。

小桥,流水,人家,在夕阳斑驳柔和的光线下,随手一拍皆是风景。

从容淡雅,如诗如画。

与车水马龙、生活快节奏的大城市完全不同。

弟弟俞子江和唐小甜斗嘴打闹嬉戏追逐,笑声银铃般洒了一路。俞仁杰忽然想起了曾经看到过的一段话:看天上的日月,吹人间的清风,过最平凡的生活。

在这喧哗吵闹的黄昏小镇,俞仁杰的心却出奇地温柔恬静。

到了菜市场的一条街,俞子江被村民们自家菜地里新鲜采摘的果蔬和散养的鸡鸭吸引，也为各种颜色塑料盆里游弋着的鱼虾鳖驻足，惊叹连连之余，不停地按下了手机相机的拍摄键。

唐小甜买了鱼虾，又买了茄子、空心菜、黄瓜，买了数个村民奶奶种植的甜瓜。最后，又去熟食店铺买了小镇上最出名的酱鸭加菜。

她每买好一个菜，就把装菜的塑料袋递给了俞仁杰，让他拎着。

十分自然，也十分顺手，仿佛天经地义一般。

没片刻，俞仁杰的双手便提满了各种塑料袋。

俞子江看见唐小甜这买菜的架势，有些惊住了："小甜甜，你真的会做饭？"

"你觉得我这些天发朋友圈的饭菜都是盗图吗?!"

"可你……看起来完全不像会做饭的样子！"

唐小甜双手叉腰做出了一副凶狠状："鱼子酱，我不打你，你不知道我唐小甜文武双全吗？"

"哎呀！我好怕怕呀。"可说完，俞子江依旧十分怀疑，"确定真的可以吃吧？不是黑暗料理?! 我事先声明：我可不做小白鼠的啊！"

回答他的，是一颗正中额头的空心菜！

回到家，唐小甜围着围裙，指挥着俞仁杰打井水，又指使着他和俞子江洗菜打下手。

她想做的第一道菜是凉拌黄瓜。毕竟跟秦奶奶学了这么久的做菜，也该轮到她显摆厨艺了。

可她一拿起菜刀，那姿势……就让一旁的俞仁杰眉头大皱。

唐小甜手起刀落，菜刀向黄瓜砍了下去……俞仁杰额头立时飙汗。他赶忙伸手从唐小甜手里取过了菜刀,道:"我好像听到有人在外头喊你,你去大门口看看……"

"啊,有人找我吗?我正在忙。你和鱼子酱帮我去看看。"

"我们初来乍到,一个人都不认识,看了也是白看。你把围裙脱了,去看看是谁找你……"

等唐小甜发现大门口处空无一人折返回来的时候,只见俞仁杰围着她刚解下的围裙,正利落地在用剪刀剪河虾的长须。

白皙修长的一双手,手指微动间,一只又一只河虾的长须便被处理好了。

而一旁的厨房大理石台面上,一盘碧幽幽的凉拌黄瓜已经做好了。

唐小甜张口结舌,目光在两人之间来回移动:"谁做的?"

俞子江:"你觉得我像是能做出这道菜的人吗?!"

确实不像!于是,唐小甜狐疑地指着俞仁杰(毕竟他长了一副比她更不会做菜的样子):"你做的?"

俞子江:"不然还有谁?!俞仁杰他可会做菜了!不信你尝尝?!"

唐小甜半信半疑地尝了一口凉拌黄瓜,顿时结结实实地愣在了原地:"这也太好吃了吧……呜呜呜,愚人节,我要抱你的大腿!"

俞仁杰:"……"

唐小甜:"鱼子酱,我终于明白你为什么不肯去寄宿学校了!换了我也不肯去啊!"

俞子江道:"小甜甜,你要不以身相许?这样以后每天都可以吃我大哥做的美食。"

唐小甜:"请收回你这个大胆的想法!以我的姿色,吃亏的可是你大哥!"

俞子江忙不迭地道:"我大哥不怕吃亏!真的。他最不怕吃亏了!而且,他最喜欢的就是吃亏。"

唐小甜坚定地一口回绝:"不要!和兄弟在一起这种事情实在是太丧心病狂了!我唐小甜坚决不做这种丧心病狂的事情。"

"咔嚓"一下,俞仁杰把手里的虾拦腰剪断了。他将虾重重地扔进了厨余里,毁尸灭迹。

俞子江见状,赶紧语重心长地劝:"小甜甜,人生这么长,你又是个吃货,所以一定要挑一个会做美食的人在一起啊。"

唐小甜:"鱼子酱,你这话说得……小小年纪好像过了几辈子一样……按你的说法,夏天这么长,要找一个会挑西瓜的人在一起。冬天这么长,不是要找一个会挑草莓的在一起?!"

"说到挑东西。我大哥也厉害。他什么都会挑!我大哥啊,他做什么都一级棒呢!"

唐小甜连连摆手:"不要啦!祸害谁也不能祸害自己的兄弟啊!太不仁义了!"

见唐小甜不上钩,俞子江决定换一种方式:"小甜甜,你觉得我大哥长得怎么样?"

唐小甜抬头看了一眼俞仁杰立体流畅的俊美侧脸,脸莫名地一热。她不敢再多看,支支吾吾道:"这事……你最好去问他女朋友吧……"

"我大哥他没有女朋友啊。"

"这不结了!事实说明一切嘛!"

俞子江:"……"

俞仁杰觉得从头到尾一句话都没有说的自己也太无辜了:"……"

煎炒蒸煮的时光，在唐小甜和俞子江欢乐的斗嘴中很快便过去了。

俞仁杰做了一色的广州家常菜：凉拌黄瓜、豉汁蒸鱼、白灼虾、腐乳炒空心菜和咸鱼茄子煲。

作为试（偷）吃员的唐小甜一再被俞仁杰的手艺折服，一试（偷）再试（偷）。

作为一个有良心的试（偷）吃员，她每吃一口，都不忘投喂俞子江一口。

最后搞得俞子江不好意思，喊停了："小甜甜，我们再吃下去，等下吃饭的时候菜不够了。"

夕阳漫天时分，唐家院子里摆开了桌椅，准备开饭。

俞仁杰端上了热气腾腾的咸鱼茄子煲："唐爷爷，咱们今天换个口味。您来尝一下我们广州的家常菜。"

唐爷爷看了色香味俱全的一桌菜，对俞仁杰的印象分顿时唰唰唰上涨了。毕竟这年头会做菜的男生不多，会做一手好菜的那就更少了。

唐爷爷先尝了一只蘸了酱汁的白灼虾，只觉得虾肉鲜甜Q弹，酱汁咸香入味。又尝了一口豉汁蒸鱼，豆豉味浓郁，鲜嫩美味无比。

于是，他对俞仁杰更加刮目相看了起来，连声夸他做得好，又吩咐唐小甜取出了自己酿的米酒，说这么一大桌好菜，不喝酒可太浪费了。

唐小甜："爷爷，你的腿还没好呢。可不许喝酒。"

唐爷爷和她打着商量："你陪小杰喝几杯。爷爷呢，就喝一杯解解馋，怎么样？"

唐小甜勉为其难地同意了："说好了哦，就一杯。绝对不能多喝哦。"

"有你看着爷爷，爷爷哪敢多喝啊！"

唐小甜取出了一罐米酒，正在倒酒的时候，李天明端了个砂锅从大门口进了院子。

"唐爷爷，我奶奶晚上煮了咸笃鲜，听说小甜有广州的朋友来了，让我送来给小甜的朋友尝尝。这咸笃鲜啊，是我们本地特色菜。"

"太谢谢李奶奶了。"唐小甜伸手想要接汤锅。

李天明忙避过："刚出锅的，很烫。你别碰，小心烫着了。"

俞仁杰不动声色地将这一幕看在了眼里。

唐爷爷招呼李天明："天明，你留下来陪小甜的朋友一起喝几杯。"

李天明的视线与俞仁杰的视线撞在了一起，看到了他眼里的一抹探究，只装作不知，微微一笑："好呀。那我就不客气了。"

李天明尝了一口空心菜，赞道："这空心菜的做法跟我们这里的不一样。小甜，你这空心菜里头是加了什么炒的？很香很入味。"

俞仁杰挑了挑眉，大大方方地接受他的赞美："谢谢李兄夸奖。这是我们广式空心菜的做法，里头加了腐乳，很适合下饭。"

李天明反应了过来：这是俞仁杰做的菜。

今天第一天来到唐家就下厨做菜，显然跟唐小甜的关系那是相当熟稔相当好，完全不把自己当外人。

李天明端起酒杯："俞兄真是一手好厨艺。失敬失敬。来，我敬俞兄一杯。"

"谢谢。"

俞仁杰的酒量不差。李天明也不弱。

第八章　第十三代传人 | 133

但因喝的是唐爷爷酿造的江南米酒,这是李天明从小到大喝惯了的口味,所以,这场酒局PK到最后是李天明稍胜了一筹。

夜里,小蘑菇头俞子江守着醉醺醺的大哥俞仁杰,愁眉苦脸地嘀咕道:"俞仁杰,麻烦了,你有情敌了。这个叫李天明的,还占据了天时地利人和。从明天起,你可要给我好好加油、好好表现啊。不然,小甜甜可是要被别人追走了啊!

"俞仁杰,我说了要小甜甜做我大嫂的。要是小甜甜被别人追走!我可是绝对不原谅你哦。"

第二天一早,俞仁杰睁开眼的时候,阳光正透过木窗上喜鹊闹梅的图案透进来,洒在地砖上。

虽然昨夜醉酒了,但全然没有往日醉酒后的头昏脑胀。相反,昨夜的他很不可思议地进入了许久没有过的深睡眠,睡足了整整一个晚上。

所以,俞仁杰感觉整个人神清气爽,充满了能量。

一打开门,来到阳台,只见弟弟俞子江正拿着水管在院子里浇花。唐小甜则拿着花剪在剪月季花,准备插在土陶罐里头。

大约怕吵醒他,两人像两只鸟儿般头碰头地凑在一起低声交谈。

俞子江抬起头,看到了二楼的他,朝他招手:"大哥,你醒啦。我饿了,你快去洗脸刷牙,小甜甜说要带我们出去吃好吃的。"

唐小甜:"我们新塍小镇上,好吃的江南美食可真是多了去了。比如早点吧,除了我们最出名的各种馅儿的粽子外,就有生煎包子、生煎牛肉饺子、烧卖、馄饨、汤团、烧饼、油条、油墩、豆浆、豆腐花、牛肉汤、榨菜牛肉粉丝汤等,面食有红烧羊肉面、蒸缸羊肉面、各种浇头小面等，还有各种糖糕、蒸米糕等。至于清粥小菜，今天就暂时不考虑了……鱼子酱，说吧，你想吃什么？"

唐小甜一口气说了十七八种早饭品种，跟绕口令似的。

俞子江听得瞠目结舌："这么多？都快赶上我们广式早茶了。"

"我们中国地大物博。每个地方有每个地方的不同风景，也有不同的特色美食。广州美食那是出了名的，不然也不会有食在广州的说法啦。不过我老家小镇的江南美食也是超级棒的哦。快说，你想吃哪一种？"

"小甜甜，我选择困难症发作了。你决定吧！"

"那我今天就先带你们去吃生煎包子和牛肉粉丝汤。"

"好。"

被当成隐形人的俞仁杰听到这里，终于忍不住开口了："你们难道就不准备问问我的意见吗？！"

唐小甜："你的意见重要吗？！放心，跟着我和鱼子酱，有我们一口吃的，肯定就有你一个碗刷。"

俞仁杰："……"

俞子江见大哥吃瘪，毫无兄弟之情地捂嘴偷笑。

清晨的小镇安安静静的。

沿着石板路走了一小段，在斑驳的墙角看到了一大丛开得如火如荼的粉色蔷薇花。

拐过弯，俞仁杰老远就闻到了一阵诱人的香味，抬头一瞧，只见不远处的店铺门口正排着一支队伍。

今天是工作日，而且已经是九点多的光景了，居然还在排队。可见这家店的食物肯定很不错,所以很受人欢迎。

"哇。大哥,好香啊。"

香味太勾人了,俞子江肚子立刻唱起了"空城计"。

唐小甜指着店铺道:"就是这家生煎包子铺,开了几十年了。他们家的生煎包子是我们小镇上的最好吃的美食之一,每天都有人从市区赶来吃呢,包你们吃了之后赞不绝口。"

走近了,只见围着白色围裙的老板在锅前忙碌着,手脚麻利地把雪白滚圆的小包子一个挨一个地搁进刷了油的锅底。

包子和锅底在亲密接触间,发出了嗞嗞作响的欢快声响。搁满一锅小包子后,老板盖上了木锅盖开始煎。煎了小片刻后,老板用不锈钢夹子夹住煎锅,一停不停地转动了锅。

几分钟后,老板气定神闲地掀开木锅盖,袭人的香气随着蒸腾的热气扑鼻而来。

俞子江的肚子也随之发出了"咕咕"之声。他摸着扁扁的肚子,眼巴巴地盯着煎锅里的包子,垂涎三尺。

此时的包子底已经煎得金黄了。老板往煎锅里洒了点热水,锅子顿时"刺啦啦"地冒起一阵滚烫热气。老板迅速地将小葱和芝麻往包子上一撒,盖着木盖继续焖一下。

片刻后,底部金黄焦脆、喷香诱人的生煎包子已经煎好了。

唐小甜:"老板,我要三份。一份六个,两份十个。另外要一碗牛肉汤、两碗榨菜牛肉粉丝汤。"

"好嘞。小甜,河边靠窗那桌的客人刚出来了,那边风景最好,你们赶紧去占座。"老板娴熟地用铲子在煎锅里一划一铲,数个生煎包就齐齐整整地搁进了白色瓷盘里头。他把盘子往边上的桌子一放,就等着老板娘端上桌给客人了。

唐小甜谢过了老板,熟门熟路地带着俞仁杰兄弟进了里头的房间。

桌子靠窗而摆,可见碧清河水悠悠地流淌而过。

老板娘手脚麻利地送上了他们点的生煎包子和三份汤:"小甜,刚出锅的,很烫。吃的时候要当心烫嘴。"

唐小甜:"好的。谢谢老板娘。"

咬一口生煎包子,浓香鲜美的滚烫汤汁便流了出来。

汁多肉鲜,上部软嫩如棉,底部焦香酥脆,还伴有麦香、芝麻香和葱香。

美妙的感觉在舌尖跳跃。

至于榨菜牛肉粉丝汤,榨菜爽口,粉丝吸饱了牛肉汤的汤汁,鲜美弹牙。

俞仁杰不由得在心里大赞了一番。

俞子江从生煎包子里抬头,一边呼烫,一边呜咽道:"小甜甜,真的好好吃。"

唐小甜扬起四十五度下巴,傲娇道:"明天带你们去吃蟹叉三小馄饨,馄饨皮子薄如蝉翼,浮在撒了紫菜和小虾米的高汤上头,好吃得简直可以把舌头吞掉。后天呢,我们去吃烧卖,那烧卖皮羊脂白玉似的晶莹剔透,可以看见里头的各种馅儿,有蛋黄鲜肉和笋尖鲜肉、海鲜虾滑等各种不同口味……大后天去呢,去汤团店铺吃手工汤圆……大大后天带你们去吃烧饼油条豆腐花……或者去土老财那里吃红烧羊肉面。土老财为了保证羊肉的口味,每天四点钟起来用木柴煮羊肉,一大锅羊肉四五十斤,一个上午就能卖光,想要吃要么赶早要么提前一天预订……

"我们新塍可是出了名的美食小镇,保管你们尝过我们新塍的美食后,就不想离开了。"

闻言,俞子江问道:"小甜甜,你真的决定从T.T.辞职了,留在这里,不回去了吗?!"

"我已经决定,准备节后向我的顶头上司杰瑞辞职了。"说起这事情,唐小甜不觉皱起了眉头,"可是我老妈不同意!"

俞子江眼睛一亮:"那你准备怎么办?!要不还是回广州吧?"

"不管了。她和我老爸现在在英国。有道是将在外,军令有所不受!她鞭长莫及!目前拿我也没办法。"

俞仁杰只觉得吃在嘴里的美味生煎肉包瞬间失去了所有味道。

俞子江道:"小甜甜,你这是连你的偶像Thomas谭都要抛弃了吗?!"

"你说得我好像曾经得到过Thomas谭一样呢!我的偶像实在是太神秘了,连我们在T.T.工作数年的同事都没见过……这回,我不得不抛弃他了!"

俞子江看着意味不明的大哥俞仁杰,不说话了。

关于唐小甜要留在老家学做糕点的决定,张女士是坚决不同意的。

张女士对唐父道:"我们当年千军万马过独木桥,那么辛苦从老家考出来,好不容易才留在了广州这座大城市。想当年我们在广州城里举目无亲,渴了饿了,连讨口水喝的地方都没有。通过这二十来年的打拼,如今总算是在广州扎根了下来,也在广州有了一些人脉和资源……可现在小甜却要回老家,跟着爸学做糕点,继承爸的糕点铺……我们这算不算一朝回到解放前,辛辛苦苦兜了一圈又回到原地。

"还有她念书的时候,我盯着那么紧,管得那么严,每周这个补习班那个补习班地来回奔波接送,因为学习的事情凶她骂她,几次差点爆血管,不就是希望她可以考个好学校,日后有一份好工作吗?!如果她要留在老家的话,那么我们那些年的辛苦打拼算什么?!我们盯着她那么辛苦地念书,考上个好大学,有什么意义?!不是都白辛苦了吗!

"反正说什么我也不同意小甜留在老家的。她如果留在那里,以后还有什么前途?接下来要怎么找男朋友?!能找到什么样的男朋友?!人都往高处走的,水才往低处流。这可是她人生重要转折点的选择。这么大的事情,她可以昏了头,我们做父母的可不能昏头。这种关键时刻,我们做父母的不给她把关,谁给她把关?!

"我坚决反对!坚决不同意让小甜留在老家!"

但胳膊拗不过大腿。唐小甜心意已决,张女士实在是拿唐小甜没办法。

至于唐父唐松年,在得知唐小甜要跟父亲唐寿山学做糕点,要做唐家糕点铺第十三代传人后,怔怔出神了很久。

唐父一夜未眠,想起了小时候在老家的很多很多往事。

第二天,唐父对张女士说:"既然小甜想跟着爸学糕点,就让她学吧。想留在老家,就留在老家吧。孩子大了,有自己的想法了。我们做父母如果强迫她,硬不让她做,她日后一定会怪我们的。还不如让她试试,或许试过后,她自己后悔了,又不想留在小镇了呢?

"孩子只有做她自己真正喜欢的工作,她的才能才可以得到充分的发展,她自身也才能从工作中得到快乐。我们做父母的,不就是希望孩子能有一技之长,可以在社会上立足,健康快乐地过一辈子嘛。

"再说了,小甜马上要毕业了,经济独立了。我们能拿她怎么办?!"

张女士听了这一番话,还是坚决不同意,跟唐小甜父女两人冷战了起来。

下午,唐小甜带着俞家兄弟来到村里的农庄摘樱桃。

农庄紧挨着一片波光粼粼的湖荡,芦苇簇簇丛丛,野趣天然。

因还没到节假日,农庄一片清净。三人在湖荡边找了一棵葱翠茂密的大树,在树下安营扎寨。

俞仁杰动手搭帐篷。唐小甜和俞子江则把野营用的折叠椅子和折叠小桌子搬出来,把野餐毯子铺在草地上,并把水和食物等放置其上。

"鱼子酱,怎么样?这里赞吧?!"

俞子江在大大的野餐毯子上打了个滚:"太赞了。反正我决定了,以后我都听小甜甜的。跟着小甜甜有肉吃。"

"那是。跟着我唐小甜混,一天吃九顿!"唐小甜一边说一边拆开包装袋子,投喂了他一块草莓干。

酸酸甜甜的草莓味道在嘴里弥漫。俞子江又呜咽着在野餐毯子上滚了一圈。

俞仁杰一看就知道弟弟现在开心极了,要是有条尾巴的话,现在肯定在朝唐小甜拼命摇尾巴了。

"鱼子酱,走,我们摘樱桃去。"

"好嘞。"俞子江提着农庄提供的塑料小篮子蹦蹦跳跳地跟在唐小甜身后去了樱桃林。

唐小甜踮起脚在力所能及的树枝高处摘了一颗泛红的樱桃,

用手擦了擦，喂给俞子江："甜不甜？"

"有点酸，不是很甜。"

唐小甜尝了一颗，眉头和鼻子皱成了一团："好酸。"

"这樱桃啊，越是长得高的，越是日照足，越是成熟，就越甜。你看这颗最上面的那些，这么红，肯定很甜。"

可是他们身高不够，就算踮起脚也碰不到。

"去。把你大哥喊来，让他摘！放着大长腿不用，太浪费了！"

俞子江大声呼喊着俞仁杰过来帮忙。

俞仁杰来了，听着唐小甜的指使，去摘树最高处那几颗最红的樱桃。他那双大长腿的功能在此时总算是得以发挥了出来，一探手，就轻轻松松摘到了。

"哇，这几颗好红啊。大哥，给我吃一颗。"俞子江一边说，一边张开了嘴巴，等俞仁杰的投喂。

俞仁杰用手擦干净樱桃，喂到了弟弟嘴里。

俞子江尝过后，连连点头，直呼好吃。

"愚人节，也给我尝一颗。"

唐小甜一张白嫩可人的小脸凑了过来。俞仁杰的心"怦"地一跳，捏着樱桃杆子的手顿住了，一时忘记了要把樱桃递过去。

唐小甜见他没动，索性就凑近了他的手，张嘴咬住了樱桃。

温热柔软的某物蹭过了俞仁杰的手，似有电流簌簌通过。俞仁杰的手不受控地轻轻一颤，心跳越发加速了起来。

唐小甜咀嚼品尝后，眯着眼微笑，璀璨更胜夏花："哇，果然很甜。"

那个瞬间，俞仁杰仿佛被阳光蜇了眼，只觉得满天光晕闪烁。他鬼使神差一般,也吃了一颗樱桃。

樱桃在唇齿间爆裂,汁水满溢,妙不可言。

接下来的时间里头,唐小甜指哪儿,俞仁杰摘哪儿,乖觉听话。

俞仁杰帮着他们摘了半篮子的樱桃后,就被唐小甜赶走了,说剩下的他们自己摘就 OK 了,好体验采摘的乐趣。

这行为简直等同于"呼来喝去",但俞仁杰却是从未有过地心甘情愿。甚至恨不得就这样一直被唐小甜"奴役使唤"下去。

俞仁杰在边上站了片刻,发觉唐小甜和弟弟两人完全当他不存在后,只得摸了摸鼻子,一步三回头离开,回到帐篷处。

他坐在折叠椅子上,将双手枕在脑后,望着远处的两个人在樱桃树下采摘,不时头碰头凑在一起说说笑笑。

微风带着不知名的花草气息温柔地一一轻拂过脸颊。

侧头,是一片清澈的碧蓝湖水。风拂过水面时,一圈又一圈的涟漪。

抬头,是湛蓝的天空,洁白的云团仿若棉花糖,一团团地从眼前低低掠过,仿佛触手可及。

如此美好。又如此治愈。

俞仁杰不知不觉朝天空伸出了手,想去触碰那些云团。

自打他来了小镇后,整个人就一直处于一种很放松很舒服的状态。

俞仁杰很多年都没有这种感觉了。

他很喜欢!

出道即巅峰的他,这十年来一直身处一个竞争激烈的设计行业,他整个人被人吹捧着,被名利裹挟着,不得不向前,也不得不向市场妥协。可是,所设计的作品却越来越失去了初心。

或许也正因为如此，这两年多来，他越来越不喜欢设计了，也越来越设计不出令自己满意、让人惊艳的作品了。

他知道在如今的行业内，一些设计师天天在背地里嘲讽自己"江郎才尽"了。

表哥谭卫聪一再安慰自己，说这是遇到了瓶颈期，过了就好。

他知道自己确实进入了瓶颈期，觉得倦怠疲累，无法突破，日渐抑郁暴躁。

能不能过这一关，俞仁杰自己却是毫无把握的。

这些年来，他亲眼见过不少有天赋的设计师就因为过不了这一关而自暴自弃，一蹶不振，甚至跌落泥潭。

洁白如絮的云朵仿佛停留在了自己的指尖，自己能感受到那一抹柔软……

忽然间，一个构思涌入了脑中。

俞仁杰整个人骤然打了一个寒战，全身汗毛竖立。

他陡然间又有了年少成名前那股想设计想创作的冲动。

俞仁杰"唰"地跳起身，从背包里取出了纸和笔，开始在纸上飞速下笔。

这一刻，天地安静到了极致，唯有他的笔尖划过纸稿时发出的"沙沙"之声。

不久后，他满意地看着图稿，揉着酸疼的脖子抬头。

不远处，一大一小的两个人儿正在一点点地朝他走近。

唐小甜走到帐篷的时候，见俞仁杰摇着咖啡研磨器，在手磨咖啡粉。

一旁的野炊炉头正在煮开水，此刻正"咕咚咕咚"地冒着热气。

俞子江时时刻刻都谨记着要在唐小甜面前推销大哥俞仁杰，要尽早地把他推销出去："小甜甜，我大哥煮的咖啡超级棒哦。"

"是吗？"

"我大哥真的做什么都很棒的啦。你喝过他煮的咖啡就知道了。我怕你喝了之后，会控制不住想嫁给我大哥呢！"

唐小甜哈哈大笑："放心。我一定会控制住我自己的！坚决不能祸害自己的兄弟！"

俞仁杰手不觉一顿，将咖啡研磨器重重搁下，"啪"的一声关掉了炉头的开关。

俞子江看在眼里，不觉唉声叹气：唐小甜一直把大哥俞仁杰当兄弟，可也太难办了！大哥这追妻之路啊，看来不会太顺利啊。

"小甜甜，你看，你没有男朋友，我大哥没有女朋友，要不你们在一起算了？这不正好互相祸害嘛！"

"不行！"唐小甜又是一口拒绝，"我唐小甜是一个讲义气的人，坑谁也不能坑我兄弟啊！

"再说了，我有男朋友啊。他长得又高又瘦又帅，温柔体贴阳光帅气，穿衣显瘦脱衣有肉，会打球会弹吉他，还会做饭会照顾人……最重要的是除了对我温柔深情霸道以外，对其他女生都很冷漠……"

闻言，俞子江傻掉了："小甜甜，你什么时候有男朋友的？！我怎么不知道？！"

俞仁杰默不作声地听完，伸手在她面前摇了摇："喂！醒醒！现在才北京时间下午三点三十八分！现在做梦还太早！"

唐小甜"啪"地打掉他的手："我才没有做梦呢！这是

真的。"

俞仁杰"哦"了一声，不咸不淡地道："哦，那你继续说，我就不信他没一个缺点！"

唐小甜："有！他就一个缺点！"

"什么缺点？说来听听！"

唐小甜恨恨地补道："就是做事太拖拉，是个拖延症晚期患者……"

俞仁杰双手抱胸，冷哼了一声："请说人话！"

"说人话就是：等到现在都还没有出现！"

俞子江被这句话逗得哈哈大笑，被自己的口水给呛着了，剧烈地咳嗽了起来："小甜甜……你……你好好说话，不许开玩笑。我可不想成为被自己口水呛死而上了热搜的第一人。"

"开个玩笑也不行。没办法愉快地继续做朋友了！"话虽然这么说，但她还是伸手和俞仁杰一起帮俞子江揉拍背部放松。

俞仁杰后来的心情就看上去一直不错。

他将滤架放在杯上，放入了滤纸，小心翼翼地倒入了磨好的咖啡粉，将热水注入焖煮。

一时间，咖啡香气四溢。

唐小甜闭上眼，深深地吸了一口气："哇。好香啊。"

俞仁杰听了这话，嘴角不觉微勾，倒了一小杯，递给她："这个咖啡豆有坚果、可可和焦糖的风味，口感略苦，很适合奶咖。你先喝一口清咖感觉一下。"

唐小甜接过杯子。两人的手指触碰在了一起。

肌肤相触间，唐小甜只觉得手指"刺啦"一下，似被什么电到了一般。

但因咖啡杯很烫，她便以为是这个原因，并没有多想，同时也忽略了俞仁杰眼底那抹一闪而逝的古怪。

唐小甜捧着热气腾腾的咖啡,再度闭眼深深地吸了一口气闻了闻。最后,方才缓慢郑重地饮了一口。

她感受咖啡在唇舌间弥漫的味道和余韵,缓缓睁开眼,道:"回味过来有甜味。"

俞仁杰取过她的杯子,往里头注入了新鲜牛奶:"再尝尝这个奶咖?"

唐小甜低头看着咖啡杯中好看的枫叶状拉花,不觉暗叹了一声:鱼子酱好像真没有夸张,愚人节好像真的做什么都很棒。

唐小甜品尝了一口,便眯起了眼。

她每次吃到好吃的,总是会满足地眯着眼,似足了一只可爱的小猫咪。俞仁杰一眼便知道她肯定喜欢这个口味。

果然,下一秒,唐小甜竖起了大拇指:"好喝!"

俞子江傲娇不已:"说了我哥做的咖啡好喝吧?!我俞子江可是从来不骗人的!我大哥他做什么都是最棒的。"

作为吃货的唐小甜,在好吃好喝面前从来不争对错,只争美食:"鱼子酱说什么就是什么!说什么都对!"

说罢,她把空杯递给了俞仁杰:"还要,再来一杯!"

俞子江在唐小甜身后给大哥竖起了双手的大拇指点赞,充分表达了"干得漂亮!继续加油努力!"的意思。

阳光透过大树茂密的绿荫,在地上洒下了斑驳的光影。

风过,树枝间的绿叶被吹得层叠如浪,簌簌作响。地上的碎影也随之摇晃,似浮光跃金。

俞仁杰和唐小甜就坐在这一片天光云影的湖景里,一边喝咖啡,一边闲聊。

至于俞子江，他玩累了，一进帐篷里就倒头入睡了。此时此刻，正睡得酣甜无比。

俞仁杰饮了一口咖啡，问道："你想留在小镇，有什么具体规划了吗？"

唐小甜捧着咖啡杯："我想先跟着爷爷学做传统糕点。其余的我还没有仔细想、仔细规划。"

经过这段时间的细心观察以及和爷爷、李天明、朱泉、秦奶奶等人的聊天，唐小甜已经很深入地了解爷爷糕点铺子的情况。

爷爷手工制作的散装传统糕点用料好、成本高，消费群体的年龄普遍偏高，年轻人很少购买，销量并不好。爷爷的店铺根本赚不到什么钱，长期处于"随时都会关门歇业"的状态。

"天明哥他们都说，幸好这店铺门面是我们自家的，不用交租，不然早就支撑不下去了。

"我爷爷是凭着自己对传统糕点的一腔热爱一直坚持着！

"其实我觉得爷爷做的传统糕点很美味，完全不输于任何的西式糕点。而且这些传统糕点都是我们中国几千年传承下来的，带着深厚的中华文化底蕴，是我们中国独有的。但与现在的面包蛋糕等西式糕点相比，传统糕点反而没什么销量，也不受年轻人喜欢。

"说实话，我也不知道要怎么办。但无论怎么做、做什么，先跟着爷爷学做糕点是第一步，也是最为重要的一步。"

"对。"俞仁杰默然了片刻，又道，"既然你已经决定了，就好好地做个计划。到底要怎么继承你爷爷的糕点铺子？未来的路要怎么走？是好好经营好现在的这个糕点铺子，还是走品牌连锁经营路线，或者是别的？既然要做，就要好好做！"

"我会全力以赴的。谢谢你，愚人节。"

唐小甜对着澄净如洗的碧空握拳,做出了一个加油的姿势:"唐小甜,你可要好好加油努力啊,不然除了美貌和可爱,你一无所有。Fighting!"

俞仁杰:"……"

可爱也就算了!可……她什么时候有过美貌了?!这也太大言不惭了!

俞仁杰当晚就给自己的助理宋远发了一条微信:去做一份传统糕点的市场调查,并交一份怎么改进经营的报告出来。P.S.:越详细越好。

助理宋远收到指示后,不禁暗自揣测:老板这是又要跟厂家合作推出联名款吗?!不对!要求调查得这么详细,莫非是想要进军传统糕点行业不成?!

当然,这一切唐小甜并不知。

唐小甜在朋友圈发了摘樱桃的视频和九宫格照片。

李李火眼金睛,一眼看到了俞仁杰出镜的修长双手,察觉到了不对劲,立刻在"富婆俱乐部"的群里对唐小甜进行"严刑拷问":"拥有那双可媲美钢琴家的手的人是谁?!快快从实招来!"

唐小甜只得乖乖"招供"。

李李三人得知俞仁杰带着弟弟俞子江千里迢迢地去了唐小甜的老家,惊讶万分,纷纷在群里揶揄唐小甜:"哎哟喂,这都已经发展到见长辈的地步了啊?!这速度!我们都是大写的一个'服'字!"

唐小甜道:"说了只是兄弟!你们都不信。"

李李道:"信!你们是兄弟!纯洁到可以一起去厕所的

那种！"

周诺："信！你们是兄弟！纯洁到可以一起去厕所的那种！+1。"

这回，连杨伊致都紧跟队伍："信！你们是兄弟！纯洁到可以一起去厕所的那种！+2。"

本属于自己的台词被抢了！唐小甜无言以对："……"

俞子江在小镇上过得乐不思蜀，临走时一步三回头，不肯上车。

唐爷爷也是恋恋不舍。

这些年来，他一个人住在空荡荡的房子里，冷清惯了。俞仁杰兄弟的到来，让家里每天热热闹闹的，充满了欢声笑语。唐爷爷看在眼里，喜在心里。

唐爷爷坚持拄着拐杖送他们到门口，再三叮嘱："放暑假了就再来玩啊。唐爷爷到时候腿脚利索了，给你们做各种好吃的。"

俞子江立刻答应了下来："好的。唐爷爷，我放暑假就来。"

"好。"

"小甜甜，你说过的，暑假里我爱住多久就住多久。可不许反悔啊，我都录音了啊。"

"放心。我绝对不反悔。别说暑假了，你随时过来，爱住多久都成！"

"小甜甜，你记得要想我哦。"

"我才不会想呢。"

"哼！臭小甜甜。那我也不要想你。"

"这样啊。那我就勉为其难地想你一下吧。"

俞子江这才心满意足地上了车。

经过这些天的治疗、休息和复健，加上每天心情愉悦，唐爷爷的腿日渐好转。

俞仁杰兄弟离开后的第二天，唐爷爷让秦奶奶帮忙准备了祭祖用的蜡烛、锡箔等物品，说要在堂屋祭祖，向他们禀报唐家传承一事。

祭祖当天，唐爷爷取出了两幅卷轴画，挂在了堂屋中央。

这画上的两位唐家先祖，唐小甜自打记事开始便认识了。

左边是唐家第一代做糕点的祖先唐良。右边是唐良的孙子，当年成为崇祯皇帝御膳房糕点大师的唐小裘。明亡后，唐小裘为了躲避战乱，逃到了江南，在新塍小镇落脚。也因此，便把一手的宫廷糕点制作技艺带来了这个小镇。

后来，唐家世世代代便在小镇生活，以制作、经营糕点为生。

爷爷说，当年祖上唐家糕点铺生意最盛的时候，镇上最热闹的半条街都是唐家的。但后来经历时代变迁和家族的起起伏伏，只留下了如今的这个唐家小院。

爷爷让唐小甜跪在蒲团上，磕头跪拜后，取出了一本陈旧不堪的线装古书给她。

"这本是你太爷爷当年传给我的糕点秘方。从前啊，这可都是不密之传。祖上曾有祖训，说这本书上的糕点秘方和糕点手艺只传长子长孙，不传别的子嗣，也绝对不能传给女儿。怕的就是糕点的制作法子和秘方传开来，唐家便失去了独门手艺。不过如今时代不一样了，糕点秘方都已经不再是什么独门秘密了，祖训也不必死守了。这里头的东西虽然不值钱了，可我们唐家这么多代以来都是靠这本书里的糕点秘方养活的。你就当是祖先传下来的一个物件，要好好保管。"

唐小甜恭恭敬敬用双手接过："爷爷。我一定会好好保管的。"

"从今天起，你唐小甜就是我们唐家糕点第十三代传人了。"

自打这日起，唐爷爷开始正式教唐小甜做各种不同糕点，比如小月饼，比如栗酥，比如核桃酥，又比如绿豆糕，等等，在教学过程中把自己毕生的技艺倾囊相授的同时，也比以往严厉了许多。

每回，唐爷爷都提前把糕点的制作方法告诉唐小甜，让她用本子记下来，先背熟流程，然后带唐小甜实践，教她怎么制作。

唐小甜想劝他多休息，可是怎么劝也没用。

她甚至发现一件很奇怪的事情，每当爷爷开始做糕点，整个人就跟吃了灵丹妙药一样，精神倍增，仿佛腿根本没受伤似的。

爷爷是真的热爱糕点，想把手艺传给她，让她传承下去。

于是，唐小甜便乖乖地跟着爷爷学习制作糕点的技艺。

另外，她还搜索网上的各种视频制作，跟爷爷一起观摩研究其他地方的传统糕点制作工艺和手法，还有西点的制作工艺，以此学习和对比。

唐爷爷做了一辈子的传统糕点，却是第一次这样学习观察研究，觉得别开生面，打开了很多新思路，也有了一些新想法，常常对唐小甜感慨道："爷爷要是几十年前能看到这些就好了。"

"爷爷，早几十年的话，这些制作工艺、制作流程可跟我们唐家糕点一样，都是不密之传，外人也是看不到的。"

"这倒也是。"

"爷爷，现在也不晚。我们一起学习、改良，做出更美味的糕点。"

唐爷爷老怀欣慰，露出了"后继有人"的满足笑容："好。"

自打唐小甜决定留下来后，唐爷爷每天都高高兴兴的，整个人洋溢着一片喜气，连李大河和朱富贵说他这个糟老头子他都不计较了。

他们是这样说的："唐寿山，你这个糟老头子，这回可算是因祸得福喽！"

唐爷爷这辈子头一回觉得"糟老头子"这个称呼还蛮顺耳的。

第九章　毕业大餐

唐小甜接到了学校的通知，要回去参加毕业典礼。

她也已经正式向杰瑞提出了辞职，所以这次也正好回 T. T. 集团去办理正式的离职手续。

唐小甜拜托了李天明、秦奶奶等邻居照看一下爷爷，搭了高铁回到了广州。

闺密四人阔别多日，这一晚终于可以在杨伊致的咖啡店相聚了。

李李自然不会放过唐小甜，一再追问："你和你那个纯洁到可以一起去厕所的兄弟，进度条现在到底是多少了？人家可都已经上门见长辈了哦！"

唐小甜举着双手做"投降状"："好吧，好吧。富婆们，我今晚索性就向大家坦白吧。"

三人兴致高昂："快说！"

"我确实马上要恋爱了……"

"哇噢。"

唐小甜："但是……和谁谈还不知道。我先替这个无敌幸运星高兴一下。"

三人齐齐发出了一声"切"。

……

聊天中途，周诺的手机收到了一条消息，她只看了一眼，脸色顿时一变。

杨伊致因从小被杨家收养的缘故，素来心细如发，见她薄怒隐隐，便知不对："周诺，怎么了？"

周诺把手机递给了李李等三人："你们看。"

三人凑近一瞧，竟然是个电子结婚请帖："周诺，欢迎来参加我的婚礼。"

发信息的人是丁魏。就是周诺那个曾经劈腿的"初恋情人"。

唐小甜义愤填膺："什么？！丁魏这个王八蛋星期天要跟当年的那个小四结婚了！他居然还有脸给周诺发红色炸弹！这个劈腿渣！他有病吧！"

杨伊致问："周诺，你想不想去参加丁魏的婚礼？"

李李道："为什么不去？！报仇的机会来了！想当年丁魏和周诺在一起的时候，短短三个月就背着周诺勾三搭四了。这个小四还一直在背后造谣生事，对周诺泼脏水，说了周诺那么多难听的话。当年是周诺说算了，丁魏和小四要毕业了，以后也见不到，就不跟他们一般计较了。没想到周诺的宽宏大量竟然让他们误以为我们周诺好欺负啊！"

唐小甜："对！这回绝对不能轻易放过这个死渣男！我很想带把刀去，给他来个十几刀，刀刀避开致命部位，最后虽然见红，但是定轻伤那种！"

闻言，其他三人一脸震惊："唐小甜，你确定你有这门手艺？！"

唐小甜："我说说而已！"

"切！"

杨伊致息事宁人地劝道:"我觉得还是别去了,下次再去吧。看到丁魏这个人就糟心!"

李李等人你看我,我看你,面面相觑后,捧腹大笑:"伊致,想不到最狠的还是你啊!丁魏这婚都还没结呢,你就想着他下次再婚了。不错,很有战略眼光,看得长远。"

杨伊致怔了怔,发现自己口误了,"扑哧"一下,也笑了:"或者直接微信转账,发个红包过去算了。"

"为什么发红包?!这不亏大发了!咱们可不能干这种亏本的买卖!必须去把份子钱吃回来。"唐小甜挠了挠头皮,"这一般要准备随多少份子?"

李李:"行情价一般是……"

唐小甜:"啊!我想到了一个好主意。"

三人:"快说!"

"到时候咱们把钱拿去银行全换上一毛硬币……"

周诺竖起了大拇指:"唐小甜,算你狠!不愧是最毒妇人心!"

唐小甜:"周诺,我绞尽脑汁费尽心机帮你想法子,冒着被保安赶出来的风险陪你去婚礼现场闹场子,你居然说我心狠手辣。友尽!再见!我要走了。"

周诺抱住了她:"啊!别啊。我错了。你是小仙女下凡。"

唐小甜:"来不及了。我是个冷酷残暴、无情无义的人!"

周诺:"不!你是小仙女本仙。"

"不是。我是灰姑娘的恶毒后母。"

"不不不!你是灰姑娘,你是小仙女。"

……

"李李,你平时主意最多了,快来多出些主意。我们好来个优中选优！"

李李："既然丁魏都下战帖了，我们必须应战。我们一定要让丁魏和小四留下一个毕生难忘的婚礼。"

唐小甜："李李，你有什么狠毒的法子?！快说说！"

李李："法子多了去了！常规的操作比如我们找一个各方面碾压死丁魏的那种男生充当周诺男朋友去耀武扬威踢场子，又比如我们四个人穿婚纱去砸场子，又又比如带个孩子去直接叫爸爸，或者绑个假孕肚子直接抢亲……"

唐小甜竖起大拇指，大赞不已："不愧是李彩霞李大律师！法子一个比一个狠！请收下我唐小甜的膝盖！"

于是，大家七嘴八舌地商议了一番。

虽然"带孩子去叫爸爸"这个提议最绝，可是找孩子配合很麻烦，且好像有点过……"绑个假孕肚子直接抢亲"也不错，但这属于"杀敌一千，自损不止一千"……被众人一一否决了。

四人讨论了一番，觉得"找各方面碾压死丁魏的男人去婚礼现场耀武扬威踢场子"和"四个人穿婚纱去砸场子"这两个方案具有实际的可行性。

李李提议："周诺，你们部门的那位徐经理，可否请他出场，充当你的男友？他气势十足，一出场众人就知道是职场精英、成功人士……"

周诺一口否决："我能力有限，请不动。"

唐小甜："李李，那咱们可否借你们律所的小鲜肉一用？"

李李："不行！我还没把小鲜肉搞定！我坚决不能让他看到我李李如此凶残的一面。毕竟在他眼里我一直是个干练美艳的大仙女。"

唐小甜："……"

李李:"其实我倒是有个很棒的人选?!"

唐小甜:"谁?"

李李:"你家愚人节啊!这次借周诺用一下。"

唐小甜举起两只爪子以示清白:"什么我的愚人节?!我跟他真的没什么!真的是兄弟。"

李李很认真地看着她,问道:"唐小甜,你真的不喜欢这个叫俞仁杰的吗?他各方面都很不错啊。而且都追你追到老家了。"

"我和他真的只是兄弟啊!"唐小甜补充说明,着重强调,"我再说一遍:愚人节他不是追我追到老家,是趁着放假带他弟弟俞子江来玩而已……而且还是他弟弟强拖着他来玩的……"

李李:"唐小甜,你有没有想过一个问题:要是俞仁杰不愿意来,你觉得他弟弟真能拖得动他吗?"

唐小甜闻言,怔住了。

杨伊致帮她说话:"算了,小甜不喜欢,拿他当兄弟也没办法。喜欢这种事情是不能勉强的。喜欢就是喜欢,不喜欢就是不喜欢,勉强不来的。"

周诺:"唐小甜,你是不是还在喜欢当年学校的那个男神齐北?我记得当年你可喜欢去看齐北打篮球了。是不是因为这样,所以别的男生你都看不入眼?"

一提到齐北,唐小甜顿时就不自在了。

李李:"啧啧啧,唐小甜,你脸红了……周诺她不过是提一下名字而已。干吗这么心虚?!"

唐小甜"打死不认":"我哪有心虚?!我哪有脸红?!齐北校草对我来说就像是追星一样。"

李李:"唐小甜,你嘴上说没有没有,但是你的表情已经无情地把你出卖了!好啦,我们早八百年就知道你暗恋齐北男神。

这又不是什么秘密，有什么好脸红害羞的呢?!

"在青少年时期，男女之间产生懵懂的好感，慢慢萌芽成为喜欢啊暗恋啊，这都是很正常且很美好的一件事情。谁不是这么过来的呢?!我们都不用觉得不好意思。这样等我们年老的时候，回忆青春年华，也算没有白白浪费青春啊。"

周诺："对啊。就是这个理！所以，唐小甜，幸好你有暗恋齐北男神，否则你的青春就等于被狗吃了。"

唐小甜："……"

李李："当年丁魏这个渣男跟齐北男神都是学校篮球队队员，天天一起打篮球，说不定丁魏这次婚礼也邀请了他？"

周诺："那我们这次去丁魏的婚礼，目标一：砸场子。目标二：偶遇齐北男神！"

李李挤眉弄眼道："唐小甜，你放心。要是齐北男神去婚礼的话，到时候，我会上去帮你要联系方式的。然后……你懂的！"

……

因找不到美男去碾压丁魏，四人最终商议决定到时候穿白裙去砸场子。毕竟哪个女孩子的衣橱里没有一条白裙呢?!

"只要再头顶一块白纱，保证在场所有人觉得场子里有五个新娘。"

"要一块白纱还不容易吗？淘宝下订单，明天就到货了。"

四人的相聚时光总是过得飞快。

等大家商量好对策，都快深夜十一点了，已到了咖啡店打烊的时候。

四个人许久没聚在一起了，只觉得意犹未尽。

唐小甜："伊致，正好你大哥出差，没人管；李李和周诺明天休息。择日不如撞日，今晚我们去周诺那里开睡衣红酒派对吧，不醉不休！"

周诺："太好了。我最近工作压力太大，正好解解压。想喝酒想了很久了。"

杨伊致面带犹豫之色。

唐小甜："伊致，去吧。我以后可是要长时间待在老家了。你们想要见我一面都难啊。这样的派对，也不知猴年马月了！"

听了这句话，杨伊致终于是点头答应了。

四人从咖啡店打包了一些吃食，去了周诺家狂欢。

周诺家境富裕，大学毕业前夕，父母得知她决定留在广州，就全款给她在广州珠江新城极好的小区买了套房子，叫其他三姐妹好一阵羡慕嫉妒。

平日里，周诺把房子打理得非常温馨舒服，是姐妹们之间的第二个聚会场所。

四个人难得放纵，一口气干掉半瓶红酒后，都纷纷松懈了下来，诉说目前各自的困境。

唐小甜说虽然决定要跟着爷爷学习制作糕点的技艺，继续经营爷爷留下的糕点铺子，可是这条路到底要怎么走，以后会怎么样，自己心里一点底都没有。

"我真怕撑不了三个月就把爷爷的铺子做倒闭了。"

其他三人安慰她："人总是要趁着年轻，多努力多尝试的。别去想结果，过程更重要。无论如何，我们三个人都会一直支持你的。你就大胆地去追梦吧。"

周诺也开始吐槽工作，说顶头上司徐经理把部门里最重要的两件 Case 都交给了她，她压力太大了。

"案子办好了，是应该的，是团队合作的功劳。可是但凡有什么差池，问责的就是我。

"我才进公司三年,负责这么大的项目,办公室里多少人眼红我针对我?!所以我只有拼命地工作,别人每天工作8个小时、10个小时、12个小时,我就每天工作16到18个小时。我想用实际行动证明给办公室里那些小瞧我的人看看:我周诺不只长相漂亮,能力更漂亮!"

"周诺,我从认识你开始,你就一直这么勤奋努力。老天爷也不会亏待脚踏实地、一步一个脚印努力的人。"杨伊致抱着她,"我相信你。你一定可以的。"

唐小甜也上前抱住了她们:"周诺,你一定行。李李,还不快过来给周诺一个爱的抱抱。"

李李上前,与她们紧紧搂抱在一起:"你们三个人再怎么也都比我李彩霞强,至少不会有个重男轻女的吸血鬼父亲和后妈三天两头地给你们电话,想尽办法地想跟你要钱……

"他们每天不是想着自己要好好努力、好好工作,而是净想着怎么才能从我口袋里掏钱,怎么样才能不劳而获,怎么样才能给他们生的两个儿子攒钱。我从初中开始就出去打工赚学费了,我一路走来都是靠我自己。最穷的时候,我交完学费,一天只吃一个馒头……断绝关系就断绝关系!哼!反正我李彩霞自打母亲去世后就没有亲人了。我李彩霞打死不做'扶弟魔'!打死也不让他们吸血!"

"都过去了。李李,你现在有我们三个好姐妹陪着你呢。"

"李李,你现在很好,以后会越来越好的。"

……

就在这一片姐妹情深的感人氛围中,唐小甜突然发出了一声"啊"的大叫。

其他三人不明所以,纷纷问道:"唐小甜,怎么了?"

唐小甜:"李李的大胸顶着我的手臂了……"

周诺:"切!这有什么好尖叫的?全世界都知道的事情。你现在才知道?!"

唐小甜露出震惊之色:"天哪……李李也太夸张了吧?!平时穿着正装根本看不出来啊。"

李李嘿嘿一笑:"难得姐妹在一起,要不要给你们看一下?唉……我看还是不要了。我怕你们会自卑!"

杨伊致平时被大哥杨泽恩管着,滴酒不沾,所以酒量极差,在姐妹中素有"半杯倒"之称。今晚难得喝了整整一杯酒,此刻酒意已经上头了:"我不怕自卑!我想看!"

李李惊呼:"哎哟喂,伊致,你学坏了啊!"

周诺:"我们这不都是跟着你学坏的嘛?!我也想看。"

唐小甜举起小爪爪:"我也要看。"

李李:"我是真心建议你们别看。你们真的会自卑!"

唐小甜:"我们就是想要自卑。姐妹们,上!"

三人朝李李飞扑而上。屋子里随之发出了此起彼伏的"哇哦""哇噻""我的天哪!这么大?!""这是真的吗?"的惊叹之声。

李李"尖叫"不已:"一群女色魔!女色狼!快放开我!你们太过分啦。别掐,这又不是皮球!"

……

四人嘻嘻哈哈地一阵打闹过后,又开始喝酒。

李李执着酒杯,慢条斯理地饮了一口,忽地转头,眯起眼前打量着杨伊致:"伊致,我一直觉得你不对劲。但到底哪里不对劲呢,又说不上来。"

杨伊致迷迷瞪瞪地睁着眼:"我哪里不对劲了?"

唐小甜上上下下左左右右地打量杨伊致："对啊，伊致哪来的不对劲？她不是一直都好好的吗？!"

李李眯着好看的眼，只说："反正不对劲！"

周诺被她说得也转头看了杨伊致几眼，随后笑道："李李，看来今晚你喝多了。"

李李不服："哼！我李彩霞啊，就算是喝多了，也能一眼看得出你周诺的不对劲。"

周诺："我?!"

李李："你啊，跟你的顶头上司徐经理，就是上回下雨天把你送到伊致咖啡店里的那个，已经不只暗恋，你们绝对有一腿！别否认！我李李向来火眼金睛，一看一个准。"

"有一腿?!"太劲爆了！唐小甜大吃一惊，"真的假的？周诺，你给我们速速招来！"

周诺矢口否认："哪有！你们都别听李李她瞎说！"

李李饮了一口酒，哼哼道："周诺，你说没有就没有吧！我虽然只见过你那位徐经理三次而已，但是我要提醒你：这个人绝对是个狠手，你玩不过他的。小心为上，懂得保护自己，别让自己受伤就好。"

周诺否认到底："没有！真没有！"

李李也不再继续深入探讨这个话题："周诺，你记得我的话，不要让自己受伤就行！"

最后，她转过头，看着唐小甜。

唐小甜坦坦荡荡地迎着她的目光，调皮地眨眼："李李，你这么看着我，是不是发现过去可爱的我已经不见了，取而代之的是更可爱的我！"

李李笑："我们四个人啊，就你最没心没肺、最快乐。"

唐小甜："那是。不管几岁，快乐万岁嘛！"
李李："确实如此。脸大的人，就是福气好。"
唐小甜："……"

天才蒙蒙亮，唐小甜睡眼惺忪地醒来，打着哈欠去洗手间。

回来的时候，她突然发现不对：和她睡同一张床的杨伊致竟然不见了。

她轻手轻脚地打开了周诺和李李的卧室门，只见两人睡得正香，卧室里根本没有杨伊致这个人。

她找遍了周诺的整个房子，还是没有找到杨伊致。

这一大早的，杨伊致去哪里了呢？唐小甜拨打了她的手机。

电话响了好片刻，那头终于有人接起了手机："小甜吗？"

唐小甜听到这熟悉的声音，认出了是杨伊致的大哥杨泽恩，顿时松了口气："杨大哥，伊致她回家了是吗？"

"伊致一大早回来了。你们昨晚都干吗了？她满身都是酒气。"

唐小甜知道杨泽恩对杨伊致素来管得极严，都这么大个人了还有门禁时间，忙解释道："昨天我们在周诺家里开睡衣红酒派对了……"

"睡衣红酒派对？！"杨泽恩骤然打断了她的话，厉声问道，"都有些什么人？"

"没有别人啊。就我们四个！"

杨泽恩在那头不说话。

唐小甜怕他生杨伊致的气，忙又道："杨哥，你可千万别骂伊致。这不我们姐妹四人好久没聚了，才想着喝点酒通宵聊天……"

杨泽恩口气缓了下来:"放心,我了解情况了。不会骂她的。"

唐小甜这才放心地挂了电话,继续去梦周公。

杨泽恩把手机往窗边的沙发上一扔,翻身压住了床铺里的人,捧着她的脸狠狠地吻了下去。

下面的人推他推不开,只好受着。

杨泽恩又把身下的人翻来覆去地惩罚了一通:"没说实话?!不只饮酒狂欢!还睡衣派对了!造反了是吧?!就你一杯倒的酒量,下次还敢不敢喝这么多酒!"

身下的人发出诱人的嘤咛声。

赫然便是杨伊致。

杨伊致是在后半夜接到大哥杨泽恩的电话:"你在哪里?"

杨伊致本是醉得晕乎乎的,听到杨泽恩怒不可遏的声音,一下子就吓得酒醒了几分:"我……在周诺家。"

半个小时后,杨泽恩的电话再度响起:"我现在在周诺家门口。你给我下来。"

杨伊致提着鞋,蹑手蹑脚地拉开了大门,一眼便看到了面色阴沉风雨欲来的大哥杨泽恩,怯怯地唤了一声"大哥"。

杨泽恩一言不发,目光又黑又深地盯着她。

杨伊致跨出门,脚趔趄了一下,差点摔倒。下一秒,她只觉得天旋地转,已经被杨泽恩抱进了怀里。

杨伊致昏昏沉沉地被他抱着上了车,系好安全带,然后带回了家。

杨泽恩一把将她扔在了床上,这才开口:"胆肥了!居然敢喝这么多酒。酒是不是很好喝啊?"

杨伊致酒意又上头了,只觉得天旋地转,连自己点头也不自知。

"嗯。好喝是吧?!让我也尝尝……"

杨泽恩吻住了她。

……

此时,杨泽恩一边吻她,一边又问:"睡衣派对的酒好喝吗?"

"不好喝,一点也不好喝……"

"下次还喝这么多酒吗?"

"不喝了。再不喝这么多了……"

这天是周诺前任丁魏大喜之日。

四姐妹按照约定穿了不同白裙,在李李的巧手装扮下,个个又美又仙,恍若迪斯尼在逃公主。

唐小甜提起裙摆:"冲啊!咱们砸场子去!"

杨伊致素来心软面善,真怕她们三个会闹过了头砸了人家的婚礼场子:"人家难得结一婚。咱们也别闹得太过分了,吓唬一下丁魏就得了,见好就收啊。"

李李闻言,哈哈大笑:"咱们伊致真是越来越会说话。放心。我们是那种会过分的人吗?!"

唐小甜和周诺齐声道:"肯定不是!"

到了酒店门口,李李把周诺一字领的衣服往肩下一拉,露出了雪白粉嫩的诱人肩膀,又给她补了补唇色。

不同平时的清冷,此刻的周诺妩媚娇俏。李李这才满意地点头:"走吧。"

丁魏和新娘正站在宴客大厅门口迎宾客。

一见丁魏,四人都惊呆了,这才短短数年没见,曾经是学校篮球队队员的丁魏竟然已经胖出了啤酒肚。

唐小甜张大了嘴巴,简直不敢置信:"岁月这把杀猪刀也太锋利了点吧!"

李李:"估计杀猪刀很钝啊。这是直接用锤子锤的吧!"

新娘穿着十寸细高跟迎宾,本来已经站到腰酸腿疼的了,抬头看见了周诺风姿绰约而来,知道大敌当前,立刻抬头挤胸收腹,准备迎战。

周诺"笑意盈盈":"丁魏,恭喜啊,这是我的红包。"

丁魏一见她们四人一起出现,心里头就开始发怵了,如今见她们笑得这么"甜美真挚",后背顿时凉气直冒:"哎呀,来人就行,何必破费呢。"

新娘一把接过周诺的红包,捏了捏厚度:"谢谢啊。丁魏,我就说吧,只要咱们发喜帖,周诺她肯定会来的。"

靠!听这话,原来发喜帖是这货的主意。这货到现在还一直想着显摆。不对,除了显摆,还想赚周诺的份子钱。

唐小甜等三姐妹一听,顿时气不打一处来。

李李:"来来来。只要丁魏结婚请我们周诺的话,无论结几次婚我们都会来。"

周诺:"丁魏,今儿是你第一次结婚,我包得不多。等你下次再结婚的时候,我的红包会更厚一点的。"

新娘脸色顿变,努力挤笑:"放心,周诺,咱们丁魏以后决不会再让你破费了。"

李李笑吟吟地接口:"新娘,这话你说了可不算数。有道是男人的嘴、骗人的鬼。想当年丁魏在追我们周诺在一起的时候,也是指天发誓,信誓旦旦地说这辈子也只爱我们周诺一个的。可两人才交往三个月,就被狐狸精勾引上床了!"

新娘的脸上顿时犹如油画般精彩纷呈。新郎丁魏感觉自己的衬衫后背已经湿了。

周诺:"丁魏,你放心。我周诺可是个上道的人。当年虽然是你劈腿了我们同寝室的冯枝枝,同时间段也劈腿了她,或许还劈腿了其他人,对不起我周诺,但只要你请我,无论你第几次结婚,这红包我绝对不会省的。"

丁魏:"……"

新娘听了周诺的话,已经无法控制面部表情了,怒气冲冲地一把拧住了丁魏的耳朵:"什么?!你跟冯枝枝这个狐狸精也有一腿?!"

李李:"不然你觉得冯枝枝为什么好好的会从我们寝室搬走呢?!那是被我们整个寝室联手赶走的!"

丁魏低声求饶:"老婆,老婆……这都已经是过去的事情……现在在咱们婚宴上,来的可都是咱们两个单位的人,咱们这样,不是让别人看我们的笑话……老婆,老婆,回家我跪榴梿还不行吗?!"

新娘看了看正幸灾乐祸地看戏的周诺四人,又环顾四周,见已经有宾客注意她的动作了,知道自己中计了,快速冷静了下来,假笑着松开了手。但松手前,不忘磨着后槽牙警告丁魏道:"晚上回家再跟你好好算账!"

哎呀,这么快就没戏看了。唐小甜赶紧上前加戏。

"哎哟喂,丁魏,这几年不见,你这是做了全身脂肪填充吧?你瞧你这肚子,快生了吧?!"

丁魏尬笑:"小甜……好久不见啊。这不!我媳妇厨艺实在太好,把我喂的。"

新娘自觉扳回了一城,抬起四十五度的下巴,傲娇微笑。

唐小甜哪容新娘嚣张跋扈，斜睨了她一眼，哼笑道："你俩确实很般配。看来月老的垃圾分类很到位啊。只是……莫名地有点心疼你们家的秤。这些年，被你们压坏了不少吧?!"

新娘："我和我老公这不叫胖。这是幸福肥！我和我老公相亲相爱，红尘做伴，一起活得白白胖胖。再怎么样，也好过几只孤零零的、四处乱吠的单身狗啊。对吧，老公?!"

新娘只顾着"迎战"，没注意到不远处正准备过来恭喜她的两个女同事。

一听她这话，两位女同事止住了脚步，彼此对视了一眼后，没好气地朝新娘翻了翻白眼。

毕竟她们也正好是新娘口中的单身狗！

李李双手抱胸，不疾不徐地道："新娘，你这就不懂了。有道是物极必反、人美必单！不像有的人，见到男人喝醉了就扑，也根本无所谓自己是不是第三者还是第四者。因为人丑没得选嘛！"

新娘从牙齿缝里蹦出了一个"你"字。

杨伊致："新娘，扑了就扑了，小三就小三，小四就小四，小五也无所谓。咱们做了就不怕人说！对吧?!"

唐小甜立刻补了一刀："真羡慕新娘你的皮肤，保养得……可真厚啊！"

那两位女同事没想到吃个喜宴还能听到这等劲爆对话，便竖起了八卦的耳朵。

原来一直听新娘在她们同事间各种秀恩爱吹嘘，说什么两人爱情是从校服到婚纱，谁知竟然还有这么狗血的内情啊。

两人立刻拍视频并着手编辑第一手新鲜出炉的资料发给各自要好的同事。

一刻钟后,新娘的"光荣事迹"便传遍了整个公司。

丁魏满头大汗,微微颤颤地拿着红包想塞还给周诺:"周诺,红包你拿回去吧。"

李李:"丁魏,你什么意思?这是不让我们进宴会场地吗?"

"不是,不是。李李周诺你们四个人能来就已经是最大的赏脸了,哪还能要你们的红包啊。只求四位高抬贵手,吃好喝好。"丁魏一心只求四人不要再说下去了。

"不是就好。红包送出我们就不会拿回了。走,姐妹们,咱们进去吃喜宴。"

李李四人一进宴会场地,便吸引了全场的目光。

毕竟同一个学校毕业的,丁魏的同班同学还是认识她们的。

四人来砸这场子,本就是给周诺出气的,见众人面带疑虑,议论纷纷,顿觉很解气。

李李扫了一圈,问三人:"你们有看到齐北吗?!"

"没有。"

李李扼腕叹息:"好可惜啊。"

可不知道为什么,唐小甜觉得没什么可惜的。

不多时,有颜值不错的两个帅哥结伴而来,在她们这一桌入座了。之后,围绕着她们倒茶倒水,殷勤备至,招呼周到。

一场婚礼下来,简直寸步不离。

唐小甜看在眼里,不由得对三人嘀咕道:"这两个人……很不对劲啊。"

杨伊致:"是啊。这两个帅哥好像对李李和周诺有意思!我注意到他们一直在盯着李李你和周诺两个看。"

精明能干如李李也早就察觉了,纳闷不解,遂开口问坐在自己对面的男子："你叫什么名字？"

那男子腼腆一笑："周建仁。"

"你呢？"

"张朗。"

李李双手抱胸，不客气地质问道："周建仁，张朗，我问你们：你们两个老跟着我们干吗？连我们四个人去洗手间你们都跟着。你们别跟我说什么是凑巧？！就没有这么凑巧的事！哦，对了，我忘记介绍我自己了。我是本市正广律师事务所的李彩霞律师，我现在合理怀疑你们两个在跟踪我们，企图对我们实施不轨行为。"

李李表情凌厉、气势十足，完全不同于平时与三姐妹在一起嬉戏打闹时的样子。

张朗明显被吓到了，连连摇手："没有，没有。我们没有企图对你们实施不轨行为。"

"好。这么说来，你承认你们两个确实是在跟踪我们。"

两人你看我，我看你，面面相觑，不说话。

"你们两个跟着我们干什么？！快说！"

两人被李李强大的气场压制住了，只好吐露了实话："我们两个是这家酒店的安保人员。新郎说你们这桌上最漂亮的女生是他的前女友，怕你们会闹事。为了让婚礼正常进行，不出现任何意外，我们队长让我们两个换上了自己的衣服全场盯着你们……"

四人："……"

怪不得新郎新娘进场等婚礼各个环节都进展得很快，原来是胆战心惊了，就怕她们四人上台闹事。

但她们要的就是这个效果！

四人满意至极!

这时,周诺接到了上司徐劲渊的一个紧急电话,说有个合作出了些问题,合作方要立刻召开一个视频会议,让她马上赶去公司开会。

姐妹四人来这里,只是想为周诺出口恶气。如今恶气已出,也不可能真做出什么出格的事情,所以也就从婚宴离开了。

时间太赶,周诺也来不及回家换衣服,只能穿着露肩白裙直接去了公司。

会议室里已经有同事在了。周诺急匆匆推门而进的时候,正埋头在资料里的徐劲渊抬起了头,见了她的模样,眼神蓦地一凝滞。

另外两个男同事也被惊艳到了,不禁呆了一呆。他们本想戏谑几声,可一见面色阴霾的徐劲渊,便硬生生地把话咽下了。

周诺直截了当地问:"徐经理,出了什么问题?"

徐劲渊推给了她一堆资料:"半个小时后开始视频会议。你抓紧看。"

这一加班便又加班到了极晚。如同以往一样,叫了外卖。

吃饭的时候,那两个同事可算得了空,打趣着问:"周诺,今天打扮得这么美,是去约会?"

周诺:"去参加了前男友的婚宴,这算不算去约会?"

众人都没料到会是这么一个劲爆的答案。有的同事愣了一愣,有的同事被刚喝入口中的饮料呛到了,喝进了气管,呼天抢地地咳嗽了起来。

唯有部门经理徐劲渊眉目不动地挑着饭菜送进嘴里,仿若未闻一般,似乎对这些八卦根本不感兴趣。

同事们不相信:"周诺,真的假的?"

"你们猜！"周诺扔下这句话后，便去了茶水间倒咖啡。

手机忽然收到了一条短信：晚上去你家。

信息页面只显示一串手机号，并没有备注名。可这个手机号周诺记得滚瓜烂熟，仿佛镌刻在脑海中一样。

周诺眼里闪过了清润明快的微笑，白嫩的手指一滑，信息立刻便被她删除了。

周诺打车回家，一出电梯门，便看到了门口处站着的那个人，穿着白衬衫黑色西装的他，身姿挺拔，五官硬朗锐利。

毕业典礼结束后，戴着学士帽的毕业生们三三两两地跟亲朋好友不停合照。

唐小甜坐在草坪的凳子上，看着四周一片热热闹闹欢天喜地。

老妈张女士和老爸在英国过两人世界，李李出庭，周诺出差，伊致和她大哥杨泽恩回老家给父亲过生日了，都没办法陪她。

向来大大咧咧、没心没肺的唐小甜第一次感觉到了一阵从未有过的孤单凄凉。

此时，一个清脆熟悉的声音传来："小甜甜……"

唐小甜循着声音回头，看到了逆光而来的俞子江和俞仁杰，不敢置信地道："你们……怎么来了？！"

"我和大哥正好路过附近……就顺便来逛逛。"俞子江说着递上了一大捧鲜花，"这个也是顺路买的。"

唐小甜自然知道他们不可能正巧路过的。

这一瞬间，唐小甜觉得好感动。

那种感觉就好像自己真心对待的人，也对自己真心相待，自己并没有错付。

"哎呀,大家都在拍照拍视频。我们可不能输给他们!来来来,让我大哥来拍照。他可会拍照了。今天啊,他就是一架没得感情的人形移动摄影机。"

"好。"

唐小甜跟俞子江在草坪上大摆各种 Pose。

俞仁杰透过摄像镜头,看到了可爱的、搞笑的、文静的、甜美的唐小甜,也看到了她和弟弟俞子江的各种互动。

她薅弟弟头发、抓他耳朵、拧他脸蛋时候的搞笑逗趣,与弟弟打闹时候的可爱抓狂,捧着花束搂着弟弟的肩膀站在绿树下对着镜头浅浅微笑时候的文艺清新……而弟弟俞子江跟她在一起时,则是全然地安心放松、亲近亲热。

俞仁杰见过很多面的唐小甜,每一面他都喜欢。

唐小甜给他的感觉从来都是美好的、治愈的。

她就像是一个充满能量的小太阳,无时无刻不在温暖着旁人。

也温暖着他!

中午,唐小甜带着他们兄弟在学校食堂用了在学校最后一顿午餐,之后又去了她的班级等各处参观、拍照。

不知不觉中,毕业人群都已经散去了。

俞子江:"小甜甜,今天你毕业了,这么具有纪念意义的一天,晚上怎么也得请我们吃顿大餐庆祝吧?"

确实应该庆祝一下自己毕业。但,又穷又抠门的唐小甜想起了自己干瘪的钱袋子:"我已经从 T.T. 辞职了,估计接下来会长期处于一个待富状态。要不请你们吃顿实惠的?等我有钱了,再

第九章 毕业大餐 | 173

请你吃顿好的！"

俞仁杰："那得等到什么时候？"

这话诚实得有点扎心！唐小甜咬了咬牙，答应了下来："好吧。你们定地方，我请你们去吃大餐。"

结果，俞仁杰居然载着他们回了家。

"我们逗你玩的。我大哥早就买好菜了，准备晚上给我们做大餐呢。"俞子江嘻嘻直笑，"小甜甜，我和我大哥是那种会花女人钱的男人吗?!"

唐小甜保住了钱袋子，自然嘴甜如蜜："不是。当然不是。也绝对不可能是！鱼子酱和愚人节你们是我见过最大方的两个帅哥。三观正！五官更正！"

俞子江得意扬扬："那是！"

至于俞仁杰，虽然依旧是没什么表情的一张脸，但微扬的嘴角弧度泄露了他真实的内心。

电梯直达顶楼，屋子的面积颇大，层高很高，但全屋只做了二室两厅的格局，所以客厅和房间的空间都很开阔，干净整洁。

至于装修风格，唐小甜说不出是什么风格，仿佛是屋主精心搭配，又仿佛是随手一摆。可每一处的家具和软装布置都混搭得很绝，很养眼很舒服。

唐小甜赞不绝口："这也太好看了。可就是绿色植物太少了，感觉有点空旷冷清。这样吧。我下次买几盆送你们。"

俞仁杰："好啊。多买几盆，越多越好，多多益善啊！"

唐小甜："愚人节，你不是应该客气一下，说不用了之类的话吗?!"

俞仁杰："跟你客气，万一你当真了怎么办？"

唐小甜："……"

唐小甜被俞子江带着参观了他的卧室，在进俞仁杰卧室的时候，她支支吾吾地拒绝了，说："还是不要了。"

俞子江："为什么不参观？"

"毕竟是你哥的卧室嘛。不大方便。"

"没有不方便啊。"说完，俞子江忽然心领神会了，说，"我知道了。小甜甜你肯定没进过单身男人的卧室，所以害羞了！"

输人不能输阵！打死不能承认！唐小甜："谁说的？！我刚不是进了你的卧室？！你难道不算是单身男人吗？！"

俞子江："……"

见唐小甜坚决不肯参观大哥俞仁杰的卧室，俞子江也就作罢了，带她回到了客厅。

唐小甜舒服地窝在沙发上一边吃吃吃，一边看电视。

然而，她才享受了一会儿，就被俞子江拖拉了起来，说要带她去逛对面的购物广场。

出门的时候，俞仁杰还不忘叮嘱她："商场就有花店。别下次了，等下记得多买几盆回来。"

唐小甜无语了："愚人节，你还真是一点也不客气啊！"

俞仁杰微微一笑："好好逛。"

唐小甜和俞子江两人逛进了商场的一家珠宝店。一进店，俞子江就很霸道总裁地说道："小甜甜，你想买什么？随便挑。我送你，当作你的毕业礼物。"

这话把唐小甜感动得不要不要的，觉得自己没白对他好，没白疼他。

"不用了，鱼子酱。你暖暖的心意我收到啦。你的零花钱就自己攒着自己花。"

"小甜甜，你不用替我省钱。我有钱的哦。真的有钱哦。"

唐小甜自然是不信他的话。在俞子江的再三要求下,她只好挑了店铺里最经济实惠的一对耳钉,试戴了一番。

俞子江:"太便宜了,挑贵一点的。我买得起。真买得起!"

"我就喜欢这个。"

俞子江只得刷了手机付了款:"小甜甜,第一次见你在咖啡店数钱的时候,我觉得你肯定是个见钱眼开的财迷。可现在发现啊,你虽然是个财迷,但一点也不贪心。"

"那是!我唐小甜虽然贪财好色……但君子爱财,取之有道嘛!"

俞子江偷偷拍了照片发给了正在做饭的大哥,苦恼地汇报情况:"俞仁杰,小甜甜只挑了最便宜的买。你的钱花不出去啊。怎么办?!"

圆润白皙的耳垂上停着一只迷你精致的白色贝壳蝴蝶耳钉,仿若蝴蝶轻吻那处一般。

俞仁杰把照片放大,凝神细看了好片刻,方才回复道:"拉着她继续逛。至于花钱的任务……就交给你了!花不掉就两倍罚你!"

"俞仁杰!你有异性没人性啊!我可是你亲弟弟啊!亲的啊!不是捡来的啊!"

"抗议无效!"

……

接下来的时间里,唐小甜被小蘑菇头俞子江拉着进了各种奢侈品店铺。

"小甜甜,快挑挑看,看中哪个包?我送你!包最实用了。包治百病嘛!"

唐小甜摇头:"我不想买。"

"小甜甜,快挑挑看,看中哪几件衣服?我送你!"

唐小甜继续摇头:"我不想买。"

"小甜甜,你想买什么鞋子?我送你!"

唐小甜把头摇成了拨浪鼓:"我什么都不想买。"

俞子江想着那双倍罚款,心都快滴血了:"那你想买什么?"

"我好像没有什么想买的。"

"你再想想。好好地想想,仔细地想想。"

"啊。我想到了!"

俞子江顿时喜出望外:"想买什么?"

"双皮奶!你这么有钱,我要加双份料……不!三份料的那种!"

俞子江顿时如一只泄了气的皮球。看来双倍罚款是罚定了!

……

俞仁杰将沙茶炒花蛤装盘。骨瓷白盘边滴了几点汤汁,破坏了整体的美感,他抽了一张纸巾,小心翼翼地擦拭掉。

完美!他满意地将这道菜端上了餐桌。

另一厢,唐小甜和俞子江两人捧着双皮奶进了卖鲜花绿植的铺子,听了美女老板娘的推荐后,买了寓意很好的龟背竹、天堂鸟、散尾葵、琴榕叶等几种好养又好看的网红植物,留了地址让店家送货上门。

这一买好,俞仁杰喊他们回家吃饭的电话也打过来了。

唐小甜:"愚人节莫非有千里眼不成?!这时间点掐得这么好。"

刚出电梯,两人就闻到了诱人的饭菜香味。

唐小甜闭上眼,深吸了一口气:"好香啊。这是姜葱炒螃蟹还是姜葱焗螃蟹?除了这个,还有沙茶、柠檬、椰子的味道?"

第九章 毕业大餐

他们进屋的时候，俞仁杰正热气腾腾地端出了最后一道大菜：葱姜焗螃蟹。

唐小甜的脚不受控地往餐桌而去。

餐桌上已经摆上了满满一桌菜。白灼菜心、沙茶炒花蛤、沙姜白切猪颈肉、柠檬虾、葱姜焗螃蟹，还有一大锅炖足了火候的花胶椰子鸡。

俞子江顿时露出了敬仰之情："哇噢！每个都猜对了！小甜甜，你怎么这么厉害的！"

唐小甜傲娇道："厉害吧。快来崇拜我！"

俞仁杰搁下焗螃蟹的砂锅："吃货的鼻子都是狗鼻子，最灵敏的了。"

俞仁杰做的都是家常的粤菜，但摆盘和餐厅布置却又不是家常。

在唐家小院的时候，俞仁杰做饭菜的时候，也会摆盘。

可唐爷爷用的器具都是粗瓷粗陶，所谓的巧妇难为无米之炊，俞仁杰也只能做到尽量好看。

如今在自己家里，有他从全球各地买来的各种餐具，所以唐小甜一入眼便震到了，只觉得眼前的摆盘精致考究，配上餐桌上盛开的鲜花，精致好看的餐盘，三盏吊灯射下的幽静灯光，顶级餐厅恐怕也不过如此而已。

"这美食，这布置，这氛围……也太棒了！"唐小甜从来有什么说什么，从不吝啬自己的赞美。

俞子江看了一眼大哥俞仁杰，见他面色淡淡，可眼里却是含笑的，便知大哥此时此刻正心花怒放着呢。

俞仁杰盛了两碗自己精心熬制的花胶椰子鸡汤给他们："尝尝看，味道怎么样？"

喝了一口,鲜美清甜的口感顿时让唐小甜想吞掉自己的舌头。她连着喝了数口,才得空赞叹:"好喝!俞仁杰,你怎么这么能干啊!简直十项全能。"

作为唐家大厨的唐母张女士来了广州二十多年了,也学会了煲一些汤,但基本也就煲一些广东省"省汤":如胡萝卜玉米排骨汤、冬瓜薏米排骨汤、五指毛桃瘦肉鸡汤、莲藕猪骨汤这一类难度系数低、操作简单的汤品。平时的做菜口味依旧以江浙菜为主。这道花胶椰子鸡汤,张女士那是从未在家做过的。

唐小甜在餐厅喝过,但怎么能比得上俞仁杰这道用足了上佳食材,又炖足了火候的花胶椰子鸡汤呢。

看着她喝汤后,眼睛微眯的样子,俞仁杰觉得胸口盈满了一种热热的幸福的感觉。

唐小甜见俞仁杰一直不说话,便抬头朝他看去,只见俞仁杰的视线古古怪怪地落在自己的脸上。因她的抬眼,两人的视线在空中交接。

那一瞬间,唐小甜觉得自己仿佛被一片深海包围着,她的心猛地一顿,而后控制不住地"怦怦怦"地狂跳。

唐小甜从未有过这种情况,手足无措地按了按心口处:怎么回事?!自己这是怎么了?!

唐小甜心慌气短地移开目光,不敢再看俞仁杰。

俞仁杰的手伸了过来,替她擦去了嘴角处沾着的汤汁:"这里脏了。"

被俞仁杰碰触的地方像是点了火似的,唐小甜轰的一下便燥热了起来,好不容易平复了一点的心跳得更厉害了。

"哦哦……谢谢……"唐小甜为了掩饰自己的不对劲,忙又捧起碗喝了起来。

俞仁杰见她不自在，也就适可而止了。他喝了一口鸡汤，自我评价道："还可以吧。下次去嘉兴带些花胶和煲汤食材回去，可以煲些不同的汤给唐爷爷喝。"

没想到俞仁杰竟然还念着爷爷。唐小甜感动莫名，从碗里抬起头又望向了他。

因为喝汤的缘故，俞仁杰的唇色红润亮泽，十分诱人，唐小甜的视线落在其上，也不知道自己怎么了，那种莫名其妙的燥热感觉更加强烈了起来，甚至连口都越发干了。

她忙低头连喝了数口汤解渴："这汤简直绝美。你要是不喜欢的话，我就全包了。"

"我也觉得好喝。小甜甜，你可要分我一半哦。"俞子江连连附和点头。

"放心。我唐小甜是个讲义气的人。我们要胖一起胖，要瘦我先瘦！"

……

在和俞子江乱扯中，唐小甜心头那抹不可言说的心慌意乱总算是慢慢散去了。

白灼菜心脆嫩可口，沙茶炒花蛤咸香味美，沙姜白切猪颈肉爽口弹牙，柠檬虾酸辣开胃，葱姜焗螃蟹鲜嫩多汁，花胶椰子鸡汤清甜好喝。

每个菜都好吃到爆！

唐小甜像一只掉进米缸的小老鼠，大快朵颐。

饭后，唐小甜自动自觉地帮着俞仁杰收拾餐桌，在洗碗槽里挤了洗洁精洗碗。

这是两人在唐家小院形成的习惯。俞仁杰做饭，唐小甜就负责洗碗，分工合作。如今，已成默契，无须言说。

唐小甜穿着俞仁杰的围裙在堆满泡泡的水池里，认认真真地洗着碗……俞仁杰在一旁，一边煮着咖啡，一边不时地转头望一眼唐小甜……

"愚人节，我围裙后面的带子好像松掉了……"

俞仁杰默不作声地走到唐小甜的身后，弯下腰，耐心地给她系了一个好看的礼服款蝴蝶结。最后，他满意地欣赏着自己的作品，道："好了。"

"哦。"唐小甜并不知，径直洗碗。

"愚人节，你家的东西都很美很独特。怎么说呢？就连这条牛仔围裙我都觉得很有设计感。"

俞仁杰闻言，在心里美滋滋地道：那是。也不看是谁亲自设计制作的?! 自己的这些东西可都是世界上独一份的。

"你喜欢？"

"你这不是废话吗?!"

"喜欢什么就拿去。"

"哦。那不行。你把购买链接发我，我自己去买。"

拿不出购买链接，俞仁杰只能被迫撒谎："都是我在实体店铺淘来的，不是网上购买的。"

"好吧。那等我空点，自己做一条。我唐小甜可是文武双全。一条围裙什么的，小意思啦。"

……

两人各自占据了厨房的两端，离得有点距离。可却有一种不可言说的温馨。

"好香。"洗了一半碗碟的唐小甜被咖啡的香气吸引，勾起了馋虫。

俞仁杰把杯子递到唐小甜嘴边："看在你辛苦洗碗的分上，

第九章 毕业大餐

第一杯咖啡让给你喝。"

唐小甜的塑胶手套上满是泡沫,嫌麻烦也就没脱手套,就着俞仁杰喂她的这个姿势饮了一口。

明明知道自己做的咖啡很棒,但面对着唐小甜,俞仁杰就莫名其妙地担心她会不喜欢:"这款咖啡豆还不错吧?"

唐小甜感受着唇齿间的苦涩香醇,如猫咪似的满足地眯起眼:"对自己有信心一点,把'吧'字去掉!"

"这么好喝?!"

"真的好喝。"

"我也尝尝。"俞仁杰"状似无心,实则有意"地就着唐小甜喝过的位置,缓缓地饮了一口,在嘴里回味再三,方才心满意足地咽下,"果然不错。油脂丰富,口感醇厚又回甘。"

他决定了,以后一定要偏爱这款咖啡豆!

唐小甜埋头洗碗,完全没发觉两人共用了一个咖啡杯,间接地接了个吻。

"愚人节,你做菜这么棒,你莫非是大隐隐于市的米其林大厨?"

"你猜?!"

"切!我才不浪费脑细胞呢。"

"脑细胞就是要多动……不然的话……"俞仁杰意味深长地看了她一眼。

"不然怎么样?"唐小甜拿圆圆亮亮的眼瞪他,"愚人节,想活还是想死?选一个。"

"想活。"

"哼!算你识相!"

俞仁杰唇角上扬,含笑着一口一口喂她喝完了一整杯咖啡。

唐小甜意犹未尽："再来一杯？"

"不行。喝多了晚上会失眠。"

"愚人节，打个商量呗？"

"没得商量！"俞仁杰气定神闲地给自己做了一杯，喝了两口后，道，"我喝过的。你要不要？"

"要。谁怕谁啊！"唐小甜在碰到咖啡杯的那一刹那，忽然意识到了不对，她这要是喝了，就等于两个人接吻了。

她脸莫名一热，硬生生地刹住了动作："你再给我做一杯。"

下一秒，她忽然想到上一杯咖啡俞仁杰也尝过，其实两人已经间接接吻过了，脸顿时一片火辣辣，恨不得把头埋到洗碗池的泡沫里，不再出来了。

俞仁杰失落了数秒，看着她发红的耳朵，知道她害羞，心情又瞬间转好了，长腿交叠地靠在一旁的岛台上，一边喝一边看着她洗碗："无论你说什么，今晚都没有第二杯。"

"小气鬼，喝凉水！"唐小甜拧了抹布擦岛台台面，见他闲适地品咖啡，羡慕嫉妒之下，狠狠地用手肘撞他的腰泄愤，"让一让！"

俞仁杰不觉微笑："不过有糖水，芒果西米露和西瓜西米露两种，用了广州牛奶公司的炼乳撞奶打底……不知道有没有人喜欢呢？"

唐小甜眼睛一亮，发出一声号叫："你没骗我？！"

"我哪敢骗你啊。你可是一发狠起来，会把我卖去青楼接客的人哪！"

接客？！唐小甜打量了一眼他那张俊秀出众的脸，那双无处安放的大长腿和挺翘臀部……以愚人节的姿色恐怕会门庭若市，夜夜无休啊！

唐小甜好不容易降下温度的脸又发烫了。

她忙故作忙碌，在干净的台面上，这里擦擦，那里摸摸。

俞子江透过厨房的格子玻璃门，看到了唐小甜身后那个好看的蝴蝶结，也看到了大哥俞仁杰和她的每一个互动。

明明是自己住惯了的家里，俞子江却第一次觉得好温馨有爱。

也觉得这样的画面好甜好美。

俞子江握了握小拳头，再一次暗暗决定：他一定帮助大哥把小甜甜拐回家做他的大嫂！

两人送唐小甜回家，返程路上，俞子江质问大哥："俞仁杰，你睁眼说瞎话哦。你明明就喜欢小甜甜，还说不喜欢！不喜欢你为什么对她这么好，老做菜给她吃？还买鲜花、买礼物祝贺她毕业？！还把家里布置得这么浪漫！今天晚上，我就属于最多余的那个。

"还有，家里明明有洗碗机，你为什么还让小甜甜洗碗？是不是就想看小甜甜像家里的女主人一样在厨房洗碗的样子？"

俞仁杰不说话。

"不反驳就当你承认了。

"放心啦。我这个做弟弟的一定会帮你追到小甜甜的。但是你也要自己加油努力哦！毕竟打铁也靠自身硬啊！

"别问我怎么努力，我发你微信里了！这是我度娘来的追妻一百招！第一招，是每天跟喜欢的人说早安午安晚安。"

……

俞子江洗好澡，抱着一个抱枕门神似的杵在俞仁杰的卧室门口："给小甜甜发晚安了没有？！"

"没有。"

"快给小甜甜发晚安!"

数秒后,"叮咚"一声,唐小甜的手机收到了俞仁杰的微信短信。

"早点睡。不要熬夜玩手机。"

唐小甜正在输入"准备要睡了"几个字的时候,俞仁杰下一条信息又来了:"这样对手机不好!知道吗?!"

唐小甜磨着牙用语音回复:"愚人节,我已经用意念把你碎尸万段了!"

靠在床头的俞仁杰听到她的声音,心情好得不得了,他微笑着缓缓地输入了两个字:"晚安。"

他很快收到了唐小甜的回复:"友尽!绝交!"

俞仁杰看着屏幕,含笑地搁下手机,关了屋内的灯。

片刻后,他呼吸绵长了起来,进入了极难得的深睡眠状态。

第十章　心跳加速病

"小甜甜,我们来了。"

小蘑菇头俞子江就放暑假了,他按照和唐小甜的约定,拖家带口(带着他大哥俞仁杰)地来到了小镇。

"鱼子酱大驾光临寒舍,真是蓬荜生辉啊。来来来,快请进,快请坐……请上坐。"

"小甜甜,摸着良心说句实话:是想我了,还是想我大哥做的菜了?"

"都想!"

"呜呜呜,你就不能说想我多一点吗?!我伤心了。"

"要做一个诚实的人!说谎不好!"

"臭小甜甜!坏小甜甜!"

唐小甜很开心他们的到来,一见他们就恢复了逗趣可爱的本性。

唐爷爷也是高兴极了。

至于某人,高不高兴,开不开心,从他微钩的嘴角就能看出一二。

……

某人递给了唐小甜一个纸盒子:"给!"

灰色缎带包装的黑色盒子,看着有种低调的奢华。唐小甜:

"什么?"

"你打开就知道了。"

盒子里头是折叠得整整齐齐的一款牛仔围裙,与俞仁杰家的款式不同,一款帅气,一款甜美。唐小甜一眼就爱上了。

"哇。这款式也好好看啊。愚人节,你特地帮我去店里淘的吗?"

"嗯。"

唐小甜想不到当时她夸牛仔围裙好看这么小的事情,俞仁杰还一直记着。她只觉得莫名感动:"谢谢你,愚人节。多少钱?我转你。"

"不用了。"这可是他俞仁杰——Thomas 谭亲自设计裁剪制作的男女两款牛仔围裙。都是这个世界上独一无二的。无价的。

"那不行啊。"

"那我们在你这里蹭吃蹭喝,你是不是准备收我们钱?"

"没有啊。"

"那不结了。你跟我客气什么!"

这天,唐小甜三人带着唐爷爷去了市里的医院复诊回来,远远只见有个人拖着一个行李箱站在糕点铺的门口。

唐小甜一见那人纤细熟悉的背影,兴奋地大喊:"伊致。"

那人闻声转过了头,果然是杨伊致。

唐小甜欣喜若狂,跑上前一把抱住了她:"伊致,你怎么来也不提前跟我说一声?!我好去接你啊。"

对于杨伊致的到来,唐小甜起初是又惊又喜的,带着她看小镇的风景,品尝小镇上的美食。

然而,粗线条如她也很快就发现了不对劲:伊致虽然在微笑,可一直在强颜欢笑,对什么都兴致缺缺,提不起劲来。

唐小甜私底下拉了个小群,偷偷地问了李李和周诺,伊致是不是发生了什么事情?整个人失魂落魄的。还叮嘱她说,让她千万别跟她大哥杨泽恩说她在小镇。

谁知李李和周诺听了都惊讶万分,说她们根本不知杨伊致去找唐小甜一事。自打唐小甜回了老家后,她们三人在咖啡店的聚会频率就减少了很多。平素在四个人的"富婆俱乐部"里聊天居多。

"上个星期,我和周诺去她咖啡店聚的时候,伊致并没有表现出什么不对劲。那一次,她刚跟她大哥杨泽恩从老家给他们父亲祝寿回来,还给我们带了他们老家的特产。"

"最近我们四个在群里聊天,她也很正常啊。看不出有任何异样啊。怎么好好的就去你那里了呢?!"

"让你别跟她大哥说她在小镇。是不是伊致她和她大哥闹不开心了?"

李李道:"事出反常必有妖!这样吧,等下我去一趟伊致的咖啡店,问一下店员,看看她们是不是知道一些内情。"

结果,李李到了杨伊致的咖啡店后,发现咖啡店挂了块"暂时歇业"的牌子。

三人讨论了一番,觉得伊致跟她大哥闹矛盾的可能性最大。

但杨伊致究竟发生了什么事情?三个人还是一头雾水。

三人结束了视频聊天后,唐小甜一个人垂头丧气地在河边的亭子间小坐,怔怔地看着河水。

某人进了亭子,在她对面找了个位置,慵懒闲适地靠坐在美人靠上。

片刻后,某人开口道:"你那个朋友应该是失恋了。"

唐小甜愕然抬头，看向了他："不可能啊！伊致从来没有谈过恋爱。"

"她一副伤心欲绝的样子。我实在想不出还有第二种可能性。"

唐小甜眯了眯眼："愚人节，你说得好像很有经验的样子嘛！"

隐隐约约有种危险的感觉。俞仁杰："就算我没吃过猪肉也见过猪跑吧。你不信就当我没说过！"

愚人节的意思是他没谈过恋爱?！不可能啊！他这么一把年纪了！

唐小甜忽然觉得不对：她不是在关心伊致的吗?！怎么好好地就跑题了呢！再说了愚人节谈没谈过恋爱关她什么事?！

唐小甜耳朵蓦地发烫。

她强行掰回了话题："你别看伊致温温柔柔的，可是嘴巴紧着呢，她不想说的事情，我们其他三个人从来都是问不出来的。"

"那就别问了。就当作什么也不知。说不定，时间到了她就会向你倾诉呢。"

如今，确实也只能如此了。

唐小甜只能在暗中默默地关心杨伊致，继续拉着她在小镇逛吃逛吃，希望她能开心一些。

这天晚上，用过晚饭后，唐小甜在小院召集众人开会，说要重新装修爷爷的糕点店铺，继续把铺子经营下去，所以决定要召开一个会议集思广益。

众人围坐一圈，纳着凉，吃着冰冰凉凉的西瓜、葡萄，为唐小甜出谋划策。

"大伙多吃点。然后给我多提点意见和建议。"

上回在农庄,俞仁杰得知唐小甜要继承唐爷爷制作传统糕点的手艺,继续经营糕点铺子的想法后,第一时间让助理宋远做了一份传统糕点的详细调查报告,以及一份怎么改进经营的专业方案。

俞仁杰收到这份专业方案后,翻来覆去地看了不知多少次,心中早已经滚瓜烂熟了。

所以,他气定神闲地等众人七嘴八舌地说了会儿后,才提出了一些问题,给出了一些建议,比如:爷爷的店铺太陈旧了,还是千百年来中国"前店后场"的格局。制作糕点的过程是全封闭式的,顾客无法看到,有些顾客可能会担心食品安全或者不放心制作环境等。

俞仁杰:"比如我们可以在店铺临街的位置设计一个开放的大厨房,透过玻璃,顾客可以清楚地看到现场制作糕点的过程和制作环境的整洁程度。顾客也可以在第一时间买到最新鲜的产品。

"店铺重新装修是必须的。关于店铺的经营方式,我也有一些想法,比如可以用差异化+习惯思维,用现在流行的咖啡茶饮店和传统糕点相结合的方式,打造让人耳目一新的店铺,并根据店铺每日制作新鲜糕点的特色,主打'不爱乱添加'口号……根据四季变化和每个季节食材的特色,菜单随四季更新,推出季节限定、当月限定、每日限定等特色糕点,创新特调的同时不下架经典。"

这些专业建议一说出,众人纷纷称赞。

唐小甜也觉得大赞:"我也有个想法。"

大伙看着她:"快说。"

唐小甜道:"其实我的想法跟愚人节的不谋而合。就是想根据每个季节的食材,做当季造型的糕点。比如春天的桃花、樱花造型的糕点,夏季的荷花,秋季的柿子橘子,冬季的梅花、雪花等。不过关于这些糕点造型,我还在思考设计。"

等唐小甜说完自己的想法,俞子江第一个举手:"哇,这个好。小甜甜,你说得我都已经想吃了。"

李天明道:"小镇上现在也没有什么好的咖啡茶饮店,如果再搭配传统糕点,那实在是太有特色了。这样的店铺是非常有竞争力的,肯定会有顾客。而且因为这几年来我们小镇的各种美食越来越出名了,也吸引了很多附近大城市如杭州、上海、苏州等地的食客前来旅游品尝美食。政府方面也有意向,想把我们的小镇打造成美食特色小镇,以此来宣传推广小镇的旅游,接下来会大力投入……所以我们小镇的游客在接下来会越来越多……"

大伙一听,信心倍增,更觉得这个方案很可行。

俞仁杰:"爱喝咖啡和爱喝茶的人士都可以在店铺里找到与之搭配的传统糕点……如此一来,我们既能很好地保留唐爷爷手工制作传统糕点的特色,也同时为我们的传统糕点做一个推广。说到推广,我建议做一个视频号,可以拍摄一下每个糕点的制作过程放在上面,或者在制作糕点的时候直接直播,就当作是一个分享。我们在推广店铺的同时,也为传统糕点做一个推广……让现在的年轻人可以重新认识我们传统糕点博大精深的文化,重新发现它美味,爱上它……"

唐小甜认真地听着俞仁杰一条又一条建议。

俞仁杰座位的侧后方是檐下的一盏壁灯。唐小甜不经意地抬眼,只见他整个人被虚虚地笼在壁灯的那一团璀璨的光亮里,从她的角度,可见俞仁杰的侧脸轮廓,十分优越好看。

说话间,俞仁杰的视线移了过来。

两人的视线在空中相触。

唐小甜霎时便坠入了一个浸染了漆黑夜色的深潭里头,心口处猛地跳漏了一个节拍。尔后,一颗心便按捺不住地"咚咚咚""咚咚咚"地狂跳了起来,仿佛不从她身体里跳出来不肯罢休似的。

跟上回在俞仁杰家里的情况一模一样。

这又是怎么了?!唐小甜大慌,忙抬手按了按胸口,想要把它按住,让它别再乱跳了。

俞仁杰:"至于店铺设计和装修的事情,交给唐小甜来负责就行了。"

众人的目光唰的一下全部落在唐小甜的身上。

唐小甜猛然回神,睁大了眼,紧张地吞咽了一口口水:"我?可我学的是服装设计啊?跟装修设计完全不一样啊!"

俞仁杰道:"服装设计虽然跟装修设计是不同的,但天下设计是一家。我觉得你的设计绝对没有问题。"

俞子江举手握拳,做了一个加油的姿势:"一定可以的!小甜甜,fighting!"

反正天塌下来了都有大哥俞仁杰在!大哥会帮小甜甜一起设计的!根本不用怕!

唐爷爷、朱泉和阿青姐等人也举手赞成,纷纷表示相信唐小甜。

"小甜,爷爷有做泥水匠和木匠的老朋友,他们都是几十年的手艺了,到时候可以请他们来帮忙翻新装修。"

俞仁杰:"这个好。店铺里这些用了经年的老木头很有时光底蕴,到时候可以重新做一些东西出来。"

杨伊致也是连声赞好，微笑道："我有好几年经营咖啡店的经验，小甜需要的话，我可以帮忙的。"

看着来到小镇后第一次有了精气神的杨伊致，唐小甜忽然觉得有了信心，也充满了干劲："必须的。姐妹同心，其利断金！"

唐小甜："糕点的油纸包装用了几十年也太老旧了。我想重新设计招牌，改进糕点的包装。大家有什么意见和建议？"

俞仁杰："个人觉得，糕点包装我们设计的方向可以有以下几种：第一种卡通化、年轻化，吸引年轻人这个消费主力群。第二种，保持中国文化特色但结合现代的风格……产品的包装设计在同类竞品中不一定要做到最好最贵，但一定要尽量新颖独特，让人印象深刻、过目难忘那种，如此一来会在销售终端有足够的视觉冲击力。

"至于这个包装设计也由唐小甜来负责。理由同上。"

大伙纷纷点头。

"另外，最重要的是怎么宣传，这是重中之重！"俞仁杰顿了顿，道，"直播和小视频等各种时下最流行的营销手段推广宣传，就是我前面说过的视频号，一定要经营起来，把唐爷爷这个糕点铺十二代传人和唐爷爷几十年来坚持用最新鲜的食材手工制作糕点的故事'讲出去'，宣传出去。我们也要尽量地挖掘唐爷爷制作的每个糕点背后的故事，然后把这些故事讲出去，这样会让糕点更具有吸引力。毕竟现在这个社会，酒香都怕巷子深。"

李天明拍着大腿大声叫好："直播和视频这个好。我们可以将历史悠久的小镇和小镇上的美丽风景一起拍进去，让全国各地，甚至全球各地的人们都能感受到我们小镇的美。"

杨伊致："对。大家平时可以把看到的美景美食等拍下来。"

李天明："我可以号召街坊邻居一起拍摄。人多力量大嘛。

但就是有个问题,大家拍摄水平有限,可能作品质量参差不齐。"

俞仁杰:"这个没关系的。每个人的视角不同,拍下的作品会各有各的美。"

大伙纷纷说好。

杨伊致道:"也可以从装修的第一天就开始拍摄,让大家可以看到老旧店铺装修成新店铺的整个过程。这样有一种大家一起参与,看着店铺一点点落成开业的感觉,就像看着宝宝一点点地长大。"

……

众人集思广益,出了很多有用的主意。

唐小甜如获至宝,将众人拉进了一个群,将大伙的各种意见在电脑上打成文字记录发到了群里:"大家接下来想到什么好建议就直接发在里面。"

这个头脑风暴大会一直开到了深夜十一点才结束。

唐小甜洗好澡,吹干头发从浴室出来,发现正在充电的手机里有一条支付宝收款提示。打款人就是身边的杨伊致。

一看金额,唐小甜惊呆了:"伊致,你无缘无故地转我这么多钱干吗?"

"小甜,你收着。你接下来要装修店铺,又要经营店铺,很多地方都需要用钱。"

唐小甜心里暖暖的:"伊致,我有钱的。我老爸说了会支持我的。"

唐父在视频里是这样跟她说的:"这钱是跟你老妈借的。你老妈虽然还在跟我们冷战,但是她在明知我用途的情况下,愿意借给我钱,说明她是很爱你的。小甜,你要理解你老妈,她不同意其实也是为了你着想,为了你好。"

唐小甜立刻就酸红了眼："老爸，我知道的。老妈怕我留在小镇，找不到好对象，一耽搁就成了大龄未婚女青年，以后就孤独终老了。可这些事情，不是讲缘分的嘛。是我的就是我的。不是属于我的缘分的话，就算我留在广州，也不是我的。老妈不是经常说我傻吗?! 说不定我这个傻人有傻福呢。

"老爸，你跟老妈说，我真的很喜欢制作糕点。我每次跟着爷爷学做糕点，整个人就很开心很投入，常常一做就是半天，自己都不会觉得累。每次看到自己制作的糕点，我都会觉得好开心好满足。

"其实我在 T.T. 工作，一直做得很不开心。只是我怕你和老妈担心，所以从来都没有告诉你们而已。

"老妈有件事情说得很对，我个性太单纯了，真的不适合太复杂的办公室环境。

"老爸，你跟老妈说，我一定会好好跟爷爷学，也会好好做的。我不是随便玩玩的。"

结束通话后，唐父抬头看向了有几分动容的张女士："老婆，小甜的话，你都听到了。别再跟她置气了，小甜她又不是做什么不好的事情。她愿意跟着爸爸学糕点，也是学一门手艺。你以为糕点这么好学好做吗？是要起早摸黑，吃苦耐劳，下苦功夫的。现在这个社会有这么多好吃懒做、一心想啃老的年轻人，对比一下，我们家小甜这么有上进心，作为父母难道不应该知足，不应该支持吗？

"至于谈男朋友啊、婚姻之类的事情，我们都这么一大把年纪，难道都还没有看穿吗？这每个人啊，都是有每个人的命运的。儿孙自有儿孙福。再说了，再差不也有咱们给小甜托底吗?! 你还怕什么?!"

一番话下来，张女士的神色明显松动了，但依然没开口说"同意"这两个字。

……

杨伊致坚持让唐小甜把钱收下："这些钱在我卡里也是放着。真的没有用。你先收着。要是到时候用不着，你再还我。"

"不行。这可是你攒了这么多年的积蓄啊！我真的不能收！"唐小甜感动不已，但无论杨伊致怎么说，她都坚决不肯收。

两人在支付宝上，你转账给我，我转账给你，把支付宝忙得快要冒青烟了。

最后，杨伊致拗不过唐小甜，只好道："那好吧。你要是钱不够，就立刻跟我拿。"

"那肯定啊！"唐小甜一把抱着杨伊致，"伊致，谢谢你。我好爱好爱你啊。"

杨伊致更用力地抱紧她，轻声道："小甜，我也好爱好爱你。幸好有你，有你们。"

次日，用过早饭，俞仁杰就在楼下喊："唐小甜，下来开会。"

"来了。来了。"

唐小甜抱着电脑从二楼噔噔噔地匆匆下楼来到堂屋，她一坐下，抬头便看到了戴着一副金丝眼镜的愚人节。

这是唐小甜第一回见他戴眼镜。鼻梁高耸，眸子深邃，清冷俊秀中又透着几丝禁欲……有种不同于平时的坏坏的俊俏……

唐小甜的心又猛地跳漏了一个节拍，那种气短心虚、不知所措的熟悉感觉又涌了上来。

她慌乱地错开眼，手忙脚乱地打开电脑，结果手肘不小心碰到了桌上的西瓜汁。

"小心。"俞仁杰一把稳住了杯子。

俞子江坐在一旁,一边吸着自己的那份西瓜汁,一边继续推销大哥俞仁杰:"这西瓜汁是俞仁杰刚刚现榨出来的。美容养颜,又能补充维生素 C。"

俞仁杰:"你考虑过想要打造什么样风格的咖啡茶饮店风格吗?店铺的风格决定了下来,也就基本决定了店铺的基本色彩。"

唐小甜苦恼不已:"我在网上查了不少的咖啡店,眼都看花了,但是不知道想要什么样的。"

"这是你的店铺,最重要的是你想要怎么样的店铺,知道吗?!"

唐小甜重重地点头。

"只要你想要什么风格决定下来,就可以进行店铺设计。到时候全店照明、灯光的设置、灯具的运用、重点照明效果等在设计的时候都要考虑进去。

"另外还有后勤设施,如库房。店内的其他设施,诸如空调设备、消防设备、公共设备的设置等,都要在设计之前考虑好。"

唐小甜没想到俞仁杰竟然考虑得如此周到,直愣愣看着他,不觉发怔了起来。

俞仁杰见她一副神游天外之态,心里微叹了口气:这要是自己助理宋远这样子的话,肯定被他一通臭骂了。

他用指节"咚咚"敲了两下桌面:"你看着我干吗?好好听我说话。"

啊,偷看被抓了个现行。唐小甜大慌之下,脱口而出:"因为你好看!"

说完,唐小甜自己都惊呆了。她腾地涨红了脸。

俞子江眼疾手快,打开了手机备忘录:"小甜甜,把你刚才的话再重复一遍!"

唐小甜左顾右盼,装傻充愣:"啊,我刚说话了吗?!我刚说了什么?!我忘记了!"

俞子江:"你说了。你说我大哥好看,我都听到了!"

唐小甜装傻到底:"啊,我说了吗?我真的说了吗?我没说吧。"

俞仁杰抬起手假意咳嗽了一声,敲了一下桌面:"好了。认真开会。"

唐小甜鹌鹑似的埋头看着电脑屏幕,恨不得整个人能钻进电脑里去。所以,她没有看到俞仁杰扬起的嘴角。

"在整个设计中,店头装饰是整个店的重中之重。一定要吸引眼球。

"你坐过来,我给你看一下我最近收集的这些咖啡茶饮店店门头的图片。"

唐小甜不得不从桌子的对面移了过去。

这一靠得近,唐小甜便闻到了俞仁杰身上独有的一种清冽的味道,那种燥热不自在的感觉又倏然涌了上来。

太奇怪。最近每每只要一靠近俞仁杰,她就这样。她这是生病了吗?!

"这张,这张……是不是都让人眼前一亮,让人有种想推门进店喝一杯的冲动……再看看这几张店头,你看到了,会不会有想进去的冲动?"

两个人凑在电脑屏幕前一张一张地看。

俞仁杰一手搭在她椅背上,一手握着鼠标,点击翻阅电脑里的图片,这个姿势仿佛搂抱着她一般在她耳边说话,唐小甜只觉得自己的半边身子都是麻的。

这种感觉太怪异了，也是从未有过的。

一时之间，唐小甜肯定自己真的生病了。生了一种"一靠近俞仁杰就心跳加速、全身发热、手足无措"的病。

看完并听俞仁杰分析完电脑里所有咖啡店店头的优劣后，唐小甜第一时间便将椅子挪到了对面。她实在担心自己再继续在他身边待下去，会热得自燃自爆。

俞仁杰注意到了她的动作，深不见底的眼底划过一抹晦暗之色："我们这几天各自努力。两天后，你拿出一张设计图稿和效果图。我也找朋友帮忙设计一张设计稿和效果图。然后再一起开会讨论。"

"好。我这就去赶工。"唐小甜忙不迭地点头，一手抱起电脑，一手拿起西瓜汁杯子，逃似的走了，似一刻也不愿意和他多待。

俞仁杰看着她的背影，面色一片阴霾。

一连数日，唐小甜都有意无意地躲着俞仁杰，一起吃饭都坐到离他最远的位置，想离他远一点。

某人不明就里，暗自生闷气。

连小蘑菇头俞子江都看出了不对："小甜甜，你这两天好怪啊！"

唐小甜自然不肯承认："我哪里怪了？"

俞子江："哪里都怪！就感觉你好像……在躲着我和我大哥……"

居然被看出来了！她的演技也太烂了吧！唐小甜心慌地解释道："我这不是急着赶设计稿嘛？！"

她哭丧着一张脸大叹苦经:"我第一次设计店铺啊。太压力山大了!你都不知道我揪掉了自己多少头发。你们看,这里都快斑秃了。"

这番说辞好像也有几分道理。某人的眉头舒展了开来。

唐小甜:"愚人节,你找的那个朋友设计得怎么样了?"

"他说可以如期交稿。你别动……"

说话间,俞仁杰的手伸了过来,唐小甜顿时一僵愣:"什么?"

俞仁杰俯身在她发间取东西:"花瓣掉里头了……"

他说话时喷出的气息轻拂了唐小甜的发丝,唐小甜整个人又开始不受控地发热了起来。

从俞子江的视角看去,两人的这个姿势便犹如大哥在亲吻唐小甜的头发一般,又旖旎又甜蜜又好虐狗。他有种"没眼看"的感觉,就去了洗手间。

俞仁杰把指尖的蓝色花瓣递给她:"你看。"

是种在二楼,瀑布一般蜿蜒而下的蓝雪花的花瓣,也不知何时落在她的发间。

唐小甜僵着身体:"哦……我去……我去设计稿子了……"

唐小甜又跑了。

把一手捏着花瓣的俞仁杰扔在了原地。

到期之日,唐小甜和俞仁杰两人拿出了各自的图稿,在花香隐约的小院开起了讨论会。

在电脑上看了彼此的设计和效果图后,两人不禁都呆了一呆:两人的风格大体是一致的,只是细节部分的设计和软装方面不同而已。

俞子江和杨伊致看了,也是愕然不已:"你们两个怎么会这么巧!"

唐小甜:"嘿嘿。真碰巧了!"

俞子江举爪道:"我知道。这就叫作心有灵犀一点通!"

唐小甜:"……"

虽然风格接近,但唐小甜发觉俞仁杰电脑里的那张设计稿,跟自己的一对比,比她设计的实在是棒太多了。

特别是转角咖啡店这个构思,她根本就没有想到过。

俞仁杰解释道:"唐爷爷的店铺正好位于大街和小巷的转角处,加上房屋和围墙都是自己的,可以打拆,所以我的设计师朋友看了我拍的屋子前后左右的视频和照片后,特别是巷子里的这两棵大樱花树,就跟我沟通,说可以设计打造一个独一无二的转角店铺。到了春天开花的时候,客人们坐在店铺就可以透过玻璃欣赏一树樱花如雪的美景。我觉得这个 idea 很赞。所以,我们就是从这方面构思入手的。"

这个设计师实在是太棒。唐小甜太喜欢此人的设计了,输得心服口服,把他设计的转角咖啡店的效果图看了又看,看了再看。

唐小甜越看越疑惑:"愚人节,我怎么感觉你的这个设计师朋友是个行业大咖啊。你这张设计图的价格不便宜吧?!"

"他是我一个很要好的朋友。友情赞助,不出一分钱!"

"那太不好意思了。怎么也得好好谢谢他啊。"

"没事,我跟他太熟了。不用客气,到时候我们给他寄些你做的手工糕点过去就行。"

俞子江喝着爽口甘甜的酸梅汤,看面不改色说着谎话的大哥俞仁杰,心里默默地道:我就静静地看着你装×,看着你演!看你能演到什么时候才会主动跟小甜甜坦白。

唐小甜想起俞仁杰那漂亮舒服的家,屋子里每一处叫人眼前一亮的设计搭配:"你家里是不是也是你这位好友帮忙设计的?混搭得好绝啊。"

俞仁杰:"这都被你看出来了?厉害!确实都是出自我那个朋友之手。不过,这个转角咖啡店,我都有提供部分的想法啊。比如这挨着墙的绣球花和院子里的这些花必须保留。到了开花季节,路过的客人可以远远地透过玻璃看到盛开的绣球花以及院子里不同季节的花等。另外,院子里我们也得改造一番。不过不用大动,稍微造型一下。"

"愚人节,看不出来嘛,你很有美感呢。"

"主要是我平时就爱好打卡不同的店铺。""为了寻找设计灵感"这几个字,俞仁杰就自动省略了。

"哦。我懂!我懂!就是见多识广。愚人节,请收下我的膝盖!"

俞仁杰嘴角那是拿 AK47 也压不住了。

俞子江见状,就知道他现在开心得不得了,心中腹诽:果然男人都喜欢被自己喜欢的女人夸,被她崇拜。俞仁杰也不例外。

俞仁杰道:"趁着装修还没最终定下来,个人觉得除了市区的咖啡店外,我们还可以去打卡一下附近城市的特色的咖啡店茶饮店,找一下设计灵感的同时也对比一下……所谓知己知彼,才能百战百胜嘛。"

俞子江立刻举起了两只小爪子表示赞同:"这个主意好棒。我们顺便可以去附近的上海、杭州、苏州玩玩。小甜甜你一直说上有天堂、下有苏杭,嘉兴是天堂的中心点,去苏杭上海都只有一个小时。可却一直没带我们去玩。"

"我这不又要学糕点又要忙装修,一直没空嘛?!"

"好啦好啦,不用解释。解释就是掩饰。就这么决定了!我们明天就去打卡。"

杨伊致也兴致盎然,连声道好。

唐小甜见伊致难得有此兴致,立刻同意道:"那我马上搜一下,先看看周围各个城市的咖啡店排名,这样我们也好挨个逐一打卡。"

俞仁杰:"我们顺便也可以去这几个城市淘一些店铺装修要用到的软装。"

这时,俞仁杰的电话响起,他看了是助理宋远的来电,不方便在唐小甜边上接听,就起身到了厨房里接电话。

杨伊致听到洗衣机洗好衣服的提示声,说:"我去二楼晾衣服。"

一时间,整个小院就剩下了唐小甜和俞子江两人。

唐小甜压低了声音,问出了最近盘旋在心头的一个问题:"鱼子酱,愚人节怎么这么空闲,他不用回 T.T. 上班的吗?"

俞子江凑到她耳边,小声地说:"他跟领导不和,吵了一架,失业了……"

唐小甜吃了一惊:"什么?愚人节……也从 T.T. 离职了?"

俞子江用小手捂住了她的嘴,做了一个嘘声的动作:"你可千万不要在俞仁杰面前提这件事情,当作不知道就好。你知道的啦,男人都是最要面子的啦。"

"懂懂懂。我懂!"

怪不得俞仁杰这么空闲地待在小镇,一嘴都没提过要回去工作。

"小甜甜,我大哥最近好可怜的。你要对他好一点哦。要多请他吃点好吃的。"

"好。"

唐小甜用"充满同情怜悯关爱"的目光看着刚接完电话回来的俞仁杰。

俞仁杰不明所以,被看得莫名其妙。

他在唐小甜身畔的凳子上(原本是杨伊致的位子)坐了下来:"我们继续……讨论橱窗设计……"

一种独属于俞仁杰的味道瞬间便将唐小甜整个人包围住了,唐小甜又双叒叕开始"生病"了,心跳加速、全身僵硬、手足无措。

俞子江看两人头碰头地凑在一起讨论商量,狡黠地一笑,借口说要吃西瓜,喊杨伊致下楼出去逛街买西瓜,给两人留下了独处的空间。

第十一章　单身狗

所谓心动不如行动，次日，唐小甜带着愚人节兄弟、杨伊致就去市区打卡了一家咖啡店，看了他们的装修设计，喝了咖啡，吃了蛋糕，拍了不少美美的照片发圈"报复社会"，到傍晚时分才回到小镇。

四人顺路在农贸市场一条街买了菜，踩着夏日里发烫的石板路回了家。

唐小甜和俞子江吃着棒冰走在最前头，杨伊致提了一把青菜走在中间，俞仁杰则两手提了满满两大袋子的菜殿后。

俞子江嗦了一口冰棍，冰凉爽口，只觉得暑气顿消，心满意足地叹道："跟着小甜甜混，真的是一天吃九顿啊。"

唐小甜："那是。"

唐小甜走出小巷子的拐角，看到了家门口停着一辆白色车子。她只扫了一眼，莫名地就觉得这车看着很眼熟的样子。

下一秒，车里有人推门下车："小甜。"

竟然是杨伊致的大哥——杨泽恩。

一段时日没见的他眼色发青，神色憔悴，全无往日里的意气风发。

唐小甜大感惊愕："杨大哥，你……你怎么来了？"

"小甜，伊致是不是来你这里了？"

两人同时出声。

杨泽恩的话在看到从拐弯处出来的杨伊致时戛然而止了。

同一瞬间,杨伊致手里提着的一塑料袋青菜"啪"地掉落在了地上。

两个人四目相对,彼此的视线仿佛被胶水粘过似的,再无法分开了。

唐小甜后知后觉又震惊万分地明白了过来:原来伊致所有的不对劲,都是因为她大哥杨泽恩。

杨伊致一进大学,杨泽恩便开了咖啡店让伊致打理。伊致忙得脚不沾地的,别说在大学里参加社团谈恋爱了,连上课都是匆匆忙忙的。

怪不得这么多年来杨泽恩管伊致管得极严,每天晚上都有门禁时间。

怪不得这些年来伊致一直没有交男朋友。李李对此一直不解。

此时此刻,从前很多的不解都豁然开朗了起来。

杨伊致与杨泽恩一直把他们这份禁忌的恋情藏得严严实实的,除了他们两个人外,从无任何人知晓。

这一次因父亲六十六岁大寿,杨伊致和大哥杨泽恩回老家给父亲庆祝。

某个清晨,大哥和父亲出去晨运了。家里就她和母亲范少美在。

母亲范少美问她:"你大哥这一年在广州有对象了吗?"

一提及这个问题,杨伊致便会做贼心虚,心中慌乱。她摇头,说没有。

范少美眉头大皱:"我这几年张罗着介绍了不少对象给你大哥,可他每次都看不中。这孩子,也不知要个什么样的。你在广州,多帮你哥留意留意。"

范少美自是不知,儿子杨泽恩每次接到她的介绍相亲安排的电话,都是抗拒厌恶,并不肯见这些相亲对象。

杨泽恩一直都想着把两人的事情告诉父母,跟父母摊牌。可杨伊致不同意,她说无法面对父母。

每次范少美安排这一类的相亲都是杨伊致好说歹说、千求万哄的,用尽了所有办法,才能让杨泽恩去跟对方见个面吃个饭,应付母亲的安排。

可如此一来,杨泽恩就觉得杨伊致一点也不在乎自己,说世界上哪个女人会让自己的男人不停相亲的,不只不吃醋,还赶着他出去见人。杨泽恩每次为此都会发好大一顿脾气。

这几年来,两人为母亲范少美安排的相亲都不知道吵过多少次架、冷战过多少回了。

……

此时,杨伊致也只好顺着范少美的话头应下:"好的。妈。"

大约是因为年岁渐长了,这一趟回来,她发现精明凌厉的母亲范少美比往日慈祥和蔼几分。

"我们家这些年也算是顺风顺水,现在啊,就等着你哥哥找对象结婚生子了。到时候,我和你爸就去广州帮他带带孩子,然后就准备颐养天年了。

"还有你,也老大不小了,可以留意身边的男孩子了。要是有中意的,就带回家来给我和你爸看看,我们给你掌掌眼、把把关。你虽然是我们领养的孩子,但我也一样希望你可以找到个好对象,组建一个幸福快乐的家庭。"

杨伊致蓦地酸红了眼眶。

半年没回家了,如今细看,母亲范少美的头发发根已经发白了,但她为了掩盖白发便染了色,却不知这欲盖弥彰似的染色,使得新长出来的白色发根益发地明显突兀。

自打八岁进这个家门,母亲范少美便一直对她很冷淡。

这与范少美自身冷漠心硬的性子有关,也与她不喜欢当年杨父自作主张收养自己有关。

杨伊致早已经习惯了,并不为意。相反,她一直都很感激母亲范少美,若不是他们收养她,她哪里能够有这么好的生活。

但因为被冷淡惯了,母亲范少美乍然说出这番柔软体贴的话令杨伊致突然有种想落泪的感觉。

当天,范少美借着让杨泽恩陪着她们逛街做借口,帮杨泽恩安排了两场相亲。

结果不言而喻。

杨泽恩怒气冲冲地回来,恨不得立刻返回广州。

可第二天是父亲的生日,两人这次回来的最重要目的就是给父亲过六十六岁的寿辰。在老家这一带,六十六岁可是老人最重要的寿辰之一。杨泽恩就算再不满意母亲范少美的所作所为,也只能按捺了下来。

母亲范少美这边也是又气又急,满腹牢骚:"你大哥这也看不中,那也瞧不上。你倒是帮我问问,他到底想要找个什么样的?我按照他的要求去找。务必要在你们回来的这几天给他相一个定下来。"

杨伊致只能应下。

杨泽恩在卧室里听得一字不漏,气极反笑,对她说:"你去跟妈说,我要找你这样的。一模一样的,连一根汗毛都不能少。"

……

杨父生日那天,一家四口一起去家附近的传统农贸市场买菜。

一路上,引来街坊邻居们无数羡慕的眼光。

杨父被邻居们夸赞得数度开怀大笑,就连平素不苟言笑、冷眼冷面的范少美也是一片笑意盈盈。

这做人嘛,下半场比拼的就是子女了。如今他们的子女出色,特别是儿子杨泽恩,考上了临床医学本硕连读后,又去了美国念了个博士回来,如今在广州最好的医院工作,在众街坊邻居的孩子中是一骑绝尘的。

下午,杨伊致帮着母亲范少美打下手,择菜洗菜切菜。

杨泽恩几次想进厨房帮忙,被范少美赶了出去:"君子远庖厨。你一个大男人哪能做这些!"

杨泽恩:"妈,我会做菜。"

平时,杨泽恩在医院工作繁忙,回家后他很享受与杨伊致一起在厨房做菜的时光。无论是他主厨,杨伊致打下手,还是杨伊致主厨,他帮忙洗洗刷刷,杨泽恩都把它当作是一种放松和一种享受。所以,他是真的会做菜,并不是说说而已。

"会什么会?!去,陪你爸下棋去吧。厨房有我和伊致就行了。"

范少美看着杨伊致忙里忙外,也难得地夸赞她:"手脚倒是挺利落的。平时是不是也经常在家里下厨?"

杨伊致低着头,只说:"大哥喜欢吃家常菜。"

范少美听后,满意地点点头:"在家吃好。你大哥的医院食堂都是些大锅菜,没滋没味的。外头饭店的菜重油又重味精,吃着是鲜,可是对身体不好。你大哥工作辛苦,你这个做妹妹的平时要多多照顾他的饮食起居。"

杨伊致一一应下。

范少美见她乖巧听话,对她越发和颜悦色了起来。

母女两个人通力合作,做出了满满一桌子的家常菜。

三个人陪着父亲小酌,甚是温馨欢愉。

然而,深夜时分,喝醉的杨泽恩进了杨伊致房间。

杨伊致推他出去,杨泽恩不肯:"我妈不是想知道我要找什么样的吗?她知道了不是更好。我们也不用偷偷摸摸的了。"

杨伊致被吓住了,怕真把事情闹开来,把父亲吓到心脏病发作,只能好好说话哄着他。

不料,他们的这一番谈话却被半夜口渴醒来、到客厅倒水的范少美听见了。

范少美震惊万分,差点把手里握着的杯子砸在地板上。

但她城府深,按捺住了,装作什么都不知道,什么都没有说。

第二天,两人返程,范少美也如常地跟两人告别,叮嘱他们有空多回来。

回到广州,一进两人的家里头,杨伊致就跟杨泽恩说:"我想搬出去。"

杨泽恩一把拽住了她的手,沉声道:"你给我再说一遍。"

"纸是包不住火的。再这么下去,爸妈迟早会发现我们的事情。"

杨伊致最害怕的就是那个恐怖时间点的到来。

若是到了那时,她实在没脸,也不敢面对养父养母。

"知道了就知道了。我根本就没有想瞒着他们。我这次回去,就是做好了要跟他们摊牌的打算。是你不肯,求着我别说,我才作罢的。"

"我们怎么跟爸妈摊牌?!爸爸会气得心脏病发作的,妈也会疯掉的。"

"为什么不能摊牌?!我们又不是亲兄妹,没有任何血缘关系,只是户口本上的兄妹而已。我喜欢你,你喜欢我。我们彼此喜欢,为什么不能在一起?!

"伊致,你给我听好了。我是绝对不同意你搬走的!"

杨泽恩捧着杨伊致的脸,一字一顿地道:"伊致,我要我们在一起。你要是敢搬出去,我就立刻跟父母摊牌。"

……

一个星期后,范少美瞒着他们兄妹两人,偷偷摸摸地来到了广州。

她找来了开锁匠,谎称自己的钥匙忘记在屋里头了,让开锁匠打开儿子杨泽恩的屋子。

一进屋,主人房大床上的两个并排着的枕头,附属洗手间里的情侣洗漱杯、情侣毛巾……所有的一切更加印证了两人之间的事情。

范少美浑身冰凉地瘫坐在了沙发上。

杨伊致从咖啡店回到家的时候已经是深夜十一点多了,在门口的鞋柜处脱下了鞋,揉了揉酸胀的小腿。

忽地,她察觉到了屋中异样,缓缓地抬起头,看到了半明半暗里头犹如鬼魅般端坐在沙发上的母亲范少美。

杨伊致被吓到了,后退了两步,手肘"砰"的一声撞在了鞋柜角上,又麻又疼。她也顾不得揉上一揉,语声颤抖地上前:"妈,你怎么来了?

"妈,你什么时候来的?怎么也不打个电话给我?大哥这几天去北京参加医学交流会议了,要一个星期后才回来。他知道你来吗?"

范少美二话不说,扬起手就狠狠地给了她一巴掌,眼神冰冷阴沉。

杨伊致在吃痛间骤然明白了过来:母亲范少美什么都知道了!

范少美咬牙切齿:"我就觉得奇怪了,为什么泽恩他这么出色,却一直交不到女朋友?我甚至开始怀疑我儿子的性取向问题,以为他喜欢的是男人。原来是我一直被蒙在鼓里。你这个狐狸精,说!你什么时候开始勾引泽恩的?

"年纪轻轻就勾引人,你要勾引就去勾引别人,竟然勾引自己大哥,你还要不要脸,知不知道'羞耻'这两个字?!"

杨伊致慌慌张张地解释:"妈,不是这样的……我和大哥彼此喜欢……"

范少美面若冰霜,眼厉如刀,抬手又是狠狠一个巴掌:"你给我闭嘴。你知不知道恶心?!我看到你这只狐狸精就想吐!

"龙生龙,凤生凤,狐狸精就生小狐狸精。你知道这些年来,我为什么对你这么差吗?!因为你妈!你亲妈就是只狐狸精,勾引别人老公的狐狸精!"

杨伊致一呆,而后辩驳道:"你胡说!我妈不是狐狸精!"

"我胡说?!你父亲去世早,后来你妈妈又出了车祸,泽恩他爸爸看着你可怜,说看在和你父亲是同事,又看在从前和你外公家是邻居的分上就收养了你。后来我才知道,你妈妈这只狐狸精年轻时候就勾引过他,两人年轻的时候就有一腿了。"

(此处:杨泽恩父亲气得捂住了胸口:你胡说八道!我跟伊致的妈小葱拌豆腐,一清二白的。我把伊致她妈妈当亲妹子。只是看着这孩子小小年纪就无父无母很可怜,加上你一直想要个女儿才收养的她。你每天吃饱了就爱东想西想,这些都是你瞎想出来的。)

"你的东西,我已经给你收拾好了。你马上给我搬走。从今天开始,离我们和泽恩远远的。再也别让我看见你。

"你给我滚!马上滚出我儿子的房子。听到了没有!"范少美将她和行李箱推了出去,"砰"的一声关上了大门。

杨伊致拉着行李箱,孤零零地站在小区的大门口,发现天地之大,她无处可去,也无处想去。

正在她惶惶然不知所措、不知所往之际,忽然看到了唐小甜的头像。

在外地参加学术交流会议的杨泽恩骤然与杨伊致失去联系了,急得不行了。等会议一结束,他匆匆忙忙地回到家。

然而,打开门迎接他的是母亲范少美。

杨泽恩从母亲范少美面无表情的脸上便知她洞悉了一切。

杨泽恩很冷静地问她:"妈,伊致呢?"

范少美:"她走了!"

"你把她赶走了?!"

"是。"

"这是我的房子。你有什么资格把她赶走?!"

"什么资格?!就凭我是你妈!"

"你是我妈怎么了?伊致还是我老婆呢!"

范少美气急败坏,抬手就给儿子一个耳光。啪的一声打完后,她不敢置信地看着自己热辣辣的手和儿子偏着头倔强的表情,脸色苍白地跟跄着后退了一步。

范少美:"我问你,她这只狐狸精是怎么勾引你的?"

"妈,什么勾引不勾引的?你别说得这么难听!"

"我难听!她做出这种事情不嫌难听,你嫌我说话难听。"

"妈,既然你一定要这么说的话,那我就实话跟你说吧。我才是那只狐狸精!男狐狸精!是我勾引伊致的。什么都是我主动的。她从小在你冷冰冰的对待下长大,这些年一直都活得谨小慎微战战兢兢的,做什么事情都生怕惹您不高兴。你觉得她有那个胆子敢勾引我吗?

"妈,你还有什么要问的,就索性一次性问个清楚吧。这几年,我一直想跟你和爸说。可伊致怕你们接受不了,一直不肯。我瞒你和爸也瞒得很辛苦。现在你都知道了,我也轻松了。以后再也不用瞒着你和爸了!"

"你!……"

"妈,我要跟伊致在一起。希望你和爸能接受我们!"

"我不同意。除非我死了!"

"那你就做好这辈子没媳妇、没孙子的准备吧!"

母子两人的谈话不欢而散。

范少美在广州住下来,强逼着杨泽恩参加各种相亲,摆着一副"你不找女朋友,我就决不回老家,在你这里住一辈子"的态势。

杨泽恩打杨伊致电话,杨伊致不接。发消息,杨伊致不回。

杨伊致单方面失联了。

杨泽恩一方面心急如焚地四处寻找杨伊致,一方面又要各种应付母亲范少美,还要在医院加班加点地工作以及处理咖啡店的事情,日子过得苦不堪言。

这一天,他福至心灵地想到了远在老家的唐小甜,骤然打了个激灵:伊致无处可去,肯定是去找唐小甜了。

于是，杨泽恩当即跟医院请假来到了小镇。

杨伊致不愿见杨泽恩，把他关在了屋外。

唐小甜见状，只能暂时把杨泽恩安置在了秦奶奶家里，让他住几天，再做打算。

杨泽恩对唐小甜坦承了他和伊致之间的这份感情："我从国外学成归来，看到伊致的第一眼，突然发现她长大了，漂亮得让人移不开目光。之后，我在广州上班，她来广州念大学。她从小就很乖巧懂事，长大了更是又温柔又善解人意。每个星期都会来家里帮我收拾屋子，帮我做新鲜可口的饭菜。不知不觉地……我发现我自己很喜欢她。那种喜欢，不是兄妹之情，而是男女之间的喜欢……"

唐小甜："伊致也喜欢你吗？"

"如果不是喜欢，我们能在一起这么多年吗?!"

唐小甜："杨大哥，你是不是蓄谋已久？所以伊致进大学不久后，你就出资开了家咖啡店给她……"

杨泽恩坦坦荡荡地承认了："是啊。我就是希望她每天都忙得团团转，没时间去认识别的男生，没有时间去交际联谊……"

唐小甜想起了那家咖啡店的店名——唯一。

她骤然，也是第一次明白了这个店名的真正意义。

杨泽恩和杨伊致他们两个，是彼此的唯一。

杨泽恩和杨伊致当着她们的面互相表白多年，只是她们这群姐妹一直都不知。也真是够够的！

"我们之间的问题是伊致一直不肯正视自己的心意。这次我爸生日，我们一起回到老家。我其实是做好了要跟父母摊牌的打算。但是伊致不同意。她说她不敢想象一辈子按部就班的父母要用什么样的勇气去接受这个事实。他们如果知道他们引以为傲的子女竟然做出这种事情，会不会气得身体出大问题。

"我爸在他单位是有头有脸的人。我妈又是一辈子争强好胜、处处都要胜过别人一头的人。站在他们的立场，家里头发生了这种事情，以后让他们怎么在亲戚朋友面前抬起头来做人。"

杨泽恩："在我出差期间，我妈突然来到广州，也不知怎么发现了我和伊致这件事情。我妈妈就把伊致从家里赶了出来……"

原来伊致无路可走，才会来小镇找她的。也怪不得她初来的那些天，每天都失魂落魄强颜欢笑。

杨泽恩："小甜，我对伊致是认真的。所以，请你放心，所有的一切我都会扛下。该做的事情我都会去做。

"我已经跟我母亲摊牌了。告诉她我跟伊致是认真的。我非伊致不娶。可是，我母亲不愿接受，现在的情绪很歇斯底里。

"但不管我母亲怎么样，我认定了伊致，我要和伊致认真地走下去。

"至于我父亲，他有心脏病，受不得刺激。所以我暂时还不敢贸然跟他说这件事情。我想一步一步跟他透露。"

杨伊致连见杨泽恩一面也不肯。

杨伊致："小甜，没有结果的事情就到此为止。你跟他说，让他回去吧。不然我就离开，到一个他找不到我的地方。"

杨泽恩好不容易才找到人，自然也不肯回去。

两人一直僵持着，唐小甜身处夹缝中，左右为难。

她无奈之下，只好求助于俞仁杰兄弟俩。

"你们两个向来鬼点子最多了。都快来帮忙想想办法、出出主意。"

俞仁杰："现在这两个人的症结是你闺密杨伊致想结束这段感情，而她大哥不肯。"

唐小甜托着下巴叹息："伊致对杨大哥肯定是有感情的。你别看伊致温温柔柔的，她的个性其实是外圆内方。她如果不是喜欢杨大哥，是无论如何都不会跟杨大哥在一起的。只是杨大哥的母亲不肯接受他们这段感情，伊致又怕她养父受刺激会气病，所以才不得不想要放弃……"

俞仁杰："不如我们下一剂重药，试探一下杨伊致?!"

唐小甜："怎么试探？快说，快说。"

俞仁杰朝她招了招手，唐小甜凑了过去。俞仁杰说了一个办法。

唐小甜因他的靠近，闻着他身上的清冽气息，只觉得浑身一激灵，但听到他提出的建议后，双眼蓦地闪过一抹亮光，连连点头："这个可以有！我们依计行事！"

俞子江看着凑在一起嘀嘀咕咕的两人，露出了一脸的姨母笑。

……

"什么？杨大哥出车祸了？"唐小甜接到电话，做出一番大惊失色的模样。为了能演好这个表情，她一个人对着镜子偷偷练了好多遍。

闻言，杨伊致脑中瞬间一片空白，等她反应过来的时候，她已经紧紧地拽住了唐小甜的手："我大哥怎么了？"

唐小甜按了手机免提。

杨伊致心急如焚，迭声追问："他哪里受伤了？伤得不重？现在在哪家医院？"

俞仁杰:"我现在在市第一医院的急诊室,具体也不知道怎么个情况,你们快过来……"

杨伊致拔腿便往外冲,到了大门口处,她被门槛一绊,"砰"地跌倒在地。

唐小甜忙跑过去扶起了她:"伊致,你别急。"

"我没事。快去医院。"

杨伊致浑浑噩噩跟着唐小甜上了车,浑浑噩噩地来到了医院。

医院急诊室正因为车祸送来了数个流血不止的病人,整个急诊室里一片血腥气。杨伊致心头大慌,膝盖一软,一个踉跄……

一只骨节分明的手伸到了她的面前。

分明是自己熟悉的。

杨伊致一点点地抬头,看到了全身上下完好无损的杨泽恩。她怔住了:"你……"

吊在嗓子眼的一颗心终于是稳稳地放回了原处,冰凉麻木的身体也开始渐渐恢复了知觉。

杨伊致也反应了过来:自己这是上当受骗了。

杨泽恩眼里掠过了喜悦安心等不可名状之色:"伊致,我在赌。我告诉我自己,如果你不来,我便死心了。如果你来了,我是怎么也不会松开你的手了。"

……

不远处,唐小甜看着杨泽恩紧紧拥抱杨伊致的画面,拍了拍胸口,仰天长叹:"太不容易了。大团圆结局!可算是放心了!"

下一秒,她捂住了小蘑菇头俞子江的眼睛:"不能看。这画面少儿不宜。"

"哪里不宜了。他们又没有亲亲。"

"什么?!你居然还想看亲亲啊?"

"想想都不行吗?!"

"不行!你才几岁!"

杨泽恩与杨伊致互相坦承了心意后,每天甜甜蜜蜜地在一起。连下厨做饭,杨泽恩都要陪着她,递个油壶拿个盐罐,更别说其他的了。

比如,吃饭的时候,杨泽恩夹的第一筷菜,都是给杨伊致的。

又比如杨泽恩毫不避讳地跟杨伊致分享同一碗糖水、同一支雪糕、同一块西瓜等。

唐小甜几人每时每刻都被他们塞狗粮。

唐小甜实在受不了他们的恩爱,借着"让他们去四处逛逛,感受一下江南那份不同于广州的美"的名义,把他们赶到了外头去,眼不见为净。

她把偷拍到的恩爱照片和视频发到"富婆俱乐部"的四人群里,跟周诺和李李视频吐槽:"快闹出人命了!我快被伊致和杨大哥甜齁了!我到了最近才知道,原来甜也是会甜死人的!"

李李:"说得你和你那个愚人节好像不甜一样?!"

周诺:"说得你和你那个愚人节好像不甜一样?! +1。"

唐小甜:"说了我和愚人节只是兄弟!兄弟!李李,周诺,我们剩下的三只单身狗不是应该要抱团取暖吗?!怎么能这样子互相伤害呢?!"

"对了,李李,你的小鲜肉怎么样了?!"

李李:"公司里看中小鲜肉的可不是我一个。今天下午,我们公司有个绿茶就出招了,故意撞他,把泡好的咖啡洒在小鲜肉的衬衫上,然后委委屈屈地说不好意思,替他擦衣服……还说让小鲜肉把衣服换下来,让她带回去洗……我就在边上笑吟吟地看着这一幕,觉得太有意思了……"

唐小甜佩服至极:"这个绿茶真的好会撩男人啊!"

周诺:"小鲜肉难道不知道这个装模作样的小妖精正准备要吃了他吗?!"

唐小甜:"李李,那你接下来准备怎么办?"

李李:"这个绿茶已经成功地吸引了我的注意力,燃起了我的斗志。我准备跟她一决胜负。"

周诺:"怎么决出胜负?说不定你的小鲜肉今晚就被绿茶小妖精勾引了。"

李李胸有成竹:"绝对不会。绿茶要装清纯装无辜装可怜,不会这么快进度的。绿茶接下来的每个步骤都尽在我掌握之中。"

另外两人齐齐出声:"什么步骤?"

李李:"绿茶这招呢,叫作欲擒故纵。目的呢,是勾引小鲜肉约她。如果小鲜肉接下来没有任何动作,她就会借洗好衣服要给他衣服的机会约他,或者借赔礼道歉请吃饭的借口约他。绿茶在没有绝对把握的情况下是不会贸然前进的。因为绿茶的人设一般都是清纯可爱没有心机,所以就算勾引,她也会用若有似无的手段勾引……"

唐小甜求知欲爆棚:"什么叫若有似无的手段?"

"比如说过马路的时候,绿茶会装作很害怕的样子,不经意地挽着男人的手过马路。一过了马路,绿茶又会马上放开手,装作不好意思很害羞的样子……一般来说,一个男的,只要是个直男,根本招架不住!"

唐小甜听得瞠目结舌,简直五体投地:"还有这种操作啊。

绿茶真是高手高手高高手啊！"

李李："不然怎么叫绿茶呢?!"

唐小甜长叹道："周诺，我终于知道你一直没男朋友的原因了!"

周诺："说得好像你有男朋友一样?! 哦，我懂了。你有你的愚人节嘛!"

唐小甜终于知道窦娥是怎么被冤死的："说了是兄弟! 兄弟!"

周诺："言归正传，我对李李有绝对的信心。我出 100 块，赌李李赢!"

唐小甜："我也赌李李赢! 唉! 周诺，以后就我们两条单身狗抱团取暖吧!"

周诺的手机突然收到了一条消息，她扫了一眼，道："我在出差，不聊了。我关视频了。"

……

周诺打开了房门，有人进来，脱下了西装外套，又解了领带，一颗颗地解了纽扣，径直去了浴室了。

周诺站在酒店的窗前，远眺着璀璨夜景，脑中却想着唐小甜说的"就我们两条单身狗抱团取暖吧"这句话。

她并不知道自己的情况属不属于单身狗。

有人伸手揽住了她柔软的腰肢，一把将她带入了自己的怀里。那人低下头，在她修长白皙的脖子落下一个又一个湿热的吻。

若是让李李看到那人的脸的话，必定会说："周诺，我早说过了吧。你和你上司徐劲渊有一腿!"

李李火眼金睛，一眼看出了她和顶头上司徐劲渊之间的暧昧。

大学毕业那年,周诺拒绝了父母给她安排的工作,留在广州,一心只想要靠自己。

她投了很多份简历,某一日终于收到了面试通知。

推开面试办公室的那个刹那,周诺不经意抬头,撞进了对面那个面试官黑漆漆的眼眸中。那人五官凌厉,一看就是那种工作严谨、高要求高标准的人。

徐劲渊穿了一身职场男士的通勤装——白衬衫黑西装,面无表情地与她对视了数秒。

周诺移开了视线,正襟危坐地开始回答面试官们的提问。

离开时,她下意识地又朝徐劲渊看了一眼。

徐劲渊那黑得深不见底、没有一点光亮的眼睛也正锁着她。

只一秒或者更短的时间,周诺便退出了面试房间,可在门外的她却莫名其妙地失神了起来。

她有种很奇怪的直觉:她会再见到他的。

果然,第二天周诺便接到了入职通知,人事部的同事带她参观了一圈公司后,说带着她去见她的顶头上司——徐经理。

同事敲了敲徐经理办公室的门,只听得里头一道低沉的声音道:"进来。"

推门而进,周诺看到了从文件中抬头的徐劲渊。

此后,她成为徐劲渊的手下,每天努力地跟徐劲渊学习,兢兢业业地工作,对他忠心耿耿,加班加点,全年无休。

数年下来,她成为徐劲渊的左膀右臂。

徐劲渊精明能干、雷厉风行,带领着他们部门一次又一次地赢过了别的部门。

对于周诺来说,徐劲渊就是她仰望的万丈星河。能跟徐劲渊相处的每一秒，周诺都觉得无比快乐。

某一次的庆功宴后，周诺头痛欲裂地宿醉醒来，只觉得口干舌燥，嗓子发疼。

她揉着额头，脑中一片昏沉，只记得昨晚的庆功宴上大伙开心极了，开了一瓶又一瓶的红酒和威士忌，先是一股脑地拥挤过去敬徐劲渊，而后又纷纷来敬她酒，一个个的嘴里尽是奉承话，说什么她劳苦功高，和徐经理一起带领他们再一次赢过了公司其他部门。她推脱不了，只能喝了一杯又一杯。中途，徐劲渊过来拦过众人，也给她挡了几回酒，但团队忙乎了那么久，终于拿下了甲方这个香饽饽，个个都处于放飞自我的状态，徐劲渊这个上司也根本拦不住。周诺最后被灌醉，断片了。

屋子里黑漆漆的，也不知是白天还是黑夜，周诺习惯性地伸手在床上摸自己的手机。

她摸到了一个毛茸茸的物体。

自己床上怎么会有毛茸茸的东西的？她又不养宠物。周诺惊吓之下，整个人瞬间清醒了过来，"腾"地坐起身，在自己的床上看到了一个毛茸茸的脑袋和一个不着一缕的身体。

周诺差点魂飞魄散。

是谁？团队中的哪个男同事？

这时，那人翻了个身，露出了一张熟悉的脸：是徐劲渊。

周诺大松了口气，瞬间欢喜羞涩了起来。正在不知如何是好之际，一只手捏住了她的手臂，一用力便将她拽到了床上。

周诺再次醒来的时候，徐劲渊已经不在。

餐桌上是一份徐劲渊做好的早餐，还有一张便签，上面写着他去公司上班了，叮嘱她热一下再用餐。

周诺满心欢喜地用过了早餐，赶去公司上班。

人生第一次她那么雀跃，带着怦怦的心跳急切地想见到一个人。

可她见到的是一个面色森严、一如既往、公事公办的徐劲渊。

"你迟到了。准备一下，十分钟之后开会！"

一连两个星期，徐劲渊待她并无半点不同，仿佛那夜的旖旎和清晨的早餐只是个梦而已。

可到底还是有不同的地方。

从前，在公司加班错过地铁，徐劲渊如果送她的话，会送她到楼下，彼此说声再见后，她下车，他驾车离开。

可这一日，徐劲渊的车子停下，她推门下车，他却一把捉着了她的手。周诺心头一颤，抬眼便跌入了徐劲渊晦涩黑深的目光里。

不同于这几日在办公室的冷淡严谨，他的眼里是有热烈的东西在跳跃的。

两人一前一后地进入了电梯，又一前一后地出了电梯。

又是一夕纠缠。

清晨时分，徐劲渊依旧做了早餐，和她一起用了早餐。

可他并不载她去上班，只给她叫了一辆车去公司。

周诺站在小区门口，望着徐劲渊的车子远去。

夏日的清晨，她却好似浸在冬日的冰窟窿里，全身发凉。

到了公司，依旧是公私分明的徐劲渊，依旧是上下有别的上司和下属。

可是，周诺太喜欢徐劲渊了，她根本无法拒绝徐劲渊的靠近。

两人之间似情侣，却又不是情侣。

周诺沉溺其中，无法自拔。

这日下午，唐小甜和俞仁杰、俞子江三人在建材市场采购店铺装修所需的瓷砖。

在某家瓷砖店转悠的时候，三人忽然听到了一道熟悉的声音传来："老人家用。对瓷砖唯一的要求就是防滑效果要好。"

"李天明，你不是大学生村官吗？怎么现在做村干部的还负责给村民装修啊?!"

"那老人是个五保户，我作为村干部，平时不得多关心一点吗？我来办事，这不下班了就顺路过来跟你买几块瓷砖。不多，加上备用，五块就够了。省得他老人家一个人要坐两趟公交车来建材市场购买，还要背回家……"

"天明哥……"

李天明转身，惊讶道："小甜，俞兄……你们怎么在这里？"

老板是李天明的高中同学，听了李天明的介绍，得知唐小甜的情况，爽快地说："既然大家都是自己人，我呢，也想做你们这个生意，所以我就直说了，店里面陈列的这些瓷砖，都是市面上最新最流行的款式和风格，价格再便宜也便宜不到哪里去。但我有一些库存瓷砖，跟店里的瓷砖都是同一厂家生产的，质量也是一样的好。唯一的缺点就是这些瓷砖的花纹和花色都是早几年流行的，现在都已经淘汰了。如果你们感兴趣的话，我可以带你们去仓库看看，假如你们看得中的话，我按处理价格卖给你们，比店铺里的瓷砖可便宜太多了。"

唐小甜的装修金额有限，听后不觉心动，看向了俞仁杰，咨询他的意见。

她在店铺的重装过程中十分看重俞仁杰的意见和建议，简直到了言听计从的地步，只是她自己尚未察觉。

俞仁杰点点头："流不流行无所谓的，只要适合我们的风格就 OK。潮流一直在变，只有风格是永恒的。"

几人去了仓库，看了瓷砖。

俞仁杰默不作声地绕了仓库一圈，停在了某款瓷砖前，弯腰捡起了一块，端详起了纹理和颜色。

"这个还倒是可以替代。"

唐小甜蹙眉："行吗？这个颜色跟我们想找的还是有些不同的。"

"没事。这个装修出来的效果也不会差的。"

"好。"

也不知为何，每当这种时候，俞仁杰就表现出了一种说一不二的姿态，有种无形的威严，唐小甜不知不觉就听从了他的意见，毫无异议地接受了。

老板问了他们所需的加了损耗的平方数，报了一个让人心动的价格。

李天明又帮着砍价："还可以便宜点吗？"

老板把头摇成了拨浪鼓："我都已经亏得连外婆家都不认识了。"

李天明："这么多瓷砖堆在仓库也占地方，你每年租仓库的成本也不少。就再便宜一点处理给我们吧。"

最后，老板还是给李天明这个老同学面子，又抹去了一点零头。

如此一来，唐小甜瞬间节省了一大笔钱，当即付了定金，约定了送货时间。

李天明在老板肩头捶了一拳："谢谢了，老同学。过几天请你吃饭。"

老板:"好。我在小本本上记下来了。我等着你电话啊!"

"一言为定。"

买好了瓷砖,可算是完成了装修中的一件大事了。唐小甜为了感谢李天明的帮忙,说一定他请吃顿饭。

李天明也不客气,一口应下:"好啊。那我就等小甜你请客吃饭了。"

一旁的俞仁杰淡淡出声道:"择日不如撞日。不如就今天晚上吧?!"

唐小甜对两人间的风起云涌丝毫没有认知:"好啊,那就今晚。我请客,大家想吃什么?"

俞子江掰着手指头道:"天天在家吃俞仁杰你煮的广州菜,所以粤菜就第一个不选。江浙菜本帮菜呢,第二个不选。我好想吃辣。"

说起吃辣,唐小甜顿时也馋了:"要不我们去吃麻辣火锅?怎么样?"

俞子江立刻举双手同意:"好好好。"

小弟俞子江和唐小甜都想吃,俞仁杰怎么可能有意见呢?!

李天明客随主便,也无异议。

于是,四人来到了商场的六楼吃麻辣火锅。

带位服务生将他们带到了一个四人位子的桌子。李天明坐下后,俞仁杰选择在他对面的位子入座。

两人身边俱有一个空位子,只等着唐小甜选哪边入座了。

唐小甜想着挨着俞仁杰而坐她又要"生病"了,这顿饭都吃不痛快。于是,她就想选李天明这里的。

哪承想小蘑菇头俞子江一眼看穿了她的企图，挤上去推开她，一屁股在李天明身边的空位子坐下："小甜甜，你坐我对面。"

如此一来，唐小甜就不得不挨着俞仁杰身边坐下了。

俞仁杰心情舒爽，挑了挑眉给了弟弟俞子江一个表扬：干得不错！

然而，这一顿麻辣火锅吃下来，俞仁杰却吃得很不爽。

比如：李天明涮毛肚、涮牛羊肉等食物都会把第一份给唐小甜。唐小甜都是甜甜微笑地道谢。而对他，唐小甜则表现得颇为疏离冷淡。

比如吃饭中途两人的手肘不觉一碰，她像被电到一般立刻缩回了手臂。这之后，唐小甜的身体明显地往另一边移，拉开了与他之间的距离。

又比如吃饭期间，唐小甜被辣到了，吐着舌头直呼气。他和李天明同时拿起了桌上的冰饮料，递给了唐小甜。唐小甜伸出手的方向，分明就是想去拿李天明的那一瓶。幸好，弟弟俞子江及时地递上了自己的杯子，塞给了她："小甜甜，喝我冰镇快乐肥宅水。很解辣哦。"

唐小甜这才接过，大口地喝了起来。

俞仁杰和李天明的手都停在了半空中。

俞仁杰不知道李天明是不是会不爽，反正他很不爽。他从来没有这么被人忽视过，更何况是自己在意的人。

饭后，李天明说七楼是电影院，最近有部电影上映，影评很不错，提议一起看个电影再回去。

"小甜，你想看吗？"

自打来了小镇照看爷爷后，要照看爷爷，又要学做糕点，还要忙各种装修事宜,唐小甜如一个陀螺般忙得团团转。她确实好久都没看过一场电影了,听了这个提议,不免有些心动:"好啊。"

俞仁杰不置可否,脸上什么表情也没有。

俞子江知道他已经很不爽,便识相地不说话。

于是,李天明在手机上买票。

因为电影很火爆,所以观影的人颇多。买到的四张票并不是连票,是前排两个人,后排两个人。

取票后,李天明分配道:"四个人是两排的。俞兄,那……你们兄弟坐一排,我和小甜坐一排?"

俞仁杰撩起眼皮,看了一眼正在喝奶茶的唐小甜后,移过了视线,与李天明似笑非笑地对视。

唐小甜半点没察觉其中的波涛汹涌,鼓着满满的腮帮子:"我都OK。"

她同意,俞子江可不同意。他立刻出手"护哥":"不行,不行。小甜甜,我要你陪我一起看电影、一起吃爆米花啦。"

唐小甜薅了薅他的头发:"好啊。那我们两个就把吃的全部给霸占了。"

俞子江在悄无声息中跟大哥俞仁杰完成了"记得好好谢我""记账上"的一番眼神交流。

俞仁杰和李天明两个人双手抱胸、面无表情地入座,只隔了一个扶手的距离,却仿佛隔出了天堑一般。

而前排的唐小甜与俞子江则说说笑笑,互抢爆米花。

"小甜甜,你少吃点爆米花!"

唐小甜故作恶狠狠状:"为什么我要少吃?!"

"小甜甜,你没胸照样凶啊!"

唐小甜立刻抬头挺胸："你哪只眼睛看见我没胸了？"

"我两只眼睛都看到了！"

"鱼子酱，再敢胡说八道，爷把你卖去青楼接客啊！"

"哎呀，我好怕怕啊！我让你少吃点这还不是为你好吗?！这爆米花热量太高了。俗话不是说嘛：夏天不减肥，天天徒伤悲。"

"说什么呢?！我这不是胖，是我唐小甜的美丽在膨胀！"

"是是是。大佬说什么都对。大佬请喝冰阔落（可乐）！"

"哼！看在冰阔落（可乐）的分上，大佬原谅你了！"

……

听着两人欢乐地斗嘴，后排的俞仁杰不觉露出微笑。

杨泽恩因为工作繁忙，在小镇待了一个星期后，不得不回广州上班了。

这几日来，他和杨伊致经过了很多次的长谈，杨伊致告诉他，她决定继续留在小镇。

杨伊致说："我在小镇的每一天都觉得很平静，也觉得很快乐。"

杨泽恩知道她说的是真心话，也知道她留下来的大半原因是母亲范少美。

如今母亲范少美住在家里，不肯回老家，也坚决不肯接受杨伊致。

两人只能静候她的谅解。

好在杨伊致终于跨过了最难的那一关，愿意跟他一起面对，一起走下去了。杨泽恩甘之若饴，什么都不怕了，也什么都依她。

"等我攒够了假期就来小镇。"

"好。"

"我会努力攒假期的。"

"好。"

唐小甜和俞仁杰两人确定了装修设计图稿的所有细节，找了施工队，在唐爷爷选定的吉日吉时开始动工。

与此同时，唐小甜和杨伊致开始学习拍摄剪辑视频。

她们每天拍摄一条视频并上传，固定时间点上传抖音、微信、微博、小红书等视频网站，但是没有多少人关注，也没有什么点击率。

两人并不气馁。

就算没人看，对于她们而言，也是一种记录。记录着她们在小镇的生活，记录着她们努力的点点滴滴。

她们拍摄店铺的打拆装修，拍摄跟爷爷学习制作糕点的视频，拍摄小镇上的风景和美食，拍摄稻田稻浪，拍摄农民的民居和他们家里头传统的灶头画，拍摄农民画的农民画和田歌，也拍摄农民老奶奶巧手剪出来的剪纸、纳了千层底的布鞋，拍摄翻丝绵、拍摄木匠做木工等所有她们眼里美好的人、事、物。

夏日日长，李天明下了班都会来施工工地帮忙，星期六、日这两天要是不加班的话，更是一整天待在工地，帮着忙里忙外。

俞仁杰冷眼旁观李天明里里外外地各种忙乎，每次见到他和唐小甜互动就暗暗地大吃飞醋。

他不明白唐小甜为什么回回看到李天明都是笑脸盈盈的，看到他就整个人僵硬得像根木头似的，还老是躲着他。

俞仁杰非常非常不爽！

他一日一日地忍着气，一点点地积攒着怒气，像一只充满了气的气球，随时随地都可能会炸裂开来。

赤日炎炎，长夏酷热。
秦奶奶家院子的一棵大石榴树郁郁葱葱，笼住了一方阴凉。
秦奶奶："这是我去庙里求来的护身符，保平安的。这个是给你的，这个是给小甜的。"
唐爷爷含笑接过："我以后每天都随身带着。你给自己求了没有？"
"求了。"
唐爷爷轻轻地唤了一声"银珠"。
秦奶奶声若蚊蝇地"嗯"了一声。
"银珠，我们两个的事情，找个机会告诉小甜和她爸妈吧。"
秦奶奶低下头："难为情得很。暂时还是不要说了，等过一段时间再说。"
"每次你都这样说。你丧偶多年，小甜奶奶也去世这么久了……我们都是单身，光明正大的，又没有见不得人的事情，为什么一定要藏着掖着呢?!"唐爷爷顿了顿问，"你是不是怕小甜和她爸妈知道后不同意?!"
秦奶奶不语。
"那你是怕他们知道不同意外，还怕他们让我们分开，是不是？"
秦奶奶一直低着头，不说话。
唐爷爷宽慰她："你放心。松年和小甜她妈都是孝顺讲道理的人。这些年来，松年也一直在劝我再找一个。你又贤惠又能干，里里外外的一把好手，守了那么多年的寡把女儿拉扯长大。这邻里邻居的谁不敬你秦银珠三分。松年要是知道了，高兴还来不及呢，又怎么会反对呢?！至于小甜嘛，你又不是不知道，她有多喜欢你，天天秦奶奶长秦奶奶短的……你不用担心的……"

屋外，奉唐小甜之命前来秦奶奶家借梯子的俞仁杰和俞子江被这一番极具信息量的话砸蒙了，彼此对视了一眼，面面相觑了起来：唐爷爷和秦奶奶竟然是一对！

俞仁杰不好继续偷听两个长辈讲私密话，拉着俞子江轻手轻脚地准备离开。

屋内，秦奶奶转移了话题："先不说咱们的事情了。我有件小甜的事情想要问问你。"

"什么事？"

"最近街坊邻居们一直都在问我，说住在唐家的那对姓俞的兄弟，那个大哥是不是小甜的男朋友？大伙都说那姓俞的小伙子看着跟小甜像是一对。"

居然吃到了自己的八卦，俞仁杰停下了脚步。

他和俞子江双双竖起了耳朵，想听唐爷爷的回答。

唐爷爷："俞仁杰这个男孩子真的很不错。烧得一手好菜，煲得一手好汤，还会做广式糖水……对我这个爷爷也很尊敬，我很喜欢。但我问过小甜了，小甜说他们两个人不是男女朋友，说什么只是兄弟。"

俞仁杰的眼神蓦地一沉。

秦奶奶："兄弟？！"

唐爷爷摇头叹息："时代不一样了。现在的年轻人跟我们从前不一样了。"

"你也别急。小甜这才大学毕业……"

"前些天小甜她妈跟我打电话聊了好久，说她并不是反对小甜跟我学糕点，她只是担心小甜在小镇上，找不好对象，把人生最重要的大事给耽搁了……我也觉得小甜她妈说得对，担心得也很有道理。这些年来，咱们乡镇上的孩子们考上了大学后，特别是男孩子，几乎都留在大城市发展，很少有人回来。小镇上适龄的年轻男生确实太少了……"

"这要是小甜跟姓俞的男生不是男女朋友的话，我倒是有一个很好的男生人选？"

"谁啊？"

"远在天边，近在眼前！老李家的天明啊！"秦奶奶道，"天明可是浙大毕业的高才生，现在是村里的大学生村官呢。他一边给村里办事、为老百姓服务，一边还跟着老李学农民画……天明可是我们从小看着长大的，人品性子都很不错。"

俞仁杰和弟弟俞子江四目相对，双双又吃了一大惊：想不到李天明竟然还是浙江大学毕业的！

"小甜小的时候长得白白嫩嫩的，像糯米团子似的，春节回来的时候，和天明站在一起，两人就像门画上的金童玉女。当时我们一群街坊邻居都说两个人好般配，还开玩笑说给他们定个娃娃亲呢……

"现在小甜没男朋友，天明没有女朋友，这不正好能成一对。这一来，小甜她妈也可以放心了。老李他们老夫妻俩啊，也放下了一桩心事。老李不是一直在担心天明受他父母离婚的事情影响，所以不找对象吗？！要是真能成的话，你跟老李这对老哥们就成亲家喽……"

唐爷爷激动道："你这个主意好。那我们到时候找机会帮着撮合撮合。"

"你这个傻老头子，你难道还没看出来吗？！这天明啊，最近一下班，就往小甜装修的店里跑。我看啊，他对小甜八成有意思……"

唐爷爷眼睛一眯:"你这么一说,我倒也想起来了。天明最近确实天天都往我家跑。不过,以前他也天天过来看我啊……"

秦奶奶笑:"以前也没见他一天跑三五六趟吧!"

唐爷爷拍了拍大腿,一脸恍然大悟状:"那可真没有!"

"还有……你看这两天天明他妈回来了,见着小甜是不是每次都笑得见牙不见眼的,还天天做好吃的,让天明往你家送。"

"是啊。"

"这天明他妈肯定是相中你们家小甜了,把她当毛脚媳妇了,所以让天明给小甜和你送好吃好喝的。"说到这里,秦奶奶道,"快把百合绿豆汤喝了吧。喝完,我把冰箱里冷藏着的绿豆汤给小甜他们拿去。这大热天的,也让他们这几个孩子消消暑气。今天星期天,天明休息,我保证他肯定在工地。"

"好。"

秦奶奶:"对了,我还想跟你说个事。我心里头一直觉得不对劲。"

唐爷爷:"你说。"

"鹃鹃在国外也不知道怎么了,雷诺说她一直出差。可鹃鹃这都一年多没给我打电话和视频了。"

"你不是说前几天跟你外孙们视频了?"

"可就雷诺和两个孩子。鹃鹃又出差了,没见着。"

"那鹃鹃不是经常发微信吗?!上回你生日,鹃鹃还给你发大红包了呢。"

"微信倒是隔三岔五跟我联系的,可都是用文字聊天。我说让她发一段语音我听听都不肯……"

"鹃鹃在国外工作不容易,你就别有事没事地打扰她。"

"我也没打扰她。我就是想她了,想见见她,想听听她的声音……"

"好了,别胡思乱想。咱们拿绿豆汤去工地吧。"

……

吃瓜吃到自己不说,还吃出了这么一个于己不利的大消息。俞仁杰差点呕血三升。

他拉着俞子江轻手轻脚地从秦奶奶的院子出来,折返回了施工场地。

结果,一进工地,果然就如秦奶奶说的那样:李天明已经来了,正站在唐小甜边上,跟水电工交代注意事项。

俞仁杰心里头有气,站在门口不肯进去。

说来也巧,唐小甜跟水电工沟通插座高度,一不留心被脚下的杂物一绊,摔向了地面。李天明将她一把拉住,带进了自己的怀里,避免了她和地面的亲密接触。

明知道李天明这是下意识的应急反应,两个人也并不是真的拥抱在一起,可俞仁杰看着眼前的这一幕,还是觉得似被针扎了眼睛似的,又痛又不爽。

唐小甜忙道谢,站定后抬起头来,便看到了门口的俞仁杰,他正用一种极黑深的古怪目光看着她。

只看着她一个人。

那种目光……好像她做了什么对不起他的事情一样!唐小甜被他看得心头发颤、心慌意乱。

她想起了他去借梯子一事,就开口问道:"愚人节,梯子呢?"

俞仁杰冷冰冰地丢下了"没有"两个字,转身走了。

俞子江看看茫然无知的唐小甜,又瞧瞧吃醋远去的大哥,小脸皱成了一团，苦恼极了。

用好晚饭，跟往日一样，唐小甜洗好碗，俞仁杰已经把糖水摆在了桌上。

今日份的糖水是西瓜牛奶西米露。冷藏过的西米露冰冰凉凉甜甜，一口下去，顿觉整个人清爽宜人，暑气顿消。

唐小甜喜欢得眯起了眼，捧着碗，对着俞仁杰一通赞美。

俞仁杰紧绷了一天的下颚线可算是稍稍舒展了开来。

这时，李天明急匆匆地进了院子："小甜，快，跟我去一趟土老财的店里。"

唐小甜咬着勺子，从西米露中愕然抬头："天明哥，怎么了?!"

"朱爷爷又去找阿青姐，让她离开土老财。"

唐小甜不知内情，一脸蒙圈："啊，为什么?!"

"这件事情说来话长，我一边走一边跟你说。现在朱爷爷正跟土老财在吵架呢，我一个人劝不住……"

"好吧。快走。"

俞仁杰眼睁睁地看着唐小甜头也不回地跟着李天明走了。

一碗精心制作、碗壁冒着细密水珠的西米露只喝了寥寥数口，被人遗弃在了木桌上。

俞子江起身："俞仁杰，走啊，一起去面店啊。"

俞仁杰面无表情地道："我们只是外人，怎么能插手他们的事情呢。"

俞子江看着他的目光所及之处的那碗西米露，暗道不好。他忙伸出小胳膊，取走了唐小甜喝过的西米露，说自己一碗不够，还要喝。

俞仁杰起身，一言不发地拿起那碗西米露，一把将其倒进了垃圾桶里。

俞子江知道俞仁杰这是吃醋发脾气了，也不敢再多说什么。

在去面店的路上，李天明跟唐小甜讲述了土老财朱泉和阿青姐的故事。

六年前，朱爷爷生了一场病后，身体就没从前硬朗了。朱泉便接手了朱爷爷的羊肉面店。因为生意红火，他一个人顾不过来，需要帮工，就在店门口贴了张招工的纸。离异的阿青姐见了，就前来求职。朱泉试用了三天，见她勤快又爱干净，就把她留了下来。

阿青姐很能吃苦，每天起早贪黑，勤勤恳恳，什么脏活累活都肯干。

这一干就干了几年。

朱泉做得一手好面，阿青姐则把一个老旧的店铺打理得井井有条、洁净明亮，得到了食客们一致夸赞。

朱泉得了这么一个好帮手，生意越发地红火了起来。他把一切都看在眼里，加上日复一日地与阿青姐相处，就渐渐喜欢上了勤劳能干、寡言少语的阿青姐。

"那个时候我在杭州念书，土老财天天打电话给我，跟我说喜欢阿青姐。哪怕他知道阿青姐离过婚、有个孩子，也无所谓。他对我说，他会把阿青姐的孩子当作自己的亲生孩子的。后来，他鼓起勇气向阿青姐表白。谁知阿青姐一口拒绝了他，说两个人不合适，让土老财去找一个适合他的女孩子结婚。为了怕两人接下来相处尴尬，阿青姐还跟土老财提出了辞职，准备去找别的活干。土老财为了留住她，就答应她以后再不说这种话了。两个人就以老板员工的方式相处。阿青姐这才同意。

"这之后,阿青姐又在羊肉面店做了一年多。某天,她说老家的母亲生病了,跟土老财说不做了,要回老家照顾家人。土老财很不舍,再三挽留。可是阿青姐心意已决,他也只能同意。

"本来两个人应该就这么分开了,以后或许也不会再见了。可就在阿青姐准备离开的前一天,有个顾客喝酒喝多了,在面店跟别的顾客吵了起来,打架闹事。土老财作为老板就上前劝架。谁知那人醉糊涂了,连人都认不得了,拿起碎啤酒瓶就往土老财头上砸去。在一旁的阿青姐见了,就飞扑了上去,用后背护住了土老财的头。这一来,土老财没事,碎啤酒瓶插进了阿青姐的后背,鲜血直流。土老财背着阿青姐一路跑去了医院。在阿青姐住院的时间里,土老财就关了面店,天天在医院照顾她。无论阿青姐怎么赶他,他都不肯走。"

听到这里,唐小甜道:"我想阿青姐应该也是喜欢朱大哥。不然,怎么会帮朱大哥挡啤酒瓶呢?!"

"是啊,土老财也这样觉得。所以,无论如何他都不肯放手了。可是阿青姐一直不肯接受他的感情。等伤愈后,她还是开口说要辞职回老家。土老财不明白为什么,就问阿青姐。阿青姐这才告诉土老财,说她还隐瞒了他一件事情。"

"什么事情?"

"阿青姐在老家的那个儿子智商有问题。当年阿青姐儿子的检查结果出来确认了有问题,前夫就立刻跟阿青姐提了离婚,把孩子扔给了阿青姐,别说抚养费了,连见一面也不肯,还说什么权当这个儿子已经死了。阿青姐为了能赚钱养家,只能把孩子放在老家农村的父母那里,让父母帮着照顾,自己一个人出来打工。可如今因为她母亲生病了,她父亲年迈体弱,一个人无力同时照看一老一小两个人,所以阿青姐这回不得不辞职了。"

唐小甜想起了刚来之时三个爷爷吵架之事,恍然大悟:"原来如此。怪不得朱爷爷一直反对朱大哥和阿青姐在一起!"

"是啊。土老财是朱家三代单传,唯一的独苗。朱爷爷怎么也不肯同意。还放出话说土老财要是敢跟阿青姐结婚,他就去跳河自尽。可土老财真心喜欢阿青姐,也不肯放弃。他也向阿青姐问清了孩子为什么会如此的原因,再三跟朱爷爷解释,说阿青姐的孩子智商有问题是因为阿青姐怀孕的时候在不知情的情况下吃了药,不是遗传的问题。可朱爷爷不信他的话,也不肯冒这个风险。阿青姐劝土老财不要伤老人的心。她曾经不辞而别,偷偷地回老家,还换了手机号码,不让土老财联系到她。可土老财不肯放弃,就去她老家找她,把她和孩子接到了小镇,两个人一起照顾这个孩子。

"这两年来,土老财和朱爷爷就这么僵持着。平日里还好,可但凡说起结婚的事情,两人就会闹僵。这回闹起来,也是因为朱泉又说起了要跟阿青姐结婚……"

说话间,两人来到面店,大老远就听到朱爷爷的怒吼声:"反正我不同意。你要爷爷还是要这个女人?"

"爷爷,就算你不同意,我这回也是要结婚的。"

"反正我怎么也不会同意的。你要是娶了这个女人,你就别回我们朱家。"

"爷爷,阿青怀孕了……"

"怀孕?"朱爷爷一愣,而后怒道,"我就知道这个女人不是个好东西。现在连奉子成婚这一招也用上了。朱泉,我跟你说清楚:就算她怀孕了也不许结婚!那孩子要是跟她前面那个孩子一样不好……你怎么办?爷爷我是为了你好!万一那孩子有什么……我们老朱家就绝后了。我朱富贵绝不能眼睁睁地看着我老朱家绝后啊！你让她把孩子打掉，给她一笔钱，让她走。"

朱泉也怒了："爷爷，你说的什么话呢?！你不能打着为好我的招牌，一定要让我听你的话。我这么大了，我知道我在做什么！你要是不同意我和阿青结婚，那我就只能带着阿青离开小镇了。"

朱爷爷气得吹胡子瞪眼："你……"

李天明和唐小甜两人忙上前劝架。

李天明："朱泉，朱爷爷把你拉扯大，容易吗?！你就这么跟朱爷爷置气，说这些混账话?！"

"我……"

"我什么我！你先给朱爷爷道歉！"

……

当天晚上，唐小甜把阿青姐带回了唐家，让她暂住下来。

最后，是唐爷爷和李爷爷出面开导朱爷爷。

唐爷爷："这阿青从老家来我们小镇打工也六年了。这些年来，她这个人的人品性子怎么样，我们这些街坊邻居都看在眼里。阿青勤劳能干，在朱泉的面店里忙里忙外，一个人干的活能顶三个。"

李爷爷："可不是。阿青这么贤惠能干，里里外外的一把好手，可是打着灯笼也难找啊。"

"是！她是比朱泉大几岁，还有个不大好的儿子……可是，朱富贵……有道是儿大不由娘，你们家朱泉他都三十多岁了，自己可以做主，也可以自己负责了。他是成年人，一定要跟阿青结婚的话，只要拿着户口本和身份证去一趟民政局就好了。你能拿他们怎么办?！他们一直没这么做，还不是因为尊重你这个老头子，想得到你这个老头子的祝福。"

"朱泉再三说了，阿青现在的这个孩子智商有问题，不是遗传导致的，是她当年在怀孕的时候，不懂医学知识，生病的时候自己吃了一颗家里备着的药，才导致的。阿青家里头从来没有这样的孩子。还说你不信的话，可以去阿青老家的村里打听。传宗接代的事情这么重大，你们家朱泉是我看着长大的，我相信你们朱泉绝对不会在这么大的事情上跟你这个爷爷说谎的。"

李爷爷也道："我也相信朱泉说的话。老朱，要是你实在是不信，我这几天陪你坐高铁去一趟阿青的老家，好好去打听打听。这到底怎么个情况？打听一下就知道了。"

"可不是！如今阿青肚子里怀着你老朱家的孩子。那可是你的曾孙啊。你真能狠下心啊！"

"是啊。那可是活生生的一条命啊！朱富贵，你可真得好好想一想。"

朱爷爷长叹了一声，不说话。

但从小与他一起长大的唐爷爷和李爷爷听到他的这声叹息，便知道朱富贵已经被他们说动了，这是妥协了。

这一头的朱泉和阿青姐以大团圆结局，可另一头的俞仁杰一连数日都是一副生人熟人都勿近之态。

连做菜的水平和菜色的丰富程度也直线下降。饭后的糖水更是没有了。幸亏有李天明母亲送来的美食，唐家小院的众人才没到食不下咽的地步。

饶是粗线条如唐小甜都察觉到了俞仁杰的异样。

这日，她见四下无人，就偷偷问俞子江："你大哥这两天怎么了？脸比家里的锅底还黑。是不是有人欠他钱不肯还？"

俞子江:"小甜甜,你不知道为什么吗?!"

唐小甜莫名其妙:"我不知道啊!而且……为什么我应该知道啊?你才是他亲兄弟啊。"

俞子江对唐小甜的后知后觉实在是无语了,可他又不能挑明,只能一边唉声叹气一边直摇头。

他意味深长地看了唐小甜一眼:"你再好好想想。"

唐小甜第一反应是:"我可没欠他钱啊!"

"继续想!"

"真没欠啊!"

俞子江顿觉大哥的追妻之路漫漫其修远兮!

正说话间,李天明提了一串葡萄走进了唐家小院,说他们家有些葡萄熟了,喊他们去摘葡萄。

"小甜,你们尝尝。这葡萄我可是出钱请了我们村里种植葡萄的专业技术人员嫁接过,可甜了。"

唐小甜摘了一颗葡萄随手一擦就投喂给了俞子江,自己也吃了一颗,果然汁水丰富、清甜爽口。

"小甜,你还记不记得,你小时候有一年唐叔生病住院开刀,张阿姨一边工作,一边要照顾唐叔的身体,实在忙不过来了,就把你送回了老家,在唐爷爷这里住了一年多。那年夏天,你来我家玩,我偷偷地搬了凳子带你爬上去摘葡萄,结果你从凳子上摔了下来,磕破了头……

"我记得你当时是磕破了,还流血了,留疤了没有?"

"我没注意。估计是被头发遮住了,看不到。"

"那一回,我被爷爷奶奶打了一顿,还罚站了一天,说还好小甜没事,不然把我赔给你们也不够……"

那时候的唐小甜还在念幼儿园,她记得回老家跟爷爷一起住的事情，但有关某件事情的具体细节则是已经记不起来了。但听李天明这么说起，她隐约有点模模糊糊的印象，好像确实有这么一件事情。

"快跟我去摘葡萄。你现在这么大了，应该不会再摔跤了。你好好体验一下自己采摘的乐趣。而且采摘里头有一个玄学：就是自己摘的东西吃起来会更甜。"

"好啊。"唐小甜转头喊俞子江，"鱼子酱，走，摘葡萄去！"

俞子江站在一旁，听着李天明讲两人青梅竹马的事情，听得直皱眉头。他没办法拦着唐小甜不去，只好道："我上楼去喊俞仁杰一起去。"

"去吧。"

俞子江进了二楼卧室："俞仁杰，走，去李大哥家摘葡萄。"

一直默默关注着楼下动静的某人板着脸："不去。"

俞子江拽着俞仁杰的衣服下摆，想拖着他去李家。

俞仁杰死活不肯去。

俞子江悄声道："俞仁杰，你好笨哦。怎么能让小甜甜和别的男人单独相处呢?！你这不是给对手创造机会吗?！这可是情场大忌啊。"

俞仁杰心头一动，但脚步还是岿然不动。

"好吧。你不去，我去。我帮你看着小甜甜。"说罢，"捉急万分"的俞子江便一溜烟地跑了，把某人一个人留在了屋子里。

"小甜甜，等等我。"看着前面肩并肩一起走的唐小甜和李天明，俞子江一边喊一边挤到了两人中间。

某人静下来想了想，觉得弟弟的话很有道理，于是磨磨蹭蹭地出了门。

李家的小院里头，绿叶覆盖的葡萄架占据了整个小院四分之一的地方，玛瑙一般晶莹剔透的葡萄一串一串沉甸甸地垂着，与碧绿的葡萄叶交相辉映，诱人心扉。

"这串熟了……"唐小甜拿着花枝剪刀，兴奋地对着果茎"咔嚓"一下，便剪下了一大串葡萄。

李天明递上了竹篮子："放篮子里头！"

李母取出冰镇过的西瓜，切成小块状，用牙签插着，端到了小院绿荫遮蔽角落的木桌上，热情万分地招呼："小甜，摘好葡萄就来吃西瓜……阿姨还做了冰粉，这红糖也是阿姨自己熬的，冰冰凉凉的，可解暑了……"

"好嘞。谢谢阿姨。我们摘好就过去吃。"

……

"小甜，这串也熟了。"

"好。我来剪。"

结果，唐小甜和李天明同时转头，撞到了一起。因为身高差，唐小甜的嘴巴撞到了李天明的下巴……两个人的姿势简直就犹如亲吻。

好巧不巧地这一幅"亲密画面"又落进了刚跨进李家大门的某人眼里。

这几天来，某人本就已经大喝飞醋了，此刻见了这情形，又看了一眼眉开眼笑、喜不自禁的李母，冷哼一声，头一拧就回了唐家小院。

李家院子里的四个人背对着大门，都不知道俞仁杰曾经出现过。

等俞子江和唐小甜摘满一篮子葡萄回去的时候，某人正在房间里收拾行李，见了俞子江，便说："你回来了正好。快把你的东西收拾一下,我们回广州了。"

"好好的为什么回广州?!我才不回呢。这里多好玩呀!"说完,俞子江便顿悟了,"哦,我知道了。俞仁杰,你又吃醋了!你刚刚是不是去了李大哥家的院子?"

被亲弟识破的俞仁杰有些奓毛:"说什么呢?!我吃醋!我俞仁杰会吃醋?!我堂堂天才设计师 Thomas 谭会为了唐小甜吃醋?!"

俞子江从小到大都是被姨妈表哥等所有人捧在手心里的宝,从来只有别人惯他,可没有他惯着别人的份。他一点也不怕大哥俞仁杰,朝他做了个鬼脸:"俞仁杰,明人不放暗屁啊!你吃醋了就是吃醋了!"

俞仁杰被戳中了痛处,磨着牙道:"我哪里吃醋了?!"

"我两只眼睛看得很清楚。你不只吃醋,你已经到了喝醋的地步了。"说到这里,俞子江道,"俞仁杰,这也不能怪小甜甜啊。你又没跟她说你喜欢她,她又怎么会知道呢?!"

俞仁杰恼羞成怒,原地炸了:"谁说我喜欢她了?!我哪里喜欢她了?!你哪只眼睛看到我喜欢她了?!"

俞子江一脸嫌弃地道:"你就嘴硬去吧,我不跟你聊了。就跟你说最后两句:嘴硬的话,小甜甜就被人追走了啊。你以后没老婆,就等着孤独终老吧!"

"谁嘴硬了!还有,我堂堂天才设计师 Thomas 谭会孤独终老?!"

俞子江掰着手指数落他:"俞仁杰,你又龟毛又挑剔又难伺候不说,脾气还又臭又硬,还高冷傲气……缺点毛病一大堆!除了我这个亲弟弟和小甜甜这种心大的,谁能受得了你哦!"

俞仁杰泄愤一般"砰"的一声合上箱子,喝道:"俞子江,你到底走不走?!"

俞子江觉得大哥比自己这个小孩还小孩。于是,他语重心长地劝:"俞仁杰,你可要想清楚啊。我们要是走了,那可真就把小甜甜拱手让给对手了啊?你以后可别后悔啊!这世上可是没有后悔药的啊!"

他劝了好久,见俞仁杰依旧没反应:"要走你走。反正我不走!"

俞仁杰拉着行李箱往外走:"你真不走?"

"不走。我一走,你就没老婆,我就没大嫂了。我跟你说过,我就喜欢小甜甜,就想让她做我大嫂。别人我都不喜欢,我都不要。"

俞仁杰简直气急败坏:"好。你不走,我走!"

唐小甜正在院子里用凉井水洗葡萄,看见俞仁杰提着行李箱下楼,不觉愣住了:"俞仁杰,你要回广州吗?"

俞仁杰深深地看了她一眼。

这一眼又是古怪到了极点,仿佛是又气又怒,好像她又做了什么对不起他的事情一样,令唐小甜心尖发颤,以至于她后面的话都忘记问了。

就这么一错愣,俞仁杰直接越过她走了。

俞子江一把拉着唐小甜:"小甜甜,你快跟我大哥说,让他别回广州。"

俞仁杰要走,不是应该提前告诉她一声的吗?可是俞仁杰没有。说明她这个兄弟在他心里一点也不重要嘛!唐小甜心里有些莫名的委屈难过。

"你大哥肯定有事才回去的。我说了也没用啊。"

大哥不肯说破,他这个做弟弟的又能怎么办呢?!俞子江不再多说什么,追了上去。

到了车子旁,俞仁杰又重复地问了一遍。俞子江还是不肯走。

俞仁杰啪的一声重重地摔上车门:"好,那我回去了。你就一个人在这里待着吧!"

俞子江扒着车窗,小声道:"俞仁杰,你放心。我会帮着看着小甜甜的。绝对不会让人把她追走的!"

唐小甜抱着一大碗的葡萄站在院子里,听着门外俞仁杰车子发动离去的声音。

酷暑时节,太阳似火炉,把每一处都烤得火烧火燎的,在外头多站一分钟都让人汗如雨下。

可唐小甜心里头却产生了一种从未有过的凉飕飕空落落的感觉。

又失落又沮丧又难过。

可为什么会这样?!唐小甜自己也说不出个所以然来。

反正怎么怎么都不对劲,哪里哪里都不对头。

第十二章　生病

唐小甜也不知怎的突然生病了。

迷迷糊糊中听到有人在唤她:"唐小甜,起来吃药。"

有声音像蚊子"嗡嗡嗡"似的在耳边徘徊,烦死人了。唐小甜不耐烦地抬手赶了赶。但是那道声音依旧在:"吃了药再睡。"

头昏脑热的昏沉中,她骤然间打了一个激灵:是俞仁杰。

唐小甜不敢置信,挣扎着掀开了千斤重的眼皮。果然看见俞仁杰站在眼前。

唐小甜以为自己产生了幻觉。她眨了眨眼睛,仔细看,发现不是她病糊涂了,也不是做梦。

真的是活生生的俞仁杰!

唐小甜虚弱地朝他笑了笑:"愚人节,你回来了啊。"

俞仁杰"嗯"了一声:"我回来了。"

两个星期前,俞仁杰赌气开车回到广州。

因为心口窝着一口气,看什么都不顺眼,做什么都不顺利。

在唐家小院的每一天都热热闹闹的,充满了烟火味。哪怕是听着弟弟俞子江和唐小甜胡搅蛮缠地斗嘴,哪怕是几人围在一起简简单单地吃顿饭,都叫他觉得温馨有趣。这是父母车祸去世后,他除了在姨妈家外,从未感受过的家的温暖。

回到广州的家后,他一个人在空荡荡的房子里,根本没有任何做饭做菜的兴致,能活下来,全靠广州城各大饭店菜馆的外卖救济。

他每一天都过得浑浑噩噩的,凄凄惨惨戚戚。

最重要的是在小镇上涌出的灵感又枯竭了,若不是资料袋里那一沓手绘礼服的草图,他几乎会认为小镇上那个每天都有新设计稿的自己是在做梦。

助理宋远每天过来都是战战兢兢,能躲多远就躲多远,生怕被他的低气压波及,惨遭池鱼之殃。

T.T.集团明年中西式婚纱的设计稿要开选款会了,要定下明年的各种款式。一旦定下来,生产部就要购买各种面辅料,进入成品生产,最后推向市场。

结果集团所有设计部门递交上来的每个设计稿都被俞仁杰给一票否决了。

搞得T.T.的现任老板谭卫聪火冒三丈,亲自上门讨要说法,被俞仁杰怼了回去:"没一个设计稿能入眼的。"

谭卫聪:"那你倒是修改啊?!"

"不想改!"

"那你想怎么样?!"

"不想怎么样!你别来烦我就行!"

"你以为我想来烦你吗?问题是设计稿不出来,怎么打版制作样衣,怎么开选品会?!"

"反正我不想改!你要怎么改就怎么改!"

……

谭卫聪见他每句话都像吃了火药一样冲,大为不解:这家伙不是在风景优美治愈的江南小镇休息了这么久,怎么会火气这么大？不合情理啊！

谭卫聪转头就询问了俞仁杰的助理宋远，得知小弟弟俞子江还留在小镇没回来这件事情后，更觉得不对头了！

他立刻打电话给小弟弟俞子江，方得知了一个大概。

他在电话里就给俞子江出了主意："江江，你就这么办……"

俞子江将信将疑："表哥，这能行吗？"

"放心！你听表哥的，绝对错不了！"

之后的每一天，俞仁杰都在微信里被弟弟俞子江狂轰滥炸。

俞子江并不喊他回小镇，只是单方面一个劲地发各种信息、图片和视频给他。

今天说唐小甜一个人去建材市场各种采买，还搬东西回来，把脚给扭伤了，并附上一张贴了膏药的脚腕高清图。明天说唐小甜一个人与不同的施工人员沟通，施工的工地又老是出现各种各样的问题，解决一个又冒出来一个。后天又说唐小甜每天要拍视频，还要剪辑上传，忙得经常后半夜才睡觉，辛苦得吃不下饭，人也一下子消瘦了很多，等等。大后天又发了一个唐小甜学做糕点，李天明在一旁围着帮忙和试吃的视频。

俞仁杰关在家里"自我折磨"和被弟弟俞子江的各种信息"折磨"，本就已经熬不住了，这天在收到弟弟俞子江发来的说唐小甜累病了的消息后，他心里憋着的那口郁闷窝火之气便骤然消散了，一种疯狂想见到唐小甜的冲动再也压抑不住了。

他当即决定回小镇。

而俞仁杰这一头拎着行李箱搭电梯下楼，谭卫聪的手机就立刻收到了助理宋远发来的一张俞仁杰拖行李箱的背影照片。

谭卫聪嘴角微勾，露出了一个又狡猾又得意扬扬的笑容："小样儿！我还治不了你！"

他给俞仁杰发了条消息:"休假归休假,但设计稿还是要给我改出来的!"

数秒后,他的微信"噌噌噌""噌噌噌"不停地收到俞仁杰发过来的设计图。

他打开其中一张,忽地一愣,不敢置信地睁大了眼,快速地打开了第二张、第三张、第四张图……最后一张图。

俞仁杰突破了自己的瓶颈期,设计出了更叫人眼前一亮的礼服。

那个闪耀国际婚纱礼服界的Thomas谭回来了!!

谭卫聪激动万分,立刻拨打了俞仁杰的电话:"你这个臭小子,你什么时候设计的这些稿子?!也不吭一声?!"

"设计了就设计了,你这么激动干吗?!"

"什么叫设计了就设计了?!你不知道我这两年来为你操碎了多少心!"

"老板,你确定不是为了你的身家操心吗?!再说了,我是一个为你打工、为你赚钱的打工仔,你为我操点心也应该啊。我正在开车,安全第一,空了再聊。"

"臭小子,T.T.你没份的吗……"

手机里传来了"嘟嘟嘟"的忙音。这臭小子挂了他电话!谭卫聪愕然地看着掌心里头的手机。

好吧!他大人有大量,宰相肚里能撑船。看在这么多张惊艳的设计稿的分上,决定原谅他这一次!

……

俞仁杰把水杯递到她面前:"快吃药。"

唐小甜瞅着他掌心里头的好几颗药丸,欲哭无泪:"愚人节,能不吃药吗?"

"不能。"

"愚人节,我最讨厌吃药了!"

"不能!"

唐小甜仰着头,眨着小鹿似的大眼,委委屈屈又可怜巴巴地看着他:"愚人节,我真的最最最讨厌吃药了……"

俞仁杰:"还是不能!快吃!"

唐小甜呜咽了一声,认命似的低下头,凑到俞仁杰掌心里头吃药。

湿湿热热的舌头舔过掌心,俞仁杰触电般地抖动了一下,呼吸陡然凌乱了,另一只手不觉捏握成拳……

唐小甜半点不知,就着他递过来的杯子喝了一口水,想要把药丸吞下。结果水喝得太大口了,吞咽不完,沿着嘴角滚落了下来。

俞仁杰用大拇指轻柔地擦掉了她嘴角的水渍。

手指下的肌肤细腻软滑,似最上等的玉石,叫人一碰触到了就不舍得离开。俞仁杰口干舌燥了起来,脑中涌起了各种念头,比如他想去抚摸一下那近在咫尺的粉嫩双唇……甚至更进一步,去亲一下她……

但俞仁杰硬生生地控制住了自己。

他知道时机还未成熟,要一步一步地来,在确定唐小甜心意之前,不能把可爱的她给吓跑了。不然的话,老婆就没有了,他就要孤独终老了。

唐小甜吃了一颗药、再一颗药……湿湿热热的舌头一遍遍触碰某人的掌心,酥酥麻麻的感觉,一遍又一遍。

俞仁杰咬着牙,忍了又忍,忍了再忍,在他快忍不住的时候,唐小甜终于吃完了最后一颗药丸。

俞仁杰大松一口气的同时，又觉得很失落。

唐小甜皱着整张脸："愚人节，我终于知道什么是粒粒皆辛苦了！"

俞仁杰："不吃药怎么好起来。快睡吧。病好了就不用吃药了。"

唐小甜第一次听到俞仁杰的声音那么轻那么软那么温柔。

"愚人节，你广州的事情都处理好了吗？"

"处理好了。"

"你这次回来是要把鱼子酱带回广州吗？"也不知为什么，唐小甜好怕她一觉醒来，俞仁杰又回广州去了。

"不是。"

"那你怎么回来了？"

"快睡觉。"俞仁杰的声音似乎更低更温柔了。

"那你这次什么时候走？"

"我暂时不走了。快休息吧。"

"暂时是多久？一个月？"

"比一个月还要久。"

"两个月吗？"

"比两个月更久，会很久。等你睡醒了，我就告诉你，好不好？快睡。"

听到"会很久"这三个字，唐小甜心头悬着的某物终于稳稳地落了下来。她瞬间觉得好困，闭上眼睛后便沉沉地入睡了。

俞仁杰轻轻地关上房门，对弟弟俞子江说："你帮我好好看着她。我去趟菜市场，买点骨头。"

俞子江："俞仁杰，你这是要给小甜甜熬咸骨粥吗？"

"嗯。咸骨粥可以降火。以前我们生病的时候，姨妈经常给我们熬咸骨粥喝。"

"快去快回哦。"

"好。"

出门前，俞仁杰把大米加盐和芝麻油浸泡了起来，又把这回从广州带来的煲汤材料里头找出了大颗干贝，放入碗里用热开水泡发，为熬粥做准备。时间太赶了，也只能尽量地泡发。

他骑着自行车，飞快地骑过石板路，去了菜市场方老板的猪肉摊，买了猪骨头。

到家后，他把猪骨头洗净，放盐腌制。将浸泡后的大米和干贝放进砂锅熬煮，待粥煮沸后，将猪骨头焯水，放入粥内不断搅拌熬制，又加入姜丝提鲜去腥。

很快地，一阵阵的诱人粥香便扑面而来。

看着火候差不多了，俞仁杰关了灶火，将粥盛出锅。最后，在碗里又撒了一把葱花。

他端着托盘从厨房出来，正好与外头进来的李天明在小院里狭路相逢了。

李天明惊讶不已："俞兄，你什么时候回来的？"

俞仁杰看了一眼腕表显示的时间："两个小时三十一分钟前。"

他扫了一眼李天明手上的保温壶："李兄，我熬了咸骨粥，你的饭菜就不用了。小甜她这几天要吃得清淡一点。"

李天明一语双关地道："不如让小甜自己选。说不定她更喜欢我奶奶做的小馄饨呢？毕竟唐叔叔和唐阿姨家里的饮食习惯一直保留着我们嘉兴的口味。"

俞仁杰接受挑战："好。让她自己选。"

俞仁杰霸道地将自己堵在唐小甜的门口，轻轻地敲了敲门："唐小甜，起来喝粥。我熬了咸骨粥。最适合生病时候喝了。"

里面没有回应。

李天明扬了扬声音："小甜，吃饭了。我给你买了你最喜欢的小馄饨。"

里面还是没有声音。

这些天来，唐小甜忙里忙外的，实在是太累了，她一直强撑着。所以这次生病，一连病了数天，吃药挂点滴也没什么效果。

她刚刚见到了俞仁杰，又听到他亲口说的很久才回去的话，整个人也不知为何便放松了下来，很快便进入了深睡眠。

所以，此时此刻，她在屋子里头睡得正酣。

等了好一会儿，没听见任何动静，俞仁杰向李天明下巴一努，使了一个"走吧，别影响唐小甜休息"的眼色。

李天明会意。

两人下楼，来到了小院。

小蘑菇头俞子江从二楼的阳台望下去，看到端着托盘的大哥俞仁杰和提着保温壶的李天明，面对面站着，仿若两军对峙，正等待着一决胜负。

"兄弟登山，各自努力。"

"好。"

话音落下，两人各自转身，一人去了厨房，一人出了唐家的大门。

唐小甜一觉醒来，已是夕阳逶迤时分了。

她睡足了一下午，出了一身汗后热度退了，整个人觉得舒服了许多。

她在床上翻了个身，伸了个懒腰，蓦地想起了俞仁杰。

俞仁杰是真的回来了？还是自己烧迷糊了，产生了幻觉?!

唐小甜掀开了薄被，趿着拖鞋，"啪嗒啪嗒"地下楼。

正在下棋的唐爷爷听见动静，欣喜不已地抬头："小甜，你醒了啊？还有热度吗？"

背对着楼梯方向而坐的某人，慢悠悠地转过了身来，露出了五官优越的一张脸。

不是俞仁杰是谁?!

唐小甜怔在了原地。

俞仁杰上前，伸手触碰了她的额头："嗯，退烧了。"

他的手心温热，唐小甜觉得脸热热的、头晕晕的，自己好像又开始发烧了起来。

"要不要喝粥？"

"什么粥？"

"咸骨粥。"

闻言，唐小甜的肚子便应景地发出饥饿的"咕咕"之声。

她连连点头："要要要。好久没喝了。"

鲜美浓郁，入口绵密丝滑，喝一口，肠胃里就暖熏舒服了起来。

广州的街头巷尾都是粥店，以前喝惯了，也觉得不过如此。可如今生病的时候，喝上一口俞仁杰亲手为她熬的咸骨粥，唐小甜只觉得心里盈满了融融暖意："真好喝。愚人节，你真的做什么都一级棒哦！"

就这么一句话，俞仁杰便觉得什么疲累都消散了，什么都值得了。

唐小甜又埋头喝了起来，过了一会儿，说："愚人节，我明天想喝生滚牛肉粥。"

"好。"

"还想喝生滚鱼片粥、皮蛋瘦肉粥……"

"好。你想吃什么都做给你吃。"

唐爷爷将一切都看在了眼里,一脸慈祥满足的笑容,心里却默默腹诽:这年头的兄弟都这么温柔体贴,这么会照顾人的吗?!真当爷爷我是老古董,没见过世面吗?!就算是没见过世面,爷爷我也年轻过啊!

每个星期一、三、六的下午,唐小甜都固定跟着爷爷学习制作传统糕点,想要在保留原来糕点的同时,推出改良后的糕点品种。

因为店铺开张的时候是盛夏,所以除了常规糕点如绿豆糕和橘红糕等外,还要推出夏季限定系列糕点。

唐小甜和俞仁杰两人集思广益,想了很多创意,想要改进糕点的造型。

在此期间,唐小甜通过俞仁杰的介绍,加了俞仁杰那个"设计师朋友"——Will 的微信。三个人经常在一个微信群里讨论店铺的装修以及每种糕点的造型和外包装、堂食糕点的匣子和点心匣子的礼盒的设计等事情。

不过因为 Will 住在国外有时差的关系,都以留言形式回复唐小甜的问题或者给出建议。

唐小甜还给糕点的造型画了多张设计稿,并在俞仁杰"设计师朋友"Will 的建议下做了一些修改,最终确定了每个糕点的造型,请木工爷爷打造了相应的模具。

这一日,木工爷爷打造好了橘红糕、青梅酥的模具,就先送过来。

唐小甜尝试着做爷爷教她的橘红糕和青梅酥。

橘红糕整个造型是她和俞仁杰构思的，不同于爷爷做了几十年的橘红糕，她改良后的橘红糕是粉色小玫瑰花的造型。

一朵又一朵粉粉嫩嫩的小玫瑰在唐小甜的手中盛放开来。

小蘑菇头俞子江看着就眼馋了："哇，真好看。小甜甜，来，给我尝一块。"

唐小甜投喂给他。

小蘑菇头俞子江品尝后，给出的评价是："QQ弹弹，吃起来有点像QQ糖，好吃。"

唐小甜顺手也投喂了俞仁杰一颗："怎么样？"

俞仁杰闭着眼感受了一番："口感细腻，糯而不黏，甜而不腻，还有玫瑰花和金橘的香味。确实像糕点版本的QQ糖。"

青梅酥一做出来的效果也一样惊艳。

有关茶饮方面，他们找到了一家研制茶饮方面的工作室，选择与糕点配套的茶。

半个月前，对方根据他们的要求寄了七款特制的茶饮过来，分别是白桃白茶、茉莉清茶、青梅绿茶、秋日乌龙、柚香普洱、津味大红柑、小青柑。

唐家小院的众人品尝过后，都觉得这几款茶都各有各的口感、各有各的特色，一时间难以取舍。

俞仁杰说既然选择困难，那就都留在菜单上，让顾客选吧。

最后，就这么愉快地决定了。

此时，唐小甜这边的橘红糕和青梅酥一出炉，俞仁杰冲泡了一壶青梅绿茶和小青柑端了上来。

秦奶奶看了白瓷碟里的粉色小玫瑰，简直不敢相信自己的眼睛："这么好看的小玫瑰是橘红糕?!"

"秦奶奶，你尝一块就知道是不是了。"

秦奶奶拿起了一块，仔细地一再端详后，方才送进了嘴里，而后连连点头："确实是橘红糕那味，但我吃着觉得比原先你爷爷做的橘红糕更弹牙……"

唐小甜笑嘻嘻："秦奶奶可真厉害。我稍微地改良了一下。"

"小甜，你比你爷爷可厉害多了！他啊，做这个糕点一辈子了，就没想过要改良，要做好看一点的外形。"

唐爷爷丝毫不以为意，还自豪得很："这就叫作青出于蓝而胜于蓝，一代胜过一代嘛。小甜胜过我，我这个老头子可开心了。"

青梅酥的造型顾名思义，就是朴实无华的青梅果子造型，和青梅果一样小小巧巧的一颗，搁在白瓷碟里头，仿佛夏日里的一抹绿色凉风，轻盈清爽。

青梅酥搭配了青梅绿茶，只觉果茶与茶香交织融合，酸甜可口，解腻爽口。

众人纷纷赞不绝口。

秦奶奶都忍不住一再夸赞道："这个青梅酥明明很普通，可搁在白瓷碟里面就觉得很美很高档，青梅绿茶的这个白瓷茶具好精致。我也不知道怎么形容，反正啊，比在电视电影里那些个都好看。"

唐小甜心里总是有些忐忑不安："秦奶奶，你说顾客们会喜欢吗？"

"肯定喜欢。"

小蘑菇头俞子江给她各种打气："对啊。要是连这么好看好吃的糕点他们都不喜欢，他们还喜欢什么呢？！喜欢喜之郎吗？！"

唐小甜听后觉得信心大增。

店铺的装修也在有条不紊地进行着。

根据此前的设计，两人把店铺里的旧门板、旧木板交给了木工爷爷定做落地玻璃的田字格木框架。

在 Will 的帮助和提点下，唐小甜和俞仁杰一起设计打造了有质感的门头和门面，也时常带着杨伊致和小蘑菇头俞子江一起开车出去采购，用心添置了店铺里每一件有品质的物件。

唐小甜每周要跟爷爷学习制作糕点，还每天和杨伊致拍摄视频，以及构思糕点的新造型，真正是忙得不可开交。

唐小甜也在预算范围内把居住的二层楼稍稍整改了一番，比如把里头外头的墙一起刷白了，把屋内的软装如窗帘等重新换了，又让木工爷爷打造了数件 Will 帮忙设计的小家具等。

这一番小小的改造下来，整个唐家小院便呈现出了不同于以往的一种天然质朴大气的风格，让爷爷和杨伊致等人惊叹不已。

杨伊致对这种风格喜欢极了，赞不绝口："就小小地改动了几个地方，也没花什么钱，怎么这么好看呢？我感觉比很多专业装修公司都棒多了。小甜，要不你和俞仁杰两个组建一个设计装潢团队算了？"

被人夸总是开心的。唐小甜也不例外，每每笑得眼睛弯弯的，似一枚月牙："好啊好啊。到时候你请我们装修哦。"

一日又一日，店铺已经初具成形了。

这天中午时分，唐小甜捂着受伤流血的手臂从前头装修的工地回来："愚人节，我把手臂磕破了，你给我擦点碘伏……"

俞仁杰忙不迭地从热火朝天的厨房里跑了出来，一把捉住了她的手仔细地查看，见她雪白的手臂上触目惊心的蜿蜒血迹，顿时眉头大皱，又恼火又心疼不已："你是在哪里磕的？有碰到金属之类的东西吗？"

俞仁杰恼火的是自己没看好她。他因为要做一家老小中午的饭菜，所以才提前从工地回来。可这不过短短半个小时没看住唐小甜，就把自己弄成了这样子。

"就是刚刚在工地磕到了金属架子上。不然也不会破皮流血啊……"

俞仁杰把她两条手臂翻来覆去地看了又看，看了再看，确定除了这个地方外，别的地方只有小擦伤："膝盖呢？受伤了吗？"

"膝盖没事。"

"我看看。"

俞仁杰蹲下来，卷起了她的裤管确认没有受伤后，便急匆匆地起身去厨房关了火。他一边解着身上的牛仔围裙，一边拉起她就往外走："走，去医院。"

唐小甜："这点小伤去医院干吗？擦点碘伏消消毒，结痂了就好。"

"磕到了金属之类的就必须打破伤风针。"

"没事的，不用打针！"

"你怎么知道没事。万一有事呢？"

唐小甜不肯去："我忙得很，没时间啦。下午要跟爷爷学做糕点，还要跟伊致拍摄和剪辑视频呢……哎呀，反正我不去啦……"

俞仁杰忽地停住了脚步："唐小甜，你不会是怕打针吧？"

唐小甜心虚不已："怎么可能？！我又不是三岁小孩子。"

俞仁杰:"我本来想……要是你怕就别去了。既然你不怕,那肯定是要打的。走吧。"

唐小甜:"那我现在说怕还来得及吗?"

俞仁杰哼哼:"你说呢?!"

医院急诊科室。

唐小甜正全神贯注、屏住呼吸等候着护士的针头扎进来的时候,在一旁的俞仁杰忽然问她:"对了,我一直有件事情想问你,你最喜欢的美食是什么?"

"怎么?愚人节,莫非你准备请客?"

"可以考虑。"

"我喜欢的美食可多了,就像皇帝喜欢三宫六院不同美貌的嫔妃一样,没有最字一说。炸鸡、火锅、小龙虾、烤串、奶茶、甜品、糕点……"唐小甜一口气报了一大串,忽然听到护士小姐说一声"好了"。

唐小甜愕然转头:"啊,皮试针打好了吗?这么快?我都没报完呢。反正只要好吃的,我都喜欢……我这属于爱好广泛,雨露均沾型……嘿嘿!愚人节,你准备请我吃什么?"

俞仁杰道:"你想吃什么?"

"想吃什么都可以吗?!"

"可以!"

"好吧。那我唐小甜就大人有大量,宰相肚子能撑船,不计较你把我拖来打针这件事情了!"

唐小甜只是怕针头扎进肉里之前那一瞬间,总觉得有种未知的恐惧。但这次因为俞仁杰在跟她聊天,聊的又是她最感兴趣的美食的话题,以至于她的注意力全放在了美食上,完全忘记了打皮试针一事。

护士小姐用蓝笔在注射处画了个圈,娴熟利落地把针头从针管取下,扔进了医疗垃圾桶:"观察二十分钟。还有等下结果是阴性,可以注射破伤风抗毒素的话,饮食方面还是要注意一下,尽量不要吃辛辣刺激油炸油腻的食物,不要酗酒喝咖啡以及浓茶等。"

闻言,唐小甜顿时张口结舌:"那我还能吃什么?!"

俞仁杰见她萎靡不振的样子,忍不住微微一笑。

……

二十分钟后,皮试结果阴性。注射破伤风抗毒素后,稍稍包扎了一番,唐小甜谢过了护士小姐,拉开门,看到了俞仁杰正在和某个美女护士说话。

"不好意思,我不添加不认识的人。"

唐小甜一怔,随即明白过来,俞仁杰正在被人搭讪。

行情居然这么好。

也不知道是打针还是伤口的原因,此刻的唐小甜觉得很不舒服。

俞仁杰抬头看见唐小甜怔怔站着,便道:"走。想吃什么?我请你。"

唐小甜一下子什么胃口也没有。

俞仁杰:"我帮你想过了,其实可以吃的还是有很多的。比如奶茶、双皮奶、杨枝甘露之类的都可以,甜品也可以,别太腻就行了。"

唐小甜的不舒服感稍稍退去了一些:"双皮奶和杨枝甘露跟我们广州做的差好远。也只能喝奶茶了。"

唐小甜在大众点评找了找,把店铺的地址复制粘贴给了俞仁杰："我想喝这家的。不过离医院有点远，要导航过去。"

俞仁杰："病人大过天。你说什么就是什么。"

车子发动，驶出了医院，唐小甜眼前一直闪过他被人搭讪的那一幕："愚人节，刚刚那个美女护士很不错啊，肤白貌美大长腿。你为什么不加她的微信?!"

俞仁杰："没有为什么，就是不想加。"

就这么简单的一个回答，唐小甜的心情立刻阴转晴了起来："愚人节，除了奶茶，我还想吃蛋挞。还有……我们好久没吃烧味了，要不我们去茶餐厅买点打包回去。虽然没有广州的烧味那么好吃，但好歹可以解解馋。"

"护士小姐关照了，说不能吃油腻的。"

"我就吃两块烧味怎么样?! 愚人节，我真的好想吃啊!"

为了达到目的，她还搬出了小蘑菇头俞子江："鱼子酱也很久没吃了，肯定也很想很想吃！

"愚人节……愚人节……"

唐小甜用小鹿一般纯净的眼乞求地看着他，又娇又软地一声接一声唤着他的名字。俞仁杰饶是铁石心肠，也无法拒绝她。最后，他只能无可奈何地道："好吧。"

唐小甜立刻喜笑颜开："耶！愚人节，你最好了！"

于是，俞仁杰被这句话哄得心花怒放，一路乖乖地听从唐小甜的指挥，开到了某个弄堂口，在路边停车，下车排队给她买了杯奶茶。

"想不到那么偏僻的店铺，居然有这么多人排队。"

"那当然。据说这家的奶茶特别有名。酒香不怕巷子深嘛！"说到这里，唐小甜顿了顿，"要是我们的糕点茶饮咖啡店开张后，生意也这么好就好了。"

俞仁杰:"会的。不用担心,不要焦虑。"

"不担心不焦虑是假的。我老爸老妈可是投资了我不少钱。"

"只要用心做、好好做,一定会很棒很好的。比这家奶茶店的生意更好。"俞仁杰把吸管插好递给了她。

唐小甜接过,嗦了一大口,闭着眼享受丝滑奶茶和Q弹珍珠在嘴里碰撞的感觉,满足得不得了:"果然好喝。怪不得生意这么好!"

一睁开眼,发现俞仁杰用很古怪的目光看着她,唐小甜抬手擦了一下嘴角:"怎么了,我脸上沾东西了吗?"

"不是。我一直觉得你吃东西的模样,特别像凯斯宾王子。"

"凯斯宾王子?纳尼亚传奇?"

"不。它是鱼子酱以前养的一只每天就知道吃吃吃、睡睡睡、跑跑跑的小仓鼠。"

说她像仓鼠!唐小甜哼哼地笑:"愚人节!你马上要被人剁了,你知道吗?!"

愚人节笑了笑,而后识相地不说话了。

……

唐小甜拍了手臂包扎的图片发到"富婆俱乐部"的群里,@了所有的姐妹:"呜呜呜,都快出来,你们的小宝贝受伤了。"

杨伊致:"医生怎么说?严不严重?"

唐小甜:"没事。就磕得略微深了点。在医院消了个毒,打了破伤风针。我已经在回家的路上了。"

李李在群里丢了一个"拍胸膛大松一口气"的表情包:"幸好幸好。"

周诺:"好什么呢?都包扎成这样了!"

李李:"幸好没磕到脸。毕竟唐小甜她除了美貌也一无所长了啊!"

唐小甜顿时激动不已:"李李,这么多年闺密,你总算是说了一句真心话。"

李李:"不,这话我是昧着良心说的。我的良心现在正在隐隐作痛。"

唐小甜:"……"

周诺:"李李,这就是你不对了。我们要照顾伤残人士,不能把话说得这么直接!知道吗?!"

唐小甜:"果然!塑料姐妹花,友情坚如渣!友尽!再见!"

回到家,才踏进院子,俞子江就冲了过来:"小甜甜,听说你受伤啦。"

唐小甜把包扎的手臂递给他,做出一副可怜巴巴的样子:"你看!"

俞子江:"我可算是放心了。还好不是磕在脸上……要是真磕在脸上啊……"

"要是真的磕在脸上怎么样?"

俞子江:"小甜甜,你虽然丑吧,但是属于那种耐看型的丑,就是看久了也会忍耐下来的那种。要是再磕到脸,那就……"

唐小甜挑着眉毛,一字一顿地问:"那就怎么样?"

俞子江:"那就属于拍案而起无法忍耐那种了……"

唐小甜道:"鱼子酱,你马上要被一个巴掌拍死了,你知道吗?!"

俞子江:"看吧看吧。一般好看的女生撒个娇就能搞定的事情,小甜甜你都得靠威胁……"

唐小甜恶狠狠地道:"鱼!子!酱!你!完!了!我不打你,

你是不是真不知道我唐小甜文武双全……"

两个人在院子里你追我赶了起来。

最后,俞子江被捉到了。唐小甜狠狠地薅他的头发泄愤。

俞子江一边护着他的蘑菇头,一边大喊:"俞仁杰,快来救我……小甜甜太凶残了……实在是太凶残了……我的头发啊……我可怜的头发啊……"

俞仁杰提着打包了烧味和珍珠奶茶的袋子,面带微笑地望着这一幕,心里安安静静的,一片温柔。

他对未来美好生活所有的期许,好像也不过如此而已。

唐小甜的手臂受伤了,虽然只是小伤,可唐爷爷心疼不已,坚决不肯教她做糕点,让她好好休息几天。如此一来,唐小甜反倒比往日多了一些空闲。

这日,两人带着小蘑菇头俞子江一起去探店,采购软装。

一进家居装饰店,唐小甜便被一排抱枕吸引住了目光:"哇,这几个抱枕好看。好想要。"

俞子江霸道总裁似的一挥手:"买!"

唐小甜犹豫道:"可是跟店的装修风格不搭……"

俞仁杰:"喜欢就放在房间里自己用,不用老想着店铺。"

唐小甜瞬间不犹豫了,笑盈盈地应下:"好。"

……

逛完家居店,他们去了一家咖啡店探店并休息。

赤日炎炎,除了每次探店必点的下午茶糕点外,唐小甜因为手臂的伤不能喝咖啡,所以就和俞子江分别要了一份芒果冰沙和冰淇淋。

唐小甜的那份芒果冰沙先送了上来,她习惯性地挖了一勺投喂给了小蘑菇头俞子江。

俞子江"哇呜"一声："我最爱最爱小甜甜了。再一次确认：果然没爱错人！"

唐小甜："怎么？今天的我不凶残了?!"

俞子江立刻装失忆："凶残！小甜甜你什么时候凶残过吗?!"

唐小甜："果然！男人的嘴，骗人的鬼！小男人也一样！"

唐小甜自己也尝了一口，只觉得冰冰凉凉甜甜蜜蜜的，解渴又解暑。

她正要挖一勺继续投喂俞子江，一抬头，见俞仁杰怔怔地看着她手上的冰沙，好像很眼馋的样子，她也不知怎么的，鬼使神差地伸手递了过去，脱口而出："愚人节，你要不要也尝一口？"

俞仁杰先是微微一愣，而后立刻凑上来咬住了勺子，把一大勺的芒果冰沙吃了。

一旁的俞子江也是呆了一呆。

啊啊啊！大哥和小甜甜在他面前吃彼此的口水。间接接了一个吻！太棒了！俞子江反应迅速地低下头，捧起面前的杯子喝水，装作什么都没看到。

这时，店员送上了俞子江点的冰淇淋和俞仁杰的冰柠檬茶。

唐小甜埋头继续奋战，完全没有意识到刚刚喂俞仁杰吃了一口冰沙有什么不对。

不远处的角落里，一对年轻的小情侣正在互相喂食一份蛋糕，你侬我侬，甜蜜程度爆表，远胜甜宠剧。

唐小甜吃完了大半的冰沙，抬头看到了那对小情侣用同一个小勺子喂食，方才慢数拍地想起来她刚刚也是这么给俞仁杰喂食的，两人也共用了一个勺子。（至于俞子江，年纪太小了，她忽略不计了。)

唐小甜脸一热。她躲躲闪闪地偷看了俞仁杰一眼,发现他表情如常地喝着手里的冰柠檬茶,好像也根本没有意识到什么。

唐小甜顿时大松了口气:看来是自己想太多了。俞仁杰一直把她当兄弟,根本没觉得什么不对劲。

这时,下午茶甜点送了上来。

唐小甜拿起手机拍照,记录了下来,又把各式小甜点品尝了一下:"好看是好看,精致看着也很精致。但我们打卡到现在,都是西式甜品的下午茶,除了器具不同外,几乎千篇一律。"

俞仁杰:"所以我对我们的糕点和中式下午茶的 idea 非常有信心。"

"可是糕点的外形设计……我怎么都想不出好看的……"

俞仁杰:"不急。现在糕点的外包装,堂食糕点的匣子和点心匣子的外带礼盒都已经设计 OK,只等木工爷爷的成品出来了。"

糕点的外包装、堂食糕点的匣子和点心匣子的礼盒,经过大伙的投票,一致决定全部采用唐小甜设计的,并经俞仁杰那个"设计师朋友"——Will 修改过的中国风系列的包装。

作为下午茶用的堂食糕点的木匣子是重中之重。俞仁杰特别谨慎,拿着设计稿请木工爷爷先打造一个木匣子出来看看效果,说要是出来效果不好,就得重新再设计。

"至于糕点造型,我们就一个糕点一个糕点地想,一个一个地设计。Will 说设计这东西是不能急的,有时候灵感来了就来了,不来也没有办法。他也在帮你构思呢。"

唐小甜每每感动不已:"愚人节,你那个设计师朋友 Will 实在是个大好人,我欠了他好多的人情。你什么时候带我去拜访一下他，我要好好谢谢他。"

俞仁杰总是说："他不在国内。等他回国了再说。"

或者说："我跟他交情很好的。你这点小事情不算什么麻烦。"

唐小甜："我这还不算麻烦他啊！我感觉已经麻烦他麻烦得不好意思了！"

俞仁杰："等有机会，你再好好谢谢他就是了。"

每当这种时候，俞子江就默默地看着大哥装 X，默默地看着他大哥演。

这会儿也是！

唐小甜再次表达了一番对 Will 的感谢，道："我实在欠他太多人情了。怎么办啊？有种这辈子都还不清了的感觉。"

俞仁杰："没事。说了我跟他很熟。还不清就索性不还了。"

俞子江忍不住道："小甜甜，要不……你以身相许吧？！我大哥那个朋友 Will 长得很帅哦。"

唐小甜跟他贫嘴："有多帅？我唐小甜向来贪财好色，是个妥妥的颜控。要是真帅的话……这个还真可以考虑哦！"

俞子江眼睛骤然一亮："真的吗？"

"有图有真相。到底是有多帅，先来张照片给 See 一 See 啊。他平时都不发朋友圈。说实话，我对他还真挺好奇的。"

这一看照片不就穿帮了嘛？！俞子江磨蹭了起来："那我想办法去搞张照片啊……"

两人这么熟了，唐小甜一听俞子江这话，就道："看吧看吧，一听我要看照片就退缩了。看来这个所谓很帅怎么也得打个对折……"

因为怕被拆穿，俞子江没办法为自己和大哥挽尊，只好笑笑不说话。

唐小甜和俞子江一人抱着一个抱枕地跨进了家门，身后跟着两手提满了菜和杂物的俞仁杰。

唐小甜向爷爷炫耀："爷爷，我买的抱枕，好看吗？"

唐爷爷看着满眼缀满星星的孙女，又瞧了一眼在旁边温柔凝视着她的俞仁杰，点点头，一语双关："好看。这一对……抱枕……真好看。爷爷也很喜欢。"

唐小甜完全不知爷爷话里有话，只以为他夸赞她抱枕，喜滋滋地微笑，绚烂如骄阳。

俞仁杰却是心中一动。他坦坦荡荡地望着唐爷爷，只见他的眼睛中透着温和慈爱的光，仿佛能看透人心。

俞仁杰顿时得到了鼓励，信心倍增："谢谢爷爷。我先去厨房做菜了。"

直接改口称呼爷爷了，果然是个乖孩子。唐爷爷满意极了，含笑着拍了拍他的肩膀："小杰，辛苦你了。"

"爷爷，一点不辛苦。我做得很开心。"

俞仁杰不只做得一手好菜和一手好糖水，还煲得一手老火靓汤，每天变着法子给住在唐家小院的人做好吃的，口味清淡、味美可口之余又营养丰富，非常适合老年人，不止唐爷爷，连秦奶奶、李爷爷等街坊邻居尝过后都赞不绝口。

而对于唐小甜这个吃货而言，每天最幸福的时刻就是可以吃到俞仁杰做的饭菜和糖水，喝到他煲的汤。

她在那一场病后被俞仁杰喂胖了三斤，最近又开始天天嚷嚷着减肥了。

然而说归说，每次和俞子江抢吃的时候，又战斗力爆表。

比如这日，唐小甜伤口的结痂已经掉了，她刷视频刷到了一个吃播,看馋了,咽着口水说:"愚人节,我突然好想吃炸鸡。"

俞子江一听,眼睛发亮,连连附和:"俞仁杰,我也想吃。"

俞仁杰正要开口否决。唐小甜把结痂的手臂伸到他面前:"你看,都好了。可以吃炸鸡了!愚人节,我真的好想好想吃炸鸡。"

俞子江:"俞仁杰,我也真的好想好想吃炸鸡。"

一大一小用清澈如水的眼眸渴求地望着他,俞仁杰迅速败下阵来。

于是,曾经吐槽炸鸡是垃圾食物、吃了会傻白甜的某人默默地打开了炸鸡教学视频,迅速地看了一遍。

尔后,他踩着脚踏车去菜市场一条街上摆摊的农民奶奶那里买了一只鸡,切了半只清洗、切块、用腌料腌制、蘸炸鸡粉进行油炸。

香气扑鼻、金黄酥脆的炸鸡块一出炉,唐小甜和俞子江馋得直流口水。

唐小甜拿起一块炸鸡,放进嘴里咬一口,外酥里嫩,鲜嫩多汁。

她一边呼烫,一边连赞好吃。

俞仁杰:"给我尝一口,看看炸的程度怎么样。"

唐小甜把手上没啃过的那一边撕了一长条递过去,俞仁杰目视着锅里油炸的鸡块的火候,凑到她手边把炸鸡叼走了。

唐小甜的手指碰到了湿湿软软的某物。

起先她还没有反应过来是什么,还用手指蹭了一下。结果,那物体竟然吮了吮她的手指。

下一秒,她轰的一下,明白那物体是什么。

像被烫到似的,她下意识地把手缩了回来含进了嘴里,吮了几下才察觉自己脑袋秀逗了：自己的手指尖刚被愚人节的舌头舔过。

两人这又是间接接吻了。

唐小甜整个人一下子热度爆表。

老天啊，这最近是怎么了？一吻再吻！

她后退了两步，做贼似的环顾四周。

厨房里就他们三人而已。

一旁的俞子江正在津津有味地啃着鸡架，吃得连连吮指，那叫一个香，根本没注意到她和俞仁杰之间的接触。

俞仁杰专心致志地在炸鸡块。他因吃了炸鸡，唇色沾了油，越发显得红润诱人。

唐小甜怔怔地盯着他的唇，口干舌燥的感觉袭来，她生出了想去亲一下俞仁杰的冲动。

完了，一直母胎单身的她无耻到居然开始不停地妄想自己的兄弟。

果然，一直单身会成狗！这句话是真的！

打住！快打住！

俞仁杰一直把她当兄弟。刚刚舌头碰到她的手指，肯定只是下意识的反应。是她想太多了。

唐小甜以为俞仁杰是无意的，所以低头啃了一块炸鸡后，也就恢复如常了，开始花式吹捧夸赞他。

"愚人节，你怎么这么厉害。还有什么是你不会的吗?!你说！"

俞子江啃完了最后一口鸡架，总算得空可以说话了："有啊。不会追女生啊！到现在都还是一条单身狗！"

"这个话题就此打住吧！爷在这方面也是一片空白，没有任何经验可以给你们提供帮助。同是天涯沦落人啊!"

俞仁杰嘴角控制不住地一点点上扬。

小蘑菇头俞子江一看就知道大哥被唐小甜夸,又听见唐小甜从没谈过男朋友,所以乐坏了。

深陷恋爱中的男人,看来是没得救了!

……

唐小甜一连啃了五块鸡块后,发现盘子里只剩一块炸鸡了,而对面的俞子江也啃完了手里的最后一口,虎视眈眈地盯着那最后一块炸鸡。

她眼疾手快,迅速地伸出了手:"我的。"

俞子江也不甘示弱,同时出手:"我的!"

"小甜甜,尊老爱幼,要爱幼,你知不知道啊?!"

"鱼子酱,说了尊老爱幼,尊老可是排在前面哦!所以这块炸鸡是我的!"

俞子江:"……"

他只好转头跟大哥俞仁杰商量:"俞仁杰,你再做一份呗。"

俞仁杰:"不做了。还有一个多小时就到饭点了,剩下半只给你们做广式姜葱鸡。你们再吃,等下都吃不下饭了。"他一边说一边示意弟弟把鸡块让给唐小甜。

俞子江翻着白眼吐槽他"要老婆就不要弟弟了"。

俞仁杰也回以眼刀:"你作为一个弟弟,就不能让你嫂子多吃一块?!还说了帮我追老婆。你拿点实际行动出来!"

"好吧好吧。"

两人完成了一系列的眼神交流。

对此毫不知情的唐小甜啃着最后一块炸鸡,见了眼巴巴看着她的俞子江,到底是于心不忍,掰开了炸鸡,将多的那一半递给他:"喏!给你。有福同享,有肉你长。"

俞子江立刻"哇呜"了一声,感动得只差没摇头摆尾了:"果然还是小甜甜对我最好!我最爱小甜甜了!"

辛辛苦苦忙碌了半天、累死累活的愚人节见了这一幕,无语极了,但又觉得……好像很赞的样子!

就如同自己期待得很久很久的画面一样。

这些天来,唐小甜每天都眉眼弯弯、笑靥满脸。跟前些天俞仁杰不在小镇的日子,形成了鲜明的对比。

这一来,别说正在恋爱中的杨伊致了,连唐爷爷和秦奶奶都瞧出了异样。

秦奶奶和唐爷爷暗中嘀咕道:"不是说是兄弟,不是男女朋友吗?"

唐爷爷叹息道:"我们老了,跟不上小年轻的节奏喽!"

"你看天明还有戏吗?"

"我看天明啊……这回是悬喽!"

第十三章　一失足成千古恨

另一厢，远在英国的唐母张女士当然不知道这些情况，每天都还在为唐小甜找男朋友一事发愁。

这段时间，她积极联系了曾经的初高中女同学，发动广大群众的力量，让她们帮忙寻找合适人选，准备为唐小甜安排多场相亲。

这日，唐小甜接到老妈电话，说她的高中同学李阿姨有事情要找她。

张女士中气十足："电话里头说不清楚。晚上6点你到市区的××商场，你李阿姨在商场七楼的××餐厅等你。"

挂电话之前，张女士又再三叮嘱了她一番："李阿姨是长辈，你可别迟到了，失了咱们家的礼数。"

结果唐小甜到了才发现她又被她老妈摆了一道。

和李阿姨约定的位置上坐了一个男的。

这阵仗一看就是来相亲的。

相亲男上上下下地打量她："你是唐小甜？"

唐小甜："是啊。"

"听说你想在镇上开糕点铺子？开店的收入可不稳定啊。现在实体店太难做了，很难赚到钱。不像我的工作，旱涝保收。"说到这里，他傲娇地补充说道，"我考了七年，终于在上个月考上了体制内的事业编！"

见他露出一副等着她夸赞的样子，唐小甜立刻"从善如流"地道："哇，你是事业编啊。好厉害啊，那可是铁饭碗，超级难考的。"

相亲男抬起下巴，傲娇道："那是。"

"我虽然觉得你的工作不行，不像我们体制内的工作稳定。但你长得甜甜的，很可爱，是我一直以来喜欢的类型。所以我才决定来见一面看看……这样吧，如果你想要追我的话，我也可以考虑试着交往一下看看。"

唐小甜憋着笑："不不不！你这么优秀，长得帅又有体制内铁饭碗的工作，我一个在小镇上开糕点店的，实在是配不上你。你应该要有更好的选择，千万不要委屈自己跟我在一起。这样委曲求全的婚姻是没有长久幸福的！"

相亲男觉得自己在相亲市场的行情很好，来见唐小甜已经是纡尊降贵了，如今听唐小甜竟然一口拒绝他，简直不敢相信，愣一愣之后，道："做人要自信一点嘛！这样吧，你可以疯狂地追我，我其实还是可以考虑一下的。"

疯狂地追求他？唐小甜忍笑快忍出了内伤："我从来没遇到过像你这样帅气出色工作又好的相亲对象。你的优秀光芒四射，把我衬托得无比自卑。我觉得自己实在是高攀不上你。"

"不是说了让你自信一点嘛！我这不是给你机会让你追求我了吗?!"

"我现在的心情实在是太激动了，我想去一趟洗手间冷静冷静。"

"去吧。"

……

唐小甜饿着肚子回到家,一见俞仁杰和俞子江就问:"晚饭还剩了什么?我快饿晕了。"

俞子江:"小甜甜,你这个不讲义气的人。你不是抛下我们去市区吃美食了吗?"

"别说了,一肚子伤心泪!我没有去吃美食啦。我今天被我老妈骗去相亲了……还遇到了一个大奇葩!"

闻言,俞仁杰眼神立时一沉。

俞子江见状,忙帮大哥追问道:"怎么个奇葩法?快说来让我们听听,让我们一起乐一乐。我可太好奇了。"

唐小甜把刚刚发生的经过说了一遍:"……我连饮料都没点,就借口说去上洗手间,然后就溜回来了。此人太奇葩了,也不知道谁给他的自信和勇气说让我疯狂地追求他!"

俞子江简直笑出了猪叫声:"肯定是梁静茹给他的勇气呀!小甜甜,你说得我好想看看这个相亲男的长相啊!到底是什么样的男子竟然对自己如此迷之自信?!"

"我都不记得他长什么样了!我好饿……家里到底有什么吃的?"

俞仁杰双手抱胸,一直冷冷地站在旁边听唐小甜的讲述。到了这时,他这才慢吞吞地开口:"还有剩饭,给你做一个腊味蛋炒饭吧。"

唐小甜发出了欢呼之声:"愚人节,你三观正,五官正,煮饭的手艺更正!"

俞仁杰在她的"花色吹捧"下,面色总算是阴转晴了,从冰箱里取出了食材,开始动作麻利地把腊肠切丁、打蛋、热油锅下饭。

俞仁杰那锅色香味俱全的广式腊味蛋炒饭刚做完,才关掉灶火,唐小甜的电话就响了起来。

一接通,唐母张女士的狮子吼立刻从电话里传来:"唐!小!甜!你相个亲把人半途抛下了就走了?!你有没有一点礼貌啊?要走至少得打个招呼再走吧。人家的妈妈刚在电话里把李阿姨说了半个小时,说我们不靠谱,说我们家没规矩。你这孩子!这不是让李阿姨得罪人吗?!真是气死我了!"

"老妈,我还没找你算账呢。你又骗我去相亲。你知不知道见这种奇葩很浪费时间的啊?!我最近好忙的,又要装修,又要跟爷爷学做糕点,还在学视频剪辑。我前几天还生病了呢⋯⋯"

一听女儿生病了,张女士立刻歪题,顾不得训她了,忙心疼地追问病情:"你怎么生病了?哪里不舒服了?现在好点了吗?怎么也不跟爸妈说一声?"

"感冒发烧了。估计是天气太热,从外面满头大汗地回来一下子进了空调房就给吹感冒了。我不跟你和老爸说,还不是怕你们为我担心嘛⋯⋯"

解释完,唐小甜继续吐槽方才见到的那个奇葩相亲男。

张女士听完唐小甜的诉说也是无语了:"老妈也不知道这人这个样子啊。我等下就打电话把这情况跟李阿姨说一下。你放心,下一个对象老妈我一定会打听得清清楚楚。"

还下一个?!唐小甜顿时一个头两个大:"老妈,你别给我安排相亲了,成不?"

"什么都好商量。就这件事情没得商量!"

"老妈!"

张女士温言细语,循循善诱:"你就当去吃顿饭,万一遇到合适的呢?对不对?要是不合适,就当多认识个朋友。有道是多个朋友多条路嘛!"

"老妈,你放心。男朋友这事迟早肯定会有的。"

"那你到底啥时候有?你倒是有一个给我瞧瞧啊。你有了我就不会安排你相亲了。"

"快了快了。"

张女士一句话就戳穿了她:"快了快了就是不知道什么时候的意思!"

"老妈,你真的不要再诓我去相亲了!我不想相亲啊!"

张女士对女儿的抗议置若罔闻,迅速转移话题:"哎呀,昨天你说要付什么费来着?要我转多少钱?"

唐小甜报了个数字。

"我等下转你。但是,老妈还有一件事情要跟你说。"

"什么事?"

……

"什么?!这个星期天还要相亲!老妈,我不活了!"

唐小甜不想去,无奈张女士用店铺装修等各种费用要挟,她不敢违抗张女士的命令。

"行吧,行吧。我去还不行吗?!"

俞仁杰面色晦暗,啪的一声重重地搁下了手里刚盛好的蛋炒饭。

知兄莫若弟。俞子江一看就知道大哥现在很很很不爽,脾气正处于爆发边缘了。

他眼珠子骨碌碌一转,灵光一闪,顿时有了个好主意:"小甜甜,相亲怕什么?我有个好办法可以包你相亲失败哦。"

唐小甜正埋头在蛋炒饭里。闻言,她含着满口蛋炒饭抬头,两颊鼓鼓的似足了一头可爱的仓鼠:"快说!"

"来一个复制粘贴照抄啊!"

"什么意思?"

"我的意思是:你可以出钱请我大哥去搞破坏嘛!"

唐小甜顿时泄气了:"切!爷看上去像是个有钱的人吗?!爷可是个连装修店铺都要父母出钱赞助的人啊。爷要是有钱的话,能乖乖地听我老妈的安排去相亲吗?!爷还不是吃人嘴软、拿人手短,不得不向我老妈这个恶势力低头!"

俞子江立刻把大哥俞仁杰推到她面前:"小甜甜,我大哥有钱哦!他可以投资你的店。你不要担心装修用钱方面的问题,也就不用听你老妈的话去相亲啦!"

唐小甜怕伤害俞仁杰失业了之后那颗"幼小可怜无助"的心灵,凑到俞子江耳边低声道:"他不是失业了吗?!"

俞子江悄声解释:"我大哥之前可是存了不少……"他默默地吞下了"老婆本"三个字。

唐小甜摆手:"还是不要啦。虽然我会用心学做糕点,也会好好学习经营店铺的,可是开店这种事情是有赚有亏的。赚了还好说,要是亏了,我可能好几年都无法还清债务。我不能坑了兄弟姐妹们啊!"

俞仁杰用手抵住了嘴唇,假意咳嗽了数声:"这样吧,看在我和弟弟免费吃住的分上,我就勉为其难一下,可以不收费用帮你的忙去破坏相亲?"

唐小甜又惊又喜:"真的?"

"嗯。"

"愚人节,我就知道你最够兄弟了!那就这样愉快地决定了。以后我老妈逼我相亲,你就负责帮我搞破坏!"

"好。"

俞子江看了一眼"怕唐小甜去相亲,真找个男朋友回来,急得恨不得出钱倒贴帮忙"的大哥俞仁杰，再一次默默地选择了去洗手间，给他们留了两人世界。

唐小甜吃完饭，发现俞子江又不见了："鱼子酱呢？"

"去洗手间了。"

唐小甜疑惑不解地道："鱼子酱最近怎么老是不停地往厕所跑？莫非小小年纪就得前列腺炎了吗？"

正在喝水的俞仁杰把口中的水喷了出来！

在洗手间的俞子江连打了数个喷嚏！

就这样，这一回两人的角色对调了过来。

俞仁杰每次都用"积极饱满"的热情投入自己扮演的角色，成功地一再破坏张女士安排的相亲。

张女士气得七窍生烟，每天打视频电话来训斥唐小甜。

每次听到张女士气急败坏的狮子吼，俞仁杰都暗爽不已。

俞子江每次看到大哥那小样，则觉得又好笑又好气。

大哥俞仁杰真的是死鸭子嘴硬，明明喜欢小甜甜喜欢得不得了，可是怎么也不肯先向小甜甜表白！

这次俞仁杰从广州回来后，某天晚上，俞子江很认真地跟他讨论过这件事情。

俞仁杰反问他一句话："那万一表白了，她不喜欢我呢?!"

俞子江哑口无言了。

要是俞仁杰表白了，唐小甜不喜欢他的话，那他们肯定不能像现在这样自然舒服地相处了。

俞子江想了想，小声道："俞仁杰，你放心，我会帮你确认小甜甜的心意的。不过，你自己也要加油努力哦。"

俞仁杰揉了揉他的头发，柔声道："好。快睡吧。"

这日,唐小甜和俞仁杰、俞子江去了上海打卡一家拥有开阔视野,可将黄浦江全景尽收眼底的露台咖啡店。

"Will 俞?俞仁杰?"

俞仁杰骤然听见有人唤自己的名字。

他愕然抬头,看到了曾在美国帕森斯设计学院的同学——Patty 刘。

Patty 刘惊喜交集地过来寒暄:"Will,真的是你。我还以为自己眼花看错了呢。"

"好久不见,Patty。"

"毕业这么多年了,同学们都说没有再见过你。这些年你都在忙什么呢?"

"打打工上上班而已。"

闻言,Patty 刘很是诧异惋惜:"你真不做设计方面的工作了吗?"

想当年,Will 俞可是美国整个帕森斯设计学院最有才华和最具设计天赋的学生。老师同学们都看好他在时尚领域的发展前景,一致认为他将是他们这一届学生中发展得最好的。结果他毕业后,拒绝了国外数个一线奢侈品品牌提供的 Offer,毫不犹豫地回到了国内。

从美国帕森斯设计学院毕业回国后,他以母亲的姓氏谭为姓,用 Thomas 谭的名字加入表哥谭卫聪的服装企业工作。

他和表哥谭卫聪两人各司其职。他全权负责婚纱礼服的设计,而表哥谭卫聪则负责生产和市场。两人通力合作,在竞争激烈的国内礼服市场成功地出圈,并走向了国际。

俞仁杰一直隐身在 T.T. 这个品牌和表哥谭卫聪的身后从事

服装设计，从不露面，就是不想应对各种媒体和应酬各方，一门心思只搞自己的设计。

此时此刻，他不想暴露自己的身份，但也不想撒谎欺骗自己的老同学，所以选择了笑而不答。

Patty 刘露出了极为惋惜的神情："Will，这实在太可惜了。你那么有才华，是我们这一届教授们最为看好的学生。

"大前年，我回学校，遇到了我们的同学——就是现在在全球婚纱礼服设计行业里很出名的那个劳伦斯。我们一起喝了个咖啡，还说起你。我们当年的同学都不知道你现在的具体情况。劳伦斯说这些年在他们婚纱礼服的设计行业里有个叫 Thomas 谭的中国人。此人的设计理念和设计风格跟你的很像。他还跟我说，他一直怀疑这个叫 Thomas 谭的人就是你呢?！但是这个 Thomas 谭神秘得很，从来不露面，所以他也确定不了。我回国后，还特地去了 T.T. 的店铺，发现真的跟你很像。很希望这个人就是你，而且还买了好几款 T.T. 礼服。但想不到你竟然不从事这个行业了……真的是太可惜了。"

两人寒暄了几句。其间，俞仁杰频频地望向洗手间的方向，很庆幸唐小甜带着弟弟去了洗手间，所以他的身份没有被拆穿。

这么多年来，俞仁杰第一次遇到在帕森斯设计学院念书时候的同学，说不开心那肯定是假的。但如今他跟唐小甜处于未定阶段，还有很多变数。倘若被唐小甜知道他一直隐瞒自己的真实身份，以唐小甜的脾气，那可够呛！

Patty 刘的手机不停响起，她掐断了，复又响起。

"Will，不好意思，我有事情要走了。我们加个联系方式吧。"

"好。"俞仁杰拿出了手机，让她扫码添加。

"Will，今天能遇见你，实在是太开心了。我们一起在人生地不熟的国外念书四年。人生又有几个四年呢！有时间多联系。"Patty 刘上前，真诚地拥抱了他一下，踩着高跟鞋款款离开了。

两人间的友情拥抱如蜻蜓点水，一触即分。

另一头，唐小甜和俞子江正兴冲冲地从洗手间出来："鱼子酱，你可是男生，可不许跟我这个女生抢好吃的，有什么都要让着我，知道吗?!"

"小甜甜，我是小孩子，还在长身体的阶段。你是大人，有什么应该你让着我，知道吗?!"

"好吧。我们两个无法达成一致协议，那只能拼手速了，靠自己抢了！"

唐小甜靠着一丢丢的腿长优势，走在了前头，结果一转弯就看到了俞仁杰和 Patty 刘两人拥抱的这一幕，顿时愣在了转弯处。

俞子江慢了好几步，连 Patty 刘与大哥俞仁杰挥手告别的场景都没看到。

俞子江不解地拉了拉唐小甜的手："小甜甜，你站在这里干吗？不跟我抢好吃的吗？"

入座后，唐小甜以为俞仁杰会聊一下这个漂亮的长波浪女生是谁。

然而，俞仁杰以为他们去了洗手间没看到 Patty 刘，所以就不想冒着被拆穿身份的危险，多此一举地解释了。要是唐小甜一再追问的话，那他要么撒更多的谎来圆，要么就只能说实话了。在两人的关系确定之前，他可不想冒一丝风险。

唐小甜本对这家店的食物和美景充满了期待，兴致满满，一直说要来打卡，可因为俞仁杰和那个漂亮女生拥抱的画面，短短一瞬间，她便觉得心口发堵、胃口尽失。

俞子江不明就里，因有着过往种种和唐小甜抢食失败的经历，入座后便迅速出手，一连品尝了两块甜品，说这个好吃，那个也不错。

伸手往甜品架上取第三块甜点时，别说俞仁杰了，饶是俞子江都察觉到了异常：平时一直跟他抢食，比虎狼还凶残几分的唐小甜居然不争不抢，什么都让着他。这可太不对劲了！

俞子江不由得放下了手里的西点："小甜甜，你怎么不吃？"

唐小甜兴致缺缺地道："没什么。我就是突然觉得很饱，不想吃。"

平日里有什么好吃的，就像老鼠掉进了米缸里，大快朵颐，不亦乐乎。今天这么满满一桌造型精致出自知名大厨的甜点美食，她居然说不想吃。这可比太阳从西边出来还叫人觉得奇怪。

俞仁杰："这些不合你胃口吗？那再点些别的。"

"不用了。"

俞仁杰皱了皱眉："怎么了？你是不是不舒服？！"

"我没有不舒服。"唐小甜就是胸闷失落，整个人提不起任何兴致，也没有一点食欲。

事出反常必有妖。俞仁杰用眼神询问弟弟俞子江："她这到底是怎么了？！"

俞子江露出"幼小可怜无助"的眼神表示自己什么都不知道。

"她去洗手间发生了什么？"

"我怎么可能知道她在洗手间发生什么？！我去的可是男厕啊！"

兄弟两人进行了一番眼神对话。

之后，俞子江也察觉到严重不对头：素来最爱跟他斗嘴抢食的唐小甜今天也不知怎么了，像是奄奄一息的大公鸡，无精打采，一路萎靡。

俞子江使出了浑身解数，无论怎么逗唐小甜，她都不接茬，更别说斗嘴了。

回程的时候，一上车，唐小甜只说自己累了，就侧靠在副驾驶座上，合眼休息。

俞仁杰不时地转头看她，眉头紧锁。

中途，唐小甜接到了唐母张女士的一个电话。

这又是一个叫她去相亲的电话。

唐小甜有气无力地道："老妈，说了别再给我安排相亲了。"

远在英国的张女士絮絮叨叨地说了一会，充分详细地说明了这次相亲对象的优越性："小甜，老妈这回已经给你做过了详细的背调，从工作相貌性格等各个方面都给你把了关。说实话，你赵阿姨介绍的这个人真的很优秀，你一定得去见见，不然错过了太可惜了。"

张女士循循善诱："你就去见见，也不是一定要怎么样。说不定，对方还瞧不上你呢。"

"不行的话，就当多认识一个优秀的朋友嘛。但万一缘分到了呢?!"张女士动之以情、晓之以理。

唐小甜想起俞仁杰和长波浪女生的那个拥抱，心口便闷闷地难受。于是，她赌气似的答应了下来："好吧。你把时间地点给我。"

俞仁杰一边开车，一边支着耳朵在听唐小甜与唐母说话。听到这句话，他霍地变了脸色，双手不觉用力地握紧了方向盘。

女儿唐小甜一反常态，这么乖巧听话地去相亲，反而让电话另一头的张女士心头惴惴不安，以为她在憋什么大招，搞什么大花头。

"小甜,你这是答应了。可不许给我放别人鸽子,也不许给我出幺蛾子啊!"

"老妈,你放心。我发誓我这次绝对不放相亲对象鸽子,一定好好相亲。要是真看对眼,我就交个男朋友,怎么样?!"

俞仁杰握着方向盘的手已经青筋凸出了。

张女士依然狐疑不已:"你确定你发的不是一二三四的四?!"

"老妈,你再怀疑我,我可真打退堂鼓,不去相亲了啊!"

"没有,没有。老妈我绝对没有怀疑你的意思。那就这样说定了啊,我把时间地点和餐厅再发一下到你微信上。"

"好。"

……

车子缓缓地行驶着。

俞子江感觉到车子里气压越来越低了。空气仿佛凝结成了块状,随时都会砸下来。

俞子江自然知道大哥俞仁杰吃醋了。他一直等着唐小甜开口请大哥俞仁杰帮忙破坏相亲。只要唐小甜说了,大哥俞仁杰肯定阴转晴了。

俞子江的目光一直在面无表情的大哥俞仁杰和神情怏怏的唐小甜两人身上游移。他识相地选择了不吭一声。

可两人这样僵持下去,最后受牵连倒霉的还不是"弱小可怜无助"的自己。

眼见车子到了唐家小院的门口,唐小甜还不开口,俞子江实在是等不下去了,便主动地帮大哥俞仁杰开口问了:"小甜甜,你哪天相亲?你放心,我和我大哥一定帮你成功破坏了。"

"这次不用你们破坏了。我答应了我妈认真地好好地相一次亲。说不定，缘分来了，我就终结我母胎单身的生涯了。"

俞子江心道：完了。俞仁杰这次可是要打翻醋缸了。

只听"砰"的一声，俞仁杰重重地、泄愤似的摔上了车门，头也不回地进了屋子。

声音之大，可见愤怒之深。

唐小甜则怔怔地望着前方，似乎在发愣。

明明出发前还好好的。一路的欢声笑语，现在却成了这样子。

唉。感情这种事情果然太麻烦了！幸好他还是个孩子！

上一次是俞仁杰单方面冷战。这一回，两个人是双方冷战。彼此当彼此不存在，连眼神也没有交接一下。有什么事情就让俞子江在中间做传声筒。

俞子江被两人使唤得团团转，忙得心力交瘁。

他觉得自己承受了本不是他这个年纪该承受的重量。

这日的傍晚时分，唐小甜特地精心地化了妆，穿上了美美的碎花长裙，背了一个夏日风的亚麻编织包，踩着高跟鞋"嗒嗒嗒"地下楼而来。

院子里，俞仁杰和俞子江兄弟一抬头，双双愣住了：认识唐小甜这么久，从来没见过她如此盛装打扮过。没想到打扮后的唐小甜居然可以如此娇美动人。

可一想到她这么隆重打扮是为了去相亲，俞仁杰本就木然的一张脸顿时就阴云密布，一副风雨欲来之势。

唐小甜根本不看他。她朝俞子江灿烂一笑，挥手道："鱼子酱，我去相亲啦。快来祝我这次相亲顺利，脱单成功。"

俞子江偷偷看了大哥俞仁杰一眼，只见他的眼神里一片冰冷。他求生欲爆棚，不敢接话，只稍稍地朝唐小甜抬了一下手以作回应。

小甜甜，你实在是太不知死活了。你不知道你已经精准地踩到俞仁杰的死穴了吗?！你马上要完了！

唐小甜来到约定的餐桌边，首先入眼的是那人的一头卷发。

唐小甜不觉怔了一怔。

那人含笑地抬头，在看清她的容貌和打扮后，笑容瞬间热烈了数分，起身与她握手："你好，我是肖旭。你是赵阿姨介绍的那个唐小甜吧？"

"你好，我是唐小甜。"

肖旭殷勤地起身帮她拉开了椅子："快请坐。"

……

肖旭拥有着和俞仁杰一样的微卷头发、挺拔鼻梁。

也不知道是不是因为这个原因，唐小甜不觉一再拿他和俞仁杰做了对比。

肖旭是个帅气阳光的男子，彬彬有礼，谈吐不俗，不像俞仁杰老是动不动就板着一张脸，活像别人欠了他巨款似的。

虽然如此，可唐小甜依然还是觉得俞仁杰好。

她忽然觉得俞仁杰好像什么都很好。

长得好看，会做一手好菜，还会帮她装修店铺和家里，无论她做什么都会鼓励她支持她。虽然常常板着脸，但从认识到现在，他都在帮助她。

一直默默地帮助她，虽然会毒舌，会恨铁不成钢，但从来也不嫌她麻烦。

那一瞬间，唐小甜突然不生俞仁杰的气了。

相反，她很想很想俞仁杰，她很想离开这里，找俞仁杰问清楚那个和他拥抱的女生到底是谁！

但她想着答应过老妈张女士，这一回一定要好好相亲，说话要算话，只好强行忍耐。

下一秒，她的视线里突然出现了一大一小两个熟悉的身影。

唐小甜以为自己眼花了，不敢置信地睁了睁眼。

就这短短数秒的时间，俞子江已经蹦蹦跳跳地来到了她跟前："哎呀，小甜甜，怎么这么巧啊?！我和大哥逛个商场也能遇到你。"

俞仁杰拉开了唐小甜身畔的椅子，挨着她坐下。动作自然流畅到了极点，仿佛重复过了无数遍。

肖旭打量着容貌俊俏、打扮有型的俞仁杰，又看了看唐小甜。两人明明不说话，眼神也不对视一下，距离也有点远，可肖旭莫名地觉得两个人好般配好甜。男性的警铃立刻敲响了：来者不善！善者不来！

肖旭客气道："这两位是？"

俞子江抢着自我介绍了一番，说："我和大哥暑假来嘉兴玩，这段时间就住在小甜甜的家里。我大哥很会做菜的，每天都给唐爷爷和小甜甜做菜，他们都可喜欢了呢……"

肖旭一顿："你们住在唐家?！"

"是啊，住了都一个多月了。"

"你这几天不能吃冰的。"俞仁杰一把取走唐小甜的冰饮，伸手招来了服务生，"给她来一杯热的枸杞桂圆红枣茶。"

说罢，俞仁杰便不客气地喝起了唐小甜喝剩的半杯冰饮。

唐小甜愣住了："愚人节，你喝我饮料干吗？你想喝自己点啊。"

俞仁杰"咕咚""咕咚"几口饮尽:"平时你也这么喝我的,今天怎么就这么跟我计较了!"

俞子江看着身边的肖旭一下子变了脸色,顿时对大哥俞仁杰佩服得五体投地:俞仁杰这招真是牛,一招毙命!一下子把敌人揍得毫无还手之力。

一个小时前,唐家小院。

俞子江托着下巴,看着唐小甜离开后空荡荡的大门,又看着阴云密布的大哥俞仁杰,如此反复了许久,愁得不知如何是好。

忽然,他脑中涌入了一个念头,整个人如醍醐灌顶。他起身就拽着俞仁杰的胳膊往外走:"大哥,走。"

俞仁杰不动:"去哪里?"

俞子江:"去破坏小甜甜的相亲啊。"

俞仁杰傲娇地冷哼了一声:"她又没叫我们去!"

俞子江:"不叫我们,我们就不能自己去吗?腿长在我们身上,又没有被链子拴住。"

"不去。我堂堂 Thomas 谭可不做这种掉价的事情。"俞仁杰又吃醋又光火。此时要是有人在他头顶淋点油的话,估摸着"呼啦啦"就会起火自燃了。

"又来了,又来了,比我这个小孩子还小孩子。你不去搞破坏,万一小甜甜跟那个人看对了眼,你可别到时候后悔莫及。这个世界上可是没有后悔药的哦。走啦走啦。"

俞仁杰嘴巴上说不要,身体却很诚实地、乖乖地迈开了大长腿。

俞子江摇头叹气:什么叫口是心非?!这就是妥妥的口是心非!

俞子江拖着大哥俞仁杰不请自去,又帮着唐小甜破坏了一场相亲。

看着相亲对象肖旭尴尬而不失礼节地微笑说"还有事,要先走了",走之前还客气地帮他们买单离去的背影,唐小甜便知道自己这场相亲被不请自来的这两兄弟给破坏了。

唐小甜觉得自己明明应该很生气的,毕竟这个肖旭确实如老妈所说的很不错,可是,她却没有任何生气的感觉。

相反,她觉得大松了一口气。

俞子江还在装腔作势地演戏:"他怎么走了?搞得好像被我们赶走似的?小甜甜,我们真的是刚好路过而已啊,不是特地来破坏你的相亲啊……"

唐小甜白了他一眼:"是啊,真巧啊!鱼子酱,你知道什么叫作睁眼说瞎话吗?!"

唐小甜起身:"走吧!"

俞子江:"去哪儿啊?"

"回家啊!你们还想去哪儿啊!"

……

俞仁杰开车回家,正行驶间,手机架上固定着的手机响起了一通微信电话。

唐小甜坐在副驾驶位子,一眼就看到了来电的微信头像。

这不就是在咖啡店遇到的那个和俞仁杰拥抱的长波浪美女吗?!唐小甜心里莫名地又开始不爽了。

俞仁杰扫了一眼,伸手就将微信来电按掉了。

唐小甜故意问:"俞仁杰,你怎么不接电话啊?"

俞仁杰淡淡道:"接什么电话?又没什么重要的事。开车安全第一。"世界上最重要的人现在都在他身边。

就这么简简单单的话语,唐小甜的心情如暗室逢灯,瞬间好了起来。

她绞着手指,想了又想,决定遵循自己的心意,不跟俞仁杰赌气了,把想问的事情向他问清楚。

"俞仁杰,我问你件事?"

"问啊。"

"在外滩那个咖啡店里和你拥抱的那个女生是谁?"

后座的俞子江惊了一惊,感觉头顶警报响起:What?俞仁杰跟女生拥抱?!俞仁杰什么时候跟女生拥抱了?!他怎么一点不知道?!

俞仁杰一点即通,立刻知道了症结所在。唐小甜这是吃醋了!他回想这两天发生的事情,越想越觉得像,脸上就控制不住地微笑了:"哪个?一头长波浪,很漂亮的那个?"

唐小甜双目微眯,没好气地道:"莫非你跟好几个女生拥抱了吗?!"

俞仁杰见她这番模样,嘴角的笑意越发加深了。他慢条斯理地道:"如果是长波浪、很漂亮那个的话……是我以前的同学。"

唐小甜怔了怔:"同学?!"

"对啊。七八年没见了,没想到很巧合地居然在咖啡店碰到了。"

唐小甜觉得自己是不是太小题大做了。可自己为什么要小题大做?她自己都有些弄不明白。

同一时间,俞子江头顶的警报解除了。

俞仁杰心情很好,好整以暇地反问:"不然呢,你以为是谁?"

唐小甜词穷:"我……"

"说说看,你以为是谁?我前女友?"

俞仁杰居然一猜一个准!

"……"唐小甜无言以对,慌乱中撕着自己食指上的倒刺,不觉撕拉了一条。指尖刺痛,血珠子立刻渗了出来,唐小甜倒吸了一口凉气。

"你好端端的拔倒刺做什么?!"

俞仁杰把车子往路边一靠,从车里取出了备着的小药箱,取出了创可贴,握着她的手,小心翼翼地贴好。

三人才踏进唐家小院的大门,张女士远隔重洋的训斥电话就接踵而至了。

"唐!小!甜!这就是你发誓说得会好好相亲的吗?!对方说你带了男人去相亲?到底是怎么回事?那男人是谁?!你给我好好地说清楚!否则我今天跟你没完!"

"老妈,不是这样的……凑巧,真的是凑巧……"

一心帮着大哥俞仁杰追妻、连晚饭都没吃的俞子江此时的肚子正饿得呱呱直叫。他摸着扁扁的肚子,扯了扯大哥的衣服下摆:"俞仁杰,我好饿啊。"

俞仁杰正竖着耳朵,全神贯注地偷听唐小甜与唐母通电话,对弟弟做了一个噤声的动作。

……

听见唐小甜唯唯诺诺地挂掉电话,俞仁杰心花怒放的同时,也察觉到了自己的饥肠辘辘,对俞子江道:"喊她们一起出去吃夜宵?"

半分钟后,唐小甜的声音从堂屋里清清脆脆地响起:"我从傍晚到现在只喝了半杯饮料，另外半杯还被你大哥喝了，现在正饿得不行了呢。我要吃小龙虾、烤羊肉串，还要一个烤茄子和香菇！睡觉前啊，一定要吃得饱饱的，这样才不会做饿梦。"

"小甜甜，快走。我每个都想吃。"

穿过一条街，到了拐弯处有一家烧烤小龙虾店，盛夏时节生意鼎盛。

唐小甜四人老远就闻到了一阵又一阵的烤肉香味。

唐小甜此刻心情大好，想着伊致和俞仁杰最近为了店铺一直忙碌，帮了那么多的忙，便"豪气干云"地道："今晚我请客！大家随便点。"

"好。"俞仁杰坐下后，抬手招来了老板，毫不客气地点了蒜蓉和十三香两种口味的小龙虾和各种牛羊肉串鸡翅等。

唐小甜和俞仁杰一人一瓶啤酒，"半杯倒"的杨伊致和俞子江则选了凉茶。

俞仁杰素来爱干净，加上广州的地域习惯使然，在外面吃东西用开水烫一下碗筷是开吃前的必备仪式。他唤来了老板娘，要求送一壶热水。

他用热水把自己面前的一套碗筷仔细地烫过后，很自然而然地放在了唐小甜面前。

俞子江见状，看了一眼俞仁杰和唐小甜，又低头看了看自己面前的那一套碗筷，觉得它和自己一样是多余的。

幸好他大哥俞仁杰在最后时刻还想起了有他这个亲弟弟，给他倒了水烫了碗筷，及时地挽救了"岌岌可危"的兄弟之情。

不多时，满满两大盆诱人的小龙虾上来了。

唐小甜用筷子夹了一只小龙虾，准备大快朵颐。

俞子江拦住了她："小甜甜，你别动。你的手受伤了，不能剥虾。"

唐小甜："受再重的伤也拦不住我想吃小龙虾那颗狂野的心！这不过是拔根倒刺撕到的小伤口而已！"

俞子江："放心，我已经把剥虾的任务交给俞仁杰了。"

唐小甜根本不信。毕竟俞仁杰横看竖看左看右看都不像是那种会给人剥虾的人！

然而，下一秒，她眼睁睁地俞仁杰拿起一只小龙虾，默不作声地用戴了透明塑料手套的十指灵活地剥着虾壳，剥完后，把红嫩鲜香的虾肉搁进了她面前的空碗里头。

唐小甜张口结舌地看着虾肉，心咚的一下狂跳了起来，而后"怦怦怦""怦怦怦"，剧烈狂乱得仿佛要从胸口跳出来了。

很快地，又一只小龙虾的虾肉搁进了她面前的碗里。

唐小甜唯一能做的是按着胸口，夹起虾肉，送进了嘴里。

夏日的小龙虾对唐小甜这个吃货来说可是人间美味，可此时的她却慌乱得完全品不出小龙虾是蒜蓉做的还是十三香做的。

却还是好吃的。

但这好吃跟过往每一次吃到的美味又不一样。仿佛是更加鲜甜，更加唇齿留香，叫她每一口都珍惜。

本来对两人之间的状况还有些小小不确定的杨伊致，此刻心里了然极了。

她偷拍了两张照片，一张是俞仁杰剥虾，一张是俞仁杰把虾搁进唐小甜面前的碗里，私发给了周诺和李李："剥虾的兄弟！"

李李秒回："我就知道这对纯洁得可以一起去厕所的兄弟早晚会发展出一段奸情！"

周诺却是一直没有回复。

俞子江填饱小肚子后，便打着哈欠说自己想回去睡觉了。

他说一个人回去害怕，拉着杨伊致回家，给唐小甜和大哥创造了独处的空间。

杨伊致心领神会，立刻从善如流地应下："走吧，我也正好有事。"

杨伊致都会在睡前跟杨泽恩大哥视频通话，说很久很久的话。每晚都被塞狗粮，觉得自己受到亿万点伤害的单身狗唐小甜一边吃着烤串，一边摆手道："去吧，去吧。跟杨大哥视频恋爱去吧！"

两人走后，唐小甜一边消灭小龙虾和烤串，一边呼辣，而后"咕咚咕咚"地喝啤酒解辣，很快便解决了一瓶啤酒，又开了一瓶。

俞仁杰见她这喝酒的豪迈架势，眼皮跳了跳："你能喝几瓶？"

"这啤酒好淡，像矿泉水。我还可以喝几瓶。"唐小甜说着，招手让老板再拿两瓶啤酒过来。

俞仁杰见她眯着眼睛说话的阵势，知道她的酒量肯定比她说的还不如，一把拦了下来："好了，够了。"

"不够，怎么能够呢?！朝辞白帝彩云间，我唐小甜是半斤八两只等闲。"

"少喝点。"

"为什么少喝点？人生得意须尽欢！"

这两天因为俞仁杰和别的女人的一个拥抱，她吃啥啥不香的，必须得补偿回来。

俞仁杰拦不住她，只能继续剥虾。

唐小甜低头去拿虾，只见自己面前满满两碗的小龙虾虾肉，饶是脸厚如她都觉得自己有些太过分了。

她拿起了一只虾,递给了俞仁杰:"愚人节,你忙活了半天都被我吃了,你自己也吃几只小龙虾吧。"

"好。"俞仁杰二话不说,凑了过来,张嘴就咬住她手里的那只虾,抿嘴的时候还把她的两根手指含住了。

手指进入了一个湿湿热热的柔软场所。

喝下去的酒精似乎一下子烧了起来。唐小甜轰的一下,整个人呆住了,直愣愣地看着他,手举在半空中,保持了刚才拿虾的姿势。

俞仁杰似浑然不觉,在嘴里翻来覆去地慢慢咀嚼,细细品味:"嗯,这家的小龙虾做得确实不错。怪不得这家店每天晚上的夜宵生意这么火爆!过几天我们再来吃。"

唐小甜慢了一拍地回过神来,似被电到一般,迅速地放下悬在半空中的手。

她的视线再一次地落在了俞仁杰的唇上,只觉得油光润泽、唇珠诱人,她只觉得自己好热,口好干,那种想去亲一口的感觉又涌上了头。

此时的唐小甜尚有几分清醒,知道不能亲。

做人可是要讲义气的!妄想谁也不能妄想自己的兄弟啊!

可如此一来,嘴巴更渴了,她拿起酒杯,咕咚一声就把杯中之酒一饮而尽了。

……

那天晚上,最后的结果,当然是……

"我没醉……那条路怎么……一会高……一会低,波浪一样地……动来动去动个不停……愚人节……快快帮我扶住那条路……"

下一瞬,被石板绊了脚,一个趔趄,唐小甜便朝地上扑去。

俞仁杰眼疾手快地拉住了她，将她搂抱进了怀里。

唐小甜呆了一呆，睁大了如小鹿般圆圆的湿漉漉的无辜的眼睛迷迷怔怔地望着他。

好半天后，她才大着舌头，一字一顿地说："愚人节……你的眼睛可真好看……那些说星星好看的人，肯定是没见过你的眼睛……"

俞仁杰倏地愣住了。

从前那些盘旋在心头的醋意和恼意霎时间消散了，他的眼里和心里霎时一片温柔缱绻。

"真的吗？你再说一遍。"

唐小甜重重点头："真的。我觉得你的眼睛好好看。"

俞仁杰诱哄道："那给你看一辈子好不好？"

"好。"

俞仁杰心满意足地笑了，见烧烤店有人出来，纷纷把视线投在两人身上。他不想被人偷窥两人的亲密，哄着她道："走吧。我们回家，回家再说。"

"不回家，不要回家。"

"好，好。那就不回家。"

"愚人节，我跟你说件事情哦……"

"什么事？！"

"我也不知道自己怎么了，每次一靠近你，我就会生病……"

俞仁杰皱了皱眉头："生病？"

"这病奇怪极了……就是每次你一靠近我，我的心老是会怦怦怦地跳个不停……我的身体会发热，我的手脚也会僵掉哦……但只要你离我远一点，我就没事……

第十三章 一失足成千古恨

"还有,刚刚相亲的时候,我就一直在想你……觉得你比他长得好看,比他能干,比他会做菜……反正什么都比那个人好……你什么都是最棒最好的……"

俞仁杰呆住了。

他不知道唐小甜说的这些话属不属于情话范畴。倘若属于的话,这是他此生听到的最真实动听的情话。

幸福来得太突然了。他觉得自己仿佛是那条被肉包子打中的狗子。他又惊又喜又不敢置信。

"那我现在抱着你,你热不热?"

"热的。很热的。"

"怎么个热法?"

"就是好像马上要烧起来的那种感觉……"

"所以你前段时间是因为这个原因才会躲着我的,是不是?"

唐小甜重重地点头:"嗯。"

"你看到我和人拥抱,是不是生气了?"

"嗯。很生气,气坏了……气得什么好吃的都不想吃……"

"唉!又傻又笨。可是又那么可爱……我以后可怎么办啊?!"

唐小甜只觉得俞仁杰的唇一张一合,唇形好看极了,她好想亲一口……她只觉得脑子发蒙,心跳也快了一拍……她缓缓地凑了过去,用自己的唇堵住了他的嘴。

俞仁杰呼吸一顿,而后反客为主,含住了她的唇……

两人在树下接了很长很长的一个吻……直到俞子江高兴雀跃的声音大声地传了过来:"啊啊啊!李大哥,怎么办啊?他们在亲亲呢!好羞羞啊。真是的,怎么可以这样子?!这样会教坏我这个小朋友的啦!"

这小子的演技真浮夸！演得可真够假的！俞仁杰一边吐槽着亲弟，一边抬头，看到了不远处的李天明和捂着眼、开心得在原地转圈圈的俞子江……

不置可否，李天明是有一刹那落寞的。

但这些天来，看到唐小甜和俞仁杰旁若无人地出双入对，他早就明了了。

李天明落落大方地朝俞仁杰一笑，用手揉了揉俞子江的头发，转身道："走吧，小机灵鬼。你的目的达到了！"

俞仁杰在弟弟俞子江的帮助下不战而屈人之兵。

大获全胜！

广州城。

李李收到杨伊致发来的那张"剥虾的兄弟"的照片的时候，正好跟小鲜肉张新宪吃好饭，在逛商场。

路过商场一楼，张新宪拉着她的手进了一家品牌店："李李姐，我下周三要跟着你一起去见委托方，还缺一套正装。我想进去试一下里面的西装。"

这家品牌属于轻奢品牌，一整套正装的价格可不便宜。但小鲜肉只说进去试穿一下，李李也不好拒绝，便和他一起进入了店里。

柜姐笑容满面地迎了过来，听张新宪说想试穿正装，忙殷勤热络地带着两人来到了衣架前挑选，在介绍每款特点的同时，极力推荐。

她见张新宪的目光停留在一套正在熨烫的西服上，说想要试穿一下这一套，不由得赞道："先生，您的眼光太好了。这是我们店铺今天刚到的秋季最新款。我正准备熨烫好给橱窗里的模特穿上显示呢。"

柜姐取来了西服,一并取来了一根皮带和一双黑皮鞋:"先生,这是我们配套的皮鞋和皮鞋。您也可以一起试一下。"

张新宪看了看自己脚上的白球鞋,讪讪道:"李李姐,我确实也缺一双配套的皮鞋……也没有皮带……"

李李无奈,只好道:"那就一起试一下。"

张新宪接过了柜姐手上的衣物,进了更衣室换衣服。

不一会儿,更衣室的门打开了。

"李李姐,你看怎么样?!"

张新宪人高腿长,模特般的身材,天生就是个衣架子。此刻,剪裁精致的黑色西装衬得他宽肩长腿尽显的同时,将他整个人的气质衬得比往日成熟沉稳了几分,甚至隐隐约约中还透露出一种清贵气质。

这也是李李头一回看到张新宪穿得这么正式隆重。别说柜姐看呆了,连声赞叹,连李李也是怔了一怔。

果然是人靠衣装马靠鞍!李李就算想口是心非,也说不出"难看"两个字,只得装作云淡风轻状地点了点头:"还行吧。"

张新宪睁着清澈无辜的眼睛,问她:"李李姐,那我要不要买?"

柜姐见状,知道成交在望,今天的业绩在朝她招手,赶忙巧舌如簧地大力推销:"这位先生,这一身西服实在太合适你了。你穿起来的样子跟我们海报上的代言明星一比,都毫不逊色呢。"

张新宪不说话,眼巴巴地看着李李,像足了一个想要吃糖的小孩子。

在律所工作,就算是做助理,也确实需要一套好西服,以备各种不时之需。李李肉痛地一咬牙:"买。"

张新宪双眼微微一睁，随即露出了一个阳光万丈的灿烂笑容："谢谢李李姐。"

李李问柜姐："有折扣吗？"

"这是我们秋季的最新款，今天才到店里，所以没有任何折扣。我帮你算一下。这一套西服加上白衬衫再加上皮鞋和皮带，一共是三万八千八十八元。"

看着手机上收到的扣款短信，李李的心头在滴血。她甚至可以清晰地听到那一滴又一滴"啪嗒""啪嗒"的坠地之声。

她平时省吃俭用，自己都舍不得买这个牌子的衣服，现在居然给张新宪买了。

果然！所有的享受都是要付出代价的。

和小鲜肉谈恋爱也是！

一上车，张新宪便凑到她脸上吻了吻，甜言蜜语张口就来："李李姐，谢谢你，你对我真好。"

自打两人在一起交往后，张新宪就天天朝她哭穷，说实习工资太少，又要租房子又要一日三餐还要来回交通费，严重不够花。他但凡有机会就找她各种蹭车蹭饭不说，还让她买新衣服买新鞋子。张新宪超级会撒娇，让李彩霞拒绝都不能。

李彩霞作为一个连异母弟弟都"不扶"的人，现在竟然天天抚养张新宪。

守财奴李彩霞每天晚上看着手机账单，肉疼不已，恨自己贪图"男人美色"，沦落到了这个地步。

她每晚临睡前都下定决心，明天一定要拒绝张新宪的各种要求（哪怕是买一瓶矿泉水），可每每到第二天就破功。

她可是不为感情流一滴泪，只为钱财夜不能寐的守财奴李彩霞啊！怎么可以这样呢？！

对此，李李自己都觉得不可思议，感觉自己像是被人下蛊了。

一进家门，张新宪将李李壁咚在了墙上，捧着她的脸便热情如火地吻了起来。

李李瞬间有了一种当金主的感觉，现在正被包养的小鲜肉殷勤讨好侍候。

张新宪喘息着放开了她，稍稍呼吸了几口气后又亲吻了上来。

异常热情。

李李在心里道："怪不得古代帝王们喜欢对美人各种赏赐，甚至烽火戏诸侯只为博得美人一笑。现代金主们喜欢一掷千金给美人买买买。原来这些钱花出去，到最后是会换成美人恩加倍地回报回来的。"

张新宪将她紧紧地搂在怀里不肯放开。李李听着他"怦怦怦"的心跳声，觉得自己的心跳也跟着热烈了起来。

"李李姐，你坐着，等我一下。"张新宪把她按坐在沙发上，从随身的黑色双肩包里取出了一张卡，双手捧着，郑重万分地交给了她："给。"

"什么?!"

"李李姐，这是我在事务所的工资卡。密码是李李姐你的生日。"

李李被他的这个举动弄得一愣："你的工资卡……为什么要给我?"

"李李姐，我长这么大，你是这个世界上除了我妈外对我最好的人。所以我想把我所有的钱都交给你保管，以后你想怎么花就怎么花。"

李李不觉气笑了:"你一个月的实习工资才四千多块钱,单单跟人合租个房子就要花两千多,还要各种日常开销……自己都不够花,拿什么给我花?!"

闻言,张新宪露出了伤心委屈的小眼神。

李李知道自己有时候的言语过于犀利,怕伤他的自尊心,口气软了些许:"好了,把卡拿回去吧。"

张新宪不说话,过了一会儿,他小心翼翼、字斟句酌地说:"李李姐,其实……其实我想搬来跟你一起住。"

这话一说出口,饶是精明干练如李李都惊呆了:小鲜肉这是在跟她提出同居啊?!

小鲜肉张新宪长得年轻帅气,浑身上下都充满了阳光活力,是大学校园里最受女生欢迎的校草类型。属于就算自己不主动,也会有很多女生飞扑而上的那种,显然不可能是初次谈恋爱的。李李一直觉着小鲜肉是跟小妹妹谈久了,哄腻了,厌倦了,想尝试一下姐弟恋,感受一下被姐姐宠着哄着的感觉,所以才跟她谈恋爱的。

而她李李贪图男色和年轻美好的肉体,确实想跟他好好地谈一段恋爱。可她从来没想过两人会进一步发展,更没想过要和他同居,让他真正走进她的生活。

"李李姐,你是我想照顾和保护的人。"

照顾?!保护?!一个连工作都没有转正的人,她照顾他还差不多。可小鲜肉的表情真诚郑重,目似朗星,此刻正盛着一片柔光,叫人一下子无法拒绝。

但李李不是恋爱脑,一针戳破他:"你……是不是没地方住?"

张新宪坦坦荡荡地认了:"差不多吧。我租的房子要到期了,而且我也不想浪费钱租房子了。李李姐的 Loft 公寓够我们两个人住的。而且两个人在一起的开销比一个人要省钱。"

连开销都算过了。李李无语了。

"李李姐,你是知道我的情况的,我妈妈去世后,我爸就娶了继母,生了弟弟。我一个人孤零零的,没人爱也没人疼……就算实习工资不够,家里也不会再给我一分钱了……李李姐要是不让我搬进来的话,我以后只能一天吃三顿方便面了……"

来了来了又来了,小鲜肉又在跟她卖惨装可怜了。

李李最受不了就是小鲜肉这一点。明知小鲜肉是故意装可怜,但她却又无法狠心拒绝。

因为两人的身世同病相怜。同样的母亲早逝,父亲另娶,生了个弟弟。

没了娘,爹不爱,在那个所谓的家里头,他们都是属于多余的那一个。

"李李姐,要是你不反对的话,那我这两天就搬进来了……好不好?

"李李姐,我想天天跟你在一起。每天早上一睁眼看到的人是你,每天晚上睡觉闭上眼睛前看到的人也是你。我想给你洗衣做饭拖地。李李姐,你别拒绝我嘛。"

小鲜肉的情话不要钱似的一吨一吨往外洒。

"李李姐,好不好吗?"

"我……"李李清楚地知道:要是她拒绝,两人之间也基本玩完了。

张新宪见她没有一口拒绝,就知道这事有戏,立刻打蛇随棍上,说:"李李姐,你放心。我知道你不想让律所的人知道我们两个在谈恋爱的。我绝对不会影响我们两人的工作的。

"李李姐……"

小鲜肉的年轻活力,小鲜肉美好的肉体……两人如今正情热之际,李李舍不得就这么断了,沉吟了好一会儿,才不情不愿地答应了下来:"好吧。可是我们之间要约法三章,要是你犯规,我就把你赶出去。"

张新宪见她不说话,心头开始惴惴不安了起来。他也怕她拒绝。但凡拒绝了,估计就是要跟他断了的意思。此时听她这么说,顿时喜出望外,忙一口应下:"好。李李姐说什么我都答应。"

"第一点,跟我同居期间,不许跟办公室里的小绿茶们勾勾搭搭。"

"李李姐放心。我不会的。"

李李:"话别说得这么满。我今天下午可是亲眼看到的,那个周律师新招进来的小助理让你帮忙搬资料……帮完忙呢,小绿茶还帮你用纸巾擦汗是吧?你是不是很享受啊?!"

张新宪忙不迭地为自己叫屈:"李李姐,我没有!今天下午我正好经过她边上,她喊住我说她搬不动,让我帮个忙……我看她是新来的同事,又是个小女生,也只好帮忙了。我真的没有享受。李李姐,你没看见她拿着纸巾的手一伸过来,我立刻躲得远远的吗?!"

确实看到了!要不是看小鲜肉今天这么乖的分上,她也不会给他付款买那么贵的西服。

"哼!欲擒故纵这种技能,小绿茶最擅长了!你看着吧,今天你的一个小帮忙,明天她就可以借机请你喝咖啡喝奶茶来拉近彼此间的距离了。"

张新宪露出了不可思议之色。

李李火眼金睛，立刻瞧出了不对："怎么了？快给我从实招来！"

张新宪弱弱地道："她下午已经请我喝过咖啡了……"

"动作居然这么快?！现在小绿茶的技能迭代升级也太快了……连故作矜持这招都不用了吗?！"

李李觉得诧异，转念一想，立刻明白了过来：主要是小鲜肉太出色了，小绿茶觉得事务所里对小鲜肉虎视眈眈的人太多了，她优势不明显，竞争力不强，只能眼疾手快，用先抢先得这一招了。

李李上上下下地把小鲜肉打量了一番，面上不显露，心里则是傲娇不已：小鲜肉现在可是我李彩霞的。你们这些小绿茶尽管放马过来吧！

"第二点，在事务所跟我保持同事间的距离，有多远就给我离多远，不要有事没事的老是来办公室找我。"

"可是……我是助理，案子这么多……"

"助理怎么了？你是整个办公室的助理。案子多怎么了？反正没事就离我远一点。"

事务所的人个个都是人精。李李想的只是尽情享受每一个当下，从来没想过会跟张新宪走很远，更不想因为跟他的这段办公室地下恋情砸了自己这几年辛苦工作树起来的金字招牌。

"第三点，也是最重要的一点，你给我听好了：就是不许乱买东西、乱花钱。赚钱很不容易，要省着点花钱。"

"好。可……我就是想着李李姐这么工作这么辛苦，平时应该吃好点喝好点。"

这话是好听，可出钱买单的人都是她啊！

"不许反驳。省钱知道吗?! 我这个小 Loft 只付了个首付,还有三十年房贷要还呢! 不省吃俭用,我拿什么来还! 到时候还不出来,我把你卖了!"

小鲜肉抬眼环顾了一圈 Loft,低下头:"好。我都听李李姐的。"

与此同时,收到剥虾照片的周诺正要打字回复,徐劲渊从身后抱住了她,探手接过她的手机,将其关机后,随手将其扔在了沙发上。

徐劲渊吻住了她,热烈缠绵得仿佛没有明天。

每当这一刻,周诺会觉得徐劲渊是真实的,是喜欢自己的,如同自己喜欢他一样。

次日,唐家小院。

唐小甜醉酒后断片了,一觉醒来,根本就不记得她和俞仁杰亲吻的事情了。

她刷好牙洗好脸下楼,就看到小蘑菇头俞子江笑眯眯地朝她蹦蹦跳跳着过来:"大嫂。"

唐小甜的头残留着醉酒后的头昏脑胀,没怎么听清楚,随口"嗯"了一声。

俞子江屁颠屁颠地跟在她身后,殷勤备至:"大嫂,你想吃什么早饭? 我请你吃。"

唐小甜这回听清了,揉着发胀的额头,问道:"鱼子酱,你喊我什么?!"

"大嫂喽。"

"大嫂是几个意思?"莫非最近又有新的网络流行语出来了?

她又 Out 了。

"就一个意思啊。我大哥的老婆不就是我大嫂喽。"

"哦。"唐小甜随口应了一声。她伸了伸懒腰,打了个大大的哈欠,随后反应了过来:"等一下!你大哥的老婆是你的大嫂没错,可你大哥的老婆跟我有什么关系?!"

"我大哥老婆就是小甜甜你啊。"

唐小甜大惊失色:"我……我什么时候成了你大哥的老婆了?!"

"昨天晚上啊!小甜甜,你想抵赖可不行哦。"俞子江"嘿嘿嘿"一笑,从裤兜里掏出了手机,"早料到小甜甜你会用这招。幸好我早有准备,把证据录了下来。"

所谓有图有真相!他不只有图,还有视频!

唐小甜看了个开头就傻掉了。

视频里,是她和俞仁杰亲吻的画面,而且还是她主动扑上去亲俞仁杰的画面。

人证、物证都确凿!想要赖抵赖都不成!

她抢过来想要删掉,毁尸灭迹。

俞子江大大方方地让她删:"我一早就发给我姨妈、我表哥他们了。反正发了好多人,广而告之:我大哥有女朋友了。"

意思是毁尸灭迹这一招也没用了!

唐小甜只好装傻充愣,一再说是她喝醉了,一时糊涂而已。

俞子江却是怎么也不同意,还对她说:"小甜甜,你亲了我大哥,就要对他负责啊。你可不能始乱终弃啊!"

这么严重?!唐小甜:"……"

"反正你不想负责也不行。现在这整条街都知道你亲了我大哥了。嘿嘿嘿!"

唐小甜根本不信他的话。

于是，她穿了大T恤和短裤，脚上一双人字拖，拉着俞子江陪她去吃早饭。

一转弯，就看到一群邻居凑在一起在热聊。

唐小甜看这架势觉得有瓜可吃，便上前。

"我早就说了小甜和姓俞的小伙子是一对。你们都还不信！"

"我们这不是问了唐爷爷，唐爷爷说不是吗？！"

"你最厉害，我们这回走眼了，走眼了。"

"小甜和姓俞的小伙子是很般配哦！"

……

想吃别人的瓜，结果自己成了别人的瓜。唐小甜目瞪口呆，拉着俞子江就想快闪。

邻居甲不经意抬头，看到了她："哎呀，是小甜啊。巧了，我们正在说你呢？你和姓俞的小伙子什么时候请我们吃喜糖啊？！"

大伙八卦他们正在兴头上，见了唐小甜都可兴奋了："是啊。小甜，可别忘了我们的喜糖啊……"

"小甜啊，这个姓俞的小伙子不错哦！"

唐小甜只想遁地而去。

"小甜，你别走这么快啊……"

什么是一失足成千古恨！这就是！

唐小甜捂住了脸，只觉得没脸活了。

她是真的喝醉了，才会不受控地亲了俞仁杰。

结果，她人生难得做一次"坏事"，不只被小蘑菇头俞子江和李天明大哥撞了个正着，还被好几个街坊邻居看见了，传遍了一整条街。

现在但凡她一出门，就是整条街上最靓的那个仔！还是自带光环和BGM那种！

……

唐小甜草草地啃了几口油条大饼填了填肚子，鹌鹑似的躲在了房间里，恨不得躲一辈子。

但这是不可能的事情！

"小甜甜，下来吃午饭了。"

唐小甜磨磨蹭蹭地下楼，爷爷、伊致、俞子江还有俞仁杰都已经围坐在堂屋的八仙桌前等她了。

桌上满满的一桌粤菜，豆豉蒸排骨、清蒸海鱼、苦瓜炒蛋、咸虾膏炒通心菜、山药板栗煲骨头汤，还有一道盐焗蟹。

这么丰盛！唐小甜有些惊讶。

每一道都超好味。她不敢抬眼去看俞仁杰，把头埋进了饭碗里。

至于俞仁杰，则是毫无异样，仿佛昨晚两人之间的这个吻根本不存在一样。

其余几人都不说话，快速地吃完，然后一个个地都走了，把他们两个留在了堂屋。

唐小甜也想跟着他们一起走啊，不想和俞仁杰独处。可每顿饭后的洗碗任务是她的，走不了。还有她很想……很想啃螃蟹……这一大锅的盐焗蟹都还没动呢……

她转念又一想：俞仁杰住在家里头呢。躲了今天，还有明天。躲是躲不掉的。

所谓的伸头是一刀，缩头也是一刀！管他呢！这样一想，唐小甜释然了，夹起螃蟹就开啃。

她一边津津有味地吃着，一边在心里赞叹："愚人节怎么每道菜都做得这么好吃呢！我一直减肥失败的罪魁祸首看来就是他！"

俞仁杰好整以暇地陪着她。

搁在桌上的手机响了起来。俞仁杰任它响着，不接电话。电话断掉了，再度响起。

唐小甜实在忍不住了，出声提醒他："愚人节，你电话。"

"能有什么重要的事？最重要的人都已经在我面前了！"

唐小甜脑中"嗡"的一声响。她蒙圈了，捏着手里油光淋漓的螃蟹，直直愣愣地看着他。

"昨天晚上也是。我不接女同学的电话，是因为在当时的车子里，世界上对我来说最重要的两个人都坐在我身边。"

唐小甜面红耳热地反应了过来，低下头拼命啃螃蟹以掩饰。

俞仁杰见她这副小样，就知道她还想装傻充愣，不肯面对，便开门见山地说："唐小甜。我们聊一聊吧。"

"聊……聊什么？"

"聊一下我们之间的事情。"

"我们之间……好像……好像也没什么可以聊的吧……"唐小甜感觉悬在头上的那把剑要砍下来了。而她无处可逃，只能眼睁睁地看着剑一寸一寸地落下来。

"怎么没有？！"俞仁杰咳嗽了一声，清了清喉咙，道："你看，你没有男朋友……我呢，没有女朋友……要不，你做我女朋友吧？"

唐小甜心慌意乱，手足无措，脱口而出："不行……"

这两个字说出口后，她的第一反应是抓着蟹脚，瞧着眼前一桌子菜，忧心忡忡地问："不做你女朋友，你还会继续做好吃的吗？"

俞仁杰扫了一眼她手里那只张牙舞爪的螃蟹，"哼哼"一笑："你说呢！"

那就是以后再没有美食吃了的意思！唐小甜内心百般纠结：对自己兄弟下手这种事情是有点丧心病狂，但没有愚人节的美食她会抓狂啊！

既然说开了，俞仁杰索性打破砂锅问到底："你为什么拒绝我？是因为李天明吗？莫非你喜欢李天明?!"

唐小甜愣了：这跟天明哥有什么关系?!她什么时候喜欢天明哥了?!

见她不说话，以为她默认了。俞仁杰大吃飞醋，愤愤不已："看来是真喜欢。果然啊！青梅竹马，天作之合，天生一对！"

唐小甜大觉委屈，扔下了手里的螃蟹："是什么给了你这样的错觉?!我和天明哥明明只是兄妹……愚人节！你凭什么侮辱我和天明哥之间纯洁的兄妹之情！"

纯洁的兄妹之情！什么怒气都顿时烟消云散了！俞仁杰面色立刻多云转晴，起身坐到她身边。

唐小甜紧张了起来，嫌弃道："你好好的，坐我身边干吗？这么多位置……离我远点坐。"

"唐小甜，我问你：现在我坐在你身边，你的心是不是会怦怦怦地跳个不停，身体会发热，手脚也会僵掉……

"唐小甜，我的眼睛是不是很好看。那些说星星好看的人，肯定是没有看到过我的眼睛……"

唐小甜惊呆了（毕竟喝断片了，完全不记得自己所说的了）："你……你怎么会知道的？"

俞仁杰不答反问："你知道这些反应代表着什么吗？

"那天在咖啡店你看到我的女同学拥抱我，是不是很不开心？

"还有,你那天相亲的时候,是不是觉得我比那个相亲对象长得好看,比他能干,比他会做菜……反正什么都比那个人好……我什么都好……

"你知道这些代表着什么吗?"

在唐小甜的瞠目结舌中,俞仁杰一字一顿地道:"这些都代表着喜欢!

"唐小甜,你喜欢我。

"所以,看在你这么喜欢我的分上,我就勉为其难一下,做你男朋友好了!"

……

埋伏在院子里的唐爷爷、杨伊致、俞子江三人一直偷偷地探头探脑,盯着堂屋里头的动静。

唐爷爷:"到底怎么样?!"

俞子江:"不知道呀。"

"哎呀,急死我了。我都满头大汗了。"

"爷爷,你这是被大太阳晒的吧!"

唐爷爷摸了一把额头的汗:"好像是!"

一会儿后,俞子江发出了"耶"的一声喜悦惊呼:"成功了!"

"你怎么知道?"

"我大哥在帮小甜甜洗碗了。"

唐爷爷和杨伊致又盯着细瞅了一会儿,也没瞅出个所以然出来:"洗碗也没什么。这难不成是你们兄弟两个的暗号?!"

"不是。唉,你们不懂啦!我们广州的男人都是这样的:自己的老婆自己疼嘛!"

"就洗个碗而已。不能算吧?"

"哼!你们要是不信就等着瞧吧!"

……

俞仁杰怎么就成了自己男朋友呢?!唐小甜左思右想,完全不得其解。

不过嘛,感觉还是非常不错的。

唐小甜一个人偷着乐。

这日,木工爷爷把两人设计的下午茶用的点心匣子做了出来,分别有四个规格:三宫格,四宫格,六宫格,九宫格。

唐小甜把做好的糕点搁了进去。小巧可爱的糕点搁在木制的点心匣子里,无论从哪个角度看,都美得可以拍摄成电脑屏保照片。

"愚人节,真好看啊。"唐小甜情不自禁地握住了俞仁杰的手,眼里满满的俱是惊艳。

"嗯。"

素来挑剔的俞仁杰也对点心匣子很满意。他让木工爷爷把他们订购的数量尽快赶出来。

木工爷爷见两人对自己做出来的点心匣子的喜爱之情溢于言表,心里头也高兴极了,眉开眼笑地应下:"好。我这就回去赶工。"

如今的年轻人装修都喜欢工厂里流水线生产出来的家具,嫌弃他用心打出来的实木家具又土又笨重。然而,这个姓俞的小伙子却是不同,每回都对他做的东西爱不释手,总是夸赞他手艺好,说榫卯结构做得精致,说每一处都透着手工制作的大气严谨,说这才是真正的中国传统工艺。还说他这样懂得传统木工制作的手艺人,在现在这个社会已经越来越难找了,叮嘱让他一定要找个徒弟把这门好手艺传下去，可千万别失传了。

木工爷爷这辈子获得的夸奖加起来都没有这段时间多，他简直像是遇见了知音一般，打鸡血似的兴奋，每天加班加点给他们制作。

今日亦是。

于是，木工爷爷跟老兄弟唐寿山喝了一杯茶后就告辞了，欢欢喜喜地回去赶工了，说要给小甜尽快赶制出来，好让小甜早一点开店。

"愚人节，这么好看的糕点真的是我做的吗？"

看着点心匣子里那又美又高档又精致的糕点，唐小甜依然觉得不敢置信。从前在老妈口中又笨又迷糊的她，怎么能做出这么好看又好吃的糕点呢？！

俞仁杰回握住了她的手，与她紧紧地十指相扣："点心匣子是你亲自设计的。糕点都是你亲手制作做出来的。不要怀疑你自己。你很棒！非常棒！超级棒！"

"真的吗？"

"比珍珠还真。"

俞仁杰温柔凝视着她的眼，眸子里有流光万千。

也不知为什么，唐小甜突然觉得牵手不够，她很想抱一下他，亲一下他。

唐小甜想起曾经看到一段文字说："真正的爱情是脸红，心跳，想亲吻，想拥抱，想和她（他）没完没了地肢体接触。也想一句话不说地看着她（他）。眼里满满的都是她（他）。"

唐小甜发现俞仁杰每一个都中。

而且她也是。

怎么办呢？！

现在有俞子江在,她要控制她自己。毕竟带坏小朋友这种事情不好。

但她还是没控制住,趁俞仁杰低头给点心匣子和糕点拍照的时候,凑上去偷偷地亲了一下俞仁杰的脸。

如蜻蜓点水,一触即分。

唐小甜捂着心怦怦乱跳的胸口,扬扬得意地以为瞒天过海,小蘑菇头俞子江没看到。

但她忘记了俞子江的对面是落地玻璃窗。

天天被虐狗,关爱一下未成年单身狗好吗?!俞子江捂着眼,只觉得没眼看了,默默地转身去了洗手间。

……

等点心匣子的照片拍完,唐小甜才发现俞子江又不见了,问俞仁杰,得到的答复是去洗手间了。

闻言,唐小甜不禁大感忧心:"愚人节,要不我们还是带鱼子酱去看一下泌尿科吧?鱼子酱情况真的不对啊。这么小小的年纪,一天往洗手间跑 N 趟的……"

俞仁杰忍俊不禁,轻轻地弹了弹她的额头:"看什么泌尿科!他这是借故离开,让我们两个可以独处呢。"

可这是很久之前就开始的事情了……唐小甜想了想,震惊了:"愚人节,你到底是什么时候开始妄想我的?!

"还有,你说勉为其难一下做我男朋友。你哪里勉为其难了?!你说!

"我们唐家家规第一条是坦白从宽、抗拒从严!快说!"

俞仁杰与她十指紧扣,温柔地说:"好。我坦白:我俞仁杰妄想唐小甜很久很久了。

"唐小甜的每一个样子我俞仁杰都喜欢。"

……

情话不要钱似的一筐一筐地往外倒。

想不到谈恋爱之后的俞仁杰竟然是这样的！从前那个面瘫似的每天毒舌的俞仁杰简直就像是假的，从来不存在一般。

唐小甜晕晕乎乎的，脑中只剩下了一个念头：谈恋爱真的好棒啊。怪不得大伙都想谈恋爱呢！

木工爷爷把田字格的落地窗一做好，装修的施工人员随即装上了落地玻璃。

店铺已具雏形了。

哪怕店铺订制的桌椅未到，软装都没有好，可在巷子口那株已过花期但枝繁叶茂樱花树的遮盖下，在小巷里一片绿幽幽爬山藤的映照下，在唐爷爷种植的大片绣球花的衬托下，那一片田字格玻璃墙已经漂亮地吸引了所有路过的人驻足。

年轻人则是纷纷拿出手机找角度拍美照发圈。

这一发圈，底下总会收获一波留言，问这店在哪里、是做什么的，怎么装修得这么好看，拍照这么出片，等等。

回复说是新塍镇的唐爷爷糕点铺，现在在重新装修，以后不只出售手工糕点，还做咖啡茶饮。

"呀，是唐爷爷糕点铺啊。这家我知道，做传统糕点的，据说经营了好多代了。每天现做的新鲜糕点，很好吃的。我奶奶就喜欢他家的口味呢。每次去新塍镇，都要买一些回来。"

"我爷爷奶奶也喜欢那家的糕点。我爷爷说唐家的糕点当年在浙北的名气那可是响当当的，他们称第二的话，可没人敢称第一啊。"

"听说他们唐家当年可是新塍镇上数得上的富裕人家，糕点铺那半条街都是他们唐家的……"

"哎呀，咖啡茶饮搭配传统糕点，这个有点意思啊！那到时候开业了，怎么也得去尝尝啊。"

"听说是糕点铺唐爷爷的孙女回来了，跟着爷爷学做传统糕点，所以才重新装修的。"

"是的。听他们的邻居说这个孙女很有天赋，做的糕点比爷爷的还好吃。"

"有天赋也很正常。他们唐家那糕点手艺这都传了多少代了，骨子里就流着做糕点的血液呢?!"

"可不是。据说已经是第十二代还是第十三代了?!"

"哎呀，被你们说得我都想去了。"

……

一来二去地，店铺成了网红，这个城市里很多的年轻人都知道了新塍小镇有家很好看的咖啡茶饮搭配传统糕点的店铺即将开业，都准备来打卡。

至于镇上年龄稍长的老人，茶余饭后的聊天中，也都会忍不住赞一句："唐寿山家这店铺重装得可真漂亮啊。"

"听唐寿山说都是他孙女一手弄的，他什么都没插手。这在大城市见过世面的年轻人到底不一样啊！"

也有人满眼的艳羡："可不是。而且啊，这唐寿山的这个孙女可有孝心了。这不唐寿山前段时间把腿给摔坏了，他孙女还是为了照顾他才从大城市回来的呢！"

"哎呀。这可真是孝顺。这年头不多见喽！"

"这唐寿山的孙女唐小甜啊，不只孝顺，长得也好看，人也好，见了谁都是亲亲热热。"

……

被众人议论的唐小甜，则在俞仁杰、李天明的帮助下，和杨伊致两人一直在忙于设备的购买、软装和办理营业执照等各种事务。

这日傍晚，李天明忽然在群里@所有人，说晚上召集开个会，地点就定在小甜装修好的铺子。

唐小甜问什么事。李天明却不肯说，只说到店里再详聊。

朱泉小心翼翼地牵着阿青的手，早早地过来了。

唐小甜忙招呼他们坐下，端上了切好的水果和俞仁杰制作的广式糖水："朱大哥，阿青姐，天明哥有跟你说为什么要召集大家开会吗？我怎么觉得他今天神秘兮兮的。"

她打趣道："难不成天明哥闪婚了，不知道怎么告诉李爷爷李奶奶他们，所以找我们出主意？！"

朱泉摆手说："没有的事！天明的性格，四平八稳的，干不出闪婚的事情！"

"那是什么事情？我问天明哥。他也不肯说。谈个恋爱的话，也不至于要召集大伙开会这么隆重啊？！"

朱泉和阿青两人对视了一眼，面色犹豫，欲言又止。

最后，朱泉说："这事吧……还挺大的。还是等天明来了再说。"

唐小甜更觉得纳闷了。

可她也只是觉得李天明、朱泉等人有点神神秘秘，并未多在意。直到从李天明这里听到"秦奶奶天天念叨的女儿鹃鹃早已经去世了"的消息，她整个人如遭雷劈，惊呆了。

唐小甜"腾"地从椅子上起身，气呼呼地道："天明哥，你胡说！秦奶奶今天还跟我说起鹃鹃阿姨。秦奶奶是鹃鹃阿姨的亲妈,她自己的女儿是生是死,秦奶奶自己会不知道吗?!"

一口气说完后,唐小甜脑中骤然闪过一些场景,如秦奶奶说起过,和女儿鹃鹃用微信联系的时候,鹃鹃老是发文字,好久都没跟她发微信语音和视频的事情。

再者,天明哥素来是个稳重可靠的人,绝不可能拿这种事情瞎说的!

一冷静下来,唐小甜便意识到不对,看着对面李天明、朱泉肃穆沉重的脸,她猛地打了个寒战。

俞仁杰拉着她坐下:"你冷静一点,听天明哥说完。"

朱泉沉声开口:"小甜,天明说的事情是真的。鹃鹃阿姨已经去世一年多了。"

秦奶奶三十多岁就守寡了,不久后工作的厂子也倒闭了,她不得不下了岗。为了生活,她各种打工赚钱,一路拉扯着女儿鹃鹃长大,又是当爹又是当妈的,过得十分艰辛不易。

如今想不到到了这一把年纪,竟然会白发人送黑发人。

自打来小镇后,秦奶奶就把她当成自己的亲孙女一般,百般疼爱。唐小甜都无法接受这个事情,更别说秦奶奶了!

唐小甜简直无法想象秦奶奶得知这个消息会怎么样。

"鹃鹃阿姨是怎么去世的?"

"她在街头被人抢劫。抢劫犯在她胸口开了两枪,鹃鹃阿姨当场就去世了。"

"那秦奶奶这一年多来一直联系的那个鹃鹃阿姨是谁?"

李天明举起了手:"是我!我和土老财知道这件事情后,担心秦奶奶无法接受这个事实,商量来商量去,最后决定先隐瞒下来,等找到个合适的机会再告诉秦奶奶。

"可如今的科技太发达了,不像早些年,去了国外就很难联系了。我们实在也没办法，只好注册了个新微信，用鹃鹃阿姨的照片做头像，以鹃鹃阿姨的名义跟秦奶奶联系。平时有事没事就在微信上面跟秦奶奶用文字聊天，逢年过节的就给秦奶奶发个红包……"

听到这里，唐小甜猛然想起了一件事情：秦奶奶生日那晚收到红包的时候，李天明和朱泉当时就在厨房切水果。敢情这两个人是躲起来偷偷地在发红包。

唐小甜又问："我爷爷知道吗？"

"知道。不止我们和唐爷爷，我爷爷奶奶、朱爷爷他们甚至所有的街坊邻居都知道。大伙帮忙一起瞒着秦奶奶，平日里在能力范围内对秦奶奶多加照料。正因为有了大家的帮忙，所以我们才能把这件事瞒一年多。"

听到这里，俞仁杰出声道："那你今晚召集大家开会是？"

李天明："这件事情要瞒不住了。昨天，鹃鹃阿姨的老公雷诺跟我联系了，说他买了这个月底的机票，要把鹃鹃阿姨的骨灰送回来，让鹃鹃阿姨落叶归根。我怕秦奶奶受不了这个刺激，会出事情，所以找大家开个会，商议一下该怎么办?!"

这个月底，不就个把星期了吗？唐小甜急了："鹃鹃阿姨的老公这一回来，不就什么都拆穿了吗?!"

俞仁杰想起借楼梯那一回无意间听到的话，道："其实秦奶奶早开始怀疑了，甚至可能知道了，只是她不敢面对而已……"

闻言，大伙纷纷把视线移到了俞仁杰身上。

唐小甜和大伙一样好奇："愚人节，你怎么知道的？"

俞仁杰这才把借梯子当日听到的唐爷爷和秦奶奶谈话的事情说了出来。

唐小甜至此才得知自己爷爷和秦奶奶在地下恋，惊得把眼睛瞪成了铜铃:"什么?!我爷爷和秦奶奶?!"

俞仁杰点点头。

唐小甜看着对面毫无惊讶之色的李天明、朱泉、阿青姐、杨伊致、俞子江五人,她更愕然:"你!你!你们都知道?!"

大伙点头。

唐小甜:"街坊邻居他们也都知道?"

大伙再度齐齐点头。

唐小甜问杨伊致:"伊致你怎么知道的?!"

杨伊致:"我感觉到的。你没发现吗?每一次唐爷爷和秦奶奶在一起,眼神就一直看着秦奶奶,就像粘了糨糊一样,说话也特别温柔。"

唐小甜捂脸:原来唯一被蒙在鼓里的人就是自己!

李天明:"小甜,你不会反对吧?唐爷爷和秦奶奶他们两个老人都单身多年,孤零零的一个人在小镇上守着自己的房子生活。难得两个人两情相悦,相互帮衬照顾。我们所有街坊邻居都乐见其成。其实唐爷爷和秦奶奶就是担心小甜父母,还有小甜你不同意,所以才一直没说。"

唐小甜尚处于震惊中,语无伦次地道:"不是……没有啊……我不是不同意。秦奶奶和我爷爷谈恋爱,又不是和我谈,为什么要我同意呢?!我只是太吃惊了而已,因为我半点没看出来!"

李天明三人大松了口气:"你不反对就好。秦奶奶一直就担心你们会不同意。"

唐小甜:"怎么会呢?!我比你们还乐见其成啊。我老爸老妈也会乐见其成的。他们一直不放心爷爷一个人在老家,想接爷爷去广州呢。如果他们知道爷爷有了可以珍惜的人,可以疼彼此,彼此可以相互照顾，肯定很开心。我们都希望爷爷可以开心幸福！"

最后，言归正传，大伙又讨论起了秦奶奶女婿雷诺回来的事情，都出不了什么好主意。

纸包不住火。瞒得了一时，瞒不了一世。

可如今的情况是，连一时都瞒不下去了。

在雷诺来之前，他们必须找秦奶奶坦白。可找谁去跟秦奶奶说此事呢?!

唐小甜看到众人的目光纷纷地落在自己身上，深感责任重大，赶忙摇头："我不行。我真的不行。我真的真的不行。"

李天明说，那大家一人一票举手表决推举人选吧。

众人连声道好，举手表决，一致同意推举了唐小甜和李天明两人。

唐小甜唯有硬着头皮接下了这个无比艰巨的任务。

这日下午，李天明和她来到秦奶奶的屋子，先是东拉西扯了一番，最后不得不战战兢兢、字斟句酌地跟秦奶奶说了。

他们担心秦奶奶无法接受这个事情，做了各种沙盘推演。甚至，让朱泉和俞仁杰在门外守着，随时准备叫救护车。

可没想到的是，秦奶奶居然十分平静，只说了一句："我知道了。"

唐小甜和李天明对视了一眼，手足无措，不知该怎么办。

唐小甜第一次知道自己嘴巴这么笨，翻来覆去地只会说那么几句话："秦奶奶，你别难过。

"秦奶奶，你别伤心。鹃鹃阿姨在天上，肯定不希望你伤心难过的。"

秦奶奶说自己累了,想要去休息一会儿。

唐小甜:"秦奶奶,我在这里陪你吧。"

"不用了。你们都回去吧,我想一个人待着,好好静一静。"

秦奶奶很坚持。两人再不放心,也不好再继续待下去,便一步三回头地出去了。

掩上院子大门前,唐小甜看见了秦奶奶失魂落魄地坐在椅子上,仿佛失去了所有感知一般。

之后,秦奶奶闭门不出。

连唐爷爷和唐小甜都敲不开门,送去的饭菜搁在了门口,秦奶奶都不碰一下。

第二天晚上,唐爷爷急得团团转,担心得不行了,拖着伤腿想翻墙过去一探情况,被唐小甜和俞仁杰拦住了。

唐小甜:"爷爷,我来。"

俞仁杰扶着梯子,唐小甜爬墙翻进了秦奶奶的院子。随即,俞仁杰也跟着翻了进来。

秦奶奶一个人静静地坐在竹椅里,呆呆地望着天上的月亮。

她一直保持着一动不动的姿势。

唐小甜害怕极了。她手心冷汗直冒,拉着俞仁杰的手上前,想去探一下秦奶奶鼻下的呼吸。

"秦奶奶……"

秦奶奶听得声音,回过了头,目光虚虚地落在她脸上,看着她,又似不在看她:"小甜?"

唐小甜大松了一口气,伸手环抱住了她:"秦奶奶,我知道让你不难过是不可能的。可人死不能复生……我们活着的人要向前看……

"秦奶奶,鹃鹃阿姨在天上看到你这样,也会不放心的……

"秦奶奶,你要好好保重身体。"

……

秦奶奶嘴唇干裂,沙哑地开口:"我的小鹃鹃啊!她爸走的时候,她才十岁,那个时候厂子效益不好倒闭关门了,我下了岗。一个人没办法,只能去打工。可是我又没有一技之长,只好从给人洗碗开始做起,好不容易才把鹃鹃拉扯长大……

"她打小就不让我多操一分心……别家的孩子叛逆,她从来都没有叛逆过。知道我这个妈妈不容易,就什么都听我的,又乖又懂事。真的再没有比我们家小鹃鹃更懂事孝顺的女儿了。为了我,她几次拒绝雷诺的求婚,说担心我没人照顾。后来,经不住雷诺的诚意,她答应了雷诺,嫁给了他。她在国外每天都会跟我视频,也一直想把我接出去……我也去法国小住过,可实在是不习惯。吃得不习惯,住得不习惯,说话那更是一句也听不懂,便嚷嚷着要回来……鹃鹃没办法,就把我送了回来……早知道……早知道我就一直陪她住在国外就好了……还能多陪她一段时间,多看她几眼……

"其实这一年多来,鹃鹃一直不跟我视频,我心里头早就觉得不对头了,也有了不好的预感……只是我不敢多想,更不敢多问……因为我怕……"

秦奶奶抱着唐小甜默默地抹着泪,说了许久,直到昏睡过去。

不日后,李天明、唐小甜、俞仁杰陪着秦奶奶去机场接雷诺。

秦奶奶把鹃鹃的骨灰和她爸葬在了一起。

第十四章　客似云来

不日后，各种手续和证件都办妥了，店铺正式营业。

有人开始探店，拍了各种美图发朋友圈。

"店内的精美糕点都是美女老板每天现做的，新鲜又健康又美味。糕点的颜值很高，每一种拍照都很吸睛。强烈推荐！"

"在老街的转角处，安安静静的，木质装潢大气古朴，田字格玻璃设计得非常有意境，人在店里，就像坐在画里面一样。适合小聚，喝喝咖啡，吃点糕点，太惬意了。"

"美女老板的笑容好甜美，跟我们详细介绍说她们店铺里的每一个糕点，还说除了几种常规产品外，其余都是依四时而制作。她说想用大自然馈赠的食材，照料好每一位来店里的食客。因为店铺开业在夏天，所以她们推出了夏季限定糕点，接下来的秋天，会推出栗子酥、菊花糕、柿子饼等。到了冬天，就用冬天的食材制作最新的糕点。所有的限定糕点等季节一过就会下架，客人们想要吃的话，只能等下一年了。"

"下午茶端上来的时候，我们几个闺密都被惊艳到了。雅致的木质点心匣子里，是一排排精致小巧的糕点，都是夏日限定系列，有荷花酥、荔枝白果、莲蓬饼、青梅酥、杨梅冻糕、李子酥、栀子花等，什么颜色都有，小巧玲珑，造型精美，光看卖相，就觉得是工艺品，叫人不舍得下嘴。可咬下去，每一种糕点的口味都不重样,每一口都是惊喜,像是把整个夏天都揉进了糕点里头去,既浪漫又好吃。"

"单点的糕点摆盘也非常精致。荷花酥绝美,内馅也是经美女老板改良过的,里面是用了特制的奶酪。一口下去层层酥皮渐次化渣,酥化松脆,馅儿有点类似牛奶流心,散发着香浓的牛奶香气与黄油的甜美。"

"荔枝白果,一口咬下去,满口的荔枝甜香。"

"杨梅冻糕是类似果冻的口感,酸甜可口,又Q又弹。我个人好喜欢。"

"菜单都美极了。把糕点的名字和唐诗宋词相应和。如青梅酥的这一页,上头就有'举头拣遍低阴处,带叶青梅摘一枝'的诗句,好美呀。"

"杨梅冻糕也超赞,选用时令杨梅入味,杨梅造型饱满圆润,搁在白瓷碟里头,一眼望去就如真杨梅一样。开胃生津,酸甜解暑,如夏日吹来的一阵凉风。菜单上面的诗是苏轼的,'叶似杨梅蒸雾雨,花如卢橘傲风霜'。"

"李子酥一口咬下去,可吃到满满的李子果肉,酸酸甜甜,叫人停不下口。菜单上面也有苏轼的两句诗,'李子冰玉姿,文行两清淳'。"

"栀子花的造型也好美,那两片绿色叶子简直是点睛之笔。老板娘还很谦虚地说她尝试着用西式糕点的做法制作的这个栀子花。吃一口,有栀子花酱的甜、栀子花的香、牛奶的醇,交织舌尖,温柔中透着灵动。口感有别于其他糕点。个人强烈推荐。"

"莲藕饼,黄油脆饼外壳模拟莲藕造型,孔中的馅料为白巧克力夹心,整体造型惟妙惟肖,不仅看着像,吃起来因为松脆口感和恰到好处的甜度,如此高热量的组合吃起来却一点没负担,导致根本停不了口。"

"每个糕点都喜欢,看到大家都没有推荐绿豆糕,我就来推荐一下。大爱她们家的绿豆糕。小巧可爱,色泽嫩黄,口感细腻,清香绵密,回味无穷。"

"橘红糕也是经过了改良,不同于传统的橘红糕,她们家做了小粉红玫瑰花造型,粉粉嫩嫩,QQ弹弹,甜而不腻,不喜欢吃太甜的朋友,可以试试这个。"

"改良后的传统糕点量不大但味美,精致惊艳。"

"每种糕点都超级美,也好吃,就像开盲盒一样,你不知道下一个会是什么口味。"

"每份糕点的摆盘都精心设计过,明媚亮眼,糕点小而精致,美味可口。"

"他们家的茶饮也很棒,我点了一壶白桃白茶。淡淡的茶香和白桃味搭配得刚刚好。"

"我也喜欢白桃白茶。茶香清鲜,浅浅的白桃味,凸显白茶的爽口。"

"荔枝白茶也很赞,微微苦涩的茶水中夹着一丝荔枝的清甜,清香淡雅,微甜可口。下次去必须再点。"

"青梅绿茶,清新解渴。店铺的美女老板推荐的。说夏天酷暑,人们挥汗如雨,精神不济,绿茶性凉,最能去火,生津止渴,消食化痰。我喝了觉得好惊艳。"

"她们家的津味大红柑是云南大叶种古树春茶发酵熟普加了精选新会大红柑皮,果茶与茶香交织融合,很适合慢慢品尝。"

"苹果山楂煮茉莉红超好喝,甜甜酸酸,香气浓郁。"

"我和闺密喜欢咖啡,点了拿铁和美食,也觉得很赞。"

"糕点、茶饮和咖啡饮料都非常非常精致,味道都很赞外,最重要的是价格也亲民实惠。店铺的每个角落都很美很适合拍照，一待就可以待一个下午。我走的时候还打包了好几份糕点，糕点的外带包装都好好看。这家店铺一生推！"

"店铺隐藏在一片绿意盎然的老街和小巷的交叉口，闹中取静。特别喜欢店门口用了经年的石块台阶，感觉很大气质朴。美女店员说这些石块已经有百多年历史了。他们装修的时候特地保留了下来。还有店里的田字格窗户也都是用从前店铺的老木头做的，留着岁月雕琢的痕迹。太爱这种风格了。"

"窗外的热闹喧哗和餐厅的安静古朴形成了鲜明的对比，别有一番意境。"

"店内氛围感太好了。光影结合，加上院子里的花花草草，真的很有岁月静好的感觉。"

"设计超美。古朴的精髓展现得淋漓尽致，软硬装无不展现设计匠心。"

"古朴雅致又清新，庭院的设计太加分了。感觉是非常大牌的设计师设计的。"

"真的，我也觉得设计得特别大气。素雅别致又落落大方。"

"非常适合与三五好友下午茶聊天，或者即使单独一人也适合可以拥有放空的时间，好好地去感受片刻的宁静。工作好忙，人好累，有时候更需要这样的慢节奏。"

"安静典雅。心情不太好的时候也很适合来这里充电，是一个人独处的好去处。拍照非常出片。"

"古朴有意境还富含美学装修在内。"

"一步一景，幽静素雅，清新脱俗。充满年代感的木质桌椅，镌刻着岁月的痕迹，带着生活的温度。每个细节都值得考究。会让浮躁不安的心得以平静。古朴而诗意，带给人久违的恬静。"

"晴时,光影交织。雨天,绿意绵绵。坐下那一刻就被治愈了,心里无比平静。"

……

来探店后的众人纷纷发朋友圈,朋友圈的宣传效果惊人。

口口相传,一时间,客似云来,每天都爆满。

唐小甜、杨伊致、唐爷爷、俞仁杰和俞子江忙得团团转。

唐小甜便趁机再三"央求"秦奶奶来店里帮忙。

秦家院子与唐家就一墙之隔,秦奶奶自然听到动静,知道他们忙得不可开交,也打心里替他们开心。她亦知道唐小甜请她帮忙是想让她忙碌起来,走出丧女的悲痛。

所以,她答应了下来,开始在店铺帮忙,主管店铺的清洁工作,忙里忙外地将糕点铺子打理得纤尘不染、洁净通透。

秦奶奶每天忙得脚不沾地,回家梳洗过后倒头就睡,根本没时间东想西想。

一段时日后,秦奶奶肉眼可见地恢复了体重,脸上笑容也增多了。

唐小甜等人看在眼里、喜在心头。

店铺广受欢迎的同时,唐小甜和杨伊致打理的视频号的观看和点赞人数也呈直线上升了起来。

这日,有个消瘦的小女孩刷着手机,看着唐小甜制作糕点的视频,忽然抬起头对正在搞卫生的母亲道:"妈妈,我想吃这家的糕点。"

母亲满脸憔悴,双目红肿,似刚刚偷偷哭泣过。她听了女儿的话,不敢置信地抬起头:"欣欣,你说什么?"

"妈妈,我想去吃这家唐爷爷糕点铺的点心。你开车带我去吃好不好？"

"好好好。"母亲激动不已，慌里慌张地四处寻找汽车钥匙，"妈妈马上带你去吃。"

……

母亲拉着小女孩的手，来到了唐爷爷糕点铺的门口，打量着店铺的招牌。

小女孩："妈妈，就是这里。"

两人推门而进。

唐小甜微笑着亲自上前招呼："两位好。可以扫码点单。"

母亲露出了紧张又小心翼翼的神情："欣欣，你想吃什么就跟姐姐说。"

小女孩打开了手机里收藏着的视频，对唐小甜道："姐姐，我想吃视频里的这个杨梅冻糕、这个荷花酥，还有这个栀子花点心。"

唐小甜一看，正是自己发的视频："哎呀，原来你是看了姐姐做糕点的视频过来的啊。"

"嗯。我喜欢姐姐拍的视频，特别是这些制作糕点的视频。也喜欢视频的这些解说。"

"姐姐偷偷地跟你分享一个秘密哦。"

小女孩闻言，被勾起了好奇心，兴致盎然："什么秘密？"

"其实这些解说是那位美女姐姐写的，也是她后期配音和制作的。最近那位美女姐姐还在尝试配英文，说要放在国外的TikTok和YouTube上，让外国人见识一下我们中国的传统糕点。"唐小甜把一旁送餐的杨伊致指给了小女孩。

小女孩笑了。

对面的母亲看见女孩的笑容，眼圈顿时一红，有种想哭的冲动。

"栀子花这个点心刚刚卖了最后一份。要不来一份莲蓬饼？前面卖光了，姐姐刚刚加做了。五分钟前新鲜出炉的，还热乎着呢。栀子花的话，姐姐接下来要做，估计一两个小时才能出来。"

小女孩软软糯糯地应了下来："好。那就来一份莲蓬饼。"

小女孩看着手里的菜单，点了青梅绿茶："我还想喝一下这个。"

"好。"

唐小甜很快便给她们送上了点心和饮品，除了她们点的杨梅冻糕、荷花酥和莲藕饼三个点心外，她还赠送了一份荔枝白果。

小女孩仔细地端详了四宫格点心匣子里的每一个糕点，说："姐姐，你做的糕点真好看。"

唐小甜朝她眨眨眼："你尝一下。也很好吃哦。"

小女孩用勺子舀了一点杨梅果冻，缓缓地送进了嘴里。

杨梅冻糕Q弹软糯的口感顿时在唇齿间蔓延了开来，冻糕像奶酪般在嘴里化开，一种好久未曾尝到过的味道涌上了舌尖：甜中带一点酸。小女孩就像看到昙花一现般，眼睛蓦地一亮："妈妈……妈妈……我尝到味道了……这个有点酸，还有点甜……"

母亲身体一震，欣喜若狂："宝贝，你再多尝几口……"

小女孩再舀了一小块放入口中，细嚼慢咽。那酸甜可口的味道再次不可思议地闯入了口腔。

母亲小心翼翼地询问："宝贝怎么样？尝出味道吗？"

小女孩用力点头："妈妈，这个杨梅冻糕是甜中带酸、酸中带甜的。你尝一口，是不是这样的？"

母亲吃了一口，囫囵吞枣地快速咽下。她当即喜极而泣了起来："是的，宝贝，是酸酸甜甜的。宝贝，你终于品尝出味道了。"

唐小甜愣怔不解。

女孩母亲张罗着让孩子多吃一点。尔后,她跟唐小甜解释说小孩子因为学习压力过大引发了味觉失调、厌食等一系列的问题。

"她什么都不想吃。吃什么都没味道。从学校休学的这一年来,我什么办法都想过了,带她去看过了好几个专家医生,又找了各种秘方、偏方,也想方设法地给她做各种好吃的……可是一点用也没有……想不到今天她刷着视频竟然说想吃你们家的糕点,我就赶紧带她来了……没想到孩子竟然真的品尝出味道来了……真的谢谢你们了……太感谢了……"

女孩母亲看着孩子津津有味地品尝着糕点,饮着青梅绿茶,叹道:"怀着她的时候,我就想着她健健康康的就好。可一生下来,一上幼儿园,就忍不住拿她跟别家的孩子做比较。别人参加什么兴趣班,我们也要参加。别人报三个兴趣班,我就要报四个。想着输什么也不能让孩子输在起跑线上。进小学后,更是变本加厉。这个补习,那个补习。考99分我都不满意,一心想着她考一百。考了一百,成了全班第一,又想着她成为全校第一,考本市最好的中学,以后可以考北大清华……我真的是太贪得无厌了……然后就硬生生地把孩子逼出了病来……

"这一年来,我反思我自己的行为,深刻地知道我自己做错了……跟孩子的健康相比,成绩算什么呢?!我真是个蠢妈妈。

"要是孩子这次的病可以痊愈,我再不会逼她上任何补习班了……只要她健康快乐就好。"

当晚,唐小甜把这对母女的故事告诉了俞仁杰:"愚人节,你知道吗?!我看到那小女孩吃着糕点的样子,我第一次感觉到好吃的东西真的能抚慰人心。也感觉到自己在做着自己喜欢又很有意义的事情。"

俞仁杰宠溺地揉了揉她的头发："继续加油！"

每一天下午，唐小甜和唐爷爷都会现做一种不同糕点，给每桌的客人赠送上一份。

这日下午，她做的是荷花酥。

角落里的桌子坐了一位穿了黑色宽松大 T 恤和牛仔短裤的女子。她慢悠悠地喝着咖啡，不时地看着小巷里的人来人往。

唐小甜送上了用小碟子装着的荷花酥："这是我们店赠送的。希望你喜欢。"

那女子向唐小甜微笑道谢："你的店铺好舒服，点心也好吃。我一坐下来就不想走了呢。"

"谢谢。你是来我们小镇旅游的吗？"

"是啊。"

"你可以多待几天。我们小镇有很多美食美景。我可以给你推荐。"

"太好了。我这次来这里，完全是说走就走的旅行，一点攻略都没做。"

唐小甜取出了小镇的美食和风景推荐地图，拿了笔给她勾画："我不知道你喜欢什么口味的食物。不过这几种我们小镇投票评选出来的前十名美食。你可以挑自己喜欢的口味尝一下。"

"好。那我这几天就按照你这张推荐地图一个个地去打卡。"

说完，那女子好奇地发问："你是这家糕点铺的老板吗？"

"算是吧。我们这个屋子和院子是祖传的。我们家原先是做糕点的，店铺里的这些老照片就是我们祖上糕点铺的样子。"

那女子有些惊讶:"真看不出来啊。你年纪轻轻看着像个高中生,想不到竟然这么能干,不仅能做得一手好糕点,还能把店铺经营得这么出色。"

"没有啦。我的糕点手艺是我爷爷手把手教的。我现在还依然在跟爷爷学习呢。店铺也是我闺密帮我一起经营的。"

于是,唐小甜跟她分享了自己留在小镇跟爷爷学习糕点的故事。

听后,女子怔怔了起来,聊起了自己的故事:"这次来到这个小镇对我来说,与其说是一场说走就走的旅行,不如说是一次迷茫之旅。

"作为'小镇做题家'的我,当年以我们学校前十的成绩考进了上海一所著名的985大学。可后来才知道这大约是我人生最高光的时刻吧。研究生毕业后,我虽然留在了人人羡慕的大城市,但做着很普通的工作,拿着很普通的薪水,租着一个仅容得下一张床和一张桌子的小小蜗居,每天吸着汽车尾气赶公交和地铁,无休无止地加班熬夜修改PPT,还没下班就已经累瘫了,行尸走肉般地回到家,倒头就躺在乱糟糟的床上。周末哪里也不想去,宅在家里睡个昏天暗地,点着重油重盐的外卖,刷着视频看一天抖音就算是放松消遣了。我每天忙,可却从来没有好好地想一想,自己是不是真的在生活?!就这样地日复一日、年复一年,我把生活过成了一潭死水,没有拿得出手的体面工作,没有房子车子,也没有男朋友,更别提结婚了……我发现自己迷失在了钢筋丛林,找不到前路,也没有退路,不知道怎么办。

"我想辞职,却又不敢。辞职做什么呢?回老家吗?虽然父母一再地跟我说,实在不行就回老家。可是如今的我已经泯于众人,不想回老家去面对亲朋好友和班里那些曾经比我差、可如今却比我混得好的老同学……

"想进没有可进的前路,想退没有可退的后路……我实在不知道怎么办。最大的勇气就是在星期天的晚上跟上司请假,利用年假,来了这一趟说走就走的旅行……"

唐小甜默默地倾听着她的故事。

"其实每个人有每个人的困局,也有每个人的挣扎。我跟你一样也会怕、会担心的。比如从广州回到小镇,跟着爷爷学习糕点。我怕自己学不好,怕辜负了爷爷的期待。开店的钱都是父母支持我的,我怕把他们这么多年辛辛苦苦攒下的血汗钱亏掉了。可是我告诉自己,不能因为怕,我就不去做了。我想只要努力了,尽力了,不管怎么样,我都会坦然接受最后的任何结果的。

"其实有些事情只要自己努力尽力就好,不必太在意别人的眼光。事实上,绝大多数的人,努力到最后,都是成为一个普通人而已。

"人生有很多种成功的,并不只有世俗意义上的成功,如有没有好房子、车子、票子之类。或许,我们每天做着自己喜欢且擅长的事情,穿着喜欢的衣服,和喜欢的人在一起,把每一个当下过好了,也是一种成功。"

那女子听后,陷入了沉思。

她在角落待了整整一个下午,才离开店铺。

结束旅行前,那女子又一次地来到了店铺,对唐小甜道:"是缘分让我走进了你的店铺,吃了你制作的好吃的糕点,听了你留在小镇跟着爷爷学习制作糕点、经营糕点店铺的故事……这两天,我想了很多。我整个人好像一下子忽然豁然开朗了起来……其实在人生的分岔口上,无论哪一种选择,我们都可能会后悔,都有可能会觉得是不是当初选择另一种会更好……但其实除了做出选择外,更重要的是,我们不要后悔自己的选择。就像我无论继续留在上海工作还是回老家,其实每一种都是很不错的选择。

"谢谢你。是你让我懂得了:做了选择就不要后悔,勇敢地向前,努力尽力地过好每一天。"

她与唐小甜道别,说下次一定带她爸妈来小镇玩,品尝她的糕点。

唐小甜:"热烈欢迎伯伯伯母来我们小镇玩。"

那女子转身而出,在大门口处与一个穿着白色曳地长裙、戴了白色草帽的长发美女擦肩而过。

"欢迎光临。"唐小甜抬头招呼客人,忽然愣住了。

她简直不敢相信自己的眼睛,转头大喊道:"伊致,伊致,你快看门口。是不是我眼花了,太想周诺了,所以产生了幻觉?"

下一秒,杨伊致发出了一声惊呼,从吧台后跑了出来。

三人紧紧地拥抱在了一起。

"周诺,你怎么也不跟我们说一声,搞起了突然袭击!"

周诺微笑:"想你们了嘛。所以来看你们。"

杨伊致拉着周诺坐下,唐小甜献宝似的端来了店内所有的糕点:"这是荷花酥,这是荔枝白果,这是莲蓬饼,这是青梅酥,这是杨梅冻糕,这是店里的常规产品橘红糕。还有这是最近准备要推出的栗子酥,刚新鲜出炉的。不过我还在调整阶段,你正好帮我试吃一下,给我一点意见……"

周诺一个一个地端详糕点的美丽造型,不觉惊叹:"小甜,你也太棒了吧。"

唐小甜毫不谦虚:"那是!这每一个糕点可都是我亲手做的。还有这个店铺,也是我一点点亲自装修出来的呢。我自己也觉得我自己好棒。"

周诺:"这些糕点每个都好美好精致,像艺术品。我都舍不得吃呢。"

"有什么舍不得的,我再做就是了。快吃,我已经坐着等你夸我等好久了呢。"

周诺微笑着用小勺子盛了一勺栗子酥送进了嘴里,只觉得一股浓郁香甜的栗子味在口腔里弥漫了开来。

周诺在唐小甜期待的目光中一勺一勺地吃完了整个栗子酥:"好吃。入口即化,栗子味道好浓……"

"甜度呢?"

周诺:"我平时口味清淡,所以觉得有点甜。但按正常人的口味也该差不多。"

唐小甜拉起杨伊致的手击了个掌:"耶!那我们店铺下个星期就可以推出我们的秋季限定款系列了。"

周诺环顾店铺四周,看着清透的田字格玻璃和绿意盎然的树荫以及院子里处处盛开的鲜花,喜爱之余又感慨万分:"小甜,长期以来你在我们四个人中就是我们的小妹,可可爱爱,没心没肺。可是没想到,我们四人之中最先找到了自己的热爱,从事着自己的热爱,成长得最快的反而是你!"

"没有啦。我们四个都很棒。我们是最棒的!"

……

"周诺,你是来休假的吗?你可以待多久?"

"你想我待多久?"

"当然是越久越好啊。最好是不要回广州了,留在这里陪我和伊致。"

……

周诺并没有跟唐小甜两人说自己已经离职了一事，也没有说起任何有关徐劲渊的事情。

她没有为她们提供过故事的开头，所以故事结束，也无须告诉她们结尾。

从前，跟徐劲渊相处的每一秒，周诺都觉得无比快乐。

为了能跟徐劲渊多一点相处的时间，周诺对于打工人最讨厌的加班出差，也从来不觉得讨厌，反而还甘之如饴。

徐劲渊也经常给周诺回应，两人之间存在着一种不可言说的暧昧。

两人因为庆功宴喝醉在一起后，一直保持着地下恋人的关系。

至少周诺是这样以为的。她以为两个人是恋人。

在外面，徐劲渊对她一如过往，两人是上司和下属。但在两个人一起的时候，周诺又常常觉得这个自己喜欢着的男人也是喜欢着自己的。

自己暗恋了这么久，如今良愿终成。

周诺沉溺其中，不能自拔。

直到有一日午餐的时候，周诺无意中从手下小助理口中得知徐劲渊和老总的侄女出双入对，已经订婚了。

周诺的内心山崩地裂，引发了一场海啸，可面上却极力按捺，不露一丝神色："消息来源可靠吗？我怎么从来没听说过？也没见过徐经理和老总侄女一起？"

"周助理，您每天埋头工作，从来不八卦公司的任何事情，我们自然也不敢跟您多嘴说是非，所以您怎么可能知道呢？！"

"也是。对了，你是从哪里得知的？"

小助理压低了声音："是人事部那里传出来的。人事部经理不是老总家的远亲吗？平日里，他仗着这层关系，眼睛长在头顶上，高傲得很，从来不把我们这种普通员工放在眼里。前几天，有人见他和咱们徐经理热络寒暄，满脸赔笑，处处捧着咱们徐经理，逢迎讨好，说什么你都跟我们副总的女儿订婚了，以后都是一家人。一家人不说两家话，跟我客气什么……这才无意中传开来的。副总跟老总不是亲兄弟吗？副总的女儿不就是老总的侄女吗？！听说还是老总家族里唯一的一个女生，被整个家族捧在手心里的那种呢！"

这天中午，周诺不知道自己是怎么吃完饭回到公司的。

之后，她脑中一片空白，浑浑噩噩地过了一下午。

晚上，她开口问徐劲渊，他是不是跟老总的侄女订婚了。

徐劲渊默然地看了她片刻，最后吐露了一个"是"字。

"那我们之间算是什么？"

徐劲渊只淡淡道："周诺，男女之间有些事情别问得这么清楚。问清楚了就没有任何转圜的余地了。"

"如果我想问清楚呢？"

徐劲渊："好。既然你想知道，那我就告诉你，我们之间只是同事而已。"

"同事而已……"周诺如坠深渊，全身发寒。

"周诺，我知道你喜欢我。我也是喜欢你的。不然，我们在一起也不会那么快乐。"

"既然你也喜欢我的话，那你为什么……"

"为什么要跟老总的侄女订婚，是不是？"徐劲渊直视着她，"周诺，大家都是成年人了，我想你也明白的：在这个金钱利益至上的社会，喜欢算什么？！快乐算什么？！我们每个人都要为自己的前程利益做打算的。"

话已至此，委实不该再问下去了。可周诺第一次如市井泼妇般胡搅蛮缠，只想知道一个答案："所以你为了你的前程利益，选择了老总的侄女？"

徐劲渊不语。

这其实就是回答。彼此都心知肚明。

"周诺，如果你愿意，我们还是可以保持这样的关系。我是不会亏待你的。"

周诺简直不敢相信自己耳朵所听到的："保持这样的关系？！你不会亏待我？！徐劲渊，你把我当什么了？！你把你未婚妻当什么了？"

徐劲渊拿起了挂着的西服外套，缓缓地穿上。他一边扣袖扣，一边道："周诺，很多事情的江湖规矩就是人走茶凉，默契散场不要问。问就是不懂规矩。

"我尊重你所有的选择。你如果想要结束关系，我也OK。"

徐劲渊风度翩翩地离开了。

这几年来，周诺一直把徐劲渊放在心尖上，自然是一下子无法决断的。

她知道自己需要冷静一下。

部门正好有一个出差机会，周诺便为自己争取了过来。

徐劲渊一句话不说，当即批准了。

周诺一直以为她是徐劲渊的左膀右臂，是得力助手外，也是他的恋人。在公司，徐劲渊再找不到比她更忠心耿耿、卖命工作的人了。

她对他而言也是独一无二的。

可这一次出差，却打破了她所有的自以为是。

她和部门新进员工小李一起出差，想起前些天她说起过正在找房子搬家,便关心地问了一句:"你搬家的事情怎么样了?"

"谢谢周助理关心。我已经搬好了,是徐经理的朋友介绍的房子呢。"

周诺怔了怔:"徐经理的朋友?"

小李跟她讲述了徐劲渊怎么帮她找房子的。

周诺听完后,整个人僵在原地,好半天都无法动弹。

原来徐劲渊从前对她的关心和照顾不过是笼络手下的一种手段罢了。

徐劲渊也用同样的手段关心和照顾每一个部门新进员工的生活。

比如刚进来的部门新员工有没有住所,办理各种手续难易,他主动帮忙介绍资源人脉,主动打招呼。

看她(他)们没有朋友,一个人孤零零的,就带着她(他)们去广州的特色饭店吃饭,让她(他)们可以迅速地融入广州这个城市。

一起加班,会主动点外卖。加班晚了,也会主动送她(他)们回家。

如此一来,新进员工对所在部门特别有归属感,对徐劲渊这个经理感激涕零,卖力地为他工作,也心甘情愿地为他卖命。

这只是他惯用的一种手段而已。

至此,周诺才知道徐劲渊对她的,不过都是套路而已,她一点也不独特。

周诺伤心欲绝。

那一个晚上,周诺反反复复地回想刚进入公司时候的情况,越想越明白了。

她被招进公司的时候,徐劲渊也才作为部门经理调到他们这个部门。

当时，除了她是他亲自招进来的人外，其他人都是原先部门经理庞经理的人。这些人自成一派，拧成了一股绳，大家表面尊敬徐劲渊，但实际上跟他对着干。徐劲渊根本用不了这些人，也插不进手去。

所以他处处关心她，罩着她，培养她。

而她对他感激涕零，心甘情愿为他卖命，成为他手上的一柄利器，指哪儿打哪儿。

徐劲渊以她为突破口，把原先庞经理留下的那些心腹一个个地分化，有些人乖觉识相，最后都投靠了他。不投靠他的，最后都被徐劲渊赶走了

出差了一个星期，周诺考虑了一个星期，还却一直下不了最后的决心。

说来也巧，她们出差提前回来，她本来不需要再折返回办公室的，可因为有个客户急需一份她经手的资料，她只好回办公室的电脑找出来发给了对方。

一进办公室，她便看到老总的侄女背着大牌包包，踩着高跟鞋，婀娜多姿地走进了徐劲渊办公室。

两人在里头待了许久后才微笑着相拥而去。

那个晚上，周诺一个人静静地在办公室里待了一整夜。

递上辞呈的时候，徐劲渊素来运筹帷幄、波澜不惊的那张脸上露出了微微一愣的表情。他看着信封上"辞职报告"四个字，缓缓地抬起头："周诺，做人要懂得公私分明，不要因为私事影响工作。你怎么辛苦地走到这一步的，我都看在眼里，不要轻易地放弃。"

虽然不可否认自己确实有吃醋，但周诺前前后后都已经想清

楚了，若继续留在这里，她和徐劲渊是无法真正了断的。

"徐经理，我考虑清楚了。"

"我放你一个月的假，你再好好想想。"

"谢谢徐经理。不用了。"

"我说了给你一个月的假。就算你要辞职，也把这些年来攒着的假期用完再说。"

"谢谢徐经理。我考虑清楚了，我想要辞职。"

"如果我告诉你，你是带不走陈谨的，你还是要走吗？"

周诺面色一滞。

徐劲渊缓缓地靠向了椅背，十指交叉："你好好考虑一下。你的辞职我是不会批的。这件事情我就当作没有发生过。好了，你现在可以出去了，我还有事情要忙。"

其实不管徐劲渊批不批，陈谨愿不愿意跟她一起离职单干，周诺都是要辞职的。

她收拾了办公室里的私人物品，整理好放进了纸箱里。

小助理被她弄得一愣一愣的："周助理，您这是？"

周诺淡淡道："没什么，我收拾一下办公桌。这不是太乱了吗？"

所有物品都整整齐齐、干干净净的。还有赏心悦目的小盆栽。这要是乱的话，他们这个部门就没一张办公桌是干净的了。

小助理狐疑地离开了。

傍晚，周诺抱着纸箱，头一次按照下班时间准点离开了办公室，进入了电梯。

她抬起头，看了徐劲渊的办公室最后一眼，而后按下了电梯的下行键。

回到家，周诺就拉起了整理好的行李箱，直奔机场。

她失恋又失业,来到了唐小甜所在的小镇疗伤。

李李在群里看到周诺出现在小镇,和唐小甜、杨伊致的各种闺密照的时候是惊讶的。可她第一时间察觉到了异样,私下里给周诺打了电话。

"周诺,你给我老实交代,好好的怎么也不说一声就去小甜那里了?"

"我有一个月的假期。这不,正好来小甜老家住上一段时间。小甜她以前可老是嚷嚷着让我们来她老家吃美食。这一回啊,我要吃个够本。"

"一个月的假期?!周诺,你这个加班狂怎么可能有一个月的假期?!你能哄骗得了小甜和伊致,可骗不了我李彩霞。说!到底怎么回事?你……是不是……有没有……遇到什么不开心的事情?"

电话那头,周诺倏地沉默了。

李李隐隐约约听见了电话那头的抽泣声,心头一紧。她忙把语气放轻软:"周诺,怎么了?我们之间还有什么不能说的吗?"

"没什么,只是觉得工作压力太大,做得不开心,不想做了。"

李李知道不开心是真的,可别的话估摸着是假的。但周诺不想多说,她再追问也追问不出什么,只好说:"做得不开心就不做了。你这个投胎小能手,家里有矿,卡里有钱,有房有车,又美又有气质……就算一辈子不干活都不愁吃穿……"

李李与她聊天,尽量逗她开心。

挂掉电话前,周诺道:"李李,你别跟小甜和伊致说这件事情,我自己会处理好的。"

第十四章 客似云来

"好。"

清晨里的小镇，傍晚的小镇，夜色里的小镇，每一面都有不同的美。周诺在欣赏江南小镇小桥流水人家之美的同时，也会在唐小甜的店里搭把手帮忙。

店铺的生意极好，唐小甜和杨伊致在忙碌中度过了夏季。

小蘑菇头俞子江被俞仁杰送回了广州，开始上学了。

俞子江走的时候很不舍，仿佛是被人被抛弃了似的，红着眼一步一回头。

看得唐小甜于心不忍，但又不能不顾他的学业把他留下。于是，唐小甜再三跟他保证说，到了寒假就马上把他接回来。他这才含着泪离开了。

小店应季推出了秋季季节限定，又是获得了一波的好评。

这一日，唐小甜正在制作糕点，忽然听见"咚咚咚"的敲玻璃之声，抬头，只见俞仁杰正一脸兴奋地敲着糕点制作间的玻璃，示意她出去。

俞仁杰把手机递给了她："快看。"

"什么？"唐小甜摘下手套，接过手机。

"你看就知道了。"

是一篇美食评论文，分别点评了她的夏季限定和秋季限定系列的糕点。如新上市的栗子酥，上面是这样写的："栗子酥更绝，穿过包裹着唇齿的奶油，你就会发现隐身其中的栗子酱，芬芳香甜的一团，叫人满口都充溢出醇厚的栗子香甜。"

说店铺的老板和糕点制作师认真用心地感受每一季的变化，认真用心地采用每一季的食材，认真用心地在做糕点。

这一份认真和用心，客人们在吃的时候都有感受到。

并说这家店铺值得四星推荐。

在赞美推荐的同时,这位评论家也客观地提出了一些很中肯的批评,如建议:倘若要品尝专业的茶饮和咖啡的话,需要到专业的店铺。这里的都是些普通货。

唐小甜默默地看完后,莫名地感动,仿佛是遇到了知己那种。

但是店铺还有那么多的活要忙、那么多的糕点要做。她将手机还给了俞仁杰,拿起手套戴了起来,准备继续工作。

俞仁杰见她表情如常,觉得奇怪:"你怎么一点也不激动?"

"为什么我要激动?我去和面了。"

自打店铺开张成了网红店铺后,她和爷爷做的糕点受到了追捧,曾多次接受了报纸电视视频号的采访,也有不少吃播博主前来店里拍摄。唐小甜见多了,所以也不以为意。

"这可是蒋素好的美食评论和推荐啊。满分五颗星的情况下,她给你了四星!你不要告诉我你不知道蒋素好是谁吧?!"

果然,下一秒,只听唐小甜道:"蒋素好是谁重要吗?我为什么要知道?我只要做好我的糕点就好了。"

俞仁杰简直无语了:"唐小甜,你的无知简直令人发指!"

唐小甜哼哼地笑:"愚人节!你马上要被人剁了和面,你知道吗?!"

"唐小甜,你居然连在美食界大名鼎鼎,最有影响力、最具有职业道德、最公正和最专业的食评家蒋素好都不知道?!你说你无知不无知。得到她(他)的肯定以及推荐,唐爷爷糕点铺和制作的糕点现在在糕点界美食界算是小有名气了。"

见唐小甜依然是一副蒙圈模样,俞仁杰拉着她坐下:"来来来,我好好地给你科普一下。

"蒋素好这个美食评论家性格孤僻,深居简出,长期保持着匿名身份,从不公开抛头露面,从来不让人知道她(他)的真实长相。所以长期以来在美食评论界都是只见其评论不见其人。甚至连她(他)的性别是男是女都不清楚。唯一从她(他)的名字拼写方式知道她(他)应该是个中国人或者是个华裔。

"据说蒋素好的嗅觉和味觉都像是装了放大镜一样,异于常人。她(他)的嗅觉敏锐,各种气味,哪怕再细微,她(他)都能分辨得清清楚楚。味觉也是,无论好吃的感觉还是难吃的感觉会被她(他)的舌尖放大数倍。站在美食评论界顶端的她(他),掌握着了全球所有餐厅的美食评价,让所有美食行业的老板们敬畏有加,又爱又恨。"

一旁的杨伊致听后都惊呆了:"这么厉害的大人物居然来我们店里,还夸赞我们的糕点……"

俞仁杰:"蒋素好常年旅行各地,行踪不定。说不定她(他)最近正好来我们小镇游玩,品尝美食。毕竟我们新塍的各种小吃美食都很出名。

"蒋素好曾经说过:真正的美食评论家都是和全球广大的美食爱好者们站在一起。他们评论的目的是给全球美食爱好者们把关、评鉴,并不是为了给自身获取利益。所以,作为一个真正的美食评论家必须不为利益所动,绝对不可以被人收买。好吃就是好吃,不好吃就是不好吃。正因为蒋素好的坚定信念和她(他)的清白操守,久而久之,她(他)就在全球美食评论界形成了巨大的公信力和影响力。对于好吃的食物,她(他)在赞美之余会向全球美食爱好者们积极推荐。但对于不好吃的食物,她(他)也绝不会昧着良心说好吃,哪怕跟全球连锁餐厅背后的大资本对抗,被大资本逼迫到被英美等西方主流媒体封杀,无法发表评论，也要跟对方死磕到底，绝对不修改自己的评论。她（他）也因此收获了全球美食爱好者们的关注、热爱和支持，成为美食评论界客观公正的代名词！"

……

得到了这么一个大美食评论家的肯定和推荐，唐小甜和杨伊致自然是高兴万分的。

忽地，唐小甜问道："愚人节，你是怎么知道蒋素好这么厉害的美食评论家的？"

俞仁杰自然不能说自己每一年交完一季服装设计稿后就会全国全世界地旅行，寻找下一季设计的灵感，经常会按照蒋素好的美食评论和推荐的美食店铺品尝美食，这样绝不会踩雷，能吃到各种美食。

但这一说不就穿帮了吗？！

于是，他只好说："我这不是喜欢吃嘛！她（他）又太出名了。我无意中发现，就关注了她（他）。"

英国，某公寓。

唐母张女士一直默默地在关注女儿唐小甜做糕点的视频号，也天天在各种视频上刷关于女儿店铺的视频。

以至于在大数据的推送下，现在她只要打开各大视频网站，第一个推送给她的便是女儿的糕点铺和视频。

每次看到众人夸赞唐小甜的店铺好看，做的糕点好吃的时候，张女士就觉得开心骄傲得不得了。

她其实已经慢慢地释然，也接受了。

这一日，唐父忽然从书房冲了出来："快看，你女儿有大出息了！连大名鼎鼎的美食评论家蒋素好都夸赞你女儿做的糕点了。"

唐母把蒋素好那一篇美食评论看了又看,看了再看,翻来覆去地看,心中忽然涌起了一股从未有过的自豪感:我家小甜真棒。我家小甜真的好棒啊!我家小甜最棒了!

与此同时,英文系毕业的杨伊致发挥了她的特长,将她们拍摄的制作传统糕点的一系列原创视频翻译成英文字幕并加上了英文解说后上传了TikTok、X和YouTube等国外网站。视频一经推出便爆红,迅速在国外传播了开来,粉丝数迅速增长,短短数月粉丝数就突破千万,被国外网友称为"来自东方大国的神秘力量"。

国外网友纷纷表示,看了唐小甜制作中国传统糕点的视频,看着一个个精致的糕点从她手上诞生,让人感受到了中国深厚的优秀的传统饮食文化。通过视频中的小桥流水人家的小镇美景,在暖春炎夏凉秋寒冬之中,她把中国人传统淳朴真实的生活方式呈现了出来,让现代都市人找到了一种心灵的归属感,也让世界理解了一种生活着并一直延续着的中国传统饮食文化。她用传统糕点让四季流转和时节更迭重新具备美学意义,成功满足了很多外国网友对中国的美好想象。

第十五章 有人欢喜有人爱

这日晚上,李李跟她们三个视频,说:"我下个星期有个案件要在杭州西湖区的法院开庭。杭州离嘉兴也近,到时候,我正好请几天假去小镇找你们。"

唐小甜兴奋极了:"好啊,好啊。把你的小鲜肉一起带来,让我们瞧一瞧,给你掌掌眼、把把关。"

李李:"分了!"

视频另一头的其余三人面面相觑,一头雾水:"啊,分了?什么时候分的?好好的为什么分了?"

"就前几天分的。分了就分了,没什么好说的。"

见李李很明显地避重就轻,不想多谈,其余三人对视了一眼,觉得有些不对劲。

唐小甜:"李李,旧的不去,新的不来。你放心,以后啊,一定会有一个很棒很出色的'帅锅'捧着一束鲜花走过来,温柔地对你说……请你……让一让。"

李李被逗笑:"G-U-N!滚!"

……

结束了视频通话,李李放下了手机,环顾了一圈屋子。

她买的 LOFT 面积很小,牛高马大的小鲜肉张新宪在家里的时候,李李常常觉得转个身都困难。

如今人一走，小小的屋子似乎一下子就空旷了起来。

只是目光所及之处，都是张新宪的物品。

李李一件一件地整理了起来……两个多小时后，李李把他所有的物品打包在了两个大纸箱里，将其堆叠在了大门口。

这一来，屋子好像一下变得更大更空了似的。

李李环顾四周，怔立了片刻后，从橱柜里取出了一支高脚杯，倒了一杯红酒，倚在窗边，缓缓地饮着。

她母亲去世后不到半年，父亲就把大着肚子的后妈娶进了门。不久，后妈就生下了一个白胖儿子。在后妈枕头风的吹拂下，本就重男轻女的父亲便对她这个还在上初中的女儿不管不顾不说，还想让她辍学打工给家里赚钱。从那时起，李李便知道在这个世界上谁也不能靠、谁也靠不住，唯一能靠的人就只有自己。

自打那时起，她就靠着自己打工攒钱交学费。她省吃俭用，精打细算，一分钱都要掰成两半花。从高考结束后的暑假起，她更是开始了疯狂打工的生活，不嫌脏，不怕累，就怕赚不到钱。除了必要的生活开销外，她不舍得多花一分钱，把赚来的每一分钱都攒下来。

工作之后也是如此。

所以工作短短几年下来，她就凑足了 LOFT 的首付，在广州买了房子。虽然离市中心很远，面积也小，但对于她而言，好歹是有了片瓦遮头，从此有了一个属于自己的家。

张新宪自打搬到了她那 LOFT 小公寓里，跟她同居后，他把他的工资卡上交给她，美曰其名让她管钱。这么一来，两人所有的开销自然而然地都由李李负责。

张新宪的实习工资不多，李李不得不掏自己的钱给他买这个买那个。

张新宪明明穷得要死,可偏偏他对所用物品的质量要求都很高。比如买一些便宜的T恤牛仔裤家居服吧,张新宪经常一穿就皮肤过敏,全身会起疹子。李李见状,总不能虐待他,只能给他买质量好价格贵的。

张新宪平日里眼光也极好,但凡看中某个物品,都是价格不菲的。

对此,张新宪常常小心翼翼地跟她解释说:"李李姐,我买东西的原则一直都是买少买精,这样可以多用几年。按可用天数折算的话,其实跟便宜的也差不多,有的甚至更划算。"

道理是不错的,可是每个都高价,每笔都是不小的开销,加起来就是很大的开销。

李李节省惯了,雁过都想要拔根毛来卖钱。她看着手机银行APP上显示的越来越少的存款余额,心头每天都在滴血。

张新宪乖巧听话,又会哄人,每天的嘴巴就跟擦了蜜似的甜,也肯帮着她做各种家务。

虽然每次做家务,总是会搞出一些事情来。

比如洗个衣服吧,浅色和深颜色会一起洗,内裤和袜子一起洗。等洗完,浅色的衣服全部报废,和袜子一起洗的内衣裤也得扔了。

煮个饭吧,几次三番差点把厨房给烧了。洗个碗吧,总是要砸碎几个。

各种事故频发,每每把家里搞得如同灾难现场。

李李简直要崩溃了!

每次李李都还没有开口训他,张新宪就已经先发制人,用他"小白菜,泪汪汪,从小没有娘"的可怜身世来哭惨:"李李姐,我真的不是故意的。我从小就被我爸扔去了寄宿学校,所以我什么不会做。可是我已经很认真地在学了,真的。"

都这样了,李李自然训不下去了,还得给他擦屁股善后。

张新宪眼力见儿好,绝对不会让她一个人忙活,会很主动过来跟在她身后帮忙:"对不起了,李李姐。我下次一定会做好的。

"李李姐,你别生气嘛。生气多了,会长皱纹,这样就会影响李李姐的美貌哦。

"李李姐,我保证,下次一定不会这样了。我保证。"

李李只得一再安慰自己:慢慢调教,慢慢调教。会好的,会好的。不要生气,生气就是用别人的错误来惩罚自己。

张新宪确实也在自我反省、自我学习。他不懂不会的地方就搜各种视频来学。

两个人同居了两个月,张新宪慢慢地从厨房杀手进化成了会用炖锅熬粥,会煎蛋做简单的三明治,也会炒些简单的菜色如番茄炒蛋等,也算是肉眼可见地进步了。

李李看在眼里,让张新宪搬走的想法也渐渐地转淡了。

两人似乎是往一条很光明的道路在发展着。

这一天,正广律师事务所来了一个大客户,是某个上市球鞋企业的老总,身家有好多好多个小目标那种。

律所主任叫上了李李,说让她帮忙一起接待。

李李知道这个大客户可是他们正广律所存在的奠基石,正广将近四分之一的业务都是这个大客户的。律所主任叫上她,那便是把她当成自己的心腹人马了,李李自然是大喜过望。

谈完事情,律所主任又带着她恭恭敬敬地把大客户送到了大门口。

握手告别寒暄的时候,正好遇到了送文件回来的小鲜肉张新宪。

张新宪看到了他们一群人，露出了见鬼似的惊悚表情，转身就走。

李李看见了，不觉眉头大皱：张新宪这是怎么了?！这么毛毛躁躁的，一副没见过大世面的样子。又恰巧被律所主任撞了个正着。三个月实习期到了，律所最近正要开会讨论他们几个实习律师转正的事情，她也想为他说两句好话⋯⋯可张新宪这样子，恐怕这事情要出岔子了。

忽地，只听身畔的大客户冲着张新宪的后背大喊道："小兔崽子，你给我站住！"

张新宪闻言，似被饿狼追赶的小白兔似的，跑得更快了。

在李李和律师主任的错愕疑惑中，大客户一改方才会谈时候的从容淡定，双手叉腰，吼道："张新宪，你这个小兔崽子，你连老窦都不认了吗?！你这些天滚哪里去了，天天不回家，你还有没有我这个老窦了?！还跑！你给我站住！"

张新宪哭丧着一张俊脸，回过了身来："老窦。"

李李做律师这几年来，也算是经历了一些事情，见过了一些场面，但还是如遭雷劈，惊愕在了原地。

张新宪居然是大客户家的儿子，还是要回去继承家业的那种长子。

因父亲背着母亲出轨，令母亲郁郁而终，所以李李此生最痛恨的便是欺骗了。

张新宪穷，没关系，两个人可以一起赚钱，慢慢攒钱，日子总会一天天好起来的。

张新宪不会做家务，没关系，慢慢学做家务就是了。

张新宪没过实习期，工作以后可能不会转正，也没有关系，

第十五章 有人欢喜有人爱

就算不能在正广律师事务所上班，可整个广州城里有那么多的律所，那么多需要法务的公司和工厂，总是可以找到一份工作的。

但张新宪隐瞒身份欺骗她，这踩到了李李的底线，绝对不行！

当天晚上，张新宪一打开家门，李李便当机立断地跟他提出了分手："游戏好玩吗？富二代。不过，现在我们 game over。请你带着你的东西马上离开。"

张新宪自然是不同意，再三向她解释。

"李李姐，我爹不疼后妈不爱还有个后妈生的弟弟，从小被我爸爸扔到了寄宿学校……这些事情都是真的，不是骗你的。

"李李姐，我唯一骗你的就是隐瞒了真实身份，装穷。这是因为我申请来正广律师事务所实习，是想学习真本事的，不想被人另眼相待，所以从一开始就对律所的所有人包括律所主任隐瞒了自己的真实身份，并不是存心想要欺骗你的。我们在一起后，我没有坦白，是因为我想搬到你这里跟你同居，不装穷的话，你肯定不会让我住进来的……我真的是没有办法才骗你的……

"李李姐，我有想过跟你坦白的。可是我知道你的脾气，一旦知道我的身份，肯定把我赶出去了。所以我不敢说……"

李李听到这里，冷笑不已：还是很有自知之明的嘛！

"李李姐，我爱你。自从我淋雨生病，你把我送医院，照看了我一夜那天起，我就爱上了你。你是世界上除了我妈妈以外对我最好的人。

"李李姐，对不起，你原谅我，好不好？！

"李李姐……"

李李在杭州开庭赢下了官司后，坐了三十分钟的高铁来到了嘉兴。

唐小甜等三人已经等候在了出站口,一见李李穿着衬衫西裤拖着行李箱出来,便挥着手大喊大叫:"李李!"

一出闸门,唐小甜便飞扑而上,给了李李一个大大的爱的抱抱:"臭李李,坏李李。这么久没见我,想我这个小可爱了吗?"

"没有!"什么叫这么久没见?昨天晚上四姐妹还视频聊天了呢。

"果然!你不爱我了!"

"我什么时候爱过你了?!"

"臭李李,只有我可以气你,你不可以气我!"

"好!"

杨伊致和周诺分别上前与李李来了一个大大的紧紧的拥抱。

……

闺密四人在离广州千里之外的新塍小镇团聚了。

李李很喜欢古朴清净叫人可以忘记城市喧嚣的小镇,每天睡到自然醒,然后跟着唐小甜去逛吃逛吃。

店铺十一点开门营业,如果忙碌的话,李李就戴着鸭舌帽、穿着围裙,化身店员帮忙。她曾打过很多份工,做什么都驾轻就熟。

如果不忙,李李就睡到自然醒后在店铺或者小院子发呆,放空自己。

夜晚,四人经常组团去吃夜宵,还是不带家属的那种。

作为唐小甜家属的俞仁杰失宠了。但他知李李三人对唐小甜的重要性,也只能干吃醋。

远在广州上学的俞子江,每天隔着屏幕安慰他:"姐妹如手足,情人如衣服。衣服随时可以换,手足却不能断。所以俞仁杰，你要乖乖的哦，不但要忍，还要在小甜甜的姐妹们面前好好地表现哦。"

这日是星期一的午后，店铺难得稍稍空闲。

李李坐在鲜花盛放的小院一角，打开了照相机，美美地跟花朵来了几张合照。尔后，无意中看到了她和张新宪的自拍照。

李李蓦地怔然出神了起来。

她其实早就察觉有所不对的。比如张新宪看中的东西从来都是品质好价格不菲的。又比如张新宪十指不沾阳春水，完全不会干半点活。

事实上，假如张新宪和他家里真的很穷的话，绝对不可能养成一直买精品这种习惯的，他也绝对不可能什么活都不会的。

然而，张新宪一稍稍解释，她就接受了，可见是自己放任了这段错误。

视线里多了两杯咖啡。李李抬头，看见了周诺。

周诺拉开椅子，在她对面坐下："说吧。好好的为什么跟你的小鲜肉分手了？"

"没什么好说的，本来就是玩玩的。"

周诺根本不信她的话："玩玩的还同居？！"

"我没想过同居，是他没地方住……算了，不说了。"李李摆了摆手，转过话题，"你好好的为什么来小镇？"

"有一个月的假期。就来了。"

李李露出一副"别蒙我，也不看看我李李是谁？！"的表情："说实话！"

"就是来休假啊。"

"你周诺……一个卖身给你部门经理的加班狂，好好的会休一个月的假期？！这太阳又不是打从西边出来了。绝对有问题！"

李李端起咖啡，饮了一口，"说！你跟你那个姓徐的经理到底怎么了？！"

"说了没什么。"

"好吧，我们两个把天聊死了。不用聊了。"

李李慢条斯理地喝着咖啡，扫了一眼柜台那边忙碌的唐小甜和杨伊致，压低了声音道："这样吧，我们两个互相坦诚。"

周诺与她对视了一眼，点了点头："好。你先说！"

李李遂把她和小鲜肉之间的事情告诉了周诺。

周诺目瞪口呆："就是那家赫赫有名、一直赞助国家队的球鞋制造企业吗？！"

"对！"

"还是长子，要回家继承家业那种？！"

"对！"

"李李，你疯了！这种又有钱长又帅，还是忠犬的小奶狗你也舍得放手？！还亏你天天在我们姐妹们面前号称什么雁过拔毛、兽走留皮、爱财如命……既然这么爱钱，为什么分手？！"

"是小鲜肉欺骗我在先。再说了，这种豪门都是要找门当户对的人联姻的。我李李就算不差，但远远达不到他们择媳的目标的。人要有自知之明，何必自取其辱呢？"

"那也未必！小鲜肉这么喜欢你，说不定……"

李李摆手打断了她的话："别天真了。我做律师这些年，见到太多不堪的事情了。人啊，赌什么都不要赌人性，因为输定了！我可不想到头来为了一场恋爱，把我这几年在正广律师事务所打拼下来的事业一秒清空了。好了，现在轮到你说了。"

周诺把她和徐劲渊之间的事情一五一十地告诉了李李。

李李听完，寒着一张俏脸："这个王八蛋！一直在利用你！

你为什么不甩他几个巴掌再走?!"

周诺摇摇头:"何必给公司留下一地流言蜚语呢?"

"反正你都离职了,管他!让他去收拾烂摊子好了!"

周诺低着头,不言不语。

她长发中分,一低头,两侧的头发垂了下来,便遮住了脸上所有的哀伤表情。

李李见状,暗暗地叹了口气:周诺是真的爱这个姓徐的,到现在还无法自拔。

李李和周诺聊天的时候把话说得很满,然而,她没想到的是打脸来得这么快!

那天的傍晚时分,店铺正繁忙之际,李李在后厨帮忙,只听唐小甜在前面惊呼道:"李李,李李,有人找你!"

李李端着盘子从后厨出来,一眼就看到了背着双肩包像根柱子似的杵在吧台处的小鲜肉张新宪。

李李从惊讶到恢复正常表情不过短短几秒:"你来这里干吗?!"

张新宪从兜里掏出了戒指盒子,扑通一声,单膝跪地:"李李姐,你嫁给我吧。"

突如其来的求婚场面,不止店里的客人看得目瞪口呆,众姐妹和俞仁杰也是目瞪口呆。毕竟这种求婚场面是可遇不可求的嘛,他们也是头一回见!

短短数秒,反应过来且看热闹不嫌事大的顾客发出了此起彼伏的惊呼尖叫声,大家不约而同地拿起手机拍视频,各种起哄"快答应!""嫁给他!"。

李李完全不受任何影响:"张新宪,你给我打哪儿来就往哪儿去。别来烦我!"

"李李姐不嫁给我,我就哪儿也不去。"

"那你就给我在这里跪着吧。"

李李径直越过他去送餐,而后又越过他回到吧台。

周诺朝李李挤眉弄眼:"赌什么都不要赌人性!因为输定了!"

唐小甜捂着胸口,感慨万千之余满脸羡慕:"啧啧啧!小鲜肉果然会来事啊!"

俞仁杰在一旁听了,觉得不对味:"怎么?这是嫌弃我不会来事?!"

唐小甜:"你觉得呢?"

俞仁杰:"行,我安排上!"

唐小甜:"好!我等着!"

李李里里外外地忙碌,完全当张新宪不存在。

后来,看得杨伊致都觉得不好意思了,提醒李李:"这么跪下去,膝盖受不了啊!要不给他拿个什么东西垫一垫?!"

李李这次抬起眼皮,扫了张新宪,觉得他这么跪着实在是妨碍唐小甜店铺的生意(她坚决不会承认是自己心软心疼小鲜肉),加上顾客们一直在拍照拍视频,便对张新宪抬了抬下巴:"跟我进来。"

李李把张新宪带进了后面的堂屋,进行了一番交谈。意思是两人之间已经结束了,以后就一别两宽,各生欢喜吧。

张新宪:"李李姐,我不同意。你这是单方面分手。"

"就算我是单方面分手,那又怎么样?分手就是分手。"

张新宪:"李李,我不同意。你必须听一下我方的诉求。"

"说!"

"李李姐,我瞒着你确实是我不对。可是你也有问题。"

这简直是倒打一耙。李李气笑了:"我?"

"对!"张新宪理直气壮地说,"你一点也不关心我。但凡你肯关心,你早就发现问题了。"

"我还不关心你吗?你吃的穿的用的,哪样不是我亲手给你买的。我就像个老妈子一样。"

"你就是不关心我。假如你关心我,查过我卡里的钱的话,你立刻就会发觉不对头了……"

张新宪给她的那张工资卡,她的确没用过,也没查过卡里的钱。毕竟他一个月就这么一点实习工资,加上两人同居短短时日,她从未打过那点钱的主意。

"你只要一查,就会发现,你给我买的每件物品,我都会在第二天把钱翻倍打进卡里。可是……你从来没去查过!"

面对张新宪委屈巴巴的控诉,李李张了张口,想要辩驳却找不到可以反驳的点,最后只道:"是吗?那你把卡给我。"

张新宪从双肩包里取出了卡,在李李要接过的刹那,他猛地缩回手:"李李姐,你想干吗?"

李李:"把钱取出来啊。那可是我的钱啊!"

张新宪护住了卡:"那咱们这算是分手了还是没分手?反正我坚决不同意分手。你不能因为上一代的关系,就对我没有信心。是,我是比你小好几岁,可这并不代表我就没有责任心、没有责任感。

"李李姐,并不是每个男人都会像你父亲一样没有责任心的。你对我有信心一点,好不好?"

说罢,张新宪把卡强塞进了她手里:"收了我的卡,就是我女朋友。不许还!"

"我又没答应!"

"反正收了,就是答应了!"

第二天下午,某个身着黄色马甲的某团送货员抱着一大捧的红色玫瑰走进了店铺。

杨伊致和周诺、李李三人见状发出了"哇噢"的惊呼声:"目测有九十九朵。哎哟喂,俞仁杰的表现可以啊!很会来事!"

"唐小甜!你和你的愚人节糖分过于超标!"

"唐小甜!路过的蚂蚁都会被甜到。做人这样不好啊!"

唐小甜又惊又喜,正准备上前接过玫瑰花。

送货员从遮天蔽日的玫瑰捧花后探出了头,看着她们四人,问道:"请问哪一位是周诺小姐?"

此话一出,周诺一呆:"是我。"

"这是你的鲜花。请签收。"

周诺错愕不已:"你弄错了吧?"

"你是不是姓周,周总理的周,诺言的诺,手机号码是××××××××××。"

周诺更惊讶了:"是。"

"那就绝对错不了!请你在这里签名。"

……

送货员一走,姐妹三人便对周诺进行了"严刑拷问"。

李李:"周诺,有情况啊!快说!是哪个野男人送的?!"

唐小甜:"坦白从宽,抗拒从严,老实交代!"

周诺抱着这一捧浓墨重彩、热辣滚烫的大红色玫瑰,露出"我真的也不知道怎么回事"的蒙圈表情。

"没人知道我在这里啊。我这些天一个朋友圈都没发过。"

唐小甜三人也大感奇怪。

唐小甜："莫非我们镇上有人对周诺一见钟情，暗恋周诺？"

李李突然道："你们有没有发现刚刚的送货员来之前并没有先给周诺打电话？"

"什么意思？"

"他没打电话怎么确定周诺在店铺里呢？除非……"

唐小甜秒懂，接过李李的话头，说了下去："除非送花的人就在附近，确定以及肯定周诺在店铺里……"

话音未落，周诺已搁下了手里的花，往外走了。

周诺站在店铺门口四处张望，看到了不远处那一片浓荫下戴着墨镜的徐劲渊。

半个月前。

徐劲渊在办公室里，目睹着周诺抱着纸箱进了电梯离去。

之后，他在落地玻璃幕墙边俯视，看着周诺在大楼门口处拦车，看着她坐上了车子，看着车子转弯驶入另一条街道，消失在了对面的一幢大楼后。

徐劲渊觉得自己从未有过地烦躁。

招周诺进公司之前，他也才被公司老总延揽进来，空降至所在的部门。

当时整个部门的人都是原来的庞经理培养出来的手下，自成一派，这些人表面上对他恭恭敬敬、客客气气的，但实际上根本没有人听他的话，去执行他的安排。他的意志根本插不进去。

就在这时候，他在公司的招聘中遇到了周诺。

徐劲渊一眼便知道她是他想要的人。

他计划着把周诺培养成自己的心腹，放权让她进行各种工作，让她为自己在部门里冲锋陷阵。

于是，他从一开始就用了手段笼络，得知周诺是外地人，在广州上的大学，家人都不在身边，就从请吃饭开始，关心她的生活，但凡她有什么问题，他能出手帮忙的就出手帮忙。

一次出差途中，周诺扭伤了脚腕，徐劲渊背着她去了医院，并亲自照料她。

就因为这个小举动，短短时日，他便将她收服了。

此后，周诺便成了他的马前卒。他指东，周诺从不敢往西。

徐劲渊也知道周诺喜欢自己，更是在工作中充分利用了这一点。

在周诺为他卖命的这几年里，徐劲渊成功地把上一任庞经理留下的心腹能收为己用的就收为己用，不能收为己用的就利用各种事件和各种借口排挤开除掉，之后又陆陆续续地招聘了一些人，形成了只忠于自己的一个团队。其间，他和周诺两人配合无间，带领着团队做出了各种亮眼业绩，成就了他完美的履历表。

他喜欢周诺吗？

他喜欢的，真心喜欢的，很喜欢的那种。

周诺长得美，能力强，又肯听话肯吃苦肯卖命，无论是作为男人的那种喜欢还是作为上司的那种喜欢，他都有。

徐劲渊甚至觉得周诺这个人是为他量身定制的一般。

但徐劲渊无数次地压抑自己，命令自己要与周诺之间谨守上司和下属的界限，不能更进一步。

因为周诺没资源没背景，虽然家庭条件应该还可以（毕竟可以在广州买房，不可能会很差），但还是完全不符合他对女朋友和妻子人选的要求。

可是在一场庆功宴后，当看到男下属搀扶起醉酒后的周诺，他还是没控制住,破了功。他伸手接过了周诺,表示自己会送她回家。

两人由此开始纠缠。他很喜欢两人间的亲密,喜欢周诺喜欢他,喜欢周诺对他的温柔体贴。可是他却清醒地知道自己和周诺是没有结果的。

他不会跟周诺公开,也不会跟周诺在一起。

他知道自己自私自利、薄情寡义,本质上就是一个冷血商人。在商言商,他徐劲渊的爱情与婚姻都是标了价格的。

爱情和婚姻于他而言不过是另一桩交易、另一种商业合作而已。

每一步都必须对自己有利,每一步都必须让自己上一个台阶。

所以他会"爱"上老板的侄女。不久后,也一定会娶她。

因为他需要这样的踏脚石,一步一步地垫着他走向成功。

周诺的离开,他是早有准备的,也做好了布局。

从周诺独当一面开始,他便招进了新人陈谨,将其安插在周诺身边。平日里,陈谨是周诺的左右手,于徐劲渊而言,只是颗废棋。周诺但凡离开,陈谨便会被他激活,无缝接手周诺的一切工作。

周诺还是太嫩太单纯了,以为陈谨会与她一起离职,和她单干。

吃一堑长一智。相信以后的周诺,将会前途不可限量。

徐劲渊做足了万全的准备,以为自己会云淡风轻地看着周诺离开。

毕竟这么多年来,他就是一步一步踏着刀刃走过来的。在他眼里,所有的关系,所有的情感,都是标好了价码的,都是可以交易的，都是为了他的成功服务的。

可是，那天站在二十二楼的幕墙边，看着周诺乘坐的车子消失在了眼前，他心里却有种莫名其妙的空洞。仿佛有什么被周诺一起带走了，他永远也找不回来。

一连数日，他上班失神，晚上失眠。

徐劲渊一再告诉自己："人最大的敌人是自己。人最好的朋友也是自己。

"记住你曾经遭受过的屈辱，记住你曾发誓要飞黄腾达。如今，只差一步之遥！"

父亲重度残疾，母亲患有精神方面的疾病，生下他后便离家出走，此后生死不知。从小家境清贫如洗，徐劲渊与父亲靠着捡垃圾为生，勉强度日。成长的路上经受了多少的白眼欺凌，唯有他自己方知。这一路的艰辛，让徐劲渊看淡也看穿了很多东西。他习惯了为达目的不择手段。哪怕是真心喜欢周诺，但在"钱途"和前程面前，他还是毫不犹豫地选择了老总的侄女。

周诺离开后的某一天，徐劲渊在外出应酬的时候遇到了周诺的一个客户庄先生。

庄先生的家族在北方有不小的背景，徐劲渊不敢怠慢，忙带了接替周诺工作的陈谨去庄先生的包厢敬酒。

庄先生见他带人过来，下意识地看了看包厢门的方向："周诺呢？今天没陪徐经理出来应酬吗？"

徐劲渊知道周诺与这位庄先生极熟，这个客户也是周诺一手拉来的，怕他得知周诺离职后会影响后续的合作，便模棱两可地说："她去休年假了。"

那晚，徐劲渊像是中了蛊似的，跟庄先生喝了不少酒，几次三番状似无意地与他聊起了周诺。

庄先生喝高了，忘记了周诺曾经的嘱托，一不小心便把周诺的底给透露了。

"徐经理啊，你好眼光啊，捡着了周诺这个大宝贝啊……这姑娘好啊！家里有人脉有资产，只要不乱投资，家里的钱几代也花不完，却还能脚踏实地地肯吃苦做事……这年头真的是打着灯笼也难找的周诺这样的好姑娘喽……"

徐劲渊头一次听闻，诧异万分，但面上却不露半分声色。他不着痕迹地追问后，才发现原来周诺深藏不露，家里真有矿，是个妥妥的富二代。

那晚应酬结束后，徐劲渊在百度上搜索到周诺伯伯和她父亲的名字。

也是在那天夜里，他决定前来小镇寻找周诺。

或许命运愿意宠爱他徐劲渊一次，对他好一次呢?!

……

周诺怔立在了唐小甜的店门口，与大树下的徐劲渊遥遥相望。

一瞬间，她觉得鼻头酸辣，视线渐渐模糊了起来，似有什么要从眼眶里掉落下来。

好片刻后，周诺方才调整好各种情绪，穿过石板路，走向了他。

"徐经理，你怎么在这里？"

徐劲渊不答反问："真准备辞职？不准备再回去工作了？"

周诺摇头："不了，我已经决定了。"

徐劲渊："为什么？因为我订婚了?!"

周诺垂下眼眸，深吸了一口气，逼走了眼底的酸辣："我记得那天你说过的话：江湖规矩就是人走茶凉，默契散场不要问。

问就是不懂规矩。"

徐劲渊脸色一僵。

半晌后,他道:"如果我想要违反自己的原则,问一下呢?"

周诺一愣。

徐劲渊道:"周诺,如果我跟老总的侄女分手的话……你现在还愿意做我的女朋友吗?"

如晴天霹雳炸响在了耳边。周诺猝不及防,一下子惊在了原地。

"为什么?"

徐劲渊直勾勾地看着她:"因为我喜欢你。一直都很喜欢。"

周诺始料未及,简直不敢相信自己耳朵所听到的。

"你不用马上回答我。我会在小镇待三天,你想好了再回答我。不过在这之前,我有一个小小的要求。"

"什么要求?"

"这三天里,你能陪我逛逛小镇吗?"

周诺不说话。

徐劲渊对她了如指掌,知她不拒绝便是答应了。

之后的两天里,周诺陪着徐劲渊看风景,品尝美食。

在这两天的相处里,周诺有种被徐劲渊深深爱着的错觉。那是从前她那么渴望想得到却从未得到过的。

周诺太爱这种感觉了。她觉得自己会答应徐劲渊的,哪怕她有种身处云端般的不敢置信之感。

第二天的晚上,她接到了客户庄先生的电话,问她什么时候结束休假回去上班。

周诺怔了怔:"休假?您听谁说的我在休假?!"

"你们徐经理啊,除了他还能有谁!"庄先生说了后,又连声道歉说那天自己喝醉了，一不小心把她的真实身份告诉了徐劲渊，"你们徐经理现在已经知道你的身份，不会对你的工作产生什么影响吧?!"

周诺脑中霎时一片空白，直到电话那头的庄先生再三追问，她才回过神，回复他说不会。

但挂断电话后，周诺失声大笑，嘲笑自己的幼稚与可笑。

她埋下了头，眼泪一滴一滴，无声无息地掉落下来。

周诺在院子里坐了整整一个晚上。

清晨，她如常地洗漱打扮，陪徐劲渊去吃早餐。

这是最后一天。

徐劲渊问："周诺你想好了吗？可以告诉我答案了吗?!"

周诺点点头："我想清楚了。"

"你说。"

"对我来说，这件事情已经结束了，我已经走出那段迷雾了。所以，我的答案是NO。"

徐劲渊霍然变了脸色。

他没料到周诺居然会拒绝他。毕竟这么多年来，他对周诺了如指掌，一直把她拿捏在掌心。

徐劲渊随即敛下神色，道："我从你的眼里明明看到你还爱着我。"

徐劲渊伸手去牵周诺的手，与她十指紧扣："周诺，跟我在一起吧。我们会很幸福的。"

周诺任他握着，轻轻道："徐劲渊，我本来不想问的，因为但凡问了，我们之间就连最后一点的情谊都保不住了。但现在你非要知道的话，那请你先回答我一个问题：如果你没有从庄先生那里得知我家情况的话，你会来小镇找我，对我说喜欢我，想和我在一起这一番话吗?"

徐劲渊一愣:原来她知道了原委。

周诺对他的答案早已经了然于胸。所以,她微微一笑:"徐劲渊,你不会的。你来这里是经过一番详细的计算比较的。你算过所有的利弊得失,觉得和我在一起的利益要大于和老总的侄女在一起,是不是?"

徐劲渊面色僵硬,不说话。

"听说人不耗尽所有的期待,是不肯说再见的。每一个决定要转身的人,都是在风中站了好久。突然放弃一个人或一件事情,一定是积攒了太多的无力和失望。当我们发现自己的坚持好不值得,于是我们终于放过了自己。"

周诺抽回了自己的手,望着他,一字一字地道:"徐劲渊,我周诺对你已经没有任何期待了!我放过我自己了!"

徐劲渊突然道:"没有!"

周诺:"什么?"

徐劲渊:"和你在一起的利益没有大过和老总的侄女在一起。我来这里找你,是因为真的喜欢你。

"喜欢你是真的。我控制过自己很多次,控制自己不能跟你在一起。可到最后,我还是没能控制住我自己。如果当时我真能控制住的话,今天就不必来这一趟了。

"算过和你在一起的利益也是真的。我一直知道鱼和熊掌不能兼得,但我还是想来小镇找你,想努力试一试。每个人的人生都是不同的。并非人人都有你这么好的家世。我想着老天爷给了我那么惨的原生家庭和身世,那么苦的童年少年青年,也许偶尔也会偏爱我一次。"

周诺怔住了:"什么原生家庭?"

徐劲渊跟周诺讲起了他的出身和家庭,无波无澜,平淡得仿佛在讲述他人的故事。

"太穷了,家徒四壁。我父亲重度残疾,与我爷爷靠着捡垃圾为生。可爷爷思想老旧,还是一心想让父亲传宗接代,把老徐家一代一代传下去。于是,爷爷帮重度残疾的父亲娶了患有精神疾病的母亲,生下了我。我从小就在垃圾堆里长大,还未学会走路就已经跟父亲学会了捡垃圾。从小到大,我都活在别人的白眼和嘲笑中,被人骂是垃圾,是狗屎,是残疾,是神经病。我靠着自己,一步一步地走到现在的地步。如果不自私自利、不不择手段的话,我能走到现在,跟很多家境优越、有父母祖荫庇护的人站在同一起跑线上一拼吗?!

"周诺,你不是我,你不知道这些年我经历了什么?!"

这日下午,秋光正好,店铺极为忙碌。

李李用手肘撞了一下周诺:"你看窗边刚坐下的那个草帽男,侧脸绝了!一身打扮又雅痞又精致。看在好姐妹的分上,我忍痛割爱了,把这个大好机会让给你。"

周诺淡淡地扫了一眼,就收回了视线,完全不感兴趣。

唐小甜和杨伊致对视了一眼,便知道周诺依然没有走出情伤,不觉叹气。

唐小甜上前招呼客人,看清了那人的面孔,不禁一愣:竟然是曾经和愚人节一起在伊致咖啡店里用餐的雅痞男!

"你?"

谭卫聪自来熟地道:"小甜,快给表哥我来一份招牌茶饮和几份招牌糕点。"

唐小甜:"表哥?"

"俞仁杰没跟你说过我吗？我是他表哥。"

看着唐小甜惊讶的小模样，谭卫聪："看来是没有！俞仁杰他人呢?!"

"在隔壁帮司机搬卸面粉呢。"

唐家的屋子已经不够用了，唐小甜租下了秦奶奶一半的屋子，用来储藏物品。刚刚送货司机来，人手不够，俞仁杰就去帮忙了。

闻言，谭卫聪瞠目结舌，一副见了鬼似的惊悚模样："俞仁杰……在搬卸面粉?!"

唐小甜理所当然地道："家里就他一个大男人，他不搬，难不成让我和我爷爷搬吗?!"

……

几分钟后，谭卫聪在秦奶奶家看到了正在勤勤恳恳、任劳任怨搬东西的俞仁杰。他戴了印有唐爷爷糕点铺字样的鸭舌帽和围裙，身上沾满了灰尘和面粉，灰头土脸的，毫无往日里的半分讲究。

谭卫聪也不上前帮忙。他双手抱胸，靠在围墙上，饶有兴致地看着俞仁杰搬完货，这才慢腾腾地上前："啧啧啧……想不到啊，大名鼎鼎的 Thomas 谭竟然在这里做苦力！爱情的力量啊，果然伟大！"

俞仁杰毫不在乎他的揶揄，"砰砰砰"地拍着身上沾着的面粉："你怎么来了？"

"专程来看你啊！"

"鬼才信你的话！顺道的事情不要说得这么理直气壮！"

"行吧，确实是顺道，但也是专程过来看你的。对了，我刚刚看到唐小甜了。你不要告诉我，这么久了，唐小甜不会还不知道你的真实身份吧?!"

一句话便击中了俞仁杰的软肋。

俞仁杰一直想找个机会向唐小甜好好坦白，可苦无好时机，就拖啊拖啊拖到了现在，而且越拖他就发现自己越难坦白了。

见俞仁杰不说话，谭卫聪就知道自己猜中了。

"那你准备什么时候告诉唐小甜你的真实身份?!"

"要你管！"

"你不会是骑虎难下了吧?!"谭卫聪幸灾乐祸，看热闹不嫌事大，"这种事情肯定是越早越好，不然到时候够你喝一壶的！"

"要你说！"

"好表弟，要不要我这个表哥帮你出个好主意啊？"

相对于他满脸笑容，俞仁杰则是满脸戒备："说！要什么条件?!"

谭卫聪："接下来三年里必须给我准时交设计稿！"

俞仁杰沉吟道："我考虑一下。"

知弟莫若兄，谭卫聪知道他这就是表示答应了。

谭卫聪来了两天后，便与唐小甜混熟了。

这天晚上，过了店铺最繁忙的时间点，他让唐小甜带他逛逛夜色里的小镇。

唐小甜："我在忙，你找愚人节去。"

"俞仁杰刚接了个电话出去了。你看现在店铺客人也不多，你有这么多闺密好帮手在，不用担心店里的事情。再说了，这里是你的地盘你最熟。"

唐小甜："好吧。你想去哪里？"

结果，出门没多久，唐小甜就看到了一辆熟悉的车子因为红灯,停在十字路口处。

是俞仁杰的车子。

唐小甜刚想上前,忽然透过明亮的路灯光线清楚地看到了车子里面除了俞仁杰外,副驾驶座上还坐了一个美女。

"俞仁杰这个杀千刀的!"唐小甜气呼呼地,正准备上前质问。

才杀气腾腾地走了两步,已经被谭卫聪拦住了:"现在是红灯,你这是准备干吗?"

"捉奸!"

谭卫聪:"……"

说话间,红灯变绿。俞仁杰的车子载着美女消失在了长街的另一头。

"好了,你看,奸夫淫妇走了!"

谭卫聪:"你觉得男朋友在变心和有事一直隐瞒你之间,哪个更能接受一点?"

唐小甜双手叉腰,恶狠狠地道:"按我们唐家家规,这两个都是死罪!"

谭卫聪虎躯一震,而后小心翼翼地问:"有事隐瞒是不是会相对轻一点的?"

"也不一定,要看具体情况。"

谭卫聪:"走吧,跟我来。"

拐过弯,唐小甜一眼便看到了俞仁杰的车子和俞仁杰这对"奸夫淫妇"。

谭卫聪掏出手机,在那美女的手机上扫码付钱:"谢谢帮忙。"

美女扬了扬手机:"合作愉快。下次有这种兼职继续找我!"

唐小甜觉得这一幕莫名地熟悉。

谭卫聪对两人道:"你们好好聊聊。"说罢,便双手插兜,潇洒地离去了。

唐小甜一脸蒙圈:"愚人节,这是怎么回事?聊什么?"

一天后。

"姐妹们,我和愚人节分手了!"

李李到来的这几日一直被唐小甜和俞仁杰塞喂狗粮,吃得都快吐了。不止如此,她甚至觉得连空气中都弥漫着一股恋爱的酸臭味。所以她和周诺、杨伊致三人乍听到这句话,压根不信。

"为什么分手?"

"愚人节他竟然欺骗我?!"

"他怎么欺骗你呢?"

唐小甜把愚人节就是 Will 的事情说了。

杨伊致:"就是一直帮你设计的那个在国外的 Will?"

唐小甜点头。

"这有什么好生气的。这个 Will 帮你了这么多忙,就当将功补过了!"

"你们以为仅仅就如此而已吗?"

李李:"还怎么样了?!"

唐小甜气呼呼地道:"愚人节这个大骗子说他就是 Thomas 谭!"

这话一出,三人顿时面面相觑,吃了一大惊。

"什么,愚人节就是 Thomas 谭?!婚纱设计行业大名鼎鼎的那个 Thomas 谭?"

"跨界跟国产品牌恒茂昌合作潮牌口红,一出就大火,卖断了货不说，还带动了一大波的国货潮的那个 Thomas 谭？"

"唐小甜心心念念的那个偶像 Thomas 谭？！"

唐小甜："什么我心心念念的偶像？打住！从今天起，你们谁也不要再跟我提这个人。我跟他已经没有半毛钱关系了。"

三人你看我，我看你，知道唐小甜正在气头上，识相地选择了不说话。

……

当天晚上，三人拉着唐小甜去吃夜宵。

周诺劝道："唐小甜，我想了想，俞仁杰是 Thomas 谭其实也没什么好生气的。"

唐小甜大愤："这还不可气吗？！愚人节一直在骗我！李李不就是因为小鲜肉骗她，所以才选择分手的吗？！"

杨伊致："这不没分手成功吗？小鲜肉天天到我们店里来报到求复合。"

李李："唐小甜，你不觉得自己很成功吗？有几个人能把偶像追成了自己男朋友的。在我看来，你已经到达了追星的最高级别了！"

唐小甜转念一想："李李，你说得好像很有道理的样子。"

周诺接口："所以啊，你有什么好生气的？堂堂天才设计师 Thomas 谭，多少少女心目中的老公？竟然被你唐小甜收入了囊中。换了我是你的话，昭告天下放鞭炮庆祝都还来不及。"

李李道："昭告天下放鞭炮庆祝就不用了，没事偷着乐就行了。"

李李继续道："唐小甜，你想想看：Thomas 谭以后可是你唐小甜的人，你想怎么虐就怎么虐，你想怎么蹂躏就怎么蹂躏。是不是想想就爽爆了？！"

第十五章　有人欢喜有人爱

唐小甜连连点头:"好像是哦!"

"所以啊,生什么气?!分什么手呢?!难不成你想把愚人节推出去便宜外面那些小绿茶小妖精吗?"

"像你们家愚人节这么有才华有颜值的人,你要是真放手了,那可是分分钟被小妖精们、小绿茶们啃得连渣都不剩的啊?"

唐小甜想到愚人节抱着别的女人的画面,一秒都忍不了,拍桌道:"那可不行!绝对不行!"

"那不就结了!"

当天晚上,吃完夜宵一回到家,唐小甜把俞仁杰叫了出来:"把手机给我!"

俞仁杰乖乖地奉上了自己的手机。

唐小甜手指飞快地输入了几个字。

俞仁杰的朋友圈标签,自此后改成了:家有恶犬,勿扰!

李李回广州前的深夜,四姐妹在店铺里喝酒聊天。

她们讨论爱情到底是什么。

可讨论了半天,却什么也讨论不出来。于是,索性用提问的方式。

唐小甜问李李:"你为什么会跟小鲜肉在一起,而不是别人?"

李李:"我就是被小鲜肉的阳光帅气的样子吸引了,觉得很喜欢。而他可能因为从小失去母亲,喜欢年长的小姐姐,所以就这样在一起了。我不知道这算不算是爱情。有的时候啊,觉得爱情这两个字太高大上了,我和小鲜肉之间好像不算。"

至于周诺是这样说的:"我以为我喜欢一个人,为他加班加点拼命工作,用业绩一次一次地打败他的竞争对手,这就是爱情。可后来证明这只是我一个人的一厢情愿,他只是在利用我而已。我的感情只能算是暗恋，根本不算爱情。真正的爱情，应该是相互奔赴的。"

唐小甜立刻反驳："也不是一厢情愿啊，徐劲渊也是喜欢你的，还追你追到了我们小镇。只是你拒绝了他而已。"

周诺："不用安慰我。这段感情从来就是我一个人的一厢情愿，而不是两个人的双向奔赴。失败就失败了，我并不后悔曾经喜欢过他。他在工作中教会了我很多东西，令我成长，可以独当一面。只是我不会再继续喜欢下去了。从得知他抛下我跟别人在一起，和别人订婚的那一刻开始，我就不应该再喜欢了。因为在他下决心放弃我那一刻，便永远不值得原谅了。而且在这段感情里，我也学会了很多。我们女生无论何时何地，无论爱上谁，都要懂得比起爱人，更重要的是爱自己。无论在什么感情里面，自己的感受，还有自己，永远是最重要的。不要委曲求全，不要将就。不合适就分开。"

姐妹们纷纷点头，赞同她的说话。

杨伊致说："我也不知道什么是爱情。可能因为从小失去父母被收养的经历，我很没有安全感，喜欢被人保护和照顾。我和我大哥相处的时候，他会顾及我的各种情绪，给我满满的安全感，让我感觉很舒服很自在很快乐。感觉他在保护我照顾我，我什么都不用怕不用担心。他也好像总是通过生活中的小事情，（其实我知道他是刻意的）弥补了我小时候的各种遗憾。我是这样自然而然地喜欢上了我大哥。等我意识到的时候，就已经沉溺其中，无法自拔了。"

三人问："唐小甜，你呢？为什么喜欢愚人节？"

唐小甜："其实我也不知道。我真的一直把愚人节当兄弟的。可是有一天，我见到有个美女抱他，我觉得很生气很不舒服……

才开始意识到不对劲,觉得自己是不是喜欢他了。"

爱情到底是什么?姐妹四人讨论了一个晚上也没有结论。

因为每个人都是不同的,所以她们的情感需求不同,动情点不同,喜欢上的人自然也就不同。

或许有的人的爱情是共同成长,携手共进,彼此成就。也有的人的爱情是在孤独的时候遇到了一个不让你孤独的人。也有的人是因为彼此在一起,彼此守护,彼此照亮,让彼此变得更美好。也有的人仅仅是因为这个人,你想去爱他而已。也有的人是因为被人照顾,被人心疼。也有的人是因为对方情绪稳定,让自己也情绪稳定,等等。

……

"随着年岁渐长,我渐渐觉得,任何的感情不管是友情还是爱情,都不要将期限预设为长期。不要预设你要和一个人永远做朋友。比如我们四个人,日后或许也会因为生活工作中的各种原因而渐行渐远,走散四方。也不要预设你要和一个人共度一生。哪怕两个人结婚了,或许某一天也会因为各种问题而离婚。就自然地相处,命运把我们带到哪里,就到哪里。不要执着于人与人之间的关系。只要彼此曾经真诚真挚地对待过,陪伴过彼此,一起开心过,一起悲伤过,一起欢呼过,一起相拥鼓励过,就是一种很棒很好的相遇。剩下的就交给时间,顺其自然。"

"顺其自然,允许一切的发生。允许我们的生命中有人来,也允许有人走。"

说完,李李向姐妹们坦诚道:"其实我准备原谅小鲜肉了。毕竟谁知道以后会怎么样?!搞不好明天就有外星人入侵地球了呢。"

周诺:"我举双手赞成你们复合!"

其余两人:"我举双手双脚赞成!"

李李起身:"走了。"

"去哪里?"

"当然是找我的小鲜肉啊。"

烧烤摊上烟雾缭绕,香气诱人

桌上摆放着烧烤摊老板精心烤制的羊肉串和蔬菜,一点未动。

张新宪苦闷地仰头喝着啤酒。

"咕咚咕咚",一罐啤酒很快就被他干光了。

他扔了啤酒罐,顺手取了一罐,正准备打开的时候,忽然眼前一暗,有道身影挡住了他面前的光线。

张新宪闻到一抹熟悉的气息,倏地抬起头。在看清李李面容的这一瞬间,他手里的啤酒罐"啪"地掉落到了地上。

他难以置信:"李李姐,你怎么来了?"

李李"嘿嘿嘿"地摸了一把张新宪的脸:"因为姐姐我现在想通了!"

"想通什么了?!"

"姐姐我从今天起只想做一个庸俗的人,贪你的钱,好你的色,睡你的人。"

张新宪大喜过望:"太好了。李李姐,你一定要一直这么庸俗下去。"

"放心吧,姐姐会的。姐姐已经躺平了,不想努力。"

"好。李李姐不想努力了就不努力了,以后我会加倍努力的。我会养李李姐的。"

"啧啧啧,现在的小鲜肉都这么会说情话吗?!"

第十五章 有人欢喜有人爱

"我只对李李姐一个人说情话。"
"打住!快打住!"

后来,唐小甜也问了俞仁杰同一个问题:"愚人节,你觉得什么是爱情?"
俞仁杰认真地想了想,对她说:"爱情是又气又心疼吧。"
"又气又心疼?"又是一个不一样的答案。
"就比如我吧,看到你这个小糊涂蛋饿着了、累着了、不小心磕到了、碰到了等,就会又气又心疼……"
说她是小糊涂蛋!这算不算好话?!唐小甜:"……"
但是,她还是欢喜的。
有人喜欢有人爱。
而她,也正好喜欢着、爱着这个人!

番外一 甜蜜小花絮

某个夏夜,唐小甜和俞仁杰避过众人,偷偷地出了门,在拐角处集合。

两人手牵手去逛温柔夜色里的小镇,坐在河堤上看星星。

夜色漆黑,万籁俱寂。河边的灌木芦苇处,萤火虫纷飞,熠熠生辉。

"萤火虫耶。"唐小甜惊喜万分,起身去捉。

俞仁杰捉住了一只,捂在掌心,微光遂从指缝间流了出来。

"愚人节,你好厉害啊。"

"给你。"俞仁杰捉着她的手,萤火虫从掌心下方漏到了唐小甜的手心里。

唐小甜小心翼翼地将其笼在手心:"带回去给鱼子酱。他肯定只在书上看过。"

"好。"

唐小甜有些小内疚:"早知道就把他一起带来了。"

"他不会来的。"

"为什么呀?!"

俞仁杰自然不能说俞子江被他威胁了:"他说要打游戏。"

"哦!那我们给他带去。来,你把水喝了。我们装在瓶子里带回去。"

俞仁杰和她又捉了几只,一一装进了空水瓶里。

仰头是天上星,低头是身畔人。萤火虫在他们身边飞舞。

两人又在河堤坐了许久。久到他们自己觉得再不回去,俞子江可能要报案了。

两人手牵手回家。大门口处,俞仁杰忽然问道:"你每天早上是怎么醒来的?"

唐小甜嘿嘿一笑:"我每天都是被自己美醒的。厉害吧?!"

俞仁杰从头到脚,由下到上,左左右右地打量了她一番:"啧啧啧。"

唐小甜:"愚人节,你还想不想活了?!居然敢怀疑女朋友说的话!"

俞仁杰:"以后我每天早上叫你起床,跟我一起跑步。晚上早点睡。乖!"

"跑步和运动确实是一种享受,但是我不想跑步。因为……我唐小甜不是那种贪图享受的人!"

俞仁杰:"……"

他伸手重重地揉了揉她的头发。

回房后,唐小甜后知后觉地发现,俞仁杰这揉头发的架势跟她从前揉金毛一模一样啊。

睡前,俞仁杰发消息:"快睡觉。别玩手机了,这样对手机不好。"

"臭愚人节!你离挨打只差这么一点距离了。"

"那你出来打我呀。"

"你以为我不敢吗?!"

"来啊。快来打我呀!"

是可忍,孰不可忍啊!唐小甜蹑手蹑脚地出去,被俞仁杰抱了个满怀。

唐小甜终于明白了：为什么伊致和杨大哥老是有说不完的话，视频个没完没了。原来谈恋爱就是这样没完没了的。说着不着边际的话，做着小而甜蜜的事。

如此地快乐。

如此地美好。

番外二　狗屎运

一年后。

唐小甜父母戴了口罩、帽子等乔装打扮了一番，装作游客回到老家。

一进入老街，看到店铺林立、人来人往与两三年前回老家时冷清街道完全不同的画面时，张女士惊诧万分："哎呀，虽然在视频里看到过咱们这条老街新开了一些店铺。可怎么会开这么多啊?! 而且这么热闹！"

"两三年不见，咱们这条老街全变样啊！这里，这里，原先可都只是民居啊。"

原来啊，唐小甜咖啡茶饮店的店铺生意极好，不知不觉中带动了小镇上在外地工作的青年们的返乡热潮。

第一个回来的是唐家三百米外邻居家的孩子。他在上海的某家五星级大酒店做厨师，见父母年迈，而老家小镇的旅游越来越好，游客日益增多，老街这一块的人流量也随着唐小甜店铺的走红暴增，便有了想从外地回来、在老街开家小饭店的想法。因为他严格把控食材品质，每天新鲜采购，一门厨艺又过硬，做的菜好吃又经济实惠，开业之后就很受街坊邻居的欢迎。

之后，在街坊邻居"原来在上海五星级大酒店的厨师开的小饭店，味道好得来，价格又实在"的口口相传下，很多人慕名而来，小饭店生意越来越红火。

有唐小甜咖啡茶饮店和小饭店两个成功案例在先，不久后，便陆续有人回到了小镇，利用自家的房子也开起了店铺，做起了各自的生意。

当然这中间由于各自经营的方向以及经营理念和方式等问题，有的店铺生意好到日进斗金，有的店铺则门可罗雀、惨淡经营最后关门歇业，不一而足。

唐母张女士看到不少人手里都买了糕点，有的一看就是游客，有的看着像是本地人，便故意与人搭话，问这家的糕点怎么样、好不好吃。

买糕点的人都说很好吃，还说不只好吃，每种糕点都超级精致，包装也好看，送人十分体面。

"不好吃的话，我就不会买这么多了！"

有人还给出贴心建议："个人推荐你去她们的店里吃，新鲜出炉的糕点更好吃，而且店里面很漂亮。"

张女士道谢后，和唐父来到了女儿的店铺。

从落地的格子玻璃窗望进去，只见铺子里各种葱翠喜人的绿植，衬着老木头制作的木桌子，古朴美丽。

虽然在各种视频里都刷到过，可如今亲眼所见，张女士还是被惊艳到了，张口结舌："视频里面的顾客各种夸，我总是不敢相信。现在我是真的信了，果然好看！"

唐父："说了要相信我们小甜。到了关键时刻，我们小甜是能挑起各种重担的。"

张女士："有道是养儿一百岁，常忧九十九。我只是希望我们小甜人生的这条路轻松一点、快乐一点，别那么辛苦。"

"每个人都有每个人的命运。既然是我们小甜选的，我们做父母的全力支持就好。"

唐父打量着店铺，满脸欣慰："小时候啊，我爷爷一空闲下来，最喜欢抱着我在铺子里各种转悠。他说我是唐家糕点铺的第十三代传人，叮嘱我说一定要好好继承我们唐家的手艺和这个糕点铺……这么多年过去了，不知为什么我一直记得这些个画面和这些个话……如今，看到我们小甜做了我没有做到的事情，我心里觉得很快活……很欣慰……"

玻璃制作间里正在做糕点的唐小甜脸上眉眼弯弯，与一旁的卷发男子说话。两人也不知说些什么，唐小甜时而款款微笑，时而薄怒隐隐，举手投足间显得分外娇俏动人。

唐母和唐父在外驻足，看着这画面，只觉平安喜乐。

唐小甜抬头，透过干净清透的制作间玻璃看到了店铺外头的父母，她发出一声"啊"的惊呼，随即便"啪"地扔下手里头和了一半的面团，连手套和围裙都未摘下，便兴奋冲了出去，八爪鱼似的团团抱住了他们："臭老爸，臭老妈，你们怎么也不提前说一声就回来了?!"

她抱了一会儿，突然想起了一件事，转头问俞仁杰："愚人节，爷爷呢?!"

"爷爷和秦奶奶在隔壁院子里做杨梅酒呢……"

唐小甜招了招手，示意他过来。

"愚人节，我妈你见过的。这是我爸。"

俞仁杰表情不露，但手心却捏握了起来（毕竟第一次正式见唐小甜父母，很紧张），鞠躬问好："叔叔好，阿姨好。"

一年前，唐母从唐爷爷那里得知了俞仁杰的存在，知道他一直陪着也帮着女儿唐小甜打理店铺的一切，还买菜做饭，照顾两人的饮食，加上唐母以前在商场见过他，知道他长得文质彬彬，为人处世也得体大方，心里就满意极了。

后来，又得知这孩子竟然就是女儿唐小甜曾经崇拜的偶像——全球知名的婚纱礼服设计师 Thomas 谭，不敢置信的她觉得女儿唐小甜这回又走狗屎运了（而且是大大的狗屎运），居然能找到俞仁杰这样的好对象，对唐父道："你女儿真的是傻人有傻福。"

唐父不服："说得好像全是我一个人的。女儿你没份的啊?!"

"当然有我的份。我只是觉得她的狗屎运实在是太好了，居然能找到小俞这种打着灯笼也难找的对象呢!"

"我不是早就说了儿孙自有儿孙福。是咱们小甜的就是咱们小甜的。是吧?!"

当时的张女士反驳不得，但又拒不承认错误，就装聋作哑当作没听到。

如今，这一近看，见俞仁杰一表人才、气宇轩昂，更是丈母娘看女婿，越看越满意。

院子里，浓荫深处，唐爷爷和秦奶奶正围坐在井边清洗杨梅，忽听有两道熟悉的嗓音响起："爸，妈，我们回来了……"

番外三　嫁祸于人

这一晚，两个人手牵手地坐在河堤上欣赏着夜景。

俞仁杰忽然道："唐小甜，我不想做你男朋友了。"

唐小甜双目微眯："什么意思？想跟我分手？！我告诉你，这里可是我唐小甜的地盘……想死还是想活命？选一个！"

俞仁杰："因为我……想……当某人的老公……"

唐小甜慢了两秒反应了过来，瞠目结舌："你什么意思？！快说！"

俞仁杰变魔术似的往她面前张开手掌。掌心里赫然是一枚戒指："唐小甜，嫁给我吧。"

唐小甜喜不自禁，迅速地伸出手："当然好啊。赶紧地！快把戒指给我戴上。"

俞仁杰："你是女生。不是应该矜持一下吗？"

唐小甜："矜持是什么东东啊。我唐小甜从来没有过！"

……

数日后，唐家堂屋。

张女士问："你算算咱们这手头还有多少钱。"

唐父："你准备干吗？"

张女士："我这几天一直在考虑要不要再买一套房子。"

唐父："好好的买房干吗？我们家广州有房，镇上也有房子……又不是不够住。再说了，国家都再三表明了房子是用来住的，不是用来炒的。"

张女士："这不我们小甜要跟小俞结婚了吗?！我在想这婚房要不就由我们出？"

唐父："凭啥？无论是按广州的规矩还是我们嘉兴的规矩，这婚房不都应该是男方家出的吗？"

张女士："我实在是觉得小俞他太出色太好了……你看他都愿意陪小甜留在小镇……这真是打着灯笼也难找的好女婿。咱们要把他当亲儿子一样地疼！"说着，她瞧了瞧四周，见四下无人，道，"而且他也太可怜了，娶了咱们家没心没肺的小甜，我们应该同情他，给他点补偿。"

唐父严肃摇头："不。我觉得啊，他肯定是上辈子造孽太多。所以啊……一点也不值得同情可怜！"（老唐是这样想的：把他的小情人骗走了还要他出钱买婚房。没门！）

在屋外拐角听了个全程的唐小甜额头三条黑线："……"

她真的是他们亲生的吗?！确定不是隔壁老王家抱来的?！

唐小甜实在是听不下去，一跺脚："老妈，我有这么差?！"

张女士叹息了一声："小甜，做人还是得面对现实啊。别人长得好看才叫嫁人，像你这样的叫'嫁祸于人'！而且你还老是迷迷糊糊的。我对小俞深感抱歉。"

唐父："小甜，事先申明一点，老爸是很爱你的。但……你没心没肺的，又爱吃，有的时候真的很像一头可爱的小猪。嫁给小俞以后，你对他态度要好点，别老是呼来唤去的，那么嚣张。你还不是仗着小俞喜欢你！"

张女士嘘了一声："老唐，你说轻点，别让猪听见。不然猪得多受打击啊!"

唐小甜大"怒":"老爸老妈你们两个大坏蛋,我再也不要理你们了。"

唐小甜跺着脚离开后,张女士回想起唐父刚才说的话,越琢磨越觉得不对劲:"老唐,你这是话里有话,是吧?!你的意思就是我对你态度不好,拿你呼来唤去的,很嚣张,是不是?!"

唐父警铃大作,赶忙矢口否认到底,坚决不能让张女士抓住任何把柄:"没有!绝对没有的事情。我这不是在说小甜吗?!你想太多了!"

张女士:"哼!没有是最好!我们唐家家规你是知道的:得罪谁也别得罪老婆!"

番外四 得罪老婆的后果是很严重的

唐小甜带了姐妹们去了T.T.店里试衣服,把视频照片传给了俞仁杰。

"愚人节,怎么样?不错吧?"

俞仁杰回了两个字过来:"不错。"

唐小甜美滋滋地道:"你可得摸着良心说实话,我最讨厌别人骗我了哦。"

"真的不错!"

"可是李李说我最近胖了,穿了都没腰!"

"她肯定近视了,这么粗的腰还说没腰!"

唐小甜:"愚!人!节!"

最后,唐小甜大手一挥,买了一大堆衣服让俞仁杰报销泄愤。

梅子的话

宝子们,大家好。

梅子又一次和大家再见啦。《美好不过食光》是梅子的第十七本书,但如果算上加印的十本书的话(《人生若只初相见》再版过三次,《最初的爱,最后的爱》再版过两次,《因为爱情》《有生之年,狭路相逢》《有生之年,狭路相逢:终章》《恋上,一个人》《遇见,终不能幸免》这五本书各再版过一次),所以这也可以算是梅子的第二十七本书。

因为上一本《盛世如锦》的背景和基调是很沉重的,加上家里装修以及感染了新冠病毒后咳嗽了几个月,写完《盛世如锦》这本书之后,梅子整个人身心疲惫,休整了大半年,一度对写任何题材都提不起兴趣来。

有一天,梅子在整理过往文稿的时候,无意中看到了曾经写过唐小甜和俞仁杰两个人逗笑风趣的搞笑片段,觉得好欢乐好开心。于是,梅子决定以这两人为主角,写一部让人分分钟觉得开心快乐的小说。

梅子把女主唐小甜的职业设定为传统糕点制作师,灵感来源于我们嘉兴千百年传承下来的传统糕点。就像梅子在这本书里所写的:当年大江南北的糕点铺子,都会在门口挑起一个布帘,在上面写上"官礼茶食,嘉湖细点"几个字。"嘉湖细点"就是指我老家嘉兴以及杭嘉湖这一带制作的这些点心。我们的传统糕点很美味，完全不输于任何的西式糕点。而且这些传统糕点经历我们几千年传承，带着我们中华文化的底蕴，是我们中国独有的饮食文化，不仅值得我们发扬光大，也值得我们好好书写。

如今在梅子生活的嘉兴秀洲，依然有好几家很棒很有名的制作传统糕点的牌子，如公泰和、徐珍斋、荣荣、新旺记、阿毛月饼、陆家桥等，都十分美味可口。书中所描写的美食如云的新塍镇，也是我们秀洲区真实存在的小镇，是一座具有千年悠久历史的江南小镇。书中描写的如生煎包子、羊肉面、小馄饨、手工汤团、烧饼等都是这个小镇上的美食，远近闻名，食客众多。

梅子热烈欢迎大家来我们嘉兴玩，在我们嘉兴住上几天，好好地品尝一下我们嘉兴和我们秀洲的各种美食。

《美好不过食光》里面的人物梅子自己都很喜欢，如唐小甜的三个闺密李李、周诺、杨伊致。梅子一直想写一个"同寝室但不同性格的大学四姐妹走入职场后彼此支持又彼此毒舌互怼"的故事，但曾经因为这个设定有点像《欢乐颂》的四姐妹，所以曾考虑改成三姐妹或者两姐妹，但是发现市场上三姐妹的故事也很多，两姐妹则互怼起来没有那么好玩，想来想去最后决定还是不改了，还是写四姐妹吧。在书中，四姐妹各自有各自的原生家庭，各自经历了不同的职场生态，也各自拥有了不同的爱情。

唐爷爷这个角色梅子也很喜欢，但梅子写的时候是代入梅子的外婆（小时候也不分这个，加上自己的爷爷奶奶很早去世，梅子就一直管外婆叫奶奶，管外公叫爷爷。当时我们一起长大的小伙伴们也大多如此，好像长辈们也无所谓，随便我们怎么称呼）。大约在梅子六岁的时候，父母为了生活在外奔波，就把无人照看的梅子寄养在了外公外婆这里。外婆信佛，非常虔诚，在卧室里靠墙一侧摆了一张供桌，墙上贴着菩萨们的图像，每天一早一晚都要点三炷清香供奉，一年365天从来不间断。家里只要是有什么水果和糕点等之类的吃食，或者哪怕仅仅是邻居家婚庆喜事送的几颗喜糖，外婆收到后必定都会第一时间摆在供桌上供奉菩萨。梅子就是每天闻着清香的味道，睡在外婆的脚后跟，听着外婆讲着观音菩萨的故事长大的。以至于现在的梅子，只要一进庙宇，闻到燃香的味道，就会觉得好安心好舒服。外婆在2018年3月11日离开了我，至今已经六年多了。我经常会想起她，也很想念很想念她。我把自己对外婆的情感转化成了唐小甜对爷爷的爱，写进了书里。可能也因为外婆的影响，所以梅子也信佛，当然不是很正式的那种。就是梅子一直觉得人要在自己能力所及的范围内多做好事善事，行善积德。就像梅子朋友说过的一句话："人结善之缘会开出善之花，结恶之缘就会结出恶之果。"所以祝愿我们每个人在各自漫长的人生路上都能结很多很多的善之缘，然后开出很多很多的善之花。

倘若书中人物要梅子挑选一个最喜欢的角色的话，那必定是俞子江这个人小鬼大的鬼灵精。他一心想要撮合大哥俞仁杰和唐小甜，在帮助大哥俞仁杰追妻之路上呕心沥血，最后当然是得偿所愿了的。

梅子很喜欢《美好不过食光》的这个故事，这一年多来写得很快乐，也很希望这个故事能给阅读此书的宝子们带去快乐。

谢谢宝子们。我们下一本书再见。

梅子黄时雨于浙江嘉兴